Blodsmineraler

En Cecilia Bielke-Thriller

Av Erik Ferry har tidigare utgivits
En vanlig uppväxt, 2018

Av Cecilia Bielke har tidigare utgivits
Blodspengar, 2016

© Erik Ferry 2020
Förlag: BoD – Books on Demand, Stockholm, Sverige
Tryck: BoD – Books on Demand, Norderstedt, Tyskland
ISBN: 978-91-7699-785-7
Bild på framsida modifierad från bild av Arek Socha, Pixabay

I den här boken ska jag försöka förklara denna osannolika historia. Jag har ändrat vissa personers namn för att skydda dem samt ändrat småsaker för att få boken att bli mer lättläst. Då jag återigen samarbetat så tätt med Erik Ferry i skrivandet så är det enda rimliga att vi båda står med som författare. Om någon oriktighet har smugit sig in i boken för att jag minns någon händelse fel så är felet helt och hållet mitt.

Det här är den sanna historien, som jag minns den.

-   Cecilia Bielke

Inledning

Cecilia låg i sjukhussängen när smärtan plötsligt sköljde över henne. Det kändes som att det brann i vänster lår. Hon försökte fokusera på att ta djupa andetag samtidigt som hennes arm rörde sig mot den röda larmknappen.

- Har du ont igen? frågade Lisa.

Cecilia nickade tyst till svar. Lisa gick fram och strök henne över kinden. En sköterska kom in.

- Stackare, du ser ut att ha väldigt ont igen. Vill du ha mer morfin?

Cecilia nickade till svar. De fem milligrammen morfin åkte via det venösa blodet till hjärtat, pumpades ut från höger kammare till lungkretsloppet för att sedan återvända till hjärtat varifrån det spred sig via artärerna till resten av kroppen. Efter några minuter började morfinmolekylerna fästa på opioidreceptorerna i det centrala nervsystemet och smärtan mildrades.

- Jag vet att jag ska försöka vara tacksam för att jag överlevde skottskadan, men det är svårt att vara tacksam när jag har så jävla ont, sa Cecilia.

Lisa fortsatte att stryka Cecilia på kinden tills hon somnade några minuter senare.

Cecilia hade ett par dagar före inkommit medvetslös till Lycksele lasarett där man opererat henne akut. Hon hade stabiliserat och sedan flugits till Norrlands universitetssjukhus i Umeå där man opererat henne ytterligare tre gånger. Vårdpersonalen hade lyckats rädda cirkulationen i benet vilket gjorde att det inte behövdes amputeras. Hon hade blivit så pass stabil att den direkt livsfaran var undanröjd. Nu låg hon på en vanlig kirurgisk vårdavdelning där Lisa och Stefan, som bodde med Cecilia, samt Cecilias barn Moa och Hjalmar var med henne så mycket som besökstiderna tillät. Dessutom hade Olivia, som formellt var nära vän till Cecilia men i praktiken var hennes flickvän, varit med henne på sjukhuset nästan dygnet runt före hon varit tvungen att åka tillbaka till Stockholm.

Återhämtningen gick över förväntan men Cecilia var frustrerad då hon hade minnesluckor. När Stefan och Lisa satt med henne en eftermiddag så stängde Lisa dörren till rummet och frågade Cecilia.

- Vad minns du egentligen av allt som har hänt?
- Spridda saker, jag vet att vi kom på att Anita var mördaren och att det var hon som sköt mig, men annars är jag osäker på vad som hänt. Kan ni berätta?
- Det började egentligen med att affärsmannen Hilding Ederfors kom in till akuten när du jobbade, sa Lisa. Han var kvävd till döds och ni kunde inte rädda hans liv. Du tyckte att det verkade vara något konstigt med hur han dött men polisen avskrev alltihop som en olycka. Några veckor efter det så drunknade Anders när han var i sommarstugan och firade midsommar ihop med oss, också det såg ut som en olycka, men det visade sig senare vara Anita som hade dränkt honom. Efter det så körde Kajsa Johansson framför en lastbil med sin permobil och dog direkt, även det bedömdes som en olycka. Samtidigt som allt det här pågick så hade Stefan fått tips som visade att både Hilding och Kajsa var inblandad i ett kriminellt företag vid namnet Minerva Holdings. Du och jag hjälpte Stefan att gräva i allt kring Minerva. Samtidigt började vi ana att dödsfallen inte var olyckor. Mycket pekade på att det var Joakim, Anitas man, som var mördaren. Därför konfronterade Stefan honom under en intervju hemma hos honom och Anita. Anita hörde vad Stefan anklagade Joakim för och kastade direkt ut Stefan och de låste in sig i huset. När polisen kom för att hämta Joakim så lyckades Anita lurade alla att han hade tagit henne som gisslan och skulle skjuta henne om han inte fick fri lejd ut ur landet. När insatsstyrkan kom så sprängde hon upp huset men lyckades själv ta sig ut just före explosionen. Det blev stora skriverier om hur Joakims psykiska sjukdom lett till att han blivit mördare och Anita skänkte mycket pengar till forskning om psykisk sjukdom. Allting verkade vara uppklarat, men det var något som gnagde oss, framförallt mig. Vi åkte upp till mina föräldrar tillsammans för att kunna samla tankarna. Väl där träffade vi Anita som bjöd in oss till sin fjällstuga. När jag såg ett fotoalbum i hennes stuga förstod jag kopplingen mellan alla mord. Alla mördade hade förstört livet för någon i

Anitas familj. Hela hennes familj var döda och hon tog ut sin hämnd. Vi kom på det för sent, hon hade redan åkt iväg med dig på skotern. Ni gick upp på en utsiktsplats och där sköt hon dig, men du kastade dig ut för ett stup samtidigt som hon sköt dig vilket gjorde att hon bara träffade låret. Sedan så jagade jag efter Anita och sköt henne. Vi gömde hennes kropp och lät Stefan hitta den lite senare. Ordnade fyndplatsen så att det såg ut som suicid. Efter allt detta så blev det rättegång mot Minerva Holdings. En kombination av skickliga advokater och teknikaliteter gjorde att de flesta åtalade friades. Men några av dem blev fällda och det var mycket pengar som beslagtogs. Utöver detta så har du börjat träffa din barndomsvän Olivia igen, du har inte berättat om henne för oss men jag får känslan av att ni är mer än bara vänner

- Det var inget vanligt grått år direkt, sa Cecilia.

Stefan och Lisa försökte svara på alla de frågor Cecilia hade. När det gått några timmar så var Cecilia helt slut, "det går knappt att förstå att jag varit med om allt det där", tänkte hon.

När Cecilia blivit ännu bättre så flyttades hon till Neurorehabiliteringen där hon fick ett stort rum med vita väggar. Första dagarna förbättrades hon snabbt, hon var vaken flera timmar i sträck, kunde gå några steg med en rullator och började så smått att läsa böcker. En vecka efter att hon flyttat till Neurorehabiliteringen så var det julafton. Stefan, Lisa, Hjalmar, Moa samt Stefan och Lisas barn Rosa och Karl hade alla full tomtemundering när de kom och hämtade Cecilia på avdelningen.

- Finns det några snälla tanter här? frågade Stefan.
- Akta dig, du är lika gammal som mig, sa Cecilia.
- Men jag håller mig från rullatorn till skillnad från dig.

Cecilia log, att Stefan började skämta med henne var ett gott tecken. Hjalmar skjutsade Cecilia i en rullstol ut från avdelningen. När de kom ut i kulverten så började Moa och Hjalmar prata om när Cecilia låtit dem tävlingsköra i rullstolar när de varit barn. Det krävdes inte mycket övertalning före Cecilia och Stefan satt i varsin rullstol med Hjalmar och Moa bakom dem. Lisa sprang bort en bit och höll upp armarna.

- Klara, färdiga, gå.

Moa och Hjalmar sprang fram i kulverten. Det var en kort bana, en raksträcka, en kurva sedan en raksträcka till före målgång. I kurvan hejade Cecilia på en förvånad överläkare som hon kände. Hon visste att det rimliga vore att skämmas men hon njöt så mycket av situationen att hon bara skrattade. Det blev ett jämnt lopp och de kom fram till att det blev lika. De andra var tvungna att hjälpa Cecilia att komma in och ur bilen på färden hem. Cecilia tog ett djupt andetag när hon kom in genom ytterdörren i deras gemensamma hus och lät dofterna fylla hennes näsa. Det luktade hemma.

Det var julgröt till lunch. Stefan serverade alla från en stor gjutjärnsgryta till bredden fylld med gröt. Traditionen var att det som blev över av gröten skulle ätas till frukost tills grytan var tömd. Cecilia orkade inte prata så mycket under måltiden utan njöt mest av att få vara nära sina kära. När hon nästan hade ätit upp gröten så kände hon att hon tuggade på något hårt, hon tog ut det för att se vad det var.

- Cecilia fick mandeln, sa Stefan.

Alla skrattade.

- Härligt mamma, nu kanske du träffar någon ny rik pappa till oss, sa Hjalmar.
- Eller har du kanske någon okänd älskare som du inte berättat för oss om, sa Moa.

Cecilia rodnade och stammade fram ett skratt. Hon försökte komma på något smart att säga. När tystnaden hunnit bli på gränsen till pinsam så gick Lisa in.

- Vad säger ni, ska vi inte skåla? Vi har ju mycket att fira. När jag såg dig efter skottskadan trodde jag aldrig att jag skulle få prata med dig igen Cecilia. Skål för Cecilia, en tjurskalle som visar att bara man är envis kan man klara det mesta.

Glasen fylldes med julmust.

- Skål!

Cecilia tänkte på sin bortgångna man Davids sista jul. Han hade levt på övertid, hade knappt orkat ta sig upp ur sängen på morgonen, men han hade trots det bestämt sig för att vara med under hela dagen. När han hade bestämt sig så var det bara så, han hade suttit med hela julafton tills han stupade i säng och sov hela juldagen. Cecilia kom ihåg hur mycket hon njutit av att se honom så glad, han skrattade och log under nästan hela dagen. Trots att han sjungit på sin sista vers så hade han valt glädjen istället för att tycka synd om sig själv. "Kunde han njuta av en hel julafton när han hade terminal cancer måste väl jag också klara det", tänkte Cecilia.

Efter julgröten var det besök på Davids grav som låg på kyrkogården på området Backen. David hade egentligen inte varit kristen, men han hade velat att familjen skulle få en plats att komma till. Besöken på graven var alltid laddade, David hade dött så ung, inte fått vara med om barnens uppväxt, Moa och Hjalmar hade inte ens börjat skolan. Cecilia grät tårar både av glädje och av sorg när hon stod där.

- Kan jag få lite tid för mig själv? frågade Cecilia.

De andra gick undan. Hon lutade sig fram mot gravstenen och strök den sakta. En rysning gick genom kroppen när hon kände den kalla stenen, den blev en symbol för den oåterkalleliga döden. Livet var sommar, värme och rörelse, döden var en kall gravsten som stod helt still.

- Saknar dig David, om du finns någonstans så hoppas jag att du har det bra. Som du vet har jag haft svårt att träffa någon efter dig, det är svårt att ersätta den bästa, som du skulle säga. Men nu har jag för första gången sedan du dog blivit kär, det pirrar i kroppen när jag tänker på henne. Vet inte om du minns henne, men hon heter Olivia, vi umgicks lite när vi var yngre. Hon är i alla fall klok och snygg, precis som du. Jag är kär men vill inte ta ut för mycket i förskott. Det går bra för barnen, du skulle vara stolt över dem. Moa och Hjalmar har blivit väldigt fina människor, de tar hand om sin mor när hon är sjuk och verkar trygga i sig själva. Ibland kan de dock vara lite jobbigt retsamma, men det är ju deras far också så det är inte så konstigt. Att bo med Stefan och Lisa är som du vet alltid roligt. Nu ska vi vidare och fira jul tillsammans, alla kunde vara med i år, det var första gången på några år. Jag älskar dig och saknar dig. God jul David. När Cecilia satte sig i bilen så kände hon sig helt slut, hon slocknade i bilen och vaknade inte förrän Hjalmar ruskade om henne och sa att de var hemma.

Dagen fortsatte med fika, julsånger och sällskapsspel. När Cecilia satte sig vid middagsbordet så orkade hon knappt hålla ögonen öppna. När hon kämpat sig igenom middagen så skjutsade Hjalmar och Moa tillbaka henne. Hon höll god min, men direkt de hade stängt dörren till hennes rum så la hon sig på sängen med kläderna på.

Femton timmar senare vaknade hon upp, fortfarande trött, orkade knappt ta sig till badrummet. Hon var tvungen att släcka alla lampor och bara ligga still i mörkret i sängen. Timmarna gick men hon fick aldrig kraften för att orka ta sig ur sängen, hon tackade nej till middagen, det enda hon orkade med var att gå till toaletten för att borsta tänderna före hon återigen somnade.

Det tog ett par dagar före hon var lika pigg som hon varit före julafton. Läkaren hade varit mycket tydlig med att hon skulle gå och lägga sig direkt hon blev trött. Men Cecilia hatade att vara sjuk och var van vid att bita ihop. "Det kommer att gå över, jag orkar det mesta", tänkte hon.

När Stefan och Lisa hämtat hem Cecilia till nyårsaftonsfirande väntade en överraskning. När Cecilia öppnade dörren stod Olivia där.
-	Hej min skatt, jag har saknat dig, sa Olivia.
-	Vilken överraskning.
-	Hoppas det är en glad överraskning i alla fall.
-	Det är det, jag har saknat dig jättemycket.
Olivia gav Cecilia en tungkyss. Cecilia rodnade trots att hon hade haft sex med både Stefan och Lisa.

Middagen var fenomenal. Stefan hade överträffat sig själv med västerbottenspaj, romröra, tre olika sorters sallader med hemmagjord dressing. Olivia hade gjort en chokladkaka till efterrätt och fyra sorters tilltugg följde efter det. Cecilia hade varit orolig att de inte skulle gilla varandra, men Olivia skrattade åt Stefans dåliga skämt och frågade intresserat om Lisas arbete. Under huvudrätten så tittade Lisa på Cecilia och nickade, Olivia var godkänd. Cecilia var kände sig trött men var så pass glad att de verkade gilla varandra att hon inte sa något om tröttheten. Alla tre frågade henne några gånger om hon inte ville vila, men hon var tjurig.

När tolvslaget närmade sig så gick de ut på gården, de hade med sig en liten fjuttig raket som Lisa satte i en flaska. De räknade ner, tio, nio, åtta, sju, Lisa böjde sig fram och tände på raketen, sex, fem fyra, tre, två, ett, noll. Olivia kastade sig runt Cecilias hals och de började hångla. "Jag längtar tills jag kan ge dig en orgasm igen", viskade Olivia i hennes öra. De hånglade på tills Cecilia var tvungen att sätta sig ned på trappen för att vila. Hon ville verkligen vara kvar men det gick inte, kroppen skrek efter sömn. Lisa som var nykter satte sig bakom ratten för att skjutsa alla till sjukhuset. När Stefan och Lisa hade kramat Cecilia hejdå på patientrummet stannade Olivia kvar. Efter några kyssar viskade Olivia "jag har planerat en perfekt helg till oss när du blir frisk igen, jag ska inte säga för mycket men helgen innehåller mycket sex". De kysstes lite till och sedan gick Olivia iväg. När dörren stängdes stöp Cecilia i säng och somnade återigen med kläderna på.

Kapitel 1

Stefan satt vid sitt arbetsbord och skrev på en krönika, mobiltelefonen ringde när han just var i färd med att komma till textens huvudpoäng.

- Hej det är Stefan.
- Hej det är Novalie.

Stefan hade inte pratat med någon i familjen Ederfors sedan han släppte artikelserien kring Minerva så han visste inte vad han skulle säga. Han hade gjort sitt jobb och spritt nyheten om Minerva, men det hade inneburit att Novalies pappa Hilding blivit uthängd i pressen som inblandad i grov kriminalitet. Allt Stefan skrivit om Hilding var förvisso sant, men Stefan misstänkte att familjen Ederfors trots det inte var helt nöjda med att få sin far uthängd.

- Jag antar att du undrar varför jag ringer, sa Novalie.
- Det kan man säga, jag trodde inte att du var så sugen på att prata med mig.
- Det var jag inte, men jag har börjat fundera. Ingen i familjen visste vad pappa höll på med och vi tycker alla att det han gjorde är hemskt. Du behöver inte tro mig, jag förstår om du inte gör det. Anledningen att jag ringer dig idag är för att prata om Anitas dator. När polisen gjorde husrannsakan på Hildings företag HESU tog dom inte med hennes dator, antar att det var för att hon inte var misstänkt för något brott vi det tillfället. När jag fick reda på att det egentligen var hon som var mördaren så satte jag mig ner och skummade igenom Anitas dator. Det finns mycket som verkar intressant. Jag vill inte gå vidare med det själv men jag tycker att någon journalist borde läsa igenom det. Jag tycker faktiskt att du gjorde ett bra jobb med Minerva. Även om det var jobbigt att pappa blev uthängd så vill jag att allting kring Minerva ska bli känt.
- Förstår jag dig rätt om du säger att du har Anitas dator, som polisen inte tittat igenom, som du nu vill ge till mig för att det står information kring Minerva i den?
- Du har förstått helt rätt.
- Det låter för bra för att vara sant.

14

- Det är det inte. Men jag gör det inte bara för att allting ska avslöjas kring Minerva. Jag har även en baktanke, jag vill att Anita dras i smutsen så mycket det bara går efter allting hon utsatt vår familj för. Dessutom vore det en bonus om de andra inblandade i Minerva kunde åka dit, just nu får Hilding bära hundhuvudet för något som det verkar som att han bara var en liten del av.
- Jag kommer bara att skriva om det jag tycker är mest intressant. Jag kan inte lova att skriva om vare sig Anita eller någon annan om jag inte hittar något nytt på datorn.
- Du behöver inte lova mig någonting, men jag har skummat igenom några mappar på datorn och jag tror att du kommer hitta intressanta artiklar att skriva.
- Finns det någon hållhake med allting?
- Det enda är att du inte ska berätta att det var jag som gav dig datorn, min bror känner också till datorn, men ingen annan och vi vill gärna att det förblir så. Om det blir stora namn som rullas i tjäran vill vi inte att folk ska veta att det var vi som hjälpte journalisten som avslöjade dem.
- Du har grundlagsskyddat källskydd och jag ska inte avslöja er. Måste dock berätta det för de två personerna som brukar hjälpa mig med research, men jag kan lova att de inte heller kommer att avslöja något.

Senare på kvällen satt Stefan och väntade i bilen på en liten skogsväg utefter Holmsundsvägen. Det kändes som att han var med i en knarkaffär. Novalie körde upp på sidan av hans bil, hon tittade sig omkring och öppnade dörren. Hon gick fram till Stefans bil, när han vevade ner rutan så sträckte hon fram väskan.
- Här, sa Novalie.
- Tack.
Hon satte sig i bilen och åkte iväg igen. Stefan öppnade väskan och däri låg en dator och en handskriven lapp. "Kom ihåg att inte berätta vem som gav dig datorn. Vi har bytt lösenord, det nya är Kommunist,

tyckte det var ett lämpligt lösenord med tanke på vad du brukar kallas i våra kretsar". Stefan skrattade till åt det oväntade skämtet.

Senare under kvällen så började han skumma igenom datorn. Novalie hade rätt, det fanns mycket guldkorn bland alla de här dokumenten. Anita hade varit inställd på att hon antingen skulle komma undan eller dö så hon hade inte sopat igen spåren efter sig. Mappen med den utvalda informationen som hon hade skickat till Stefans journalistkollega Knut fanns med. Kontouppgifterna till kontona där hon genomfört optionshandeln kring KJ Välfärd, HESU samt Minerva fanns i en annan mapp. Men det fanns även fler mappar med andra sammanställningar och dessutom inloggningsuppgifter till en mejladress.

När Lisa kom hem sent samma kväll så hittade hon Stefan med två anteckningsblock framför sig, han hälsade inte tillbaka när hon ropade "hej".

- Men hej älskling, jag hörde inte att du kom, sa Stefan.
- Jag vet det älskling, du har en tendens att försvinna in i saker.
- Men det här är inte vad som helst, sätt dig ner så ska jag berätta.

Stefan berättade hela historien kring datorn.

- Det kommer att ta lång tid att gå igenom allting, men jag tror och hoppas att det kan finnas några stora avslöjanden bland alla mejl och dokument.

Kapitel 2

Cecilia tittade ut genom fönstret och väntade. Olivias flyg skulle landa strax efter två, hon hade tagit ledigt på eftermiddagen och hade bara inplanerat två telefonmöten under fredagen. De hördes varje dag på telefon men det var något helt annat att ses. Cecilia kom ofta på sig själv med att titta igenom de tre bilder hon hade på Olivia i sin mobiltelefon. Även om hon knappt hade några krafter så orkade hon med att vara nyförälskad. Det var en härlig känsla mitt i allt kaos.

 När Olivia kommit till sjukhuset körde hon Cecilia i rullstolen runt sjukhusparken. De stannade vid de gröna bänkarna utefter den lilla dammen. Olivia satte sig på bänken och Cecilia satt kvar i rullstolen. Cecilia orkade inte prata så de lutade sig bara mot varandra. När de suttit några minuter hördes det en röst.

- Men hej Olivia, vad roligt att se dig här.
- Hej Carl, kul att se dig med.
- Vad för dig hit upp?

Olivia dröjde före hon svarade.

- Jag hälsar på min barndomsvän som varit med om en olycka.
- Hej, Carl, sa Carl och sträckte fram handen.
- Hej, Cecilia.
- Men är det inte du som var läkaren som var med i fångandet av Anita Karlsson?
- Det stämmer.
- Ojdå, jag läste att du blev skjuten.
- Det stämmer det med.
- Ska inte störa er. Hoppas du blir bättre och kul att se er båda.
- Hej då.

De satt kvar under tystnad.

- Jag skäms inte för vår relation, men jag vill inte att någon utomstående ska känna till den, sa Olivia.
- Varför då?
- Det skulle bli så mycket besvär. Dels är det inte accepterat att vara lesbisk i min släkt, dels jobbar jag i en väldigt konservativ värld där

17

man ska bli tillsammans med någon inom samma grupp. Att bli tillsammans med en vänstertjej skulle inte öka mina jobbmöjligheter direkt.

- Jag förstår, vi får gå sakta framåt.

När Cecilia började frysa så gick de in igen. Olivia hade köpt med sig en falafelmacka och sushi till lunch för att Cecilia skulle få lite variation.

- De hade inte så mycket färdigmat kvar så jag tog det som fanns.
- Det var en rolig kombination min älskade.

Båda stannade upp lite, det var första gången någon av dem hade använt ordet älskade. "Varför tänker jag mig inte för före jag öppnar munnen", tänkte Cecilia.

- Det håller jag med dig om min älskade, sa Olivia.

Olivia böjde sig fram och gav Cecilia en kyss. Cecilia log och fick kämpa för att hålla tillbaka fnittret. Efter middagen så gick Oliva, hon skulle sova i Cecilias rum hemma i huset. När Olivia hade gått la sig Cecilia på sängen i mörkret och njöt, de hade sagt "min älskade" till varandra, förhållandet var på riktigt.

- Hej i huset, sa Olivia.
- Välkommen, vad roligt att du ville komma, sa Lisa.
- Tack för att jag fick komma, det känns roligare att bo här än på hotell.

Lisa hade förberett lite kvällssnacks och tagit fram vin. Stefan kom in från arbetsrummet och anslöt sig till dem. När de pratade var det uppenbart att Olivia levde ett helt annat liv än Lisa och Stefan, men de hade lärt känna varandra allt bättre sista månaden och kunde nu prata om mer personliga saker, samtalen flöt på och det kändes som att de var på väg att bli vänner på riktigt. "Jag förstår att Cecilia är kär i henne, jag hoppas att det håller", tänkte Lisa.

- Tack för ett trevligt samtal, igen, men nu ska jag försöka göra bort lite arbete som jag samlat på mig under dagen, sa Olivia.
- Trodde att du var ledig.

- Ledig är att ta i, jag har en dag utan några inplanerade möten. Men jag lever i en värld med oreglerad arbetstid och höga krav, så riktig ledig är jag aldrig.
- Jag förstår, jobba lugnt och sov gott.

Kapitel 3

Cecilia låg i sängen och tittade sig omkring i sjukhussalen. Vita väggar, ett bord med två stolar, det stora badrummet där det fanns plats nog för att två personal skulle kunna duscha en rullstolsburen. Det var en steril plats som gav henne blandade känslor. Under tiden på sjukhuset hade hon varit så pass illa skadad att hon knappt överlevt, men hon hade också fått hjälp att få krafterna åter. Hon hade varit svårt sjuk och samhället hade bestämt att då skulle hon få hjälp. Även om samhället var något diffust kunde Cecilia bli glad av tanken, vårdens resurser fördelas efter behov. I praktiken var det inte alltid så, men målet var i teorin i alla fall att de mest sjuka skulle få bäst vård.

En kvart efter planerad tid kom Hjalmar och Lisa in genom dörren.

- Hej mamma, ursäkta att vi är sena.
- Ingen fara, jag har ett helt liv att vara hemma.
- Det var mitt fel, jag missbedömde tiden, sa Lisa.
- Du har en tendens att göra det, trodde att du som är så klok hade lyckats lära dig klockan.
- Nu ska du var snäll, idag ska vi vara glada och fira.
- Självklart, ville bara retas lite med dig medan jag fortfarande är kvar på sjukhus och du tycker så synd om mig att du inte kan retas tillbaka.
- Vänta bara tills vi kommer innanför ytterdörren där hemma.

Den här gången gick Cecilia själv långsamt genom kulverten. Lisa och Hjalmar bar Cecilias saker.

- Stefan kunde inte komma, han hade något jobbsamtal som han inte kunde flytta, Moa reste hem igår kväll som du vet.
- Det gör inget, jag blir så glad över att ni har kommit hit.

Cecilia vände sig mot dem.

- Tack för att ni ställt upp så mycket, jag uppskattar det väldigt mycket, hoppas att ni förstår det.
- Det gör vi, och det är klart vi ställer upp, vi älskar ju dig, sa Hjalmar.

De gick sakta vidare, Cecilia hälsade på Frida, en arbetskamrat från akuten, som undrade hur det gick och om hon skulle börja jobba snart igen.

- Tyvärr är det långt kvar tills jag kan komma tillbaka, jag och min läkare har planerat att jag ska börja arbetsträna nästa vecka på en hälsocentral, men då är det en halvtimme två gånger per vecka till att börja med. Jag är fortfarande väldigt trött.
- Ta det lugnt. Även om vi saknar dig på jobbet så är det viktigaste att du mår bra.

De kramades länge.

Väl hemma stannade Cecilia i dörröppningen och tittade sig omkring. Hon var äntligen hemma. På Bordet stod det en vinflaska med en rosett runt, "Välkommen hem" stod det på en lapp runt vinflaskans hals.

- Tack för vinflaskan.
- Den är alkoholfri. Hade tänkt göra något större men planeringen sprack, sa Lisa.
- Det är ingen fara, jag är bara glad att jag äntligen är hemma.

Hjalmar lagade potatis med grönsaksbiffar till lunch. Han berättade om livet och hur det gick i Dota, datorspelet som han satsade hårt på. Cecilia hade sett några av matcherna som han spelat under tiden som hon låg inne på sjukhuset. Hon började förstå spelet och kunde ana tjusningen han kände. Det var många snabba komplexa beslut där man hela tiden var tvungen att anpassa sig efter motståndarna. Nackdelen med att hon hade sett några matcher var att nu trodde Hjalmar att hon förstod mycket mer än vad hon gjorde så han pratade alldeles för avancerat.

- Nu måste jag vila mig, ska försöka lyssna på kroppen.

Cecilia låg i mörkret och tänkte på livet. Hon hade det ganska bra trots allt, även om kroppen var slut så var det många personer som älskade henne. "Det ska vara gott att leva, annars får det kvitta", tänkte hon och skrattade till åt det oväntade minnet av ett citat från en gammal svensk tv-serie. Resten av vilan gjorde hon andningsövningar för att slappna av.

　　　　När hon gick upp från vilan så var Stefan där.

- Du verkar inne i något stort projekt igen, du hör knappt vad man säger till dig, sa Cecilia.
- Vad sa du?
- Jag sa att du verkar försvinna in i något stort projekt.
- Har en stor story på gång, har fått tag i Anitas dator och det står massor av ny information i den.
- Vad spännande.
- Det är det, men jag kan berätta mer om det senare ikväll eller imorgon, just nu måste jag jobba.

Cecilia gick till sitt rum och körde rehabiliteringsövningar. Hon försökte skapa nya rutiner och hade gjort ett tydligt schema över all träning och vila. Enligt Cecilia var strukturer i livet grunden för att nå lycka så planering passade henne. Skötte man mat, sömn och träning så fungerade livet ganska bra. Ville man må ändå bättre kunde man lägga till sex för att komplettera listan.

- Nu är det fika, sa Hjalmar.
- Tack min skatt.

De satte sig vid det stora köksbordet, Hjalmar hade gjort en fruktsallad. Cecilia hade knappt någon aptit men fick ändå i sig en stor portion.

- Det här var gott.
- Tack mamma, hur känns det att vara hemma?
- Det känns underbart, men jag har svårt att förstå att jag är hemma. Det har varit en tumultartad tid.
- Jag gick sönder inombords när Lisa ringde och berättade att du hade blivit skjuten. Det kändes som att jag levde i en mardröm dagarna som följde. Jag vågade inte tro att det skulle gå så här bra.
- Det trodde inte jag heller när jag stod på bergskanten.
- Det hjälper nog till att du är tjurig som en åsna.

Cecilia skrattade. Hon var hemma, hon var äntligen hemma.

- Vila gärna före maten mamma, jag hade tänkt överraska dig med mina god mat men eftersom jag har planerat ihop med Lisa så jag är inte riktigt klar. Om du lägger dig och sover en timme före middagen så kan du vakna och låtsas vara överraskad när jag lagat middag under tiden.

- Jag behöver ändå sova, varit mycket nya intryck idag.

När en timme hade gått åt sömn och en kvart åt att snooza så satte sig Cecilia på sängkanten. Hon tog på sig mjukisbyxor, reste sig upp och sträckte på kroppen. Försökte känna efter hur mycket energi hon hade, upplevde att hon hade mer energi än vanligt, hon orkade nog med en lång kväll. "Det går åt rätt håll", tänkte hon.

När hon öppnade dörren hängde en stor banderoll i taket – "Välkommen hem!"
- Välkommen hem, skrek Lisa, Stefan, Olivia, Moa, Hjalmar samt Lisa och Stefans barn Rosa och Karl.

Cecilia förstod inte riktigt vad som hände.
- Du är underbar mamma, vi är så glada att du äntligen är hemma, vi tänkte få fira dig idag, visa att vi älskar dig, sa Moa.

En stor gruppkram följde.
- Nu är det festmåltid för mamma, sa Hjalmar.

Det var knappt så att tallrikarna de skulle äta på rymdes på matbordet bland alla fat med delikatesser, smårätter och sallader. Olivia gav Cecilia en puss på kinden när de satte sig ned. Cecilia rodnade men när hon såg att Hjalmar och Moa bara verkade glada över pussen så slappnade hon av.
- Det känns fantastiskt att äntligen vara hemma, att få vara med er jag älskar.

De påbörjade den traditionsenliga, men något försenad, nyårsrundan där de sammanfattade sina föregående år. När Cecilia hade berättat klart om sitt år så var alla helt tysta. Hon hade tillsammans med Lisa och Stefan avslöjat att ett stort svenskt företag sysslade med grov kriminalitet, de hade sedan avslöjat en trippelmördare som sedan hade skjutit Cecilia. Det var till slut Olivia som bröt tystnaden.
- Hur följer man efter det där? Svårt att ha ett intressant liv jämfört med dig.
- Förra året var mitt rekordår så du behöver inte känna dig nedslagen, vissa år blir jag inte ens skjuten i foten.
- Det låter lovande, jag hade tänkt få träffa dig flera år till.

- Den som lever får se.
- Under förra året var det mycket fokus på arbetet, som det ofta har varit de sista åren, sa Olivia. Jag arbetade under vintermånaderna med ett företagsuppköp där jag var juridiskt huvudansvarig för det uppköpande företaget. Jag skulle helt enkelt se till att uppköpet blev så ekonomiskt fördelaktigt som möjligt. Jobbade minst sjuttio timmar per vecka, men det blev en bra deal i alla fall. Efter det var det ganska lugna månader med styrelsemöten samt små intensiva arbetsperioder. Sedan kom sommaren och jag träffade en gammal kompis som jag visade mig ha känslor för, men jag var för dum för att inse det då. Hösten kom, ett till företagsuppköp med nya sjuttiotimmarsveckor. Sedan en ny relativt lugn arbetsperiod. Efter det kom december med mardrömsbeskedet att du Cecilia låg på sjukhus efter att ha blivit skjuten. Men det verkar ju ha gått okey med dig, dessutom så har din hjärntrötthet gjort att jag för första gången någonsin är mer snabbtänkt än dig.
- Vänta du bara, ge mig några veckor så är vi tillbaka på det gamla vanliga.
- Men jag ska njuta av tiden fram till dess.

Spänningen släppte snabbt. Tre timmar efter att Cecilia hade gått upp så ringde hennes klocka.

- Nu måste jag vila, skulle gärna sitta uppe med er hela natten men då kommer det bli ett bakslag imorgon, jag lägger mig och vilar en timme så att jag orkar.

Olivia gav henne en frågande blick.

- Nu måste jag vila själv, men i natt får du gärna dela säng med mig, viskade Cecilia i hennes öra.

Cecilia gick in i sitt sovrum, släckte lamporna, la sig i mörkret och försökte att slappna av i kroppen och tankarna.

När timmen hade gått så gick Cecilia upp igen. Alla fyra barnen stod i hallen och hade börjat ta på sig ytterkläderna.

- Nu ska vi ungdomar ut och dansa.

- Då får ni ha det så roligt. Stort tack för att ni fixat allt det här till oss. Jag behövde verkligen få känna mig älskad idag. Jag älskar er allihop och det hoppas jag att ni vet.
- Tack mamma, vi älskar dig med sa Hjalmar och Moa.
- Det vet du att vi också gör, du är ju vår bonusmamma, sa Rosa och Karl.

Barnen klädde på sig under skratt och stim, de ropade glatt hejdå och dörren stängdes. Stefan och Lisa hade dukat bort maten, ställt in resterna i matlådor och torkat av bordet.

- Nu är det dags för efterrätt.

Stefan plockade fram ostar, kex, vindruvor samt kakor.

- Vad fint ni gjort det, stort tack till er med, sa Cecilia.

Cecilia och Olivia slog sig ned bredvid varandra. De skrattade och åt.

- Har ni förresten blivit hotade någon gång, antingen i arbetet eller i övriga livet? frågade Olivia.
- Nej, inte direkt, förutom att jag blivit skjuten såklart, varför undrar du? frågade Cecilia.
- Jag tror att fel personer har fått reda på att vi är ett par.

Cecilia rodnade.

- Nu inser jag att jag inte frågat dig om det, men jag tänker mig oss som ett par. Det kanske inte du gör, sa Olivia.
- Det gör jag, jag blev bara så glad över att du sa det, sa Cecilia.

Olivia log mot Cecilia.

- Jag tror, som sagt, att fel personer fått reda på att vi är ett par. Att jag är ihop med en tjej går inte direkt ihop med mitt övriga liv. I min värld lever man i heterosexuell tvåsamhet. Jag fick ett telefonsamtal i förra veckan där det var någon som ringde och sa, "jag vet vad du gör, den som hjälper fienden kommer att straffas". Före jag hann fråga upp kring det så la personen på luren. Jag kollade upp numret men det var så klart en kontantkortstelefon utan registrerad användare.
- Bara för att du är tillsammans med Cecilia? frågade Lisa.
- Jag antar att det är henne som personen menade är fienden, ni har inga hjälteglorior i företagsjuristkretsar. Man säger officiellt att

lagar ska följas, men inom Minerva Holdings var många toppjurister involverade. Även om de kom undan rent juridiskt har de hängts ut rejält i media. Att jag efter det ligger med fienden ses inte på med blida ögon.

- Vad hemskt, det låter som en jobbig värld.
- Det är det på många sätt, men som ni förstår tycker jag också om mycket av den världen. Annars skulle jag bytt jobb för länge sedan, men juridik och ekonomi har tyvärr en tendens att dra till sig fel människor, systemet är uppbyggt så att de utan moral kan komma långt.
- Jag håller med Strindberg i frågan vad ekonomi är, sa Stefan.

Olivia såg frågande ut.

- Strindberg skrev att ekonomi är en vetenskap uppfunnen av överklassen för att komma åt frukten av underklassens arbete, svarade Lisa.

Olivia skrattade till.

– Det är inte direkt det jag är van vid att höra på middagsbjudningar. Men det Strindberg sa om ekonomi stämmer tyvärr också in på juridiken. Att fru Justitia är blind är tyvärr en villfarelse.

– Men hur tänker du kring hotet? frågade Cecilia.

– Vi kanske får ligga lågt. Låta hela skandalen kring Minerva blåsa ut och sedan kanske vi någon dag kan ses mer öppet.

– Då kanske jag ska sluta att lägga upp bilder av oss på Instagram också.

Olivia tittade med skrämda ögon på Cecilia före hon förstod att det var ett skämt.

- Gör det är du snäll, ta i alla fall bort nakenbilderna.

När Olivia senare gick på toaletten så sa Stefan.

- Som jag berättade lite kort för dig Cecilia så har jag fått tag på Anitas dator. Tänker att det inte är så bra läge att berätta om det nu men jag har mycket intressanta saker att berätta om det som står på datorn. Vad säger ni, ska vi bli en brottslösartrio igen?

Stefan skrattade åt sin lustighet före någon hann svara.

- Det är klart vi vill hjälpa dig, sa Lisa.
- Det är klart, vill du berätta det nu eller senare? frågade Cecilia.
- Tror inte att det är så lämpligt just nu.
- Det är ingen fara du kan berätta för Olivia. Hon har trots allt just blivit hotad för att hon är tillsammans med mig. Kan dessutom vara nyttigt att bolla lite med henne, hon vet mycket mer än vad vi gör om storfinansens värld.
- Om du tycker att det är klokt att berätta det för henne så kör vi på det.
- Jag litar på henne till fullo. Dessutom så blev jag nyss utskriven från sjukhuset så ni måste tycka synd om mig och göra precis som jag vill närmaste månaden.

När Olivia kom tillbaka började Stefan berätta.
- Jag har fått tag på Anitas dator samt kommit in på hennes mejl. Det står mycket intressant i mejlen och i en mapp på datorn är det en sammanställning över transaktioner som hon och andra personer har gjort. Jag har inte satt mig in i allt men jag får intrycket av att det finns något väldigt stort begravet i all information på datorn.

När de pratat vidare någon timme sa Cecilia.
- Nu känner jag att orken börjar sina, jag ska lyssna på kroppen och gå till sängs. Tack för en fantastisk dag, jag är så himla glad över att jag får vara med de personer som jag älskar mest i hela världen.
- Allt för dig, sa Lisa.
- Vi har många fler kvällar med brottlösning, sa Stefan, du behöver inte oroa dig.
- Det börjar bli dags att bryta upp för mig med, har varit en lång dag, jag var tvungen att stiga upp klockan fem för att hinna få bort allt arbete jag skulle göra före jag flög hit. Jag har fått låna lägenheten i källaren så jag tänkte nog smita ner dit, sa Olivia.
- Du skulle bara våga gå ner dit, ikväll sover du med dig, sa Cecilia.
Stefan och Lisa skrattade.

- Hon kom faktiskt nyss hem från sjukhuset så du får inte protestera, det är bara att följa med.

De kramades god natt och sedan gick Cecilia och Olivia in i Cecilias sovrum. När de kom in i sovrummet så tryckte Cecilia upp Olivia mot väggen och började kyssa henne.

- Ska vi inte ta det lugnt, du sa att krafterna började sina.
- Jag valde att spara krafter för att orka att ha sex med dig.

Olivia kysste tillbaka. De gick kyssandes mot sängen samtidigt som de klädde av sig. Att kyssas, blunda, gå och samtidigt ta av sig kläderna blev alldeles för många moment för Cecilia som ramlade ihop.

- Hur gick det?

Cecilia såg på sig själv och skrattade.

- Ingen fara, jag försökte bara skapa den perfekta sensuella stämningen. Det gick ju sådär

Olivia skrattade ocksa.

- Du är rolig du.
- Visst vet du att läkarvetenskapen säger att sex är den bästa medicinen för att tillfriskna snabbt? frågade Cecilia.
- Jag måste väl ställa upp för dig då min sjukling.

De la sig kyssande i sängen. En stund senare kröp Cecilia in i Olivias famn och somnade. Olivia låg länge kvar och strök Cecilia över håret.

Kapitel 4

Cecilia vaknade tidigt och kunde inte somna om. Hon var nervös inför första arbetsdagen. Även om hon bara skulle arbetsträna och gå bredvid en annan läkare så var det ändå något helt annat än att ligga hemma. Hon tappade upp i ett varmt bad. "Det kommer att gå bra, har jag lyckats överleva en skottskada så ska jag klara av att gå bredvid en distriktsläkare två timmar", tänkte Cecilia. När hon och hennes neurologläkare hade diskuterat vart hon skulle arbetsträna så hade de beslutat att en hälsocentral passade bäst. Om Cecilia skulle börjat arbetsträna på akutmottagningen skulle kollegor och annan personal frågat henne saker och velat ha hjälp hela tiden, det skulle ha blivit för stressigt. Men en avsides hälsocentral där ingen kände henne skulle passa bra. Cecilia kände en gammal kurskamrat som hon trivdes bra med på Nordmalings hälsocentral, hon hade förklarat situationen för honom och han hade sagt att hon gärna fick gå med honom under sin arbetsträning. När Cecilia gick in i köket så satt Stefan redan där med datorn.

- God morgon, hur känns det? frågade Stefan.
- Det känns nervöst, även om det på papperet är en enkel sak vet jag inte hur jag kommer att reagera, sa Cecilia.
- Lyssna på kroppen och försök öka taken långsamt så ska det nog gå bra, du är ung och frisk, dessutom är du tjurig utav bara den.
- Ung vet jag inte, men tjurig är jag i alla fall.

Cecilia tog på sig ytterkläderna och började gå mot tågstationen. Hon gick långsamt och lät tankarna flyga. När hon kom fram var det tjugo minuter kvar tills tåget skulle gå. Hon gick upp och satte sig på Ullas kondis, köpte en kopp te och tittade utöver Umeå. Det var mycket som hände i staden, byggkranar och avstängda vägar överallt. Det skulle byggas nytt och fräscht på bekostnad av det gamla. Priset för ombyggnaden av staden var högt, den radikala kulturen som varit en så stor del av Umeås utveckling och charm höll på att förstöras. Sagateatern skulle läggas ned för att ge plats åt något skrytbygge. Musiklokalen Verket hade tvingats flytta från en central lokal till en gammal klubbstuga vid det gamla militärområdet I20 som numera

29

hette Umestan. Även om den nya lokalen bara låg några kilometer bort från stadskärnan så var det ändå något som hände med stadens puls. Centrum blev till för de rika och de som inte hade råd fick flytta någon annanstans. Även om Cecilia tillhörde de rika så ville hon ha kvar det Umeå hon lärt sig älska. Att det var en studentstad, där universitetet dessutom kallades det röda universitetet, hade gjort att det hände mycket i staden. Det var en känsla av att man kunde göra saker och att inget var omöjligt. Cecilia log när hon mindes tillbaka alla undangömda klubbar, konstutställningar, spontanfester hon varit på. För henne var Umeås charm do-it-yourself-kulturen, man gjorde det man ville även om man inte var speciellt duktig på det. Det var ingen slump att Umeå fostrat många stora band och att staden under några år var världens hardcorehuvudstad. Tankarna avbröts av att ett blått tåg rullande in mot stationen. Eftersom det var mitt på dagen var tåget nästan tomt, Cecilia valde en fönsterplats där det inte satt några andra personer i närheten. Vid stationen i Nordmaling sa sken solen och hon påbörjade promenaden mot hälsocentralen, hon stannade upp och tittade på fåglar som sjöng, såg ut över havet när det var öppningar mellan huset. Hälsocentralen var en stor envåningsbyggnad, fasaden bestod av orange tegel och bredvid ingången hängde det en stor skylt där det stod – Nordmalings Hälsocentral. Cecilia stannade upp, kände på handtaget och gick sedan in. Hon stod något villrådig framför receptionen, hon hade bestämt med Krister att hon skulle gå med honom under dagen, men hon hade inte bestämt hur hon skulle träffa honom. Hon gick fram till receptionen och sa att hon sökte Krister.

- Vad är ditt namn?
- Cecilia.

Receptionisten kollade på sin datorskärm en lång stund

- Jag hittar dig inte i listan, har du en bokad mottagningstid?
- Nej det har jag inte.
- Då går det tyvärr inte att träffa Krister, han är uppbokad med patienter hela dagen. Men om du vill så kan jag boka in en telefontid om du vill prata med honom senare i veckan.
- Jag förstår, men det är så att jag är här för att arbetsträna. Jag ska gå med honom idag.

- Jasså, det har jag inte hört något om, men sätt dig ned så kommer han säkert snart ska du se så får ni lösa det där.

Cecilia satte sig i väntrummet. Det såg ut likadant som de flesta andra väntrum hon varit i. Utspridda ljusa stolar och soffor, enstaka bord och tidningar som hade hängt med alldeles för länge. Hon tittade sig omkring, ett äldre par, en ensam äldre kvinna, en mamma med ett spädbarn, en man i Cecilias ålder med kryckor, en pappa med två barn i lågstadieåldern, en gravid kvinna som såg ut att vara i övre tonåren.

- Men hej Cecilia, sa Krister.
- Hej, det var länge sedan.
- Välkommen. Vad roligt att du ville komma hit.
- Tack för att jag fick komma.
- Följ med så ska du få lite kläder, jag ska bara förklara för min patient att han får vänta lite.

Krister gick fram till det äldre paret och sade något, de nickade och log, sedan kom han gående mot Cecilia igen.

- Tråkigt med olyckan, men roligt att du är på väg tillbaka. Jag ligger några minuter efter så jag får visa dig runt senare under dagen när vi får tillfälle.
- Tack.

Krister visade Cecilia rummet där kläderna låg.

- Du får nog byta om på toaletten idag, tänker att du får nycklar och något eget skåp senare.
- Det går bra, vi får ta det som det kommer.
- Jag tänker att jag jobbar på idag, känner du att det blir för mycket är det bara att gå ut ur rummet, du kan sätta dig antingen i fikarummet eller i det lilla väntrummet här bak, sa Krister och pekade på några stolar som stod utanför hans dörr. Sedan får du känna efter när du börjar bli redo att ta egna patienter under handledning. Det får vi diskutera allteftersom tänker jag. Du kan sitta här och vänta så hämtar jag första patienten.

Krister gick iväg med snabba steg. Efter en minut så kom han tillbaka pratandes med det äldre paret. Mannen gick med käpp och stödde sig på kvinnan.

31

- Jag har en kollega med mig från sjukhuset som ska vara med på hälsocentralen för att få se hur vi arbetar här, går det bra att hon följer med?
- Absolut, bra om några läkare från sjukhuset får komma ut hit.
- Välkomna in.

De gick in alla fyra och Krister stängde dörren, han pekade på två stolar som stod framför hans skrivbord.

- Hur mår du Enar? frågade Krister.
- Det har varit bättre.

Enar hade drabbats av en blodcancer som inte hade gått att bota. Han hade strålats och fått cytostatika, det som i folkmun kallas cellgifter, men cancern fortsatte att växa. Till slut hade Enar, hustrun och deras onkolog beslutat att avsluta behandlingen, de tänkte att det var bättre att han fick ett bra sista halvår än hemma än att han fick cellgiftsbehandlingar som slog ut honom flera dagar efter varje behandling. Enar och hustrun Karina hade börjat förbereda sig inför döden.

- Vi pratade förra gången om vilka insatser du vill ha om du blir väldigt sjuk Enar, ni skulle fundera lite mer på hur vi ska göra om du blir allvarligt sjuk i något annat. Vad ska vi göra om hjärtat stannar? Vad ska vi göra om du får en svår infektion?
- Vi har pratat om det och vi tycker båda att det är bäst att jag får stanna hemma, om hjärtat stannar får jag somna in då. Men jag vill gärna att doktorn ger mig något om jag får en infektion, men klarar jag inte av infektion så vill jag ändå vara hemma sista tiden.
- Det tycker jag låter klokt. Risken är stor att du får stanna på sjukhuset tills du dör om du väl kommer in dit. Jag ska absolut försöka hjälpa dig om du får någon infektion, men tyvärr har du sänkt immunförsvar nu och det är stor risk att det till slut blir en infektion som du går bort i.

Cecilia var tagen, det var långt ifrån hennes vardag på akutmottagningen. När någon kom in till akuten gällde det att så snabbt som möjligt sätta in en livräddande behandling.

- Är det något mer jag kan hjälpa dig med, hur har du det med smärtan? Har den blivit bättre sen sist?

32

- Det var mycket bättre ett tag efter att du tog bort statinläkemedlet, men nu har det blivit sämre igen. Jag har så ont i ryggen, har svårt att ta mig upp på morgonen.
- Vad bra att det hjälpte att sätta ut statinen. Om du ska bli smärtfri tror jag att vi måste öka på morfindosen. Det är den bästa smärtmedicinen mot cancerrelaterad smärta. Troligen kommer vi att behöva öka den med jämna mellanrum för att du ska slippa svåra smärtor. Kroppen börjar vänja sig och man behöver högre doser för att få samma effekt.
- Kommer jag att bli snurrig i huvudet?
- Du kommer nog bli lite påverkad, men det vanliga är att man fungerar ungefär som vanligt. Däremot kommer vi när det närmast sig slutet att tvingas ge väldigt höga doser och dessutom andra mediciner för att dämpa smärtan och ångesten. Då är det stor risk att du börjar bli mer snurrig och trött. Jag ökar morfindosen idag och skriver ett brev som du får med dig så att du kommer ihåg allt jag sagt.
- Det låter bra.

Krister skrev snabbt på datorn, skrev ut ett papper och räckte över det till Enar.
- Tack doktorn. Du är duktig, jag hoppas att du vet det.
- Tack Enar, det var fint sagt, ibland vet jag det.

De tog varandra i hand, Krister önskade dem en trevlig dag och sedan gick Enar och Karina iväg.
- Väldigt fin man, det är tråkigt att han kommer att dö snart.
- Jag är helt slut, att du orkar prata om döden på det där sättet.
- Man lär sig, dessutom har jag haft både honom och hans fru som patient i snart femton år. Vi har en bra relation och vi har varit öppna med varandra sedan jag hittade hans cancer. Men vad säger du, ska vi gå till fikarummet?

Krister visade Cecilia in i ett stort rektangulärt rum med utspridda rektangulära bord, ljusa stolar och två soffor i vinkel. Det satt fyra personer vid ett utav borden

- Hej allihop, det här är Cecilia, en kollega från akuten på NUS, hon ska gå med mig ett tag för att se hur vi jobbar här på hälsocentralen.
- Välkommen, vad roligt att du vill komma ut och se hur vi arbetar, sa en äldre kvinna som gick fram och tog i hand.

Krister bjöd Cecilia på automatkaffe och sedan satte de sig vid samma bord som de andra. Samtalet kretsade kring barnens aktiviteter, hur många saker skulle de få hålla på med, skulle barnen få välja aktiviteter helt själva?

- Har du några barn?
- Två stycken.
- Vad tycker du, ska de få hålla på med vad de vill eller ska man styra dem?
- De är båda vuxna och har flyttat hemifrån så jag har inte riktigt det problemet längre.
- Men hur gammal är du, du ser inte alls ut att ha vuxna barn?
- Jag är fyrtiotre, fick båda barnen tidigt.
- Dessutom har du hunnit bli överläkare, imponerande.

Cecilia var van vid att folk blev förvånade över hennes livsval, det var få läkare som hade fått barn tidigt och dessutom såg hon väldigt ung ut för sin ålder. Såg man ut som tidiga trettio kunde man inte ha två vuxna barn och dessutom vara överläkare.

- Nu är det dags, vi har en ny patient om fem minuter.

Cecilia och Krister gick ut mot väntrummet.

- Vi ska träffa Anneli nu, en väldigt fin människa som haft mycket motgångar i livet, jag har varit orolig för henne men tror att det börjat vända nu.
- Vad söker hon för?
- Depression.

De kom fram till väntrummet, Krister log mot en ung kvinna som reste sig upp. Cecilia stannade upp, "hon skulle kunna vara Olivias tvillingsyster", tänkte hon.

- Jag har med mig en kollega från sjukhuset som går med för att lära sig mer om hur vi arbetar på hälsocentraler. Går det bra att hon går med idag?
- Det är okey, sa Annelie.

Cecilia nickade och de började gå mot Kristers rum. Cecilia gick lite bakom Anneli, "hon är kusligt lik Olivia", tänkte hon. Annelie satte sig på stolen mitt emot Krister, Cecilia satt snett bakom Krister.

- Hur mår du Annelie?
- Just nu mår jag något bättre, tror att det håller på att vända, tror att vi kan börja trappa ut den antidepressiva medicinen som vi pratat om.
- Vad roligt att du mår bättre. Har de mörka tankarna försvunnit?
- Inte helt. Men jag har inte tänkt något på att skada mig själv eller att ta mitt liv sista månaden.
- Det har hänt mycket sedan sist låter det som.
- Det har det verkligen. Det känns som att allting bara blir bättre. Min kontroll över livet ökar och jag försöker att göra mer och mer.
- Vad bra, det verkar gå åt rätt håll. Hur mår hundarna?

Annelie sken upp när Krister frågade om hundarna.

- Hundarna mår bra, funderar på att låta Flora få valpar, men det få bli senare när jag har mer krafter. Tror att det är bra att hundarna tvingat mig att gå promenader varje dag. Det har gett mig en struktur i allt kaos.
- Det låter som att du mår bättre vilket är jättebra. Under tiden som vi trappar ut de antidepressiva SSRI-tabletterna tror jag att du skulle må bra av att få träffa någon här på hälsocentralen ibland för att följa hur du mår så att inget negativt händer.
- Det vore tryggast för mig med.

Krister stannade till.

- Som jag berättade om så har jag en kollega med mig idag, sa Krister och pekade på Cecilia. Cecilia är överläkare och jobbar i vanliga fall på sjukhuset, hon har lediga tider i sin tidbok och är väldigt duktig på sitt jobb. Mitt förslag är att ni kommer att träffas en gång i veckan för att utvärdera hur det går med urtrappningen. Hur låter det?

- Det låter jättebra, svarade Annelie.
- Vad bra, då säger vi så. Är det något mer du undrar över eller vill ta upp?
- Nej, inte direkt.
- Är du nöjd med besöket?
- Ja det är jag.
- Vad bra. Jag föreslår samma tid nästa vecka, passar det bra?
- Det passar bra.
- Då kör vi på det. Här får du en minneslapp med tiden så att du inte glömmer bort den, sa Krister.
- Tack.

Annelie reste sig och gick.

- Ursäkta att jag inte frågade dig före jag föreslog att hon skulle gå hos dig. Men jag tänkte att det här är en perfekt patient att få börja med. Annelie säger om det är något som inte stämmer, mår hon dåligt får du prata med mig, antingen att jag hjälper dig eller så får jag träffa henne istället. Men troligen blir det enkla besök som du får låta ta den tid du behöver.
- Det är okey. Jag måste ju börja någonstans.

Cecilia var glad men slut när hon åkte tåget hem. Hon slumrade till och vaknade till först när hennes sätesgranne knackade henne på axeln och sa att de var framme vid Umeå Östra. Cecilia sprang och hann ut just före dörrarna stängdes. Hon visslade för sig själv när hon sakta gick hemåt.

Kapitel 5

När det mobilalarmet ringt klart för trcdje gången så knuffade Stefan på Lisa.

- Du måste upp nu om du inte ska bli försenad. Dessutom väcker du mig så jag inte kan somna om. Gå upp nu.
- Jaja, ska bara ligga kvar lite till så går jag upp sen.

Stefan vred sig i sängen och drog med sig täcket så att Lisa låg helt naken.

- Det blir för kallt.
- Jag vet, gå upp nu.

Lisa reste sig sakta upp till sittande på sängkanten. Efter några sekunder klev hon ur sängen och tog på sig sin mörkblåa varma morgonrock. Hon gick mot duschen med långsamma steg, tog av sig morgonrocken igen och gick in i duschen. Det kalla vattnet väckte henne som så många gånger förr. Hon svor för sig själv och lovade sig att det här året skulle hon bli bättre på att gå upp i tid. "Vem försöker jag ljuga för", tänkte hon. När hon druckit upp kaffekoppen så tutade det på gården. Hon tog en stor klunk, brände sig på tungan, kastade två frukter i en påse och gick mot dörren. Hon dubbelkollade fickorna, "nycklar, mobil, plånbok, pass", sedan öppnade hon väskan, "dator, skrivblock, necessär, underkläder, två klädombyten". Allt var med så hon hoppade ner för trappstegen till taxin.

- Hej, roligt att se dig igen, sa Lisa.
- Detsamma, alltid lika roligt. En fin dag idag, sa taxichauffören och log.
- Det är det, det bådar gott.

De åkte vidare under tystnad. Lisa tittade ut genom fönstret, de gled längst med Umeälven, snön låg i höga drivor utmed vägen och solen strålade. Luften kändes krispigt kall.

- Ha en trevlig dag.
- Tack detsamma.

Lisa tog sin väska och gick in, hon hade fem minuter före incheckningen stängde. Kvinnan som tog emot henne log.

- Du är ute i god tid idag märker jag.

- Nytt år, nya vanor. Förhoppningsvis.

De skrattade ihop. Lisa var inte så mycket för kallprat, men hon kunde uppskatta det i situationer där hon inte var tvungen att fortsätta prata. Att snabbt skämta med personalen passade henne utmärkt. "Det kan bli en bra dag", tänkte hon.

När hon gick ur gaten på Arlanda mötte hon Margareta, Sveriges utrikesminister.
- Lisa, vad kul att se dig, följ med mig så hinner vi prata lite före planet lyfter, sa Margareta och skakade hand med Lisa.

De gick igenom passkontrollerna och sedan vidare till ett litet rum där Lisa, Margareta och två medarbetare började gå igenom dagordningen.
- Det är ju mest formalia och det mesta är redan bestämt på förhand. Men jag tänker att det är bra om vi hinner gå igenom allting, då kanske vi kan ta ledigt ikväll i Barcelona, sa Margareta.
- Det låter ypperligt klokt, sa Lisa.

Mötet skulle handla om CETA, ett handelsavtal som höll på att förhandlas mellan EU och Kanada. Tjänstemännen hade redan förhandlat om avtalet i flera år så det var mest formalia som skulle tas upp under mötet. De hann gå igenom alla punkterna före planet till Barcelona skulle lyfta.
- Bra jobbat, jag tycker att vi gått igenom det bra. Jag har ett telefonmöte ikväll och känner mig nöjd med genomgången, så jag tycker att vi inte går igenom något ikväll utan bara kan träffas en halvtimme före mötet imorgon, vad tycker du? frågade Margareta.
- Jag håller med, sa Lisa.

"En bonuskväll, härligt. Det får jag göra något roligt av", tänkte Lisa. "Hej! Jag fick oväntat ledigt ikväll. Vill du hitta på något. Kram", skrev Lisa i ett sms till Sofia. Efter några minuter kom svaret. "Gärna, men något lugnt så vi orkar med sammanträdet imorgon. Ring mig när du landat i Barcelona. Kram", svarade Sofia. "Det är snart fem år sedan jag träffade Sofia för första gången, tiden går fort. Men tur att jag har henne, utan henne skulle ministermötena vara olidligt tråkiga", tänkte Lisa medan hon gick mot flyget.

Lisa tittade ut genom det tjocka runda flygplansfönstret när de började närma sig stadskärnan. Barcelona såg ut som ett rött fält från ovan, av någon anledning var nästan alla tak ljusröda. Centralt i staden var det ett stort område där alla kvarter var lika stora, små röda kvadrater med hål i mitten som låg i långa rader. "Vackert", tänkte Lisa. Hon hade en förmåga att finna mänsklig planering vacker, planterade skogar med perfekta rader tyckte hon var vackrare än vildvuxna skogar.

De gick ner för landning och Lisa kände pirret i magen. De landade tryggt på flygplatsen El Prat. Lisa fick kväva sin instinkt att klappa händerna när de hade landat. Första gången någonsin som hon hade flugit hade det varit med familjen från Umeå till Gran Canaria, när planet hade landat då så klappade alla resenärer händerna. Lisa saknade den traditionen. Planet gled in till perrongen, Lisa satt kvar och läste tills det började glesna i mittgången. Hon tog sin väska och satte på sig hörlurar. Det var strålande sol när hon gick ut ur planet.

Hotellrummet hade stram stilren inredning. Vita väggar, vitt kakel i badrummet, säng och skrivbord i mörkt trä. Lisa ringde Sofia, efter tredje signalen svarade Sofia.

- Idiotier, lär er köra bil, sa Sofia.
- Hej på dig med.
- Hej, sitter i bilen, blir så less på spanjorerna, de kan inte köra bil. Tutar på mig hela tiden, de har ingen hyfs alls.
- Vad tråkigt, sa Lisa samtidigt som hon hade svårt att hålla sig för skratt. Du har en tendens att råka ut för dåliga bilförare runtomkring dig.
- Jag vet, jag är förföljd av otur i trafiken.
- Men ikväll har du tur, ikväll ska du få träffa mig. Vad ska vi göra?
- Jag kollade runt lite efter att du skrev sms:et, jag har pratat med några vänner som jag gärna vill äta middag med. Du kommer att tycka om dem, det kan jag nästan lova.
- Det låter bra, tack för att du styrt upp. Säg bara vart, när hur vi ska träffas.

- Jag messar dig senare när jag kommit till hotellet, måste fokusera på trafiken nu så att ingen kör på mig.
- Det låter klokt. Vi hörs senare.

När hon hade lagt på luren så skrattade hon gott för sig själv åt Sofias bristande insikt kring sin körförmåga. Hon kollade på klockan, "jag hinner med ett långt bad samt en tur på stan", tänkte hon. När hon sjönk ner i badkaret gick det en rysning genom kroppen för att vattnet var så varmt.

Lisa gick runt planlöst omkring i stan då hon fick syn på ett antikvariat. Hon gick ned för en kort trappa och gick sedan in i källarlokalen. Det var mörkt men mysigt när hon kom in. Kvinnan bakom disken nickade mot Lisa och sa ett svagt "Hola". Lisa besvarade nickningen och började gå omkring bland bokhyllorna. Det var alltifrån Harry Potter till äldre filosofiska verk som trängdes på hyllorna. När hon kom fram till hyllan om spanska inbördeskriget så stannad hon till, "här borde det finnas något att ge till Stefan", tänkte Lisa. Stefans farfars bror hade slagit på demokraternas sida i spanska inbördeskriget via internationella brigaderna. Hon bläddrade bland böckerna och hittade till slut två som verkade intressanta. Efter det gick hon runt och försökte hitta någon förströelseläsning för eftermiddagen, först försökte hon hitta någon intressant fysikbok men det blev till slut en bok om hur Spaniens arkitektur hade påverkats av morernas styre. På en gata några kvarter bort från turiststråken så hittade Lisa en liten restaurang som hade en uteservering där solen låg på. Hon beställde en paella och slog sig ned med sin bok. Efter ett par timmar så gick hon tillbaka till hotellet.

Det plingade till i mobilen. "Möt mig om en halvtimme på mitt hotell", stod det i sms:et från Sofia. Lisa gjorde sig iordning och gick ner i lobbyn där hon fick låna en karta, hon hittade Sofias hotell tittade på kartan, "borde ta ungefär tjugo minuter att gå", tänkte hon. Fyrtiofem minuter senare klev Lisa in på Sofias hotell. Sofia satt i en fåtölj i foajén och läste. Hon sken upp när hon fick se Lisa.
- Hej, vad kul att se dig, sa Sofia.
- Detsamma.

De kramades länge.

- Men vad snygg du var idag, sa Sofia.
- Tack, sa Lisa, detsamma.
- Du är ibland för snygg för ditt eget bästa, kommer bli svårt för mig att koncentrera mig ikväll.

Restaurangen där de skulle möta Sofias vänner var några kvarter bort så de började gå.

- Vilka ska vi träffa? frågade Lisa.
- Mbaluku och Muhammed, två vänner som jag känner sedan länge. Mbaluku är otäckt smart, nästan i nivå med dig, sa Sofia och log mot henne. Jag tror att du kommer att gilla dem.

De kom fram till restaurangenen där de skulle möta Sofias vänner. Restaurang Caelis låg på bottenvåningen av ett vitt sjuvåningshus. Ingången låg på hörnet och på gavelsidorna stack det ut röda markiser med Caelis logga ovanför varje fönster.

- Hej, ropade Sofia och vinkade åt sina två vänner, vad roligt att se er.

Sofia sprang fram och kramade om dem.

- Det här är Lisa, hon är underbar så ni kommer att tycka om henne.
- Hej, trevligt.

De gick ni och följde kyparen till sitt reserverade bord som låg avskiljs inne i ett hörn.

- Vilken vacker restaurang, kul att ni kunde få bord här med så kort varsel
- Muhammed kan fixa allting överallt, det är därför jag är vän med honom, sa Sofia.
- Jag trodde det var för att jag är så rolig.
- Det är bara vad jag säger.

Sofia kramade om Muhammed.

- Idag ska vi fira, sa Muhammed.
- Vad ska vi fira? frågade Sofia.
- Att vi är fyra underbara människor som får äta en god middag ihop, att vi lever. Idag ska vi fira livet.

De slog sig ned vid bordet och tittade i menyerna. Det fanns bara två vegetariska alternativ så det gick snabbt att välja för Lisa. När de hade beställt mat så beställde Muhammed in en flaska champagne.

- Jag sa ju att vi skulle fira idag, nu firar vi.
- Det är klart vi ska fira livet, sa Lisa, det kan man inte göra för ofta.

Samtalen flöt omkring mellan diverse områden och de hade roligt.

- Hur mår Cecilia förresten? frågade Sofia.
- Efter omständigheterna mår hon fantastiskt och kommer nog att bli helt återställd, sa Lisa.
- Underbart. Hur mår Stefan? Har han något nytt scoop på gång?
- Han mår bra, det gör han alltid när han har ett scoop på gång.

Muhammed stannade upp.

- Men vänta nu, pratar ni om Stefan Ström och Cecilia Bielke?
- Det stämmer bra, känner du dem också, frågade Sofia?
- Nej, men jag känner såklart till dem. Hur känner du dem? frågade Muhammed.
- Jag är gift med Stefan och vi bor tillsammans med Cecilia.
- Det har inte Sofia berättat. Du får hälsa honom att avslöjandet av Minerva Holdings var fantastiskt, sa Mbaluku.
- Jag ska hälsa honom det.
- Var inte så ödmjuk Lisa. Hon vill inte berätta det, men hon var en stor anledning till att Minerva kunde avslöjas, sa Sofia.

Lisa rodnade och tittade ned i bordet.

- Jag vet att jag inte får säga det för dig, men idag är jag glad och full, då vill jag skryta på dig min kloka underbara vän.
- Vi ska inte säga något vidare, du behöver inte oroa dig, sa Muhammed.
- Tack, mumlade Lisa.
- Jag skulle själv göra vad som helst för att få göra ett likande avslöjande i Kongo. Det här måste firas ännu mer nu, sa Mbaluku.

När de ätit färdigt så ställde sig Mbaluku upp.

- Nu ska vi hem till mig.

De andra följde med. Lisa kände sig salongsberusad när hon gick och höll Sofia i handen. Mbaluku började sjunga en sång som Lisa inte kände igen.

- Vad sjunger han? frågade Lisa Muhammed.

   – En kampsång från Kongo, han sjunger alltid den när han är på rätt humör.

De kom fram till porten på ett trevåningshus i sten. Mbaluku gick fram till koddosan och tryckte in fel kod. Han stannade upp och ansträngde sig för att slå koden långsamt. Dörren klickade till och Mbaluku öppnade.

-   Lägenheten är på översta våningen.

De gick upp för en spiraltrappa i vit sten. Mbaluku öppnade dörren.

-   Välkomna till mig.

Det var ett en stor lägenhet med högt i tak. Tapeterna var ljusa men alla möbler mörka. Mbaluku visade dom in i vardagsrummet där det stod en mörk skinnsoffa och ett stort brunt bord. På väggarna hängde tavlor, affischer och trävapen som Lisa antog kom från Kongo. Mbaluku kom in med fyra glas och en flaska av vad som såg ut att vara Champagne. Han fyllde glasen.

-   Skål för nya vänskaper.

-   Skål.

När Lisa hade druckit ur glaset så fyllde Mbaluku snabbt på det igen. Efter två glas till så sa Sofia.

-   Jag vill ut och dansa.

De kom snabbt överens om att det var den perfekta planen. Lisa mindes att hon tidigare under dagen hade sagt att hon skulle ta det lugnt, "men det vara före jag träffade mina nya underbara vänner", tänkte hon.

-   Vart ska vi gå? frågade Lisa.

-   Det vet bara Muhammed, han är den som kan fixa allt, sa Mbaluku, Muhammed log.

-   Mina vänner, jag vet det bästa stället att fira på i hela Barcelona.

En kvart senare satt de i taxin och sjöng kampsången som Mbaluku hade lärt de andra. Taxichauffören var först irriterad med efter att Muhammed hade skämtat lite med honom verkade han uppskatta sången.

-   Nu är vi framme mina kamrater, Barcelonas bästa uteställe, sa Muhammed.

Lisa hade förväntat sig en lång kö framför en upplyst ingång ur vilken det pumpade musik. Nu stannade de framför ett fyravåningshus med fördragna rutor.

- Du behöver inte oroa dig min vän, du ska få se att du inte blir besviken, sa Muhammed.

Muhammed betalade chauffören och sedan gick de fram till huvudingången. Det gled fram tå dörrvakter som Lisa inte hade sett. Muhammed bytte några ord med dem, vinkade mot sina vänner och gav dörrvakterna dricks. Dörrvakterna gick åt sidan.

- Välkomna.

De gick in och svängde upp för en halvtrappa till vänster. Där möttes de av en stor garderob.

- Vi måste lämna ytterkläder och mobiltelefoner, det är fotoförbud inne på klubben.

De hängde av sig jackorna och lämnade in mobiltelefonerna. Sedan gick de igenom en båge som var av samma typ som brukade finnas vid säkerhetskontroller på flygplatser. Det pep när Mbaluku gick igenom så en vakt kände igenom hans kläder. Han hade glömt att lägga av sig klockan före han gick igenom.

- Det är många personer som behöver hög säkerhet här inne, ni kommer att förstå varför de gör såhär, sa Muhammed.

När de svängde runt nästa hörn öppnade klubben upp sig. Det var ett stort dansgolv i mitten, runt kanterna var det soffgrupper och bås. Längst bort stod en DJ på ett upphöjt bås. Utefter väggarna gick det upp trappor till ytterligare två våningar med utspridda bardiskar och ännu fler sittplatser, ovanför själva dansgolvet var det helt öppet alla tre våningsplanen. Lisa stannade upp och bara stirrade.

- Är du fortfarande missnöjd? frågade Muhammed.

Lisa log och tog hans hand.

- Nu ska vi dansa.

De gled ner på dansgolvet. Lisa började känna svetten rinna ner efter ryggen. Mbaluku dansade med stora rörelser och verkade inte bry sig om något annat än dansen. Muhammed gled efter ett tag iväg och hälsade på diverse personer. Lisa tittade sig omkring, hon kände igen två personer som hon trodde var skådespelare, en fotbollsspelare och

44

några andra som hon inte riktigt kunde placera. Lisa dansade fram till Sofia och viskade i hennes öra.

- Ikväll vill jag göra mer än att bara sova med dig.

Sofia log mot henne och drog Lisas ansikte mot sitt. De hånglade några minuter. Sofia viskade något i Lisas öra, Lisa hörde inte riktigt vad hon sa, men förstod av leendet vad hon menade. De gick och satte sig med Muhammed och några av hans vänner.

- Undrade just när Muhammed skulle presentera mig för skönheten som lyser upp rummet, sa skådespelaren som Lisa nyss sett på dansgolvet men inte kunde placera.
- Vet inte om det är mig du menar, men jag heter Lisa. Vad heter du?

Han presenterade sig och erbjöd henne champagne. Lisa kände igen namnet men kunde inte komma på i vilken film det var hon sett honom.

- Nej tack, dricker jag något mer kan jag tappa kontrollen och då tappar jag alla spärrar.

Skådespelaren log mot Lisa. Hon slog sig ned med Sofia bredvid honom. Mannen blev förvånad när det framkom att Lisa var i Barcelona för att hjälpa svenska utrikesministern i förhandlingarna om CETA-avtalet. Samtidigt som Lisa pratade med skådespelaren så lät hon sin hand glida upp efter Sofias lår under bordet. Hon lät långfingret glida innanför kjolkanten. Sofia klämde ihop låren och Lisa tog tillbaka handen.

- Vill du dansa? frågade skådespelaren.
- Absolut. Jag ska gå hem snart så vore perfekt att få dansa mig trött först.

De gled ut på dansgolvet tillsammans med Muhammed och Lisa. Mbaluku stod en bit bort med några vänner och skrattade högt. Skådespelaren visade tydligt att han ville göra mer än att bara dansa med Lisa. Hon dansade nära honom och lät honom smeka hennes kropp, sedan dansade hon ifrån honom och skrattade.

- Sa jag inte att jag hade viktiga förhandlingar imorgon?
- Det sa du, men imorgon är långt bort, just nu ska vi bara njuta av livet.

Lisa log mot honom. Sofia böjde sig fram mot henne.

- Jag börjar bli trött, om jag ska orka mer än att bara sova måste vi gå snart.
- Självklart, jag känner mig också lite trött.

Lisa böjde sig fram mot skådespelaren.

- Det var väldigt trevligt att träffa dig, men nu måste jag gå.
- Ska du inte stanna med mig?
- Inte idag. Kanske om våra vägar möts igen, men inte idag.
- Om du kommer till Los Angeles vill jag gärna träffa dig, här har du mitt nummer.

Skådespelaren gav Lisa en lapp med ett telefonnummer. Hon tackade och gav honom en puss på kinden.

- Glömt inte att vi ska äta middag imorgon, sa Mbaluku före de gick.
- Det ser vi fram emot.

De hämtade kläderna och mobiltelefonerna. Under tiden de klädde på sig frågade en av vakterna.

- Vill damerna att jag ordnar en taxi?
- Gärna.
- Då fixar jag det. Välkomna åter.
- Tack.

När de gick ut ur byggnaden stod det en taxi redan där väntade på dem. Chauffören höll upp bakdörren. Lisa sa hotellnamnet och lät handen än en gång glida upp efter Sofias lår. Sofia bet sig i tungan och stönade lågt. De gick fram till den stora receptionen.

- Jag skulle vilja visa min väninna utsikten från hotellrummet, sa Lisa och visade fram sin legitimation.

Receptionisten tittade leende på dem.

- Välkomna. Hoppas att ni njuter av utsikten.

De började hångla redan i hissen, sedan gick de hånglandes igenom hotellkorridoren på väg mot Lisas rum. När de kom innanför dörren så började de ta av sig kläderna på väg mot sängen. Lisa puttade ner Sofia i sängen och ställde sig på knä bredvid sängkanten, hon lutade sig framåt och lät tungan glida upp sakta efter Sofias lår. Lisa tittade upp på Sofia och njöt av synen.

Morgonen efter så kände Lisa av huvudvärken när väckarklockan ringde. "Ska bara snooza några minuter", tänkte hon. Några minuter blev till många minuter. Det knackade på dörren. Lisa förstod att dörren inte gick att öppna utan passerkort så hon hoppade snabbt ur sängen, öppnade dörren och sprang tillbaka till sängen igen.

- Kom in.

Margareta öppnade dörren försiktigt.

- Jag skulle behöva gå igenom några saker med dig före konferensen. Tänkte kolla om du var vaken så vi kunde gå igenom det på ditt rum.
- Jag är vaken, kom in.

Margareta gick fram mot sängen.

- Du verkar vara en sjusovare.
- Blev senare dans igår än vad jag hade tänkt. Men får jag bara i mig lite vatten så är jag redo för dagen.

Lisa gick till badrummet och Margareta satte sig på sängen.

- Vad tänker du kring texten kring möjligheten för företag att stämma länder? Vad kan vi göra för att ändra den?
- Jag har några förslag, men det beror lite på hur stark lobbyn har varit mot andra EU-ledare. Det bästa vore såklart att ta bort den möjligheten för att möjliggöra för länder att fatta egna beslut kring miljö och arbetsrätt. Men jag befarar att det är omöjligt att få bort den delen av avtalet helt och hållet. Det bästa vi kan göra är nog att begränsa möjligheten och om vi har tur kan man få in en klausul där det står att den delen av avtalet ska utvärderas inom några år.

Sofia drog bort täcket från huvudet.

- God morgon.

Margareta ställde sig upp.

- Ursäkta mig, jag visste inte att du hade besök.
- Det är ingen fara, vi är nära vänner, hon sov över hos mig.

Sofia ställde sig upp naken, tog sin klädhög och började klä på sig.

- Jag ska just gå så det är ingen fara. Men vi ses ikväll Lisa, vi kan ju höras närmare under dagen och planera middagen.
- Absolut, tack för igår, vi ses ikväll.

Margareta hade ställt sig vid dörren och verkade inte veta vart hon skulle titta.

- Trevligt att träffas, sa Sofia och sträckte fram handen.
- Trevligt, sa Margareta.

Sofia öppnade dörren och klev ut. Lisa kom ut från badrummet.

- Var börjar vi? frågade Lisa.
- Ja just ja. CETA.

Lisa kände sig rejält bakis, hon hade solglasögon på sig där hon satt snett bakom Margareta. Samtalen flöt på utan några större diskussioner, redan före mötet hade Frankrike, Storbritannien och Tyskland enats om att lägga fram en ny text. Det var en kompromiss som de flesta var lagom missnöjda med. Lisa kom med några enstaka inlägg i Margaretas öronsnäcka, förslag på formuleringar och hur hon tolkade andra länders inlägg. När de bröt för lunch så sms:ade Lisa till Sofia, "Tack för igår. Länge sedan jag var tonårsbakis. Vart ska vi äta ikväll?". Några minuter senare kom svaret. "Mbaluku vill bjuda på mat hemma hos honom, vi kan ju ta en taxi dit tillsammans. Vi tänkte ses runt sjutiden". Lisa gick tillsammans med Margareta och några till medarbetare till en lunchrestaurang i närheten. Hon beställde en grönsaksgryta men kände att magen inte riktigt var med henne efter att ha ätit några skedar. Efter lunch fortsatte det på samma sätt, nästan ingen diskussion och mötet tog slut långt före utsatt tid. Margareta åkte direkt till flygplatsen, Lisa åkte hem till hotellrummet. Hon stupade i säng och sov ända tills Sofia ringde.

- Är du redo?
- Jag kommer om fem minuter. Jag är nästan klar.

Sofia skrattade.

- Du låter nyvaken, kan det vara så att jag ringe och väckte dig?
- Det kan vara så.
- Bra, då kommer jag upp. Tog en promenad till ditt hotell när du inte svarade på mina sms. Visst var det rum 410.
- Det stämmer. Jag snabbar mig.

Några minuter senare knackade Sofia på dörren.

- Jag är helt förstörd, hur mår du idag? frågade Lisa.

- Jag verkar må betydligt bättre än dig i alla fall.

Halv åtta satt de i en taxi på väg mot Mbaluku. Lisa la på det sista sminket under färden. De kom fram och Sofia betalade chauffören. Efter lite letande hittade de Mbalukus namn bland knapparna på porttelefonen. Efter några sekunder hörde de Mbalukus röst.

- Välkomna upp, jag har öppnat dörren.

De gick upp för den vita marmortrappan och knackade på dörren.

- Vad roligt att se er. Vad säger ni, ska vi fira idag igen?
- Tror inte riktigt jag orkar det, sa Lisa.

Mbaluku skrattade.

- Du ser ut som en slagen hjältinna. Ikväll blir det bara middag. Jag ska bjuda på mat från Kongo.

Muhammed kom gåendes mot dem.

- Vad härligt att se er, tror att det var något konstigt med maten igår, jag har haft huvudvärk hela dagen.
- Det är den enda rimliga förklaringen, sa Sofia.

Mbaluku gav dem varsitt glas med bål.

- Det är knappt någon alkohol så ni behöver inte oroa er. Det är mest en frukt och bärblandning. Maten är strax klar, ni kan slå er ner i vardagsrummet till dess.

Lisa och Sofia gick tillsammans med Muhammed in i vardagsrummet. Lisa ställde sig vid den stora mörkbruna bokhyllan som täckte hela ena väggen. Det var en stor blandning av böcker, främst afrikansk historia, deckare, filosofi, ekonomiböcker och politiska böcker. "Imponerande", tänkte Lisa. Muhammed ställde sig bredvid henne.

- Det är en stor samling, läser du mycket? frågade Muhammed.
- Det kan man nog säga, svarade Lisa.
- Du underdriver som vanligt. Det finns ingen som jag känner som varken läser så mycket som dig eller läser så snabbt som dig, förra gången du var på besök hos mig läste du två böcker under flygresan ned, sa Sofia.

Lisa log.

- Hur känner ni förresten varandra? frågade Lisa.

- Vi träffades för massa år sedan via gemensamma vänner i Athen. Muhammed bodde där under en tid. Vi klickade och började hänga mycket, nu blir det tyvärr inte lika mycket när vi bor så långt ifrån varandra.
- Vad förde dig till Athen Muhammed?
- Jag kommer från Saudiarabien och är homosexuell. Det är en dålig kombination om man vill överleva, så jag valde att flytta.
- Vad tråkigt. Längtar du tillbaka?
- Varje dag, även om det var hemskt på många sätt är det ändå mina rötter. Men jag skulle utsätta mina anhöriga för fara om jag åkte tillbaka. Saudiarabien är en hemsk diktatur, men eftersom de förser västvärlden med olja så är det ingen som vill hjälpa de motståndskrafter som finns. Det är ett konstigt land jag kommer ifrån, det land som skapar och försörjer terroristorganisationer, men trots det kommer de undan kriget mot terrorn. Spelar ingen roll att femton av de nitton flygplanskaparna den elfte september var från Saudiarabien, oljan ger dem fria händer.
- Pengar ger makt, sa Sofia.
- Och makt gör att man kommer undan bestraffning, det har väl du lärt dig, sa Muhammed och riktade sig mot Lisa.

Mbaluku kom ut från köket.

- Maten är klar.

De gick in i köket. Det stod en stor rykande lergryta mitt på bordet, bredvid grytan stod skålar med ris, banan, svartkål och arrowrot. Framför varje plats var det en tallrik med en stor vit degliknande boll på dem.

- Det är en Mwambagryta som jag serverar. Den vita bollen är fufu, ni lägger soppan på den och sedan äter ni antingen med händerna eller med bestick.
- Det luktar fantastiskt, sa Sofia.

När de satte sig ned så sa Muhammed.

- Nu måste du berätta mer om hur ni lyckades sätta dit Anita och Minerva.
- Vill ni höra den korta eller långa historien?

- Vill vi höra en långa historien, sa Mbaluku.

Lisa berättade från början, alla de andra var helt uppslukade av berättelsen.

- Nu måste jag gå på toaletten, du får inte berätta något mer under tiden, jag vill höra allt, sa Muhammed.
- Fantastiskt god mat Mbaluku.
- Tack, det var min favoriträtt när jag växte. Men nu när jag bor själv blir det sällan att jag lagar den.

Muhammed kom tillbaka från toaletten.

- Nu får du fortsätta.

En timme senare hade Lisa berättat klart. Muhammed och Mbaluku var märkbart tagna.

- Det känns som att jag är den enda som pratat under middagen, nu måste ni berätta om era liv, sa Lisa.
- Vem vill följa efter en sådan historia? frågade Mbaluku.
- Inte jag, sa Muhammed.
- Vad vill du veta? frågade Mbaluku.
- Det verkar som att du fortfarande älskar Kongo, varför flydde du då?
- Jag är uppväxt i en politisk familj, min mor och far var engagerade i en vänsterorganisation. När Mobutu tog över makten så slutade de formellt i partiet, men i praktiken så blev de ännu mer engagerade. De arbetade underjordiskt under många år. Men utåt märktes ingenting, de var ett lyckligt skötsamt par som hade fem barn. När sedan första Kongokriget bröt ut så var mina föräldrar aktiva i upproret som störtade Mobutu. Men sedan bröt andra Kongokriget ut och eskalerade snabbt i Kivu där vi bodde. Gerillaledarna gillade inte att mina föräldrar var med i ett populärt vänsterparti. Mina föräldrar hotades men vi stannade kvar. En natt så blev vårt hus beskjutet av en maskerad man med automatgevär. Mannen sprang iväg men vi förstod att det varit en av gerillaledarens män som hade skjutit. Min syster fick en kula in i magen och akutopererades samma natt. Hon överlevde men har fortfarande kvar nervsmärtor i delar av buken och höger ben. Vi fick en lapp i brevlådan dagen efter skottlossningen där stod de att

51

vi hade en vecka på oss att flytta om ingen olycka skulle ske. Tre dagar senare så lämnade vi byn och hamnade i ett flyktingläger, efter ytterligare fyra år på flykt så hamnade vi till slut i Spanien. Vi levde gömda under två år tills mina föräldrar fick politisk asyl. Sedan dess har jag bott i Spanien.

- Oj vilken historia. Har du kunnat resa tillbaka till Kongo? frågade Lisa.
- Jag har varit i Kinshasa en gång för fem år sedan, men nu skulle det aldrig gå.
- Varför det? frågade Sofia.
- Jag har skrivit mycket om konflikterna i Kongo, framförallt i Kivu. I texterna har jag hängt ut många högt uppsatta personer som inte vill att jag ska komma tillbaka. Så även om jag formellt har rätten att resa in i Kongo så är risken stor att jag skulle råka ut för en olycka om jag återvände. Min förhoppning är att det snart blir fred på riktigt så att jag kan resa tillbaka.
- Vill du flytta tillbaka dit?
- Det tror jag inte, jag har vant mig vid ett helt annat liv som jag trivs med. Men jag skulle göra vad som helst för att hjälpa Kongo, det är fortfarande ett av mina två hemländer.
- Du har gått igenom mycket, sa Lisa.
- Det har ni alla, sa Sofia. Skål för stärkande motgångar.
- Skål.

De fortsatte middagen till långt in på småtimmarna. Både Lisa och Sofia var för trötta för att spendera natten ihop.

- Hoppas vi ses snart, sa Sofia.
- Det hoppas jag med. Det här har varit en fantastisk resa, sa Lisa.

Kapitel 6

Tåget färdades snabbt söderut. Cecilia var på väg mot Hörnefors hälsocentral. Det gick bra med arbetsträningen, Cecilia orkade koncentrera sig hela arbetstiden, även om det bara var två timmar per dag så var hon trots det väldigt nöjd. Hennes krafter ökade så sakteliga och det mesta pekade på att hon skulle bli helt återställd. "Jag ska inte ta ut för mycket i förskott, det kan fortfarande bli stora motgångar", tänkte Cecilia. Hon visste inte hur rätt hon skulle få senare under dagen.

Cecilia gick med Krister på hans mottagning. Första patienten var en yngre gravid kvinna som hade problem med att det sved när hon kissade. Krister tog urinprov som visade att hon hade en urinvägsinfektion. Krister skrev ut ett antibiotikarecept och kvinnan kunde åka hem helt nöjd.

- Hur känns det att träffa din första egna patient? frågade Krister.
- Det känns faktiskt lite nervöst.
- Det är inte så konstigt, du har haft en omtumlande tid. Men jag är övertygad om att du kommer att göra fint jobb.
- Tack, det kommer säkert att gå bra. Jag får presentera mig som överläkare så jag får lite auktoritet bakom mina ord, sa hon och skrattade.

Krister log mot henne. Cecilia kände att hjärtat slog snabbare. Hon skakade sina axlar, tog ett djupt andetag och gick sedan ut till väntrummet.

- Välkommen Annelie, sa Cecilia.
- Tack.

De gick mot ett rum som Cecilia hade fått låna. Cecilia öppnade dörren och lät Annelie gå in först. "Hon ser ut som en kopia av Olivia", tänkte Cecilia.

- Hur mår du idag? frågade Cecilia.
- Jag mår lite bättre, även om jag fortfarande är nedstämd så känns det som att det sakta går framåt.

- Tråkigt att du mår dåligt, men bra att det går framåt. Vill du berätta vad det är som tynger dig?
- Det är en lång historia doktorn.
- Vi har gott om tid. Men berätta bara det du känner dig trygg att berätta.

Annelie började berätta. Hon var uppväxt som ensamt barn till två föräldrar med alkoholproblem, i ett avskilt hus långt från närmaste granne. När hon var sex år så hade hennes mor dött under oklara omständigheter, modern hade varit alkoholpåverkad och gett sig ut i bara underkläder mitt i vintern. Föräldrarna hade bråkat men fadern sa att han inte mindes något mer. Även om polisen misstänkte att fadern hade hotat modern och på så sätt tvingat henne ut i vinternatten fanns det inga bevis. Efter moderns död gick det utför med fadern. Han drack mer och mer, förlorade sitt arbete. Annelie började skolan och visade sig till en början vara duktig. Men hon var tvungen att ta mer och mer ansvar hemma. När hon var nio år så handlade hon mat, lagade maten och städade så gott det gick. Hon kämpade hårt för att hålla upp fasaden utåt, hennes fröken i mellanstadiet började misstänka att det inte stod rätt till hemma, men Annelie ljög och berättade hur kärleksfull hennes far var mot henne. Även om inte lärarinnan inte trodde helt på det så räckte det för att hålla socialtjänsten utanför. Annelie visste att hennes far inte skulle klara sig utan henne och hon förstod att skulle socialtjänsten få reda på hur de hade det hemma skulle hon inte få bo kvar. Första åren i skolan hade Annelie många vänner. Men ju mer åren gick desto mer började hon dra sig undan, kompisarna började allt oftare fråga om de fick komma hem till henne någon gång, hon kom med ursäkter och genomskinliga lögner. Hennes far blev sämre och sämre. När hon var tretton började fadern ta hem tre vänner till sig, de kunde sitta flera dygn i sträck och supa. Vännerna kom med sexuella förslag till Annelie, några gånger tafsade de på henne när inte fadern såg. Annelie försökte till en början att sova över hos vänner så ofta det gick, men till slut började vännernas föräldrar ställa frågor om varför hon inte ville sova hemma. Rädslan för att koppla in socialtjänsten var djupt rotad. När hon var fjorton så kom en av faderns kompisar in och la sig i hennes säng när hon sov. Hon vågade inte göra något utan låg helt still när han tog av sig naken. Som tur var för henne snubblade mannen till och trasslade in sig i sina jeans. Det gjorde att hon kunde springa ifrån rummet. Det var i slutet på maj och det var en mild försommarnatt. Hon tog med sig ytterkläder och sprang sedan ut i skogen. Den händelsen tog de sista krafterna från henne, hon cyklade på kvällen ut till havet, hon hade bestämt sig för att det fick vara slut. När hon kom fram till den avskilda badviken så klädde hon av sig alla kläder och börjad sedan simma rakt ut. Planen var enkel, hon skulle simma tills hon inte orkade mer, efter det var det bara att låta naturen ha sin gång. Men när hon simmat ungefär en fem minuter så började hon att ångra sig, hon vände om, det fanns en annan väg att gå. När hon kom in till stranden igen så frös hon mer än vad hon någonsin hade gjort. Hon låg instängd på sitt rum i fyra dagar med hög feber. Varje gång hon kom hem efter det och såg att hennes fars vänner var på besök väntade hon tills det blev mörkt, sedan klättrade hon in genom fönstret i sitt rum, dörren till hennes rum var alltid låst när hon var hemifrån. Fadern var för full för att märka att hon var borta, och när Anneli nästa morgon gick till skolan så sov alltid fadern. Åren gick, Annelie klarade högstadiet med godkända betyg, hon sökte till omvårdnadsprogrammet på gymnasiet och kom in. En natt hörde hon extra högljudda bråk, hon förstod av de upprörda rösterna att hennes far var skyldig någon av de andra pengar. Hon hade bestämt sig för att flytta hemifrån den dagen hon fyllde arton, men när hon hörde bråket om pengar så började hon tveka, hon var rädd för vad som skulle hända med hennes far om hon flyttade ifrån honom. Artonårsdagen hade varit en räddning i fjärran sedan den natten då hon simmade rakt ut i havet. Nu var hon just fyllda sjutton år, hon ville inte veta att hennes far var skyldig någon pengar. Månaderna gick, bråken blev alltmer högljudda mellan fadern och en av hans vänner. En dag när det bara var en månad kvar tills hennes artonårsdag hörde hon något som skulle förändra hennes liv för alltid. Hon var helt i chock när faderns vän kom upp och knackade på dörren, hon visste inte vad hon skulle göra, hennes hjärna sa åt henne att fly, men hon kunde inte, hon stod bara still. Till slut lyckades faderns vän få upp dörren. Det var en femtioårig man med ölmage, han hade smutsiga kläder och var tydligt berusad.

Han tvingande henne ner i sängen och började ta av sig kläderna. Den natten förlorade hon oskulden genom att bli våldtagen av en äldre berusad man som stank öl. Men det var inte det största sveket, det var orden hon hade hört sin far uttala före mannen kom upp. Fadern hade sagt att vännen fick ligga med Annelie om han drog av tre tusen på spritskulden. Efter våldtäkten gick faderns vän ner och söp vidare som om inget hade hänt. Anneli märkte att fadern var ångerfull men han fortsatte supa. Två veckor senare hördes hon sin far säga samma sak igen, men nu var det två tusen kronor. Den här gången var hon förberedd, hon hoppade ut ur fönstret och sprang till skogs som hon hade gjort så många gånger förr. Samtidigt som hon var ute i skogen började hon smida en plan. Dagen före hon fyllde arton så var hon uppe på rummet, allting var förberett. Fadern och mannen var de enda i huset förutom Annelie. De började bråka om pengar, fadern sålde återigen Annelie för två tusen kronor. När mannen kom upp denna gång så låg Annelie på sängen, mannen log mot henne och gick fram mot henne. När han lade sig på henne så stötte hon en morakniv rakt genom bröstet, hon såg hans häpna min när blodet snabbt pumpade ur bröstkorgen. Annelie ropade på fadern som kom upp till hennes rum, väl där inne så förklarade hon för honom att mannen försökt våldta henne och att hon varit tvungen att försvara sig. Fadern blev ursinnig och började först att hota Annelie, sedan började han slå henne, hon tog sig loss och sprang utför trappan. Det sista hon hörde sin far säga var grova hotelser. Hon väntade några timmar tills hon var säker på att fadern sov, sedan gick hon hem igen. När hon kom hem så gick hon upp till sovrummet. Där låg fadern med en kniv i handen och båda handlederna uppskurna, han hade lämnat en lapp där det stod "Förlåt". Polisen gjorde en kort utredning, två fyllon hade mördat varandra med kniv. Annelie ärvde huset och eftersom hon hade fyllt arton så fick hon bo själv. Hon vägrade ta emot någon psykiatrisk hjälp utan ville klara sig själv. Efter att hon gått ut gymnasiet med svaga betyg så började hon jobba nattpass som personlig assistent till en brukare. Det gjorde att hon fick pengar men slapp träffa människor, hon undvek alla möten på arbetet och handlade på tider då det var tomt på affären. Åren gick men Annelie mådde allt sämre och sämre. Hon hade inte bearbetat några av händelserna och funderade ofta på att ta sitt liv. En dag för två år sedan så sökte hon Krister på hälsocentralen för att hon behövde ett sjukintyg. Han frågade hur hon mådde och då brast det för henne. Hon berättade, han dömde inte henne utan sade bara att han ville hjälpa henne. Efter det hade hon fått återkommande samtal med Krister och en kurator, dessutom hade hon fått antidepressiv behandling i form av SSRI-piller. Men nu var det bättre, nu var hon äntligen på väg till ett någorlunda normalt liv.

- Vad starkt att du berättade det här. Du har gått igenom mycket hemskheter, mer än vad någon människa ska behöva utsättas för. Men det verkar som att du på något sätt ändå orkar kämpa. Du är en väldigt stark person, sa Cecilia.
- Tack.

Annelie började gråta. Cecilia satt tyst och väntade minut efter minut, hon lät Annelie gråta tills hon kände sig redo.

- Tack Cecilia, tack för att jag fick berätta.
- Det är mitt jobb, jag hoppas att jag kan hjälpa dig.
- Det har du redan gjort, jag har aldrig berättat allting på en gång för någon förut, det kändes skönt på ett konstigt sätt att få göra det.
- Du har gått igenom mycket.
- Det har jag, men nu ska jag börja må bättre. Får jag träffa dig nästa vecka?
- Ja det får du göra, samma tid nästa vecka.

Cecilia var helt tagen efter samtalet med Annelie, hon hade svårt att koncentrera sig när hon satt med när Krister tog andra patienter. "Jag hade kanske en ganska bra uppväxt trots allt", tänkte hon. Cecilia hade svårt att prata med Stefan och Lisa under middagen. Annelies livshistoria hade satt djupa spår. Det blev ännu värre av att hon inte kunde diskutera det hon fått reda på med vare sig Stefan eller Lisa på grund av tystnadsplikten. Klockan nio släckte hon lampan och somnade direkt, helt utmattad.

Kapitel 7

Det doftade ljuvligt när Cecilia gick upp efter sin eftermiddagsvila. Stefan stod visslandes i köket när hon kom ut.

- Hoppas du haft en skön vila min sköna.
- Det har jag. Varför har du så gott humör?
- Jag har ett underbart liv och har två ljuvliga barn som mår bra. Dessutom så bor jag med två människor som jag älskar, räcker inte det?
- Men det något mer än det. Har det hänt något särskilt?
- Vi ska bli en brottlösartrio igen. Du ska få höra mer till middagen när Lisa kommit hem.

Stefan skakade på huvudet, mumlade "brottslösartrio" och skrattade. Cecilia gick upp och duschade. När hon kom ner igen så satt Lisa vid matbordet med ett glas vin. Stefan bar fram en lergryta som det puttrade i. Efter grytan bar han fram skålar med sallad, oliver, bröd, soltorkade tomater och hummus.

- Varsågoda.
- Härligt, det doftar gott.

Till en början småpratade de och berömde den goda maten. Men efter några minuter så sa Stefan.

- Jag har som ni vet gått igenom Anitas dator och mejlkorrespondens. Till en början gick det väldigt trögt, men nu på slutet har det lossnat litegrann. Det är tre personer som Anita mejlar mycket med, i mejlen har jag hittat saker som tyder på att brotten som kom fram under rättegången mot Minerva var bara toppen av isberget.

Stefan gjorde en lång paus.

- Vill ni hjälpa mig med det här? Jag skulle aldrig klarat det utan er hjälp förra gången.
- Självklart vill vi hjälpa dig, sa Cecilia.
- Säg bara vad vi ska göra, sa Lisa.

- Jag tänker mig såhär, jag ska berätta det jag vet ikväll, sedan får ni sätta er in i materialet och när ni gjort det diskuterar vi hur vi ska gå vidare.

Stefan fortsatte sin berättelse. Till en början hade han gått igenom Anitas alla mejl. De flesta var irrelevanta, men några innehöll ledtrådar som gjorde att han kunde forska vidare. I flera av mejlen från de tre personer som Anita hade mejlat med kring Minerva Holdings stod det uttryckligen att mejlen skulle raderas från datorn efter att de var lästa, den säkerhetsåtgärden hade antagligen gjort att mejlskrivarna hade slarvat med vad de skrev. Även om ingen av de andra tre personerna aldrig skrev sina namn i mejlen så framkom det flera uppgifter som gick att använda för att utforska vilka mejlskrivarna var. Det framkom i mejlen att de vart inblandade i fler saker än vad som kommit fram i Minervahärvan. Där hade fokuset varit på trafficking och vapenhandel lokalt i östersjöområdet. I mejlen stod det om vapensmuggling till Kongo där betalningen för vapnen hade varit mineraler, framförallt coltan. Stefan förklarade att coltan är en värdefull mineral som är en viktig komponent i både datorer och mobiltelefoner.

- Det verkar som att du är något stort på spåren.
- Det är jag, eller snarare vi, men det kommer att ta lång tid att få in tydligare bild. Jag vill inte gå ut med något förrän det är helt vattentätt, för det är högt uppsatta personer som jag kommer att anklaga för hemska brott.
- Det låter klokt. Kan du berätta vilka det är?
- Det är som sagt bara en av personerna om jag är ganska säker på. Jarl Bonde är en av mejlskrivarna.

Lisa och Cecilia ryckte till. Jarl Bonde var inte vem som helst, han hade varit en framträdande minister i Sveriges föregående regering. Jarl hade formellt varit EU-minister men i praktiken varit väldigt aktiv i all utrikespolitik. Han hade kritiserat många olika länder för bristande demokrati och för brott mot mänskliga rättigheter viket han hade fått mycket beröm för. Han hade själv kritiserats då han hade haft stora aktie- och optionsinnehav i ett par företag som utvecklats positivt av politiska beslut som han själv hade varit med om att fatta. Den hårda kritiken från oppositionen hade han avfärdat som vänsterpropaganda.

Den allmänna mediala bilden av Jarl var att han var en kompetent politiker som kämpade för fred. Efter sin tid som EU-minister så hade han arbetat med diverse styrelser och organisationer som sade sig kämpa för just fred och frihet. I praktiken innebar fred och frihet att USA skulle fortsätta med sin militära dominans för att skapa fred och att marknader skulle avregleras för att privata företag skulle skapa frihet.

- Om du ska anklaga Jarl Bonde så måste du göra ett väldigt gediget förarbete, sa Cecilia.
- Det är jag medveten om, det är därför jag frågar just er.

Kapitel 8

Solen sken. En man som var ute och gick med sin hund mötte en kvinna, de nickade mot varandra. Kvinnan gick vidare och svängde runt ett gathörn. Mannen med hunden såg på klockan och insåg att det var dags börja vända hemåt. Det kom en annan man gåendes bakom kvinnan, han närmade sig med snabba steg, samtidigt som kvinnan vände på huvudet för att se vem det var som kom upp bakom henne kände hon något föremål tryckas in i hennes rygg. Kniven passerade genom Trapeziusmuskeln där den trasade sönder två små artärer och en ven, fortsatte sedan genom pleurasäcken in i lungan. Mannen fångade henne och vred om kniven samtidigt som han viskade, la morte libera, i kvinnans öra. Det hördes ett pysande ljud när han drog ut kniven. Luften flödade in i utrymmet mellan lungan och thoraxväggen, kvinnan hade fått en begynnande pneumothorax. Mannen lyfta handen för att hugga igen när han avbröts av att någon skrek bakom honom. "Vad fan gör du". Mannen hejdade hugget och började springa från brottsplatsen. Hundägaren sprang fram mot kvinnan och tryckte sin hand mot såret samtidigt som han tog upp sin mobiltelefon och ringde 112.

Kapitel 9

Annelie satt på utsatt tid i väntrummet när Cecilia kom för att hämta henne.

- Välkommen, sa Cecilia och visade vägen med en handrörelse.
- Tack.

De gick sakta genom korridoren. Cecilia tyckte att det kändes konstigt att småprata på vägen till mottagningsrummet när det sista samtalet de hade haft hade varit så känsloladdat. Cecilia öppnade dörren och lät Annelie gå in före. En stol var framdragen åt Annelie, Cecilia satte sig på stolen mitt emot.

- Vi pratade länge förra gången, vill du berätta hur det kändes? frågade Cecilia.
- Det kändes bra, men jag blev helt slut efter samtalet. Allt som skedde under min uppväxt är fortfarande ett stort sår för mig.
- Det var starkt gjort av dig tycker jag.
- Det är så lätt att prata med dig doktorn så jag pratade nog bara på tror jag.
- Det är bra om du känner så. Jag skulle vilja veta hur du mår nu idag.
- Jag mår ganska bra, krafterna har kommit tillbaka som jag sa, dessutom har de mörka tankarna sakta börjat försvinna. Jag har inte tänkt på att ta mitt liv någon gång den senaste veckan. Det har inte gått så länge sedan pappa dog.
- Det låter som att allting går åt rätt håll, och det verkar även som att det är rätt beslut att trappa ut SSRI-medicinerna.
- Jag tror det, det känns sakta bättre, jag har till och med börjat fundera på att börja arbeta igen litegrann. Jag klarar av mycket mer än tidigare. Nu kan jag gå runt på ICA när jag handlar, förut gick jag bara in och tog de fyra sakerna jag skulle ha. Sista veckan har jag testat att laga nya maträtter.
- Vad bra. Att laga mat tror jag att du mår bra av och jag tror att du även skulle må bra av att börja jobba. Men det gäller att du börjar i liten skala och ökar takten sakta.

62

- Absolut, jag ska inte gå in i väggen nu när allting går så pass bra.
- Jag tänkte fråga dig om hundarna också. Vad har du för hundar? Hur mår de?

Annelie lyste upp, sedan började hon berätta. Hon hade två hundar, en vallhund och en jakthund. Annelie tränade dem i både spårning och lydnad. När hon mådde bättre var målet att börja tävla. Det var som att hon blev en helt ny människa när hon började prata om hundarna, allt det tveksamma och nedstämda var som bortblåst. Efter några minuters samtal om hundarna så rätade Cecilia på ryggen.

- Det verkar som att du mår bättre, vad härligt. Jag funderar på en sak och har ett förslag. Mitt förslag är att jag vill ge dig hemläxor som du ska göra till nästa möte. Hur låter det?
- Kanske. Vad är det för hemläxa?
- Den första läxan tänker att du varje kväll skalla skriva ner tre saker som har gjort bra under dagen. När du kommer tillbaka nästa vecka så får vi se om du tyckt om övningen eller inte.
- Det kan jag testa.
- Har du några fler frågor?
- Nej det har jag inte.
- Då kör vi samma tid nästa vecka.
- Det gör vi. Tack doktorn, du är väldigt snäll.

Cecilia log som svar. De skakade hand och Annelie gick ut genom dörren. Resten av timmarna på hälsocentralen gick långsamt. "Jag tror att jag verkligen kan hjälpa Annelie", tänkte Cecilia och log när hon gick mot tågstationen.

När Cecilia satt på tåget så väcktes hon ur sin småslummer av att telefonen ringde.
- Hej Lisa, sa Cecilia.
- Hej, väckte jag dig? frågade Lisa.
- Kanske litegrann, men det är ingen fara, tåget är snart framme i Umeå.
- Jag har något viktigt att säga till dig, sitter du så att ingen annan kan höra vad jag säger.

Cecilia tittade sig omkring i vagnen, de var bara fem personer totalt i hela vagnen.

- Det är bara att prata på.
- Olivia har blivit knivhuggen, hon opereras just nu och det är oklart om hon kommer att överleva.

Cecilia var tyst i flera sekunder.

- Sa du att Olivia har blivit knivhuggen?
- Hon blev överfallen på en gata i Stockholm.
- Är du säker på att det är Olivia?
- Ja det är jag.
- Det får inte vara sant, sa Cecilia och började gråta.
- Jag kommer och möter dig på tågstationen så kan jag berätta mer.

Cecilia försökte tänka klart men det gick inte, framför sig såg hon en bild där Olivia blödde, Cecilia försökte stoppa blödningen men hur hon än försökte så fortsatte blodet att rinna. När tåget stannade på Umeå Östra Station gick Cecilia av och satte sig ned på den första bänken hon såg. "Hon får inte dö", tänkte hon. Cecilia satt kvar på samma sätt när Lisa kom till stationen några minuter senare. Lisa gick fram och gav henne en lång kram.

- Såja gumman, vi ska klara det här.
- Jag vill inte att hon ska dö, jag älskar henne.
- Vill du träffa henne?
- Ja.
- Då flyger jag ner med dig till Stockholm idag, kom vi går hem och bokar biljetterna.

Lisa la armen om Cecilia medan de gick hemåt. Väl hemma så bokade Lisa biljetter och började packa en väska till Cecilia.

- Gå och duscha, vi åker till flyget först om fyrtiofem minuter, sa Lisa.

Cecilia duschade mekaniskt. När hon kom ut ur duschen hade Lisa lagt fram kläder och ställt fram mat.

- Klä på dig det här och sedan måste du äta lite före vi flyger. Tror inte att du kommer att äta något mer idag så det är bra om du äter nu.

64

Cecilia gjorde som hon blivit tillsagd. "Hon har blivit knivhuggen men om hon opereras just nu kan kniven inte träffat vare sig hjärtat, halsen eller kroppspulsådern. Troligen blev hon huggen i magen eller ryggen på något sätt. Chanserna för att överleva är goda, och om hon överlever är det troligen en så pass liten skada att hon inte kommer att få några bestående men", tänkte Cecilia. Tanken gav hopp, hon kunde fokusera sig mer och mer.

- Berätta nu allt du vet, sa Cecilia.
- Det jag vet är att polisen fick ett larm tidigt under morgonen, en man hade gått upp bakom Olivia och knivhuggit henne, en förbipasserande hade skrikit till vilket hade gjort att mannen sprungit därifrån. Olivia fördes sedan till Sankt Göran. Där vet jag bara att hon kom till akuten och att de sedan snabbt tog henne till operation. Jag vet inte hur operationen har gått.
- Hur vet du allt det här?
- En blandning mellan slump och tur. Jag råkade se en kort notis om att en kvinnlig jurist hade blivit knivhuggen på Östermalm, bara två gator från där Olivia bor. Jag blev orolig och ringde Olivia flera gånger men fick inget svar. Då ringde jag länspolismästare Jörgen Knutsson och frågade honom. Han sa att de inte kunde gå ut med namnet ännu på den som var knivhuggen, men kunde inofficiellt berätta för mig som vän att det var Olivia. Han berättade sedan att hon hade förts till sjukhus och låg på operationsbordet.

Taxin tutade utanför fönstret. De gick ned tillsammans, åkte sedan under tystnad till flygplatsen. Deras flyg ropades upp, de köade och gick in i flygplanet.

- Det känns så himla orättvist. När jag äntligen blir kär i någon efter David så händer det igen, sa Cecilia.
- Vi vet ju inte det än.
- Näe, jag vet, och jag ska inte fokusera på mig själv nu när Olivia ligger på operationsbordet. Det är egocentriskt av mig, men det känns bara mörkt just nu, det är allt.
- Livet är tyvärr inte rättvist, men vad som än händer ska jag finnas där för dig. Du har många i ditt liv som bryr sig om dig.

Cecilia började gråta, hon lutade sig mot Lisa.

- Jag vill inte, jag orkar inte.

Efter flygturen småsprang de ut ur flygplatsen, de vinkade till sig en taxi.

- Sankt Görans sjukhus.

"Hon kommer troligen att hamna på intensivvårdsavdelningen", tänkte Cecilia. När de åkt några kilometer frågade Lisa.

- Hur ska du göra för att få träffa Olivia?

- Vad tänkte du då?

- Tänker att du inte ingår i närmaste familjen. Sedan vet jag inte om resten av familjen ens vet om att ni träffas.

- Det har jag inte tänkt på. Kanske inte rätt läge att berätta att vi har ett förhållande heller, finns stor risk att föräldrarna får hjärtinfarkt av chocken.

- Räcker kanske med en familjemedlem på intensivvårdsavdelningen.

Cecilia småskrattade, lutade sig mot Lisa och lät sedan skrattet övergå i stilla gråt.

De släpptes av vid huvudingången till Sankt Göran. Det var en hög orangeröd tegelbyggnad med svarta fönster. Det hade varit Cecilias hemsjukhus när hon växte upp, det var det närmaste akutsjukhuset om man bodde på Östermalm. Några få gånger hade någon släkting legat inlagd men ingen hade behövt dö på sjukhus, alla äldre släktingar hade fått somna in hemmavid. När hon kom närmare såg hon företagsloggan över ingången. Sankt Göran hade fungerat väldigt bra under nittiotalet och hade därför varit exemplariskt för de politiker som genom privatiseringar ville visa att privata företag var effektivisera, så nu satt det därför en företagssymbol istället för landstingslogga bredvid. "Landstinget i Stockholm verkar ju dock ha styrts av totalt inkompetenta politiker och tjänstemän sista åren så jag förstår nästan att de vill privatisera", tänkte Cecilia. De gick in genom huvudingången och kom in i en vänthall, Lisa såg en informationstavla och ryckte Cecilia i armen. De gick fram och läste att Intensivvårdsavdelningen låg på plan två. När de kom fram till avdelningen var dörrarna låsta, det stod en stor skylt, "ring på vid besök". En halvminut efter att de hade ringt kom det en sjuksköterska.

- Välkomna, vem vill ni hälsa på?
- Vi vill gärna träffa Olivia Gyllenkrona.
- Är ni släkt eller familj?
- Vi är nära vänner.
- Då kan jag tyvärr inte släppa in er. Närmaste familjen är där och har inte godkänt vare sig vänner eller media.
- Men vi är väldigt nära vänner.
- Tyvärr kan jag inte göra så mycket. Men om du vill kan jag be någon anhörig komma ut hit och så kan de få besluta om du får komma in. Är det någon speciell du vill att jag ska hämta?
- Nej, jag tror inte det.

Sjuksköterskan började stänga dörren.

- Kan du göra mig en tjänst. Jag vet att du inte får berätta om hur Oliva mår, men om hon vaknar upp och hon är utan anhöriga får du gärna säga till henne att Cecilia väntar på henne i vänthallen och att Cecilia gärna vill träffa henne.
- Det ska jag hälsa.
- Tack. Förresten, ta den här, sa Cecilia. Hon minns nog inte mitt telefonnummer om hon vaknar upp efter det här.

Cecilia räckte fram en lapp.

Timmarna gick utan att de fick höra något. Lisa gick iväg och köpte två mackor från en närliggande snabbmatsrestaurang. Cecilia gick av och an i entréhallen när Lisa kom tillbaka.

- Vi går ut en sväng, vi får inte reda på något nytt när vi sitter här så vi kan lika gärna röra på oss, sa Cecilia.

De promenerade sakta, såg till att hålla sig nära sjukhuset hela tiden.

- Du verkar väldigt kär, sa Lisa.
- Det är jag. Olivia är den första jag älskat sedan David. Jag menar inte att jag inte älskar mina barn samt dig och Stefan, men det här är något annat. Det här är en tydlig förälskelse.

67

- Jag förstår att du älskar oss, du behöver inte förklara dig. Det är ju fantastiskt att du är kär.

Timmarna gick, klockan närmade sig midnatt.

- Jag har bokat ett hotellrum till oss på Sky Hotell just bredvid, tänker att det är dags att gå nu.
- Det är nog det.

När de just hade rest sig upp för att gå så ringde telefonen, Det stod "Hemligt nummer" på displayen.

- Hej det är Cecilia.
- Hej, det är Sandra från intensivvårdsavdelningen, jag ringer dig för att en patient som heter Olivia gärna vill träffa dig. Är det något du känner till?
- Det är något jag känner till, jag kommer direkt. Tack för att du ringde, det var väldigt viktigt för mig.

Cecilia la på.

- Hon lever!

De kramades och började sedan småspringa mot sjukhusentrén. Ingången var låst så de fick ringa på portklockan till IVA. Cecilia sa sitt namn och de blev insläppta. Cecilia kände hur hjärtat slog, snabbt och hårt. De kom fram till IVA och ringde på en ny dörrklocka, Cecilia presenterade sig igen.

- Jag kommer strax och hämtar dig, vänta lite är ni snälla.

Cecilia kände hur hennes handflator började bli svettiga. "Andas lugnt, det värsta är över, nu gäller det bara att vara lugn när du träffar Olivia, vad som än händer", tänkte hon. Dörren öppnades.

- Välkomna, jag heter Sandra.
- Jag heter Cecilia och det här är min och Olivias vän Lisa.

Sandra såg ut att tveka först, hon hade inte vetat något om Lisa, men hon släppte trots det in dem båda.

- Det är inte brukligt att släppa in något patientbesök vid den här tiden, men Olivia sa att det var väldigt viktigt så sa att ni kunde få fem minuter. Men tänk på att hon är väldigt skör.

Sandra ledde in dem på ett intensivvårdsrum. Där låg Olivia under ett täcke. "Ingen respirator, bra. Ingen syrgasmask utan bara en syrgasgrimma, kanon. Kateterslangen sticker ut där, det är rimligt med

68

tanke på tillståndet.", tänkte Cecilia och tittade mot övervakningsmonitorn, "Pulsen under hundra, systoliskt tryck över hundratjugo och verkar inte ens behöva inotropt stöd, andningsfrekvensen tretton, nästan för bra för att var sant", tänkte Cecilia.

– Får jag prata med henne, frågade Cecilia och vände sig mot Sandra.

– Det får du, men väck henne inte om hon somnat om, hon var vaken för tio minuter sedan, jag vet inte om hon är det nu.

Lisa stod kvar, Cecilia tvättade händerna före hon gick fram till sängen.

- Vad glad jag blir över att du lever.

Olivia låg med slutna ögon, det såg ut som att hon drog upp mungiporna något när Cecilia pratade.

- Även om du inte hör mig vill jag att du ska veta att jag älskar dig.

Olivia slog upp ögonen.

- Det vet jag.

Cecilia började gråta.

- Jag har varit så rädd. Hur mår du? frågade Cecilia.

Olivia ansträngde sig och öppnade munnen.

- Jag mår okey.

Cecilia tog tag i Olivias hand och klämde åt.

- Du är en envis kämpe, du kommer att klara det här.

Olivia log igen och tryckte svagt tillbaka i armen. Cecilia stod kvar några sekunder och sa sedan.

- Nu borde jag gå, jag vill inte överanstränga dig.

- Kyss mig.

Cecilia böjde sig ner över Olivia och lät sina läppar möta hennes. Det blev en konstig kyss då Olivia knappt kunde röra på läpparna, men det var den bästa kyss som Cecilia upplevt i hela sitt liv.

- Sov gott min skatt.

Olivia log som svar, sedan slöt hon ögonen. Det dröjde inte många sekunder före hon helt hade somnat. Cecilia gav Olivia en sista puss på kinden. När hon vände sig om stod en annan kvinna bredvid Lisa. Cecilia kände igen henne vagt.

- Varför hälsar du på min syster och varför pussar du henne på kinden?

Cecilia stod tyst.

- Hur kom du ens in hit? Varför hälsar du på Olivia?
- Jag blev insläppt av sköterskan då Olivia hade bett mig komma in.
- Men vem är du?
- Jag heter Cecilia och är nära vän med Olivia.
- Om ni är nära vänner, varför har jag aldrig fått träffa dig?

Cecilia tog ett djupt andetag.

- Det är nog för att Olivia inte velat berätta om mig för någon i familjen. Vi har en speciell sorts vänskap.
- Vad menar du?
- Vi har en sorts vänskap som innefattar mycket fysisk beröring.

Systern avbröt sig själv då det gick upp vad Cecilia menade.

- Vi kanske kan gå iväg lite och prata du och jag? Vi står dåligt till just här, sa Cecilia.

De gick iväg till centralhallen.

- Vi kan börja från början, jag heter Cecilia.
- Jag heter Christina.
- Jag hoppas att det jag säger kan stanna mellan oss, om Olivia vill berätta för någon mer är det upp till henne, men just nu känner jag att jag är skyldig dig en förklaring. Jag och Olivia är barndomsvänner, vi umgicks litegrann under gymnasietiden.
- Du är Cecilia Bielke, nu känner jag igen dig.
- Det stämmer, känd från radio och tv. Jag och Olivia träffades för första gången på fler år i somras. Sedan dess har vi träffats mer och mer och har någon sorts förhållande. Men Olivia är rädd för att varken hennes familj eller hennes vänner skulle acceptera att hon hade en relation med mig, så hon har inte velat säga något. Jag kan bara be dig att inte berätta det här för någon.
- Du behöver inte oroa dig, jag kommer inte att berätta om inte Olivia vill.

Christina satt och funderade.

- Det här kom som en chock för mig. Jag förstår varför Olivia inte velat berätta något för familjen. Men du verkar bry dig om Olivia och det låter som att ni är kära, då är jag glad för er skull.

Kapitel 10

Stefan satt vid frukostbordet och läste när Lisa kom in i köket.

- Sovit gott min skatt? frågade Stefan.
- Väldigt gott. Skönt att få sova ut. Saknade bara dig när jag vaknade.
- Luther skulle vända sig i sin grav om han visste hur länge du sov på morgnarna.
- Nu ska vi vara snälla. Vad håller du på med?
- Går igenom mejlen igen, försöker få helhetsbilden klar.
- Förlåt att jag inte kunnat hjälpa till på slutet så mycket som jag hade velat. Hur går det med allt? Börjar du närma dig något som kan publiceras?
- Det går sakta framåt. Vet nu att de köpte mineraler av en krigsherre i Demokratiska republiken Kongo, även kallat Kongo-Kinshasa eller bara Kongo. Jag skulle i nuläget kunna publicera en mindre artikelserie som skulle visa upp att svenskar var inblandade, men jag har inte bevisen som krävs för att kunna gå ut med namn.
- Då får vi jobba på det.
- Jag vill att det ska vara en bomb som slår ner när jag publicerar. Jarl Bonde och de andra två ska sättas dit. Dessutom kanske publiceringen får människor att bli intresserade av ämnet. Om vi visar att Jarl Bonde varit inblandad i vapensmuggling till Kongo kommer det att bli en gigantisk nyhet i Sverige och en stor nyhet internationellt, då kanske världssamfundet kommer att agera. Det är en okänd konflikt som fortfarande kräver mycket fler människoliv än Israel-Palestina. Dessutom finansieras den till största del av västvärldens köp av råvaror från konfliktområdet.
- Vad måste vi veta för att kunna publicera?
- Vi måste först kunna bevisa att Anita, Jarl och de andra två okända har handlat med vapen och konfliktmineraler. Då allting verkar rinna av Jarl Bonde så behövs det en vattentät bevisning för att han ska åka dit.
- Hur ska du få fram bevisningen?

- Om vi fortsätter leta efter ledtrådar på datorn och mejlen så kanske vi kan lista ut vilka alla de inblandade svenskarna är. Men för att kunna visa vad pengarna använts till tror jag att det bara finns ett sätt. Någon gång måste jag åka till Kongo.
- Jag misstänkte att du skulle säga det.

Lisa försökte le men det var ett sprucket leende. Både Lisa och Stefan tänkte på samma sak, Stefan hade slutat att göra krigsreportage då han och hans kollega Knut hade blivit tagna som gisslan under ett reportage i Sudan. Han hade varit tillfångatagen under tre veckor och hade utsatts för både misshandel och tortyr. När han hade kommit hem så hade han lovat både sig själv och Lisa att inte utsätta sig för farliga resor.

- Jag vet att det inte är det du vill höra, sa Stefan.
- Men trots det tycker jag att du har rätt. Du måste göra den här resan. Det här är inte bara ett stort scoop, du kan göra skillnad på riktigt, sa Lisa.
- Det är vi som kan göra skillnad, för jag kommer att behöva din hjälp, vi är en brottlösartrio om du glömt det. Jag har verkligen försökt komma på andra sätt att göra reportagen lika bra.

Lisa andades ut tungt.

- Du måste resa. Det finns ingen annan lösning.
- Tyvärr.
- Men nu så vill jag inte tänka på det, nu vill jag ha sex med dig och bara mysa hela eftermiddagen.
- Det låter som en bra plan. Men du kan vara lugn, jag ska inte göra en artikelserie om vårt sexliv.

Stefan skrattade högt åt sitt skämt. Lisa skakade på huvudet och drog med sig Stefan till sovrummet. Som tur var för henne så var Stefan betydligt bättre på sex än han var på att skämta.

Stefan låg på Lisas bröst och andades efteråt. Han kände hur bröstet höjde och sänkte sig. Hjärtat slog snabbt, det hade varit kortvarigt men intensivt sex.

- Jag kommer att vara orolig för dig hela tiden du är borta, sa Lisa.
- Det kommer nog jag vara jag med.
- Har du hunnit fundera på hur du ska lägga upp allting?

- Det jag är mest inne på nu är att jag flyger till Egypten, säger till alla att jag ska göra en uppföljning om vad som hänt sedan arabiska våren. Sedan kan jag därifrån flyga vidare antingen direkt till Kongo eller via något annat land.
- Har du några som kan hjälpa dig?
- Har frågat runt lite allmänt, pratade med en reporterkollega som varit i Sudan och reste runt. Han skrev några bra reportage om oljefynden i området och inbördeskriget som kom på grund av det.
- Men du har ingen som kan följa med dig?
- Den enda jag egentligen gjort något liknande med är Knut, och jag har väldigt svårt att tro att han skulle lämna trygga Stockholm för att sätta dit Jarl Bonde. Vi har som du vet glidit isär politiskt sedan vi var unga, för Knut är Jarl Bonde en förebild och skicklig politiker.
- Jag tror faktiskt att jag har en person som kan hjälpa dig. En jag träffade i Barcelona. Du vet att jag berättade att jag och Sofia var ute med två vänner till henne.
- Det har du berättat om, men jag vet inte om du sa så mycket mer om dem.
- Det var Mbaluku och Muhammed. Mbaluku kommer från Kongo men hans familj flydde då han var ung. Föräldrarna hade varit med på upprorsledaren Laurent-Désiré Kabila sida, när sedan andra Kongokriget bröt ut så var de tvungna att fly. Det hamnade i Barcelona där Mbaluku nu bor.
- Det låter som att han vore bra att diskutera situationen med.
- Det är han, men inte bara det. Jag tror att han vore perfekt för dig att resa med, när det kom fram att jag var tillsammans med dig så sa han något i stil med att han skulle kunna dö för att avslöja de som var ansvariga för konflikterna i Östra Kongo. Även om jag bara träffade honom två kvällar så är jag tämligen säker på att han verkligen skulle kunna riskera sitt liv för att sprida sanningen om det som händer i Östra Kongo.
- Det låter nästan för bra för att vara sant.

- Jag ska kolla upp honom mer med Sofia så snabbt jag kan. Hon är nära vän med honom så hon vet om han går att lita på när det väl gäller.
- Gör det. Men det är en sak som skulle kunna ställa till det rent praktiskt.
- Du behöver inte oroa dig, jag låg inte med honom. Jag låg bara med Sofia när jag var i Barcelona.
- Bra. Skulle nog blivit väldigt konstigt socialt annars.

Kapitel 11

Olivia hade stabiliserats och mådde så pass bra att hon hade blivit flyttad från intensivvårdsavdelningen till en vanlig kirurgavdelning. Cecilia hade träffat Olivia några minuter per dag med Christinas hjälp. Olivias sal såg ut som de flesta sjukhussalar gör, en säng vid ena kortändan, en upphängd tv på andra kortändan, däremellan två stolar och ett litet bord. Väggarna var vitmålade och det hängde en ganska ful tavla med naturmotiv bredvid tv:n.

- Jag lämnar er själva några minuter så kommer jag in sen, sa Christina.

När dörren hade stängt så gick Cecilia fram till Olivia och pussade henne lätt på kinden.

- Så där lätt kommer du inte undan, jag är inte död. Kyss mig som en riktig kvinna.

Cecilia gav Olivia en kyss som sedan övergick i hångel.

- Så där ja. Det var en riktig kyss.
- Vad bra att jag kan behaga damen.
- Det gör du alltid.
- Hur mår du idag?
- Sakta bättre, orkat bläddra i lite olika tidningar idag. Orkar inte riktigt sätta mig in i artiklarna men det är roligt att se på bilderna.
- Det låter som att du har kommit tillbaka till din vanliga intelligensnivå.
- Du ska inte retas, som du kanske kommer ihåg så blev jag nyss utsatt för ett mordförsök.
- Det vet jag min älskade, men som du kanske minns så var det någon som retade mig ganska mycket efter att jag blivit utsatt för ett mordförsök.
- Det har jag svårt att tänka mig. Vem kan det ha varit?

Cecilia lutade sig framåt igen och gav Olivia en lång kyss.

- Vilket par vi är. Båda har blivit utsatta för mordförsök senaste månaderna, sa Cecilia.
- Det hade jag inte trott när jag messade dig i somras.

- Inte jag heller.
- Men jag är väldigt glad över att jag drack lite för mycket så att jag fick modet att messa dig.

Före Olivia hann säga något så knackade Christina på dörren och kom in.

- Det börjar bli dags, tror mamma kommer strax.
- Då är det dags för mig att åka. Ses om några dagar min skatt.

De kysstes och sedan gick Cecilia därifrån.

Då de fortfarande var hemliga kring sitt förhållande så var det mycket oplanerad tid för Cecilia. En kvart, eller på sin höjd en halvtimme, hos Olivia på förmiddagarna, sedan hade hon en hel dag i Stockholm. Första dagarna hade hon bara oroat sig och legat inne på hotellrummet och väntat. Men ju mer dagarna gick desto mer kände hon behov av att göra saker. Hon hade hunnit avverka Moderna museet, Fotografiska, Vasamuseet men inte Nationalmuseum som var stängt för renovering. Hon tittade på mobilklockan, "jag har gott om tid", tänkte hon. Den här dagen hade hon planerat att gå på en föreläsning som hölls av en dansk professor vid namn Mads Rhode. Cecilia hade läst två av hans böcker och han skulle hålla en öppen föreläsning vid Karolinska universitetssjukhuset. Föreläsningen skulle handla om hur läkemedelsföretag fuskade med sin forskning kring olika läkemedel. De två böckerna hon hade läst av Mads hade fått henne att fundera på hur läkarkåren överanvände läkemedel. Att skriva ut ett recept var oftast den snabbaste lösningen i en svår situation, då gjorde man i alla fall någonting. Cecilia tittade upp och såg ett stor blått T ovanför ingången till Fridhemsplan tunnelbanestation. Hon började gå neråt och såg att grön linje mot centralen skulle gå om fem minuter. Först ökade hon på stegen, men insåg sedan att hon inte hade någon stress alls.

Efter två tunnelbaneresor och en kort promenad var hon framme vid Karolinska institutets Aula Medica. Det var en mäktig sal, formen påminde om en amfiteater och det fanns sittplatser för uppemot ett tusen personer. Cecilia var nästan först av åhörarna så hon gick och satte sig långt fram. Hon tog fram en pocketbok och började läsa i väntan på föreläsningen. När hon suttit några minuter avbröts hon av en röst som sa.

- Är det Cecilia?

Hon tittade upp.

- Men hej, vad roligt att se dig Peter. Det var länge sedan.
- Alldeles för länge sedan.
- Ska du också lyssna på föreläsningen?
- Hade tänkt det. Det var jag som bjöd hit Mads så vore nog opassande om jag inte gjorde det.
- Det har du nog rätt i, sa Cecilia och ställde sig upp.

De kramades länge.

- Jag läste mycket om dig i tidningarna när allt det där kring Minerva Holdings hände.
- Jag hade mina femton minuters kändisskap.
- Obehagligt. Men...

Peter avbröt sig själv.

- Var det du som blev skjuten av Anita?
- Det blev jag. Men det har gått bra, jag står ju här trots allt.
- Oj, vad hemskt.

Peter tystnade, letade efter lämpliga ord. Cecilia hade börjat vänja sig vid situationen, det fanns inga rätta ord att säga när man träffade någon som hade blivit skjuten, så folk var tysta.

- Det måste vara tio år sedan vi sågs. Vad har hänt i ditt liv sedan sist? frågade Cecilia.
- Jag var tillsammans med Anna i vår klass som du kanske minns, vi gick skilda vägar för två år sedan. Det var nog för det bästa, vi passade egentligen inte så bra ihop nu när man kan se tillbaka på det. Jag jobbar som överläkare på medicinkliniken här på Karolinska i Solna. Doktorerade för tre år sedan och håller just nu på med ett forskningsprojekt kring multifarmaci där vi undersöker hur patienter påverkas av att ha mer än tio läkemedel.
- Intressant forskningsämne. Berätta mer.

Peter sken upp när han fick börja berätta. Det märktes att han brann för sitt ämne. Han tyckte att det intressanta var att man egentligen inte

78

visste hur läkemedel interagerade om en patient hade fler än två, ändå hade många äldre tio eller fler läkemedel. Sista åren hade det börjat komma lite forskning på området, men det vår så komplext att ingen visste riktigt vad man skulle mäta. Att det var farligt var de flesta läkare överens om, men det svåra var att veta vilka läkemedel man skulle ta bort och vilka man skulle ha kvar. Det var lätt att sätta in läkemedel, men det svåra var att rensa i en läkemedelslista där andra läkare hade satt in läkemedel. Läkarna på sjukhusen tänkte att distriktsläkarna på vårdcentralerna skulle rensa i medicinlistan när patienterna kom på uppföljning efter sina inläggningar på sjukhuset och distriktsläkarna tänkte i sin tur att sjukhusläkarna hade tänkt igenom medicinlistan när patienterna blev utskrivna. Följden blev att många läkare satte in läkemedel men ingen satte ut dem.

- Gud vad jag pratar mycket, ursäkta, men när jag väl börjat prata är det svårt för mig att sluta.
- Jag märker det. Men det är ingen fara, det var roligt och intressant att höra. Vi behöver fler människor som brinner för sina ämnen.
- Vad gör du efter föreläsningen, du har inte lust att hänga med på lunch?
- Det vore väldigt roligt.
- Då säger vi så, jag måste förbereda lite med tekniken, men vi kan ju ses utanför aulan när föreläsningen är klar.
- Det blir bra.

Peter gick iväg. Cecilia satte sig med sin pocketbok igen.

Fem minuter över tolv kom Mads Rhode ut på scenen. Han var smal och runt femtio år gammal. Bredvid honom på scenen stod Peter. Efter en kort presentation av Peter så började Mads.

- Välkomna. Då jag bara har fyrtiofem minuter på mig att föreläsa kommer jag att hålla ett högt tempo. Ämnet jag ska fokusera på idag är hur läkemedelsföretag genomför systematiskt forskningsfusk samt publicerar förvanskade artiklar i kände vetenskapliga tidskrifter via avlönade läkare. För att visa att det inte är något sällsynt som bara onda företag utomlands sysslar med så kommer jag att visa att det gäller de fem läkemedelsbolag som säljer mest i Norden samt dessutom visa nordiska läkare som sålt sig till läkemedelsindustrin.

"Han tar det inte lugnt direkt", tänkte Cecilia. Föreläsningen fortsatte sedan i samma höga tempo. Mads gick först igenom övergripande systemfelet. Om ett företag uteslöt ett fåtal patienter som inte passade in i det företaget ville få fram och sedan tolkade om resultatet hos några andra patienter så kunde det innebära att en verkningslös medicin framstod som verkningsfull, man kunde uppnå signifikans. Målet var alltid att uppnå signifikans vilket innebar att resultaten var så starka att det med största sannolikhet inte kunde förklaras av slumpen, utan att det var läkemedlet som gett önskvärd effekt. Efter det gick Mads systematiskt igenom de fem bolag som sålde mest läkemedel på den nordiska marknaden ett efter ett. Vartenda ett av de fem bolagen hade fått betala miljardbelopp i skadestånd efter att det framkommit att de hade fuskat med forskningsresultat. Dessutom vägrade alla företagen offentliggöra resultat som inte gynnade deras läkemedel vilket inte var olagligt men däremot vetenskapligt ohederligt. Cecilia tittade runtomkring sig, det var många i salen som verkade lite obekväma, om det Mads sa stämde så skulle det innebära att mycket av den forskningen som läkemedelsbehandlingen i vården byggde på var falsk. Det var lite obehagligt även för Cecilia, för det Mads egentligen sa på scenen var att Cecilia och alla andra läkare hade skadat sina patienter genom att skriva ut många preparat som antingen var verkningslösa eller direkt farliga. Efter att han gått igenom de fem största bolagen så gick Mads vidare till att prata om läkare som han uttryckte det var avlönade av läkemedelsbolagen. Han tyckte att de läkare som fick betalt av läkemedelsbolag för olika uppdrag inte kulle få vara med och påverka behandlingsriktlinjer, det fanns för mycket forskning som visade att läkarna som vad avlönade av läkemedelsföretag snedvred informationen så att det gynnade preparaten från just det läkemedelsbolaget. Sedan underbyggde han det med studier och fallbeskrivningar. När föreläsningen började närma sig sitt slut så bläddrade Mads upp en lång lista med namn som projicerades på väggen bakom honom.

- Dessa personer är avlönade av läkemedelsbolag och är därmed inte att lita på. Jag rekommenderar starkt att ni här på Karolinska universitetssjukhuset, och på alla andra sjukhus också, inte på något sätt låter dessa personer påverka vilka behandlingar eller läkemedel som används för att behandla patienter. På varje rad stor det ett namn, sedan vart den personen jobbade, sist på raden stod det hur mycket personen hade fått och från vilka företag.

Cecilia kollade på listan, det var många högt uppsatta namn. Under kolumnen "arbetsplats" stod det Karolinska institutet på sju av personerna. Det hördes många mumlande röster och en person reste sig upp och sa något, Cecilia hörde inte vad han sa, men det var uppenbart att han var upprörd när han gick ut ur aulan.

- Som ni förstår är det här en svår kamp att ta. Många av personerna på listan har en stark position inom sitt fält. Jag misstänker att det var en av personerna på listan som ni nyss såg gå ut ur salen. Men ska vi någon gång komma till läget där vi bygger våra behandlingar på seriös forskning så måste vi sluta företagen förfalska resultat och sedan avlöna läkare för att publicera dessa resultat. Den största problematiken är som ni ser inom psykiatrin. Det är ett så pass nytt område med relativt subjektiv diagnosticering där diagnoskriterierna är vida. Det har gjort det till det bästa området för läkemedelsföretagen och det sämsta för vetenskaplig forskning. Som många av er vet talar det mesta för att SSRI som vi använder mot depression och ångest inte hjälper patienterna något men däremot ökar suicidrisken. Det är bara ett av många exempel. Jag skulle kunna hålla en hel föreläsning om problemen inom just psykiatrin, men det hinner jag inte med idag. Nu är tiden jag fick slut. Tack för att ni lyssnade, om ni har några frågor får ni gärna komma fram till mig efter föreläsningen.

Det var blandade reaktioner, några personer satt helt tysta och verkade upprörda, ett fåtal buade, några jublade och stampade fötterna i golvet, det stora flertalet gav försiktiga applåder. Cecilia var en av dem som applåderade högst och gjorde fotstampningar i golvet.

Cecilia satte sig och tittade på folk som gick förbi utanför aulan. Till slut kom Peter och Mads gåendes mot henne.

- Mycket bra föreläsning, tänkvärt och intressant. Det är sådana som du som gör att medicinska vetenskapen drivs framåt på riktigt, sa Cecilia.
- Tack det var väldigt snällt, sa Mads och sträckte fram handen.
- Cecilia, trevligt att träffas.
- Jag tänkte att vi kunde ta min bil och åka till en restaurang här i närheten så kan vi få trevligare mat än vad de har på campus, sa Peter.
- Det blir bra. Du har bäst koll så bestäm du.
- Vad jobbar du med för tillfället? frågade Cecilia Mads.

Under tiden som de gick och satte sig i bilen så svarade Mads.

- Just nu har jag fokuserat på psykiatrin. Det är så hemskt att vi läkare har offrat de människor som mår sämst psykiskt. Inom psykiatrin finns det ingen forskningstradition och man har inte hittat några tillförlitliga biokemiska markörer. Allt detta har gjort att diagnosticeringen varit valdigt subjektiv. När man sedan skapade DSM-manualen, där man ställde upp kriterier för psykiska sjukdomar, var det så många symtom som olika läkare ville ha med att diagnoskriterierna blev så breda att de är oanvändbara.
- Det är ett område där det känns som att man famlar i mörkret. Det är inte lika tydligt som hjärtsjukdomar, sa Cecilia.
- Förhoppningsvis når vi en dag till en situation där psykisk sjukdom går att bedöma på vettigt sätt. När jag testade DSM-kriterierna för några vanliga sjukdomar på tio vänner som alla jobbar med krävande arbeten samt är välfungerande socialt så visade det sig att jag och åtta av vännerna led av psykisk sjukdom. Då är det något som är fel.
- Jag har inte gått på djupet kring kriterier, bara haft den där känslan av att det är något som inte stämmer. Hur har din forsknings tagit emot av psykiatrin? frågade Cecilia.
- Inte så vidare bra kan man säga, sade Mads och skrattade. Jag fick faktiskt två anonyma hot mot mig förra veckan. Antingen skulle jag sluta forska inom området eller så skulle jag få ångra mig.
- Vad hemskt.

- Det kändes inte så jobbigt. Jag tror det var någon som är kopplad till läkemedelsindustrin, det kände som att de bara ville skrämma mig. Även om deras forskning leder till att folk dör tror jag inte att de är kriminella på det sättet att de kommer att skada mig fysiskt.
- Nu är vi framme, sa Peter.

De parkerade och gick sedan mot en låg gul tegelbyggnad med två svarta dörrar som ledde in i restaurangen, bredvid dörrarna var det en skylt där det stod "Asplund" med skrivstil. De gick in och fick se spridda småbord i en långsmal lokal. Golvet var i mörk sten. Det var ganska fullt men det fanns ett runt fönsterbord ledigt där de slog sig ned.

- Tycker ni att det är roligt att forska? frågade Cecilia?

Peter och Mads tittade på varandra för att känna vem som skulle börja svara. Peter började till slut berätta att han älskade forskningen. Både han och Mads var rörande överens om att det var underbart att forska, men att det lätt kunde tränga undan allting annat i livet. Även om ingen av dem ångrade sina beslut att satsa så mycket tid på forskningen så insåg båda att de hade fått försaka mycket annat. Det blev början på en lång diskussion kring vad som var viktigt i livet. När lunchen var slut så körde Peter både Mads och Cecilia till vartdera hotellet. Cecilia bytte både mejladress och mobilnummer med dem båda. När de sa att de skulle höras av så kändes det för Cecilia som att de faktiskt skulle göra det, det var inget de bara sa utav artighet.

Kapitel 12

Stefan gick in till Lisa med en stor kopp svart kaffe.

- Dags att vakna nu. Flyget går om en timme.
- Varför gifte jag mig med en morgonpigg person?
- Dels är vi inte gifta, dels så är jag inte morgonpigg, det är du som är patologiskt morgontrött.
- Ge mig kaffet bara.

Lisa drog ned Stefan i sängen.

- En snabbis bara.
- Vet inte om vi hinner.
- Det gör vi. Dessutom är det bästa sättet att vakna på.

Några minuter senare gick Lisa med lätta steg till duschen. Fem minuter senare så stod hon i hallen.

- Snabba dig nu, sa hon till Stefan.
- Jag kommer.

Stefan smög upp bakom Lisa och kysste henne på halsen.

- Det var trevligt. Ska vi inte alltid byta ut väckarklockan mot sex, sa Stefan.
- Inte mig emot.

De gick ut till bilen, Stefan satte sig bakom ratten.

- Har du hittat något mer kring Jarl och de andra? frågade Lisa.
- Det går sakta framåt. Har hittat lite här och där, bilden blir tydligare, men har fortfarande inte hittat några bevis. Trots det är jag säker på att vi är något stort på spåren.
- Jag kanske kan hjälpa till när jag är på konferensen. Vad är det du vill veta mer om?
- Vi måste få bättre koll på hur handeln med mineraler från Östra Kongo går till. Hur säljs mineralerna rent praktiskt? Vilka är inblandade? Det krävs en tydligare bild för att kunna gå vidare.
- Jag ska göra vad jag kan. Att jag intresserar mig för mineralhandeln i Kongo är det inte speciellt konstigt med tanke på vad jag arbetar med.

- Men jag tycker inte att du ska nämna något om Jarl eller några svenskar, fråga bara allmänt.
- Tänker du att de kommer sopa igen spåren efter sig på samma sätt som de inblandade i Minerva Holdings gjorde?
- Antingen det, eller att de börjar intressera sig för mycket för oss. Det verkar vara kriminalitet på en helt annan nivå än Minerva.
- Jag ska vara försiktig.

Lisa lutade sig fram och kysste Stefan på munnen.
- Skynda dig nu, incheckningen stänger snart, sa Stefan.
- Jag har redan checkat in på mobilen, vi hinner hångla lite till.

Efter lite hångel så gick Lisa mot säkerhetskontrollen. Hon hälsade på de hon kände och kände sig på allmänt gott humör. "Har varit en bra morgon och jag tror att det kommer att bli en fortsatt bra dag", tänkte Lisa. Hon satte sig med sin läsplatta, köpte två böcker om situationen i Kongo och började läsa på. När planet landat på Arlanda så fortsatte hon att läsa samtidigt som hon gick av planet, hon gick med små långsamma steg för att inte stöta i någon. Då hon kom till Sky City så stannade hon och tittade på klockan. Hon ringde Margareta, som svarade efter några signaler.
- Var rädd att du försovit dig, ditt plan landade för en kvart sen.
- Jag var inne i en bok så det tog lite tid. Var är du?
- Väntar vid gaten, det är terminal fem, gate 23.
- Då kommer jag strax. Visst var det Aten vi skulle till idag?
- Nej, det är Zürich.
- Jag vet, jag skojade med dig Margareta. Ses snart.

"Margareta har svårt att förstå min humor, tror inte att hon är van vid att människor skämtar med henne. Det kanske beror på att hon trots allt är Sveriges utrikesminister", tänkte hon. Lisa checkade in och gick till gaten där Margareta satt med fem personer ur sin personal.
- Hej allihop.
- Hej Lisa, roligt att se dig.

De satt och småpratade lite om allt möjligt i väntan på planet.

När Lisa gick ut genom loftgången så såg hon på flygplanets bakre fena en röd lutande fyrkant med ett vitt kors på. Lisa satt på rad tre, bredvid sig hade hon Margareta som tydligt hade förklarat att hon ville diskutera med Lisa under flygresan. Lisas uppdrag på resorna var att hon skulle vara stöd för Margareta under mötena och diskutera igenom svårare ärenden. Då Margareta oftast hade andra möten inplanerade på kvällarna brukade Lisa få mycket tid att spendera fritt. Under flygresan diskuterade Margareta och Lisa igenom hur Sverige skulle förhålla sig gentemot frihandelsavtalet CETA som förhandlades med Kanada samt förändringar av jordbrukssubventioner. Både Margareta och Lisa tyckte att det var idiotiskt att EU gav så stora subventioner till köttproduktion och tobaksproduktion, men samtidigt pågick det justeringar åt rätt håll, förslaget på kommande budget innehöll något mindre subventioner så det var ett steg i rätt riktning. Lisa hade lärt sig en av politikens viktigaste regler – det som styr budgeten ett visst år är föregående årsbudget. Det var väldigt svårt att skära ner någonstans, vare sig det var i förskolan eller i militären, alltid var det stora protester och personal som blev arbetslösa. Det gjorde att polltiker oftast hamnade i situationer där de egentligen tyckte att pengarna prioriterades fel. Svenska bostadsmarknaden var ett tydligt exempel, folk hade börjat anpassa sina liv efter låga räntor och höga bostadspriser. Om politikerna skulle ta de vettiga besluten som krävdes för att bostadsmarknaden sakta gick nedåt under några år skulle det bli panik hos en stor del av befolkningen. Därför tog man inte de vettiga besluten och riskerade istället en stor krasch framöver. "Men sådan är politiken", tänkte Lisa.

Det tog över en timme från det att hon kommit in genom hotellentrén tills hon var på sitt hotellrum. Först var det kroppsvisitering, sedan kö till incheckningen, sedan en noggrann säkerhetskontroll före hon fick sitt passerkort med personlig bild. Det var inte bara extra säkerhet vid incheckning, när Lisa klev ur hissarna på fjärde våningen så stod det en beväpnad polis och kontrollerade hennes passeringskort. Lisas rum var mindre än hon var van vid. Det berodde på att det var World Economic Forums möte i Davos och att hotellen var förbokade flera år i förväg av organisationen. Rummen fördelades efter dignitet och

Lisa var varken kändis eller högre statstjänstekvinna, så hon fick nöja sig med ett litet rum där det stod en liten enkelsäng och en stol. Det här året hade hon i alla fall fått ett eget badrum med dusch. Hon kollade på klockan och insåg att hon inte hann med någon middag. Som tur var hade hon fått med sig lite nötter från hotellobbyn. Hon slängde i sig en påse och tog några klunkar vatten, sedan klädde hon på sig och skyndade sig ut. Det gick betydligt snabbare att ta sig ut ur hotellet nu när hon hade fått ett passerkort. Hon tittade på turistkartan som hon hade tagit med sig, det var bara två kvarter till seminariet så hon kanske skulle hinna dit före det började. Det tog dock längre tid än vad hon hade trott både att gå till rätt byggnad och att passera säkerhetskontroller, men som tur så var seminariet försenat. Just när Lisa hade slagit sig ned gick en kvinna upp på scenen.

- Välkomna till detta seminarium om konfliktmineraler med rubriken "Hur utvinner man mineraler på ett sådant sätt att mänskliga rättigheter respekteras?". Dr Akachi Igwe ska först föreläsa kort om bakgrunden sedan skall vi ha ett panelsamtal med deltagarna Dr Akachi Igwe, Elisabeth Andersen som arbetar för FN, Charles Petersen som är en finansman som handlat mycket med coltan samt Diana Branson som är professor i internationell ekonomi.

Dr Igwe gick upp på scenen under applåder. Lisa tittade sig omkring, det var ett hundratal personer som lyssnade på seminariet, det verkade vara en blandning av affärsmän och lägre tjänstemän. Det var inte viktigt nog för att dra ministrar och andra kändisar. "Ett av seminarierna som anordnats för att sprida en bättre bild av forumet", tänkte Lisa. När hon tittade sig omkring en gång till så kände hon igen en person men kunde först inte placera någon honom. Efter ett tag gick det upp för henne, det var en högt uppsatt person i svenskt oljebolag som utvann mycket olja i konfliktdrabbade områden. "Han är nog inte här för att han bryr sig om mänskliga rättigheter. Är han här finns det pengar att tjäna i Kongo", tänkte Lisa.

- Tack för att ni kommit till denna föreläsning, sa Akachi. De flesta av er är säkert relativt insatta i situationen i Kongo men för er som inte är det så kommer jag att börja mitt föredrag med en kort historik. Demokratiska republiken Kongo, eller Kongo-Kinshasa som landet också kallas är ett relativt ungt land som de flesta länderna i Afrika. Under slutet av 1800-talet koloniserades Kongo och omkringliggande områden av europeiska stater. Efter Kongokonferensen 1884 så beslutades att Kongofristaten skulle bildas. Kongofristaten ägdes av Kungen av Belgien, Leopold II. Befolkningen blev förslavade under grymma förhållanden i jakten på landets naturtillgångar. Den grymma behandlingen halverade landets befolkning, i ett av historiens största folkmord miste cirka 10 miljoner människor livet. När det började bli känt hur gräsligt Leopold II behandlat befolkningen blev det så stora protester att Leopold var tvungen att till slut överlämna Kongo till belgiska staten 1908. Den svarta befolkningen fortsatte att utnyttjas av vita kolonisatörer, om än med mindre våldsinslag. Sakta växte den inhemska opinionen och 1959 kunde Kongo-Léopoldville bildas. Efter valet 1960 så kastades Kongo ut i en kris där vissa delar av landet försökte bli självständiga. Belgien vägrade att släppa sina ekonomiska intressen och generalen Jospeh-Desiré Mobutu genomförde två militärkupper med stöd av CIA. Mobutu tog fullständig kontroll över landet som blev helt genomsyrat av korruption. Men det var under kalla kriget och både Belgien och USA stödde Mobutu som kunde sitta kvar. Landet bytte då tillfälligt namn till Republiken Zaire. Efter folkmordet i Rwanda 1994 så flydde många Hutuer till Kongo vilket ett par år senare ledde till en liten konflikt i östra delarna av Kongo som snabbt eskalerade och till slut utvecklades till första Kongokriget 1996. AFDL, som ar en allians av spridda styrkor gick ihop och kämpade med understöd från Uganda och Rwanda mot Mobutu. Efter ungefär ett och ett halvt år så flydde Mobutu varefter marxistrebellen Laurent-Désiré Kabila blev president. Kort efteråt splittrades alliansen och började strida sinsemellan vilket ledde till andra Kongokriget 1998 där Uganda och Rwanda stödde en rebellgrupp. Konflikterna trappades upp och totalt deltog nio afrikanska stater och uppskattningsvis tjugo olika väpnade grupper. Fyra miljoner människor dog på grund av kriget och många miljoner människor flydde. Kriget kallas ofta Afrikas första världskrig men få känner till det i väst. Kabila blev mördad och ersattes av sin son på presidentposten 2001. Efter det så höll man ett flertal konferenser för fred som utmynnade i ett fredsavtal 2008. Formellt har det varit fred sedan dess, men det är trots det många rebellgrupper som strider, framförallt i östra Kivuregionen. Det beräknas dö ungefär trehundrafemtio tusen personer per år i de kvarvarande konflikterna. Kongos historia visar att en rik tillgång på mineraltillgångar inte alltid är en fördel för ett land. Efter denna korta introduktion så ska jag gå över till huvuddelen av föreläsningen. Hur man kan utvinna mineraler på ett sådant sätt att mänskliga rättigheter respekteras.

När Akachi ställde sig vid sin dator och började klicka sig fram till rätt fil så Lisa sa till sin bänkgranne.

- Intressant, men skakande föredrag.
- Verkligen, jag heter Monique.
- Trevligt, Lisa, sa Lisa och tog hennes hand.
- Vad gör att du kommer på det här föredraget? frågade Monique.
- Försöker bli mer insatt. Är konsult för Sveriges utrikesminister och tycker att det är ett viktigt område att bli mer insatt i. Varför lyssnar du?
- Jag är journalist och en av de saker jag skrivit mest av under de sista tio åren har varit mineralhandeln i Kongo.
- Vad intressant. Vore kul att få höra mer från dig, men antar att du är less på att berätta för alla redan.
- Om du bjuder mig på en öl efter föreläsningen så kommer jag prata på tills du blir less.
- Då har vi en deal.

Monique och Lisa gick efter föreläsningen samtalandes till en pub. Utanför puben stod det två kpistbeväpnade vakter som kontrollerade deras passerkort. Det var mycket folk men de hittade ett bord inne i ett hörn. Lisa gick iväg och beställde fyra öl.

- Tänkte att det var lika bra att beställa två åt oss var direkt, risken är att köerna blir för långa senare.

- Det verkar inte vara din första konferens.
- Nu är ölen serverad så det är bara att börja berätta.
- Vart ska jag börja. Det finns så mycket att berätta om.
- Prata på så länge du vill, jag har ingen tid att passa.

Efter att ölen var urdrucken och samtalet över så skickade Lisa ett sms till Sofia som också var på forumet. Det var kort och koncist, "Vill du värma mig i natt?". Efter några minuter kom ett svar. "Finns bara ett sätt att rädda oss från kylan, det är genom att dela säng ihop. Vi ses vid ditt hotell om en kvart.". Lisa kände att något var annorlunda när hon fem minuter senare stod framför sitt hotell, Hon tittade på klockan och förstod vad det var, hon var långt före utsatt tid och var dessutom den som var tvungen att vänta på den hon bestämt tid med. "Det var en ny känsla", tänkte Lisa och skrattade åt sig själv. Ytterligare några minuter senare så kom Sofia gåendes. Det tog några minuter av övertalning och charm före de kunde komma in i hotellobbyn trots att inte Lisa bodde på hotellet. De gick fram till incheckningsdisken.

- Hej, jag skulle vilja visa min väninna utsikten från mitt hotellrum, sa Lisa.
- Det går tyvärr inte, vi har strikta regler, ingen förutom de som hyrt hotellrummet får bo där, sa mannen bakom disken.
- Vi tänkte inte att hon skulle bo där, hon bor på ett annat hotell, jag vill bara visa henne hur jag bor. Det behöver inte ta någon lång tid.
- Tyvärr. Det går inte.
- Är det för att vi är två tjejer och att du är fördomsfull.
- Jag har inga problem med vilka ni väljer att vara vänner med. Och jag kan säga dig att jag förstår vad ni vill göra. Skulle ni frågat mig för en månad sedan hade det inte varit några problem, men säkerheten under denna vecka är, som ni märker, tydligt förhöjd. Jag kan tyvärr inte uppfylla er önskan.

Sofia och Lisa satte sig i lobbyn.
- Han var ärlig i alla fall.
- Jävla storpolitik, fattar ni inte att er terroristnoja förstör vårt sexliv.
- Precis, varför tar de aldrig upp det argumentet i debatterna.
- Det är diskriminering, vi finner oss inte i det här.

De satt kvar några minuter och skämtade. Sedan fick de frustrerade gå till varsitt hotellrum.

Kapitel 13

Olivias föräldrar, Elisabeth och Egon, hade tagit ledigt några dagar från sina arbeten för att kunna vara mer hos Olivia. Då passade Cecilia på att åka hem till Umeå. Cecilia var som vanligt i god tid till sin arbetsträning. Hon hade ökat arbetetstiden på hälsocentralen så att hon nu arbetade tre timmar per dag och under de timmarna hade hon två egna patienter. Detta var betydligt färre patienter jämfört med när hon varit frisk, men det var ändå ett steg i rätt riktning. Första patienten för dagen sökte för att det sved när hon kissade. Efter fem minuters samtal och ett urinprov gick patienten hem med ett recept på Selexid mot urinvägsinfektion. Cecilia var nöjd över sig själv, även om hon förstod att patienter med urinvägsinfektioner var lätta att handlägga så hade hon trots allt handlagt patienten snabbt och rätt. Hon var glad när hon gick till fikarummet. Även om hon saknade akuten så uppskattade hon verkligen fikarummet på hälsocentralen, det var uppfriskande att kunna sitta ner några minuter och prata med så pass blandade människor. Efter att ha druckit te och pratat med kollegor en kvart så var det dags för nästa patient. Hon hade bestämt att göra ett hembesök hos Annelie. De hade fortsatt samtalskontakt varje vecka, även om det kändes som att det inte riktigt var nödvändigt rent medicinskt så mådde Annelie bra av det och det var dessutom lagom utmanande för Cecilia. Cecilia lånade en av vårdcentralens tre bilar och körde iväg. Hon knappade in adressen på sin mobils GPS och körde sedan sakta efter småvägarna. Även om Cecilia hade bott i Umeå många år så var det helt nya vägar för henne. Utspridda hus bland skog och öppna ängar. "Där ligger gården", tänkte Cecilia. Hon svängde in på gårdsplanen framför det gula huset. Det var två våningar och Cecilia kunde lista ut vilket av fönstren som tillhörde Annelies gamla rum. Bredvid huset var det en liten hundkoja där det stod en svart och en brun hund som båda skällde på Cecilia när hon kom närmare. Cecilia försökte le mot hundarna, "de är inte farliga", tänkte hon. Hundarna märkte hennes rädsla och skällde ännu mer. Det var ingen dörrklocka så Cecilia knackade på dörren.

– Välkommen. Ursäkta Rufus och Molly, de försöker försvara mig även när det inte finns något att försvara mig mot.

- Ingen fara. Vad fint du bor.
- Tack. Jag trivs bra, även om det ibland känns lite ensamt.
- Det ligger en bit ifrån andra hus.
- Det är fördelen och nackdelen med huset. Det kan gå en vecka utan att någon går förbi på vägen.

Annelie visade med handen in mot köket. Köket såg ut att vara från sjuttiotalet. Inredningen bestod av ljust trä som var lackat men inte målat. Det stod ett köksbord med fyra stolar mot fönstret. Spisen hade fyra upphöjda plattor, diskbänken var rymlig, under diskbänken var det en vit diskmaskin och bredvid diskbänken var det en kombinerad kyl och frys.

- Välkommen in, häng av dig här i hallen. Dricker du kaffe?
- Faktiskt inte, trots att jag bor i Norrland och jobbar inom sjukvården.
- Du låter inte så norrländsk.
- Trots att jag bott över tjugo år i Umeå så har jag Stockholmsdialekten kvar.
- Man kan inte fly från sina rötter.
- Det verkar inte som det.
- Jag har annat att bjuda på istället. Vill du ha lite korv och makaroner?
- Nej, är inte så mycket för kött tyvärr, men gärna en frukt.

De satte sig vid bordet. Annelie tog kaffe och bulle, Cecilia tog vatten och ett äpple.

- Vad fint att jag kunde komma hem till dig. Det blir lättare att förstå vad du berättar om när jag får se din vardag.
- Det känns skönt att ha doktorn här.
- Hur mår du nu Annelie?
- Jag mår bättre, lite bättre än förra veckan och mycket bättre än det var tidigare.
- Vad bra. Hur fungerar sömnen?

- Den fungerar okey, jag har avbruten sömn och har svårt att somna in. Får totalt ungefär fem timmar sömn per natt, även om det låter lite så är det mer än vad jag fått de senaste åren.
- Små steg i rätt riktning.
- Precis. Dessutom har jag börjat äta mer regelbundet, så nu börjar mitt liv likna en vardag.
- Vi har ju tidigare pratat om att sätta upp några mål. Har du några sådana som du jobbar med just nu?
- Jag har som mål att säga något mer än "hej" varje gång jag antingen handlar eller tankar bilen. Försöker hitta på något vardagligt att säga. Hittills har jag lyckats med det två gånger.
- Bra jobbat. Det viktiga är att du gör de små stegen, då kommer du att komma tillbaka till slut.
- Det känns skönt att höra dig säga det, för jag har tvivlat så mycket på om jag någonsin skulle kunna ta mig tillbaka. Men nu de sista veckorna så har livet börjat kännas hoppfullt igen, Nästa steg är att bryta ensamheten, jag vill börja träffa människor igen.
- Vi pratade ju också om att du ska träna på att ge dig själv beröm. Du skulle till idag komma på tre saker som du är bra på. Har du hunnit komma på dessa saker.
- Jag tror det. Jag är duktig med hundarna. Jag är duktig på att sticka och jag är duktig på att köra bil på ett säkert sätt.
- Vad bra att du kom på några positiva saker. Ditt mående verkar ju gå åt rätt håll så mitt förslag är att vi fortsätter att minska din antidepressiva medicinering enligt planen. Vi halverar dosen idag och sedan minskar vi dosen igen om två veckor om du fortfarande mår bra. Låter det rimligt?
- Det låter rimligt. Tack doktorn för hjälpen.

Cecilia reste sig och gick mot dörren. Hon tog på sig skorna och jackan.
- Jag kommer förbi samma tid nästa vecka.
- Tack doktorn, sa Annelie och gav Cecilia en kram.

När Cecilia släppte kramen såg hon att Annelie hade tårar i ögonen.

- Förlåt, jag vet inte om jag får krama dig. Men jag är bara så glad över att jag mår så mycket bättre.
- Du behöver inte be om ursäkt. Jag är också glad över att du mår bättre.

När Cecilia satte sig i bilen så tog hon upp mobiltelefonen och såg fem missade samtal från Olivia.
- Jag har försökt ringa dig i över en timme, vad gör du?
- Arbetstränar som du vet, jag hade en patient.
- Jag vet ju det egentligen, jag var bara frustrerande över att inte få tag på dig.
- Är det något som har hänt?
- Inget som direkt har hänt, men jag har fått veta några saker som jag tänkte att det vore bra att du fick reda på också. Står du till så att du kan prata?
- Absolut. Ska bara stanna bilen intill vägen.

Medan hon stannade bilen så försökte hon tänka igenom olika scenarion. Försökte vara förberedd för vad som än kunde komma, hon ville vara ett stöd för Oliva om det var något hemskt och hon ville glädjas med Olivia om det var något bra som hänt. "Det mest sannolika borde vara att de upptäckt någon ny skada eller att hon måste genomgå en ny operation", tänkte Cecilia.
- Hur mår du?
- Jag mår fysiskt bra, så på det sättet är det fint. Men som jag berättade fick jag reda på lite nya saker som jag vill att du ska veta. Jag har pratat med polisen och det mesta tyder på att det var ett välplanerat mordförsök på mig, det var inget slumpartat överfall.
- Varför tror polisen det?
- Det är någon som fått tag på alla mina samtalslistor och dessutom tagit ut en karta där det framgår vid vilka mobilmaster jag har varit uppkopplad mot vid olika tidpunkter. Tydligen loggas det alltid mot vilken mobilmast som man är uppkopplad när mobilen är

påslagen. Det innebär att någon har fått en karta över hur jag har rört mig två veckor före mordförsöket.

- Men hur kan någon fått tag på de uppgifterna, det måste ju vara olagligt?
- Det är olagligt. Polisen har hittat killen som läckt, men han verkar inte förstått vad han var inblandad i. Han hade fått tjugofem tusen för att ta fram alla mina uppgifter. När polisen berättade för honom att jag hade blivit utsatt för mordförsök så bröt han ihop totalt. Han hade trott att det var någon bedragen make som hade velat ha listorna. Han har ingen aning om namnet på personen som köpte listorna, det enda han vet är att det var en välklädd man i medelåldern.
- Vet polisen vem det kan vara?
- Nej, men de tror att det är något som har med mitt yrke att göra. Någon person som upplever att jag blåst dem eller som jag förstört livet för i rättssalen. Även om jag förstått att jag skaffat mig många fiender i och med mitt jobb så hade jag aldrig kunnat drömma om det här.
- Har polisen några misstankar om vem som knivhögg dig?
- Inte något mer än vad de haft ända sedan början. Knivmannen verkar professionell och jag tyckte ju att han pratade något latinskt språk, så troligen en yrkeskriminell från södra Europa.

De blev tysta i luren.

- Sedan är det en till sak. När min kollega Johanna var här för några dagar sedan berättade hon att hon hade hört om oss. Tydligen hade Carl, som vi träffade vid sjukhusdammen, berättat att han träffat oss för sin syster. När ryktet väl börjat gå så verkade alla ha fått reda på det.
- Vilket innebär att våra familjer snart kan få reda på vår speciella vänskap.
- Det stämmer. Och dessutom kommer mina chefer få reda på det. Hoppas de har överseende med att jag ligger med fienden.
- Om de blir arga kan du säga att det bara är sex, men fantastiskt bra sex.

- Dessutom har jag nyss blivit utsatt för mordförsök, så de borde känna lite medlidande med mig.
- Var inte så säker på det. De är trots allt jurister. Enligt vad jag har hört är det olagligt för jurister att ha känslor.
- Och vad jag har hört så är det olagligt att prata massa strunt. Tycker att du ska använd den där munnen till att kyssa mig istället.
- Det är svårt att göra över telefon.
- Då kanske det är bäst att du kommer hit.
- Absolut. Passar det att jag kommer imorgon?
- Om du kan komma på eftermiddagen, både mamma och pappa har viktiga möten som de måste vara med på. De kommer tillbaka sen till kvällen så det blir bara några timmar.
- Jag tar ett tåg så jag kommer kring lunch och åker tillbaka på kvällen.

Cecilia hade många tankar under tågresan hem till Umeå, Hon gick sakta från tågstationen. När hon öppnade ytterdörren så såg hon att både Lisa och Stefan satt i köket.
- Välkommen hem min sköna, sa Lisa.
- Tack. Är ni båda hemma mitt på dagen, arbetar ni aldrig?
- Det går rykten om att vi jobbar ibland, men jag vet inte om de ryktena stämmer, sa Stefan.
Cecilia satte sig ned.
- Har du hört något mer från Olivia?
- Vi pratades vid nyss. Hon mår bättre men kommer nog att ligga kvar några dagar till på sjukhus före hon får åka hem.
- Det är väl en bra nyhet? Du ser nedstämd ut.
- Det var inget slumpartat mordförsök. Någon person har tagit ut alla Olivias telefonlistor för att kunna räkna ut hur hon rör sig. Det är någon som har planerat att mörda henne under åtminstone ett par veckor.
- Det är ju förfärligt. Vet polisen något mer om vem det kan vara?

- Egentligen inte. Men mycket tyder på att personen som knivhögg henne visste vad han gjorde.
- Menar du som en torped? frågade Stefan.
- Något i den stilen, polisen vet i nuläget inte vem det var som utförde mordförsöket, endast att genomförandet var professionellt. Det var bara tur att hundägaren kom gåendes och avbröt attacken, annars skulle Olivia aldrig överlevt.
- Varför tror polisen att någon vill mörda henne?
- De tror att det har att göra med hennes jobb på något sätt. Hon arbetar mycket med konflikter mellan företag, det kanske varit någon tvist som hon vunnit där fel person förlorat stora summor. Jag vet inte allt om hennes jobb, men jag vet om några stora företagskonflikter och företagsuppköp som hon jobbat med där summorna varit hundra miljoner eller mer.
- Det låter ju konstigt att ge sig på juristen som bara göra sitt jobb.
- Missriktad ilska är inte helt ovanligt. Men jag håller med, det känns inte som en klockren förklaring.

De fortsatte att prata om mordförsöket tills Stefan tittade på klockan.

- Vad säger ni, bastun är varm nu.
- En varm bastu skulle passa bra.

Stefan, Lisa och Cecilia duschade tillsammans och gick sedan till bastun. De satt och såg ut över älven. De var nakna och lät svetten rinna över sina kroppar.

- Har du fått fram något mer om vapenexporten till Kongo? frågade Cecilia.
- Alla pusselbitar ligger inte på plats ännu, men jag börjar förstå mer vad vapnen har använts till i Kongo. Det verkar som att en lokal krigsherre har använt vapnen för att kontrollera mineralfyndigheter, sedan har han använt mineralerna som betalning för vapnen.
- När livet blir normalt igen så ser jag fram emot att hjälpa till med scoopet, sa Cecilia.

- Brottslösartrion i Kongo. Kanske det kan bli rubriken på nästa bok om oss, sa Stefan och skrattade.

Lisa skakade på huvudet.

- Jag tycker att du ska vara hemma mer Cecilia så att jag slipper vara själv med Stefan och hans humor, sa Lisa.

- Snart ska jag resa ner till Kongo, då får du ligga här hemma och skämmas över att du pratat illa om mina roliga skämt, sa Stefan.

- Har du bestämt när du reser och hur du ska resa? frågade Cecilia.

- Inte riktigt, men Lisa ha lite kontakter som kan hjälp mig.

- Jag träffade en journalist på World Economic Forum som troligen kan hjälpa till med hur man ska resa som journalist i området. Dessutom träffade jag en man i Barcelona vars familj flydde från Kongo-Kinshasa när han var ung. Jag tror att han kan ha bra kontakter inne i själva Kongo, sa Lisa.

- Jag vet faktiskt inte om jag kommer att hitta något när jag väl är på plats. Men jag känner att jag måste försöka, sa Stefan.

Kapitel 14

Cecilia gick av tåget på Stockholms centralstation. "Det är så ofattbart att någon planerat att mörda Olivia under flera veckor", tänkte Cecilia. Cecilia satte sig i sjukhuskafeterian och läste en bok i väntan på att Olivias föräldrar skulle gå. När Christina messat att de hade åkt iväg så köpte Olivia tre olika luncher med sig.

- Hej älskling, sa Cecilia när hon öppnade dörren.
- Hej.
- Jag har med mig tre luncher så ni får lite variation från landstingsmaten.
- Bara du inte är så där tråkigt nyttig som du brukar vara.
- Det är jag, du måste bli frisk så att du slipper ligga på sjukhus snart.
- Men risken är att jag dör av tristess under tiden.
- Den risken är jag beredd att ta.
- Kul att se dig Cecilia, ni ska få gnabbas på själva så går jag ut ett tag, sa Christina.

Christina tog en av lunchlådorna och gick ut ur sjukhussalen.

- Vad skönt att du ligger på en enkelsal, hade varit svårt att prata och umgås annars.
- Tur i oturen.
- Hur känns det? Jag har varit helt förstörd sedan jag fick reda på att det var ett så välplanerat mordförsök, sa Cecilia.
- Det känns hemskt och overkligt på samma gång. Före polisen berättade vad de hade hittat så trodde jag att det var någon galning som råkade hugga just mig, att jag hade maximal otur. Men istället är det någon som har planerat att mörda mig i några veckor. Mannen visste exakt vart och när han skulle slå till, det enda som räddade mig vad att det råkade komma en hundägare förbi i rätt ögonblick.
- Det är så himla svårt att förstå. Vad säger polisen?
- De säger att det är proffsigt utfört, att de misstänker att det är ett beställningsjobb. Jag har frågat poliserna och de säger att de inte

tror att jag kommer att utsättas för något nytt mordförsök, misslyckas man en gång är det sällan som man gör ett nytt försök. Dessutom pågår det en utredning, sannolikt har mördaren gått under jord och redan flytt Sverige. Jag hörde mannen säga något på vad jag tror var italienska så sannolikt gömmer han sig just nu någonstans i Sydeuropa.

– Så inga spår. Det är bara att hoppas att de hittar honom ändå.

– Just nu känns det som att jag kommer att vara rädd resten av livet om polisen inte hittar honom. De som försökte mörda mig har verkligen lyckats skrämma upp mig.

– Jag ska försöka hjälpa dig på alla sätt jag kan.

– Jag vet, jag är så himla glad över att jag har dig i allt det här.

De tog fram sina luncher, försökte prata om annat. Skämtade, skrattade. Såg ett avsnitt av en tv-serie på Netflix. Cecilia la sig bredvid Olivia i sängen. Timmarna gick och snart var Cecilia tvungen att gå.

– Kan du förresten hjälp mig med den här nålen? frågade Olivia och pekade på armen. Den verkar ha lagt av, det är nästan lika mycket kvar i droppåsen som det var i morse. Eller är det dumt att fråga dig? Vill du bara vara min älskare och inte min läkare?

– Ingen fara, jag ska se vad jag kan göra. Måste dock förvarna dig om att jag inte är så van vid att justera nålar, här i Sverige är det sjuksköterskor som sätter nålar och är experter på dem. Fast det där är egentligen ingen nål utan en perifier venkateter, det vill säga en slang som går in i ett litet kärl. Men jag ska göra det ett försök.

Cecilia tog på sig handskar, satte sig bredvid Olivia och började undersöka vad som var fel.

– Vet du om du har haft något som gått i slangen hela tiden från det att du fick den? Dropp eller någon medicin.

– Nästan hela tiden. Droppet som sjuksköterskan satte på morgonen droppade först sakta men slutade sedan helt för någon timme sedan.

– Då borde det inte vara något problem med att det blodet koagulerat och på så sätt gjort att det gjort har blivit stopp i slangen. Det låter mer som att slangen har åkt igenom kärlet och hamnat fel, det är vanligt. Det går nog att få igång den igen om jag spolar slangen och försöker rubba den lite så att den åker tillbaka in i kärlet.

Christina knackade på dörren och kom in.

–   Det börjar bli dags för dig att gå, mamma kommer strax.

–   Okey. Då hinner jag nog inte justera slangen, men ring på knappen så kommer någon snart och hjälper dig. Vi får ses imorgon min älskade, sa Cecilia och kysste Olivia.

Olivia tryckte på den röda larmknappen som signalerade till sköterskorna att hon ville ha hjälp. Cecilia mötte en manlig sköterska i dörren. "Vad snabbt han kom", tänkte hon "verkar vara annan klädkod här i Stockholm, inte många i vårdpersonalen som skulle gå omkring i svarta lackskor på Umeå Universitetssjukhus".

Kapitel 15

En dörr öppnas. En man i sjukhuskläder går in i salen.

– *Vad bra du kunde komma så snabbt, det är stopp i den här perifiera venkatetern, säger kvinnan och pekar på sin underarm.*

Mannen drar fram en spruta, öppnar upp trevägskranen och fäster sprutan på kranen, trycker sedan in hela sprutans innehållet i den perifiera venkatetern Vätskan åker utanför kärlet, lägger sig som en bulle under huden vid spetsen på plastslangen.

– *Aj det svider. Jag sa ju att slangen ligger fel.*

Mannen står kvar bredvid sängen och väntar. När han hör att yttre slussdörren till rummet öppnas vänder han sig om och går snabbt därifrån, i dörren möte han en sköterska och nickar mot henne. Kvinnan nickar tillbaka och går in.

– *Du ringde på klockan, vad kan jag hjälpa dig med? frågar sköterskan.*

– *Din kollega som var här nyss försökte hjälpa mig men verkade fått något akut, han spolade slangen och skyndade sig sedan härifrån utan att säga något.*

– *Det där var inte min kollega, sa sköterskan.*

Kvinnan försöker svara men får inte fram mer an svaga ljud, delar av den insprutade vätskan är icke-depolariserande muskelrelaxantia som blockerar nikotinreceptorerna vilket gör att musklerna inte längre lyder henne. En annan substans i vätskan är en opioidagonist som snabbt slår ut både andningen och medvetandet hos kvinna.

Kapitel 16

Solen lyste upp vardagsrummet där Lisa och Cecilia satt.

– Jag var förresten på en intressant föreläsning i Stockholm. Det var en dansk professor, Mads, som jag har läst några böcker av tidigare. Han pratade om läkemedelsforskning. Eller snarare så pratade han om hur mycket det fuskas med inom läkemedelsforskningen, sa Cecilia.

– Hur fuskas det? frågade Lisa.

– Det vanligaste är nog att man låter en läkare hålla föreläsningar där den presenterar företagets forskning. Man betalar läkaren ett par veckolöner för att hålla föreläsningen, det är ett rejält överpris och för det får man läkaren att prata väldigt gott om ens egna läkemedel. Det är lagligt då man på papperet inte mutar någon utan bara betalar väldigt bra föreläsningsarvode.

– Och skulle man fråga läkaren i fråga skulle hen nog inte ens se sig själv som köpt.

– Precis, läkaren i fråga tror sig ha sin akademiska integritet kvar vilket gör det ännu mer effektivt för företaget. För att försvara sitt agerande börjar läkaren sedan tycka som företaget har sagt. Att landstingen sparar in på fortbildning gör att föreläsningar från läkemedelsbolagen får stort genomslag om man mutar rätt läkare.

– Vad finns det för andra sätt att fuska på? frågade Lisa.

– Det är också ganska vanligt att läkemedelsföretagen gör studier där de fuskar med resultaten. Man flyttar ett par patienter med dåligt resultat ur studien och sedan tolkar man om ett par andra patienter så att de blivit friska av behandlingen, vips så har man helt plötsligt fått statistik som visar att läkemedlet som inte hade någon effekt egentligen hade god effekt.

– Men det är ju uppenbart fusk, det går väl inte att publicera?

– Det går det tyvärr. Först använder man en spökskrivare som skriver texten, sedan låter man några statistiker gå igenom materialet för att hitta patienterna som ska flyttas för att få signifikans. Sedan använder man någon av de här läkarna som man redan har köpt sedan tidigare. Erbjuder läkaren att bli förstanamn på en stor studieartikel. Läkaren kollar igenom och tycker att den är vettig, hen vill dessutom gärna få en stor artikel publicerad. Sedan när artikeln faktagranskas så är det ingen som verkligen går igenom all rådata så felaktigheterna släpps igenom. Helt plötsligt har du en artikel som visar att det verkningslösa läkemedlet har god effekt.

– Enligt vetenskap och beprövad erfarenhet skall man då använda läkemedlet.

– Sedan börjar cirkeln om med att läkarna som företaget köpt sedan tidigare gärna åker runt och berättar om hur förträffligt läkemedlet är. Ofta berättar de dessutom några egna anekdoter, hur de själva upplever att läkemedlet fungerar ännu bättre än vad studierna visar. Även om de egentligen inte får säga sådant i läkemedelsföreläsningar är det ingen som säger åt dem. Nästa vecka har åhörarna börjat glömma det mesta men de kommer ihåg en historia om hur det nya läkemedlet var bra så de skriver ut det istället för det äldre beprövade

– Känns skönt att veta att läkemedelsindustrin vilar på sådan stabil vetenskaplig grund. Att det inte finns några ekonomiska intressen eller annat som påverkar vad jag får för medicin.

Lisa och Cecilia log mot varandra.

– Känns det jobbigt att du som läkare hela tiden får så vinklad information? frågade Lisa.

– Det känns frustrerande. Jag har begränsat med tid, vilket gör att jag inte har möjlighet att läsa in mig på alla områden som berör mitt jobb. Så jag gör som nästan alla andra läkarna, litar på råden från de mest framstående inom respektive område. Att det sedan visar sig att dessa personer antingen är köpta eller bara själva blivit lurade av felaktiga studier gör att det är svårt att känna förtroende för våra behandlingar.

– Är det därför du är så negativ till läkemedelsanvändning i grunden?

– Det är nog den störta anledningen. Sedan är det problematiskt att vi vet för lite om de negativa bieffekterna av läkemedel. Generellt

105

tycker jag att en god grundregel är att man inte tar läkemedel om man inte absolut måste.

– Vet du vilka läkemedel som fungerar då?

– Där kan man också följa en grundregel. Äldre läkemedel som använts länge är oftast säkrast. Hade de haft antingen många vanliga biverkningar eller några allvarliga biverkningar så hade läkemedlet troligen stoppats. De läkemedel man verkligen inte ska lita på är läkemedel mot psykiatriska sjukdomar, psykiatri är ett så pass nytt forskningsfält där man inte riktigt kunnat hitta några bra diagnoskriterier för psykiatriska sjukdomar. Detta gör det väldigt svårt att göra vettig forskning, vilket gjort att det finns mycket godtycklighet inom psykiatrin. Det är tveksamt om det finns några läkemedel alls inom psykiatrin som ger goda långtidseffekter. Jag är ganska säker på att det inom tjugo år kommer att ha gjorts bra studier på SSRI som visar att det inte har någon positiv effekt på depression utan endast leder till fler självmord.

– Så lyckopiller har ingen effekt?

– Lyckopiller har effekt, det är en stark drog, men den har troligen ingen effekt för att lindra depressioner eller att förhindra självmord.

– Är det här något du vill jobba mer med?

– Kanske. När livet lugnat ner sig, om det nu gör det någon gång, så funderade jag faktiskt på att grotta ner mig i området och sedan får jag se. Om jag fortfarande tycker det är intressant ska jag ta kontakt med den danske professorn Mads.

– Nu tycker jag vi ska gå en långpromenad, eller vad säger du?

De gick en långsam och lång promenad i vintersolen.

När de kom hem från promenaden så slängde de i grönsaker i en stor gryta, satte på en spisplatta med låg värme och lät det koka ihop till någon sorts soppa. Medan de åt soppan ringde det i Cecilias mobil.

– Hej, det är Cecilia.

– Hej, det är Christina, står du till så att du kan prata.

– Det gör jag. Har det hänt något?

- Någon har försökt mörda Olivia.
- Vad menar du?
- Det var en man som gick in till henne och gav något gift i nålen på armen.
- Lever hon?
- Ja det gör hon. Som tur var kom det in en sjuksköterska just efter att mannen gått, som var med när Olivia slutade andas. Sköterskan larmade direkt och startade hjärt-lungräddning. Olivia är nu på intensivvårdsavdelningen och får dialys i hjärtlungmaskin, som jag tror de kallar ECMO, för att rensa ut giftet ur kroppen. Läkarna säger att värdena ser bra ut men att de inte vågar väcka upp henne då de inte är helt säkra på vad det var som hon blev förgiftad med.
- Vet de om hon kommer att överleva?
- Det verkar så. Men läkarna vill inte säga för mycket då de inte vet vilka substanser hon blivit förgiftad av.
- Vet ni vem som gjorde det?
- Polisen vet bara att det var en man som gick in på Olivias rum i sjukhuskläder. Sjuksköterskan som mötte honom i dörren på väg ut från rummet är den enda som kommer ihåg honom.
- Jag såg honom, reagerade på att han hade svarta finskor, passade mer på ett bröllop än på sjukhuset.
- Minns du något mer?
- Han var brunhårig, vältränad, sedan minns jag inte så mycket mer. Kanske att han såg ut att vara sydeuropeisk, men det är jag osäker på.
- Det kan säkert vara till hjälp för polisen. De tror att det är samma person som försökt mörda henne förra gången så nu har de två vakter utanför hennes rum dygnet runt.
- Jag vill gärna komma ner, tror du att det går bra?
- Jag är säker på att Olivia skulle vilja att du kom ner.
- Men vad tror du resten av familjen säger?
- Just nu får de faktiskt köpa att den person Olivia älskar kommer ner och träffar henne när hon ligger på intensivvården.

107

- Jag bokar första flyget och kommer ikväll.
- Det blir bra.
- Tack för att du ringde, jag menar verkligen det.

Kapitel 17

Cecilia hade svårt att koncentrera sig men förstod att Lisa hade bokat flygbiljetter och hjälpt henne att packa. Hon försökte koncentrera sig men kunde inte tänka på något annat än att Olivia var förgiftad, "hon kanske redan är död", tänkte hon.

— Nu måste vi gå om vi ska hinna med planet, kom nu, sa Lisa.

Stefan skjutsade dem.

— Det finns inga bra ord nu Cecilia. Vi älskar dig och kommer göra allt vi kan för att stötta dig och Olivia. Det låter futtigt och är väl egentligen det, men jag hoppas verkligen att du verkligen säger till om vi kan göra något.

Cecilia nickade till svar. Lisa vallade henne genom säkerhetskontrollen och förklarade för personalen att en nära anhörig till Cecilia har blivit akut sjuk och låg på intensivvårdsavdelningen. De släpptes igenom, satte sig på sina platser. Flygturen skedde under tystnad, Lisa höll Cecilias hand, Cecilia kände hur Lisa kramade handen men orkade inte krama tillbaka. De landade på Arlanda, återigen ledde Lisa Cecilia framför sig. Det stod en bil och väntade på dem när de kom ut, Lisa hälsade på chauffören. Hon sade några korta ord och sedan så satte de sig i baksätet. Under färden in till sjukhuset så pratade Lisa sparsamt, men Cecilia hade svårt att förstå det lilla hon sa, hon nickade bara där det verkar passande. De stannade utanför huvudingången, Lisa sa tusen tack och sedan gick de in genom huvudingången.

— Jag förstår att du har svårt att koncentrera dig Cecilia, men jag kan inte följa med dig längre så försök att lyssna. Du måste gå in själv till Olivia. Jag har pratat med Christina och hon har till slut fått familjen att acceptera att du ska få träffa Olivia. Jag har bokat hotellrum till dig och mig i hotellet som ligger just bredvid sjukhuset. Dessutom så har jag tagit med mig två mobiltelefoner med pinkoden fyra ettor. Mobilerna har oregistrerade kontantkort så det går inte att spåra dem. Du ska ge en till Olivia och behålla en själv. Det är för att ni ska kunna behålla kontakten när hon lämnar sjukhuset, för ni ska nog inte använda era vanliga telefoner då med tanke på att hennes mobiltelefon varit övervakad. Lämna kvar ett av kuverten till henne så kan hon använda mobilen när hon blir mer adekvat igen.

Christina kom och öppnade dörren. Lisa gav Cecilia en lång kram.

– Sköt om dig, och hälsa Olivia.

Christina hade tårar i ögonen när hon kramade om Cecilia.

– Hur går det för henne? frågade Cecilia.

– Det är bättre, läkarna har låtit henne vakna och hon kan prata. Den värsta faran verkar vara över.

Cecilia försökte le. De gick tillsammans in i korridoren och kom fram till två poliser som stod utanför en dörr.

– Hej, det är en nära vän till Olivia, sa Christina och pekade på Cecilia.

Poliserna tittade på varandra och öppnade sedan dörren. I en stor vit sjukhussäng låg Olivia, hon tittade upp mot Cecilia och gav henne ett drogat leende.

– Hur mår du? frågade Cecilia.

– Jag mår ganska bra, jag har aldrig varit på rave eller knarkat, men förstår att folk trillar dit om det är den här känslan som de upplever.

– Du vet väl att det är olagligt att knarka.

– Inte om man kan böja lagen till sin fördel.

Cecilia började skratta och gråta samtidigt. Först nu såg hon att resten av familjen satt i några stolar en bit bort ifrån sängen.

– Hej, jag heter Cecilia, sa hon och räckte fram handen.

– Jag vet vem du är, du är en god vän till Olivia, trevligt att få träffas, svarade Olivias mamma Elisabeth.

– Egon, sa fadern.

– Gustav, sa brodern.

En kvinnlig läkare kom fram till Olivia och frågade hur hon mådde, tittade igenom värdena på alla apparater, drog ut blod ur artärnålen och gav den till sköterska.

– Alla värdena ser bra ut, sa hon. Det verkar som att vad det än var du fick i dig så har det gått ut ur kroppen. Vi kommer att försöka trappa ut alla mediciner som du får just nu då det inte verkar som att du behöver dem. Men eftersom vi inte vet vad du fick i dig så kommer du att få ligga kvar här över natten för övervakning. Sedan tar vi ett nytt beslut på morgonen.

- Kommer jag att få några permanenta skador?
- Det går aldrig att lova någonting inom medicin. Men just nu det verkar som att du kommer att bli helt återställd.
- Vad misstänker ni för gift eller läkemedel? frågade Cecilia.
- Vi är osäkra i nuläget. Tror förresten inte att du var här tidigare under kvällen.
- Det här är Cecilia, en barndomsvän till Olivia, sa Elisabeth.
- Jag är också läkare så jag har funderat massa själv. Förstår att ni i nuläget är osäkra på det var i sprutan, men verkar det vara ett anestesimedel eller något rent gift?
- I nuläget så är det sannolikaste att det var någon sorts snabbverkande muskelrelaxantia samt morfinpreparat, som hann slå ut både andning och hjärtat. Sköterskan kom in just i rätt tid så det blev start av hjärtlungräddning direkt. Dessutom fick vi snabbt misstankar om att det var ett mordförsök vilket gjorde att vi kunnat rensa blodet via en dialysmaskin.
- Har ni hittat sprutan?
- Ja det har vi, den är på analys och vi kommer nog att få svar tidigt imorgon.
- Det låter hoppfullt.
- Har ni andra några fler frågor just nu? frågade läkaren och vände sig mot Olivias familj.

De andra var tysta.

- Om ni kommer på några frågor finns jag kvar på avdelningen, sa läkaren och gick.

Cecilia såg att Olivia somnat, så hon vände sig mot familjen.

- Ni ska få vara ensamma nu. Men tack för att jag fick komma förbi, det är jag väldigt tacksam för.

De nickade och log till svar.

- Jag följer dig till dörren, sa Christina.

När de kom ut i korridoren kom Cecilia på kuverten som hon hade fått av Lisa.

- Kan du ge det här till Olivia när hon vaknar? Frågade Cecilia.
- Självklart. Vad bra att du kunde komma, sa Christina.
- Tack för att du lät mig komma. Det var nog inte helt självklart för din familj att jag skulle få hälsa på. Jag uppskattar det verkligen.
- Olivia tycker om dig så mycket att hon blir tonårsfnittrig när hon pratar om dig, det är klart att du ska vara här då.

Kapitel 18

Cecilia satt i arbetsrummet och försökte läsa på om långsiktiga effekter av förgiftningar när telefonen ringde. "Konstig ringsignal", tänkte hon men såg att det inte var hennes vanliga telefon, utan den som hon fått av Lisa, som ringde.

– Hej, vem är det jag pratar med?

– Det är Olivia såklart, det är ju ingen annan som har de här numren.

– Vad skönt att du ringer, blev så orolig när du flyttades och jag fick inte reda på vart.

– Det får du inte veta idag heller, jag får inte berätta för någon vart jag är. Får egentligen inte prata i telefon heller, det är därför som jag pratar så tyst.

– Mår du bra?

– Jag mår prima rent kroppsligt. Morgonen efter att du åkte så gick jag igenom en grundlig undersökning från topp till tå, sedan åkte jag till ett skyddat boende.

– Har du fått reda på något mer?

– De är ganska säkra på vilka medel som användes, dels succinylkolin som skulle slå ut mig, sedan ramifentanil som skulle göra mig medvetslös.

– Snabbverkande muskelrelaxantia och opioid alltså. Men eftersom du fick hjälp direkt och att nålen inte gick in i blodet lyckades man rädda dig.

– Precis.

– Vad skönt att höra, jag är så himla orolig. Jag saknar dig hela tiden.

– Jag saknar dig med.

Det blev tyst länge i luren.

– Jag pratade med en poliskommissarie idag, hon berättade att de inte hade några bra spår efter mannen som knivhögg mig. Polisen tror att det är ett proffsjobb och att de inte kommer att gripa gärningsmannen. Troligen är han redan i södra Europa.

113

Cecilia blundade och koncentrerade sig på att hålla tillbaka tårarna som var på väg.

– Vad vet du mer om det här?

– Idag berättade poliserna att någon har attackerat min mejl, jag förstår inte riktigt allt det tekniska men någon har hackat sig in på min mejl och kunnat läsa allting som jag skrivit. Dessutom så har ju någon, som du vet, kommit över all min samtals- och meddelandehistorik från mobiltelefonen.

– Någon har byggt upp en karta över ditt liv.

– Denna någon har all data från mobilmaster, vet om alla mina samtal, ser alla gånger jag skickat sms och dessutom kunnat läsa alla mina mejl. Det är mycket information om mig som går att använda. Personerna som har den här informationen vet att du och jag är tillsammans, de vet vid vilken tid jag brukar gå hemifrån på morgonen och vilken väg jag brukar välja. Det enda lilla framsteget är att teknikern som gav ut alla uppgifter telefonbolaget har hjälpt en av polisens tecknare att rita en fantombild av mannen som köpte uppgifterna av honom.

– Känner du igen vem mannen på bilden?

– Tyvärr finns det nästan inga detaljer på bilden. Mannen var välklädd, vältränad, hade bakåtkammat hår och gav ett seriöst intryck. Den beskrivningen i kombination med den intetsägande bilden skulle passa in på till exempel nästan alla manliga jurister på min byrå.

– Har du någon aning om vem det kan vara?

– Egentligen inte. Jag har tänkt på en sak som en kollega sa till mig för några dagar, men det känns långsökt. Kollegan var förbi mig på sjukhuset för några dagar sedan och berättade att det framkommit att någon hade läckt information om Minerva Holdings till Stefan. En högt uppsatt jurist på vår byrå hade tydligen blivit galen och sagt något i stil med att "han skulle personligen döda den jäveln" som läckte information.

– Tror du att det kan ha med det att göra?

114

- Känns orimligt. Jag har ingen aning om varför någon skulle vilja göra det här och det känns hemskt.
- Vad säger polisen?
- De bedömer det som att jag har fått ett kontrakt på mitt huvud, vilket innebär att jag har en långvarig hotbild mot mig.
- Vad innebär det?
- Att den som försökt att mörda mig, eller någon annan torped, kommer att försöka igen och igen tills någon av dem lyckas. Jag kommer därför att bo kvar här på det skyddade boendet ett tag, men det går inte att göra det hela livet, jag måste hitta en mer långsiktig lösning. Just nu är planen att mina föräldrar ska köpa en lägenhet som går att bygga om till en säker lägenhet. De har dessutom kontaktat ett säkerhetsföretag som kan hjälpa mig att ta mig till och från jobbet.
- Men älskling, vad jobbigt.
- Jag vet inte vad jag skall ta mig till. Att vi bygger en säker lägenhet ändrar egentligen inte på någonting, de kommer att kunna komma åt mig ändå.
- Vi får komma på något sätt att lösa det här. Vi fixar det.
- Jag hoppas det. Nu måste jag lägga på. Jag ringer dig imorgon kväll istället.

Cecilia grät när hon la på. Hon hade försökt att ge Olivia hopp men kände att hon inte kunde övertygas sig själv.

Kapitel 19

Stefan satt på planet till Barcelona och tittade ut över landskapet under dem. "Skulle tro att vi är över Södra Frankrike nu", tänkte han för sig själv. Han hade i ett försök att inte bli igenkänd låtit skägget växa och dessutom hade han på sig mörka glasögon, det hade lyckats. Han visste dock inte om anledningen till att ingen hade känt igenom honom var på grund av det var få personer som kände igen hans vanliga utseende eller om det var en bra förklädnad. Han hade i alla fall sluppit bli utpekad på Arlanda vilket kände extra skönt när han hade så mycket att tänka på. Lisa hade förmedlat kontakten med journalisten hon träffade på World Economic Forum, det hade gett Stefan matnyttiga tips kring den kommande journalistiska resan. Dessutom så hade Lisa sett till att Stefan kommit i kontakt med Mbaluku, vilket var anledningen att Stefan satt på ett plan ner till Barcelona. Stefan hade aldrig varit i Spanien, men han hade hört desto mer från sin farbror Åke som hade slagits inom de internationella brigaderna mot Franco. Åke hade aldrig kunnat förlåta västvärldens deras handfallenhet när Franco gjorde uppror och fick stöd av både Hitler och Mussolini. De demokratiska västländerna hade vägrat hjälpa republikanerna vilket hade gjort att Franco kunnat segra. Åke hade alltid sett det som beviset på att man inte kunde lita på "liberaler eller annat pack". Stefan log för sig själv när han tänkte tillbaka på Åkes utläggningar.

Planet gick ner för landning. Stefan höll i sig med händerna i stolkanterna, även om han visste att flygning statistiskt sett var väldigt säkert så var han livrädd vid varje landning. När väl planet landat och börjat sakta in släppte han sakta greppet om stolkanterna och försökte spela avslappnad.

– Mår farbrorn bra? undrade stolsgrannen.
– Ingen fara, jag är bara lite flygrädd.

Stefan försökte ge ett glatt leende men resultatet blev snarare en obehaglig grimas. Stolsgrannen log ett osäkert leende tillbaka. Stefan valde att titta ut genom fönstret. "Skönt att äntligen slippa snön", tänkte han när han såg den skinande solen. Stefan brukade säga att han älskade Umeå men hatade vintern. Om han hade fått bestämma hade hela Umeå flyttats till ett land där det aldrig blev varken snö, slask eller minusgrader.

Stefan stannade en taxi. Han lyfte in väskan och gav chauffören en lapp där han hade skrivit ner adressen till Mbaluku. Under taxifärden tittade Stefan ut genom rutan, han försökte se staden med en journalists ögon. Vad var det som skiljde Barcelona från andra storstäder? En stor skillnad var lokalpatriotismen, det var betydligt fler Katalanska än spanska flaggor som hängde ner från balkongerna, Katalonien hade aldrig förlåtit inbördeskriget och många av invånarna såg sig inte som spanjorer.

Taxin stannade till, Stefan betalade och klev ut. Han ringde på dörrklockan där det stod Mbaluku. Efter några sekunder hördes en röst.

– Vem är det?

– Det är Stefan.

– Vad roligt, välkommen, jag bor på översta våningen, mitt namn står på dörren.

Väl uppe vid dörren rättade Stefan till sin kavaj och knackade på dörren. Nästan före han hade knackat klart så öppnades dörren och Mbaluku stod framför honom.

– Välkommen, jag är stolt över att du ville komma och hälsa på mig.

– Tack för att jag fick komma.

Mbaluku öppnade armarna.

– Mi casa es su casa, som vi säger i Spanien. Jag håller på att göra mat, den är inte riktigt klar, men jag kan visa dig runt i lägenheten så äter vi sen om det går bra.

– Det går alldeles utmärkt.

Bredvid Mbaluku stod en till man.

– Det här är Muhammed, min och Lisas gemensamma vän.

Muhammed sträckte fram handen och de hälsade på varandra. Mbaluku visade köket, de två sovrummen, vardagsrummet samt de två badrummen.

– Maten är klar på femton minuter. Vill du ha något att dricka under tiden?

– Ja tack, svarade Stefan.

Mbaluku gav honom ett glas fyllt med en mörk öl.

— Simba, Kongos bästa öl. Drick och njut.

Mbaluku ställde sig vid spisen igen.

— Jag hade inte förstått att du skulle komma Muhammed, hur känner du Lisa och Mbaluku?

— Jag känner Mbaluku sedan länge, han är min bästa vän. Lisa lärde jag känna nyligen när hon var på konferens tillsammans med Sofia. Jag vet varför du är här och jag hjälper gärna till om jag kan, så du behöver inte oroa dig för att något ska spridas.

— Som du förstår är det en känslig fråga jag kommit hit för att diskutera.

— Det är ingen fara, jag förstår och jag är här idag för att jag vill hjälpa till. Även om jag inte kommer från Kongo så har jag ett bra kontaktnät som ni troligen kan dra nytta av.

Mbaluku kom fram och sa att middagen var färdig. De gick och satte sig vid ett dukat bord där det stod en gjutjärnsgryta med ångande mat.

— Det luktar fantastiskt, vad är det för något? frågade Stefan.

— Det är en gryta på kyckling, ris och majs. Hoppas det smakar.

Samtalet började trevande, de ställde allmänna frågor för att försöka lära varandra lite bättre. Efter ungefär en halvtimme sa Mbaluku.

— Nu tycker jag att det har blivit dags att prata om det du kom hit för att prata om. Vill du börja berätta?

— Som ni båda vet gjorde jag ett stort avslöjande förra året kring det svenska bolaget Minerva Holdings. Nu har jag fått tag på ännu mer information kring de inblandade. Det verkar som att flera högt uppsatta svenskar är inblandade i handel med konfliktmineraler från Kongo. Jag behöver dock mer information för att kunna publicera artiklar.

— Att det pågår en stor skandal i Kongo är vi nog alla överens om, men eftersom mineralerna behövs för att våra mobiltelefoner och datorer ska fungera så tittar världssamfundet åt ett annat håll. Om jag på något sätt kan hjälpa dig att avslöja de inblandade och hjälpa mitt hemland så ska jag göra det, sa Mbaluku.

- Jag vill också såklart hjälpa till även om det inte är mitt hemland. Jag har inte så mycket kunskap om Kongo men kan förhoppningsvis hjälpa till med mer praktiska saker.
- Kan du utveckla vad du menar när du säger att du behöver mer information för att kunna publicera?
- Det är generellt två saker. För det första så behöver jag mer bevis, just nu är det tydliga artiklar om att det pågår mycket grymt i Kongo, men inte så pass tydliga bevis att de inblandade personerna kommer att dömas i domstol. Jag vill att de ansvariga sätts dit, dels för rättvisans skull, dels för att artiklarna inte ska bli bortglömda artiklar i småtidningar. Jag vill att det ska vara en så stor och tydlig skandal att nyheten sprids över hela världen, först då kan det göra någon skillnad i konflikten.
- Vad är den andra saken?
- Det är att jag vill göra reportage om hur folk lever i östra Kongo. Samtidigt som de inblandade häktas vill jag publicera en lång reportageserie, koppla ihop brutaliteten i området med konfliktmineralerna. Att viktiga personer häktas kan få hjärnan att aktiveras, men jag vill ha bilder som får människors hjärtan att brinna. För målet är inte bara att sätta dit de ansvariga, det viktigaste vi kan göra är att skapa en så stark folklig opinion att världssamfundet måste agera mot konflikterna i området.
- Jag kan säkert hjälp dig att få material till en gripande reportageserie, jag är inte lika säker på att jag kan hjälpa dig få fram bevisning, men jag ska göra allt i min makt för att hjälpa dig, sa Mbaluku.
- Jag ska också hjälpa dig och tror att din analys är riktig, kombinationen av korrupta företag och en gripande reportageserie är det som kan leda till förändring. Hur har du tänkt att göra för att få informationen, alltså rent praktiskt? frågade Muhammed.
- Det finns några olika sätt man kan göra det på, men jag vet faktiskt inte vad som är bäst. Jag tänker att jag behöver jag kunna komma in i de drabbade områdena för att prata med lokalbefolkningen. Men också att det behövs bilder och dokument som visar vilka som

är inblandade i handeln med konfliktmineraler. Jag vet inte hur det praktiskt skall gå till men jag hoppas att vi kan komma fram till något klok lösning tillsammans.

En lång diskussion följde. Hela grytan tömdes, de drack fyra öl var. Till slut började en grov plan utkristalliseras. Mbaluku och Stefan skulle resa tillsammans och de skulle göra en tvådelad resa. Först skulle de resa till Tanzania där Stefan skulle göra ett reportage om safarier och utrotningshotade djur. Under den resan skulle de ta sig över gränsen till Östra Kongo för att få träffa lokalbefolkningen. Om Stefan ansökte om att resa direkt till Kongo för att träffa lokalbefolkningen skulle han aldrig få visum så att ta sig in via Tanzania var bästa möjligheten. Under den andra resan de skulle Stefan skulle spela en affärsman som var intresserad av att köpa coltan, Mbaluku skulle vara hans guide i landet och de skulle båda ha förfalskade pass. Det var många praktiska saker som behövde fixas, men alla tre kände att det var en möjlig plan som skulle kunna ge Stefan både den information och de bilder han behövde. Till slut så somnade Muhammed på soffan.

– Kanske dags för mig att åka till ett hotell, sa Stefan.
– Kommer inte på fråga, du är min gäst och sover i mitt gästrum.

Nästa morgon vaknade de upp bakfulla men glada. De gick igenom planen från kvällen innan, den var riktigt bra även i nyktert tillstånd. Muhammed gjorde en lång lista med saker som var tvungna att ordnas före resan, sedan skrev han vem som skulle göra det och på vilket sätt. "Det här händer verkligen", tänkte Stefan, "jag kommer verkligen att göra den här resan.".

Kapitel 20

"Skönt att få ha tankarna på något annat under några timmar", tänkte Cecilia samtidigt som hon tittade ut genom tågfönstret. Hon försökte att inte anklaga sig själv för det som hade hänt Olivia, men det var svårt. Även om hon inte gjort något formellt fel verkade någon person vilja straffa Olivia för att hon var ihop med Cecilia. "Det är extra orättvist att de kommer efter Olivia när det egentligen är mig och Stefan de vill åt. Men då vi två är så tätt sammankopplade med Minerva Holdings skulle en attackera mot oss slå tillbaka, det skulle bara leda till mycket mer spekulationer och granskningar av alla som var inblandade kring Minerva Holdings", tänkte Cecilia.

   Efter att ha promenerat från tågstationen klev hon in på hälsocentralen. Hon gick till sitt rum och bytte om. När hon satt på sig arbetskläderna så blev det ett tydligt skifte, fokuset handlade mindre om problemen med Olivia och mer om hur Cecilia skulle kunna hjälpa sina patienter. När hon öppnade datorn såg hon att hon hade två patienter på morgonen, sedan det veckovisa hembesöket till Annelie. Första patienten var en treårig kille som hade haft feber i fyra dagar, Cecilia undersökte honom och sa till den medföljande fadern att det sannolikt var en virusinfektion men att de för säkerhets skull skulle gå till labbet för att ta en snabbsänka. Under tiden som pojken var på labbet så tog Cecilia emot en tonårstjej som hade ramlat och slagit i handleden under gymnastiken. Cecilia undersökte henne, det var sannolikt en fraktur men eftersom det inte fanns någon röntgenmaskin på hälsocentralen så var hon tvungen att åka in till universitetssjukhuset i Umeå. Cecilia skrev en akut röntgenremiss med hänvisning till akutmottagningen om det var någon skada. Om inget var brutet skulle tjejen börja idrotta igen så snart smärtorna tillät igen. Efter att tjejen åkt iväg till Umeå så hade provsvaret inkommit, det var en vanlig virusinfektion som Cecilia hade misstänkt, hon förklarade för fadern att det var ofarligt, men att när man var förkyld fick man ibland en andra infektion som blev allvarligare och att de då skulle söka igen. "Klar med två patienter före klockan nio, jag har börjat få upp tempot igen", tänkte Cecilia. Hon bytte om till vanliga kläder och gick sedan till en av hälsocentralens bilar. Att få bryta av patientarbetet genom att sätta sig i bilen och åka iväg tio minuter till Annelie var avslappnande, Cecilia njöt när hon satt där i bilen och lät tankarna flyga fritt. Hon såg huset när skogen öppnade upp sig. Hundarna stod i hundgården och skällde mer än vanligt när Cecilia gick ut ur bilen, "de låter hungriga", tänkte hon, "men vad kan jag om hundar". Hon log mot hundarna och gick sedan upp på bron och knackade på. Efter att det hade gått en halvminut utan några ljud inifrån huset så knackade hon ännu kraftigare. Efter ytterligare en halvminut kände hon på dörrhandtaget och gläntade på dörren.

– Hallå, är du hemma Annelie?

När det inte kom något svar så gick hon in i hallen och tittade sig omkring. Hon ropade igen men fick inget svar. En dålig känsla började växa hos henne. Sedan började hon gå mot köket, före hon kommit in i rummet kände hon att det luktade bränt. Cecilia sprang de sista stegen. Mitt på köksgolvet låg Annelie med ansiktet nedåt. Cecilia skrek till och sprang sedan fram mot henne. När hon vände henne såg hon att Annelie var blek i ansiktet förutom i några områden där huden hade en blålila färg. Cecilia försökte hitta någon puls på halsen samtidigt som hon tittade in i pupillerna. "Ingen pupillreaktion alls när jag snurrade runt henne trots att hon fick ljuset direkt i ögonen. Ingen palpabel puls. Lätt nedkyld hud med antydan till likfläckar i ansiktet. Inga rörelser i bröstkorgen och inga andningsljud.". Allting pekade på att Annelie var död och hade varit det under åtminstone någon timme. När hon tittade upp såg Cecilia brandröken som kom från spisen, hon sprang dit, två plattor stod på, på ena var det en stekpanna med förkolnade korvar på och på den andra stod en pastakastrull där allt vatten hade kokat bort och pastan var vidbränd. Hon flyttade stekpannan samt kastrullen, sedan stängde hon av plattorna. Cecilia började med hjärtlungräddning, hon körde trettio kompressioner i hög takt och sedan två inblåsningar. När hon hade kört fyra cykler med kompressioner och inblåsningar så kände hon efter livstecken igen, hon kände ingen puls och pupillerna var helt ljusstela. Cecilia tog upp sin mobil och slog 112.

– Hej, SOS, vad kan jag hjälpa dig med?

– Jag behöver en ambulans akut.

122

–   Vad gäller saken?
–   Det gäller en person som. Vänta, nu har personen blivit bättre.
    Ursäkta att jag ringde.

Cecilia avslutade samtalet. "Är jag helt säker på att Annelie är död", tänkte Cecilia, "Hon har inga reaktioner i pupillerna, hon har ingen palpabel puls, hon har inga andningsrörelser. Korvarna och pastan har stått där minst en halvtimme, troligen mycket längre. Alltså har hon haft andningsuppehåll i minst en halvtimme. Dessutom är hon varm så hon går att dödförklara". "Att pupillerna är ljusstela räcker egentligen, det innebär att hon är hjärndöd. Kan jag hjälpa Annelie på något sätt?" "Nej det kan jag inte, hon är död.". Cecilia undersökte Annelie igen för att se att hon inte hade missat något, hon kände efter pulsen samtidigt som hon satte örat mot bröstkorgen, efter det tog hon fram sin mobilkamera och lyste i pupillerna. "Inget andetag eller hjärtslag på en minut, dessutom helt ljusstela pupiller. Härmed dödförklarar jag Annelie". Hon undersökte sedan Annelie återigen, kollade igenom kroppen efter stickmärken eller annat som kunde förklara den plötsliga döden. När Cecilia tittade in i halsen så hittade hon förklaringen, det låg något bak i svalget, det såg ut som att Annelie hade svalt tungan. "Det går anatomiskt sett inte att göra, det görs bara i dåliga filmer och i den där fotbollsmatchen som de visade på sportnytt", tänkte Cecilia. Hon stack ner ett finger och kände något mjukt och formbart, efter lite trixande fick hon upp det. Cecilia höll upp en falukorvsbit framför sig själv. "Annelie tuggade korven för slarvigt och sedan svalde hon fel så att den fastnade i halsen. Eftersom korven är så formbar täckte den av hela luftstrupen. Vilket jävla sätt att dö på. Dessutom när hon började må bra igen.", tänkte Cecilia. När hon satte sig på kökssoffan så började tårarna komma, hon grät och hulkade. "Jag har inte tid att vara ledsen, nu måste jag fundera igenom det här", tänkte Cecilia och lyckades samla sig. Efter fem minuter hade hon bestämt sig.

Kapitel 21

Stefan tittade ut genom flygplansfönstret. "Resan har börjat", tänkte han där han satt på flyget ner mot Dar es-Salaam i Tanzania. Han läste en bok om jaktresor och deras påverkan på länderna i östra Afrika, skrev ned stödord i ett spiralblock. Även om det primära målet var Kongo så ville han vara påläst så att reportagen om tjuvjakt i Tanzania blev bra. Men det var svårt att koncentrera sig. Han hade diskuterat med Mbaluku dagen innan och de hade gjort en översiktlig plan. De skulle ta sig in i Kongo olagligt vilket kändes obehagligt bara det. Dessutom skulle de resa i ett krigsdrabbat område där det i praktiken var lokala rövarbaroner som styrde. Även om han tyckte att det var en rimlig risk att ta var han ändå rädd. Det var många år sedan han hade slutat med krigsreportagen och anledningen att han hade slutat var just att han hade blivit kidnappad. Minnena trängde sig på, känslan av att stå framför en gevärskolv och inte veta vad människan som höll i vapnet tänkte. Den totala utlämningen åt någon annan. Han hade haft mardrömmar flera år efteråt, men till slut hade de försvunnit. Sista månaden hade han börjat få tillbaka mardrömmarna, han hade vaknat upp med hjärtklappning tre gånger bara under den sista veckan.

Planer var på väg ner för landning. Stefan tog tag i stolsstöden så knogarna vitnade. "Bilresan till flygplatsen är statistiskt sett farligare än själva flygresan", sa Stefan tyst för sig själv. Han försökte lugna ner andningen och tänka positiva tankar, men det enda han såg blixtra förbi framför ögonen var bilder från flygplanskrascher. Ljuden tog i marken och Stefan hoppade till. Han höll andan när alla hjulen tog i mark och planet började sakta ned. Först när han tittade ut genom fönstret och såg att de körde långsamt släppte han stolsstöden. Han tittade sig åt sidan och såg hur den unga pojken som satt i sätet bredvid skrattade åt honom.

Stefan gick ut ur flyget och andades in den varma kvava luften. Det var härligt att slippa kylan. Han hängde den alldeles för varma jackan på armen och började gå mot huvudbyggnaden. När han kom fram till passkontrollen så var det en lång kö som sakta rörde sig framåt. Det var inte den ordnade formen av köer som han var van vid utan det var mest att alla försökte tränga sig fram så snabbt som möjligt. Han kände ingen stress utan lät folk gå före. Bakom passkontrollen gick folk fram till sina släktingar, partner och familjer, det var kramar, glädjerop, kyssar. När Stefan hade kommit längst fram i den oordnade kön så ropade passkontrollanten något som Stefan inte förstod, men då passkontrollanten nickade mot honom så antog Stefan att han skulle gå fram till hans bås.

– Engelska, frågade kontrollanten på knagglig engelska.

– Ja tack.

– Ditt pass tack.

Stefan räckte fram sitt pass. Kontrollanten tittade igenom det och tittade på Stefan.

– Resans ändamål.

– Jag ska skriva om Safari.

– Safari, muttrade kontrollanten, tog fram två stämplar som han stämplade i passet och vinkade sedan förbi Stefan.

Stefan möttes varken av en kärlekspartner, familjemedlem eller någon släkting, men däremot stod Mbaluku i vänthallen.

– Välkommen, kul att se dig.

– Detsamma.

De kramades och gick sedan ut till en svart jeep som hade några år på nacken. Hotellet som Mbaluku körde till var trestjärnigt och sju våningar högt. Framsidan av hotellet var täckt av glas och sidorna av rosa tegel. De åkte de upp en våning till receptionen. Det var ingen kö så de kunde direkt gå fram till receptionen.

– Välkomna, hur kan jag hjälpa er?

– Vi har bokat och betalt för två rum som vi skulle vilja hämta ut nycklarna till.

Efter att de sagt sina namn, visat upp sina pass och Stefan hade bokstaverat sitt namn två gånger så fick de sina rumsnycklar. Rummen låg på fjärde våningen. Hissen gick sakta uppåt men kom till slut upp till rätt våning.

– Jag har bokat ett möte i eftermiddag med en tjänsteman på nationalparksdepartementet. Det kommer nog att bli en sämre intervju än om vi hade gjort det tidigare på dagen, tjänstemannen vill nog åka hem. Men det viktiga är att du får intervjun så att det verkligen ser ut som att du är här endast för att skriva om safarier. Jag kommer och hämtar dig om en halvtimme.

Tjugoåtta minuter senare så knackade det på Stefans dörr. Stefan hade bytt om till en tunn ljusblå kortärmad skjorta och beigea shorts. Mbaluku hade bytt om till en lång skjorta som sprakade av färger. De gick ner till bilen och åkte iväg. Trafiken skiljde sig mycket från Sverige, Mbaluku verkade dock passa in bra, han tutade mer än han bromsade och skrek argt på medtrafikanter av oklara anledningar. Efter ungefär en kvart så parkerade Mbaluku framför nationalparks-departementet. Mbaluku gick ut först och höll upp dörren för Stefan. De gick in och Mbaluku gick fram till receptionen.
- Mannen du ska träffa heter Abdalla. Han arbetar som mellanchef på kansliet, om du kallar honom för kanslichef så kommer han att bli välvilligt inställd till dig.
- Det ska jag komma ihåg.
- Jag sitter här i lobbyn och väntar. Kom ihåg bara, prata inte för mycket om Kongo, du är här för att skriva om safarier och tjuvjakt i Tanzania.
Stefans blev uppropad av en kvinna i kostymdress och högklackade skor. Hon ledde honom genom en lång korridor och knackade på en dörr.
- Kom in, hördes det genom dörren.
Kvinnan öppnade dörren och lät Stefan gå in.
- Välkommen Stefan, jag heter Abdalla.
- Hej kanslichef Abdalla, trevligt att träffa dig.
Abdalla log.
- Jag har förstått att du kommer hit för att skriva om safarier i Tanzania.
- Det stämmer bra. Dessutom är jag intresserad av tjuvjakt som jag förstår att ni har stort problem med.

- Stort problem vill jag inte säga. Vi har börjat få bukt med det. Det är några giriga människor som skjuter elefanter och noshörningar för att sedan sälja hornen.

- Har du någon uppfattning om hur många elefanter och noshörningar som skjuts olagligt per år i Tanzania.

- Ett par tusen var det tidigare. Men det är färre numera, vi har som sagt fått bättre kontroll över situationen. Undrar du inte om något annat än själva tjuvjakten?

"Om han ska glömma mig gäller det att inte reta upp honom", tänkte Stefan.

- Jag skulle vilja göra ett safarireportage i västra Tanzania. Har du några tips på vart jag ska åka för att kunna göra ett bra reportage?
- Nu ställde du rätt fråga. Du kommer att få fantastiska tips.

Abdalla började prata om hur fantastiskt västra Tanzania var. Stefan kom in med enstaka frågor men annars pratade Abdalla i över en halvtimme. Stefan antecknade frenetiskt men hade ändå svårt att hänga med i allting. Till slut tittade Abdalla på klockan och drog ut stolen.

- Väldigt roligt att du kom förbi Stefan. Men som sagt, vi har inget stort problem med tjuvjakt. Däremot har vi fantastiska safariresor som många svenskar borde resa till Tanzania för.

- Tack för att jag fick träffa dig kanslichef Abdalla. Du gav väldigt god hjälp och jag tror att det är många som kommer att läsa mina reportage och bli sugna på att åka till Tanzania för att se ert vackra land.

Stefan gick ut mot receptionen, Mbaluku reste sig och de gick ut tillsammans. Stefan satte sig bak i bilen och Mbaluku körde.

- Gick det bra? Frågade Mbaluku.

- Det gjorde det. Jag fick lagom mycket information och jag tror att Abdalla kommer att glömma bort mig på några dagar. Så nu kan vi fokusera på det viktiga. Vad är planen för närmsta dagarna? När ska vi åka till Kongo?

- Vi ska åka västerut imorgon och sedan när vi spelat safariturister under några dagar så åker vi in i Kongo. Vi gör ett reportage och sedan vänder vi hem igen. Ingen kommer att misstänka något.

- När åker vi?
- Imorgon klockan elva har vi möte med några personer, men före dess måste vi ha packat färdigt allting.

När de var framme vid hotellet så gick de till sina rum och började packa. Stefan ringde till Lisa före han skulle gå och lägga sig.

- Hej älskling!
- Hej, har du det bra i Tanzania?
- Det tycker jag. Imorgon ska vi på safari och allt vad det innebär. Lämnar nog telefonen här i Dar es Salaam när jag åker iväg. Bättre att inget ha något elektroniskt som kan spåras.
- Lycka till. Du vet att jag stöttar dig i det här, men jag kommer ändå att vara orolig dygnet runt tills du är tillbaka här hemma.
- Tack älskling. Men det kommer att gå bra. Mbaluku verkar väldigt duktig.
- Det är han.
- Jag saknar dig.
- Jag saknar dig med. Sov gott.
- God natt.

Stefan kände en rysning när han la på. Han var inte alls säker på att allting skulle gå bra. Även om Mbaluku verkade duktig så var det ingen garanti, hamnade de på fel plats vid fel tidpunkt så spelade det ingen roll. Antingen skulle de bli tillfångatagna eller dödas. Stefan försökte trösta sig med att han troligen var värdefull för eventuella kidnappare då de kunde få ut en lösensumma för honom. "Samtidigt så får de in så mycket pengar på försäljning av konfliktmineraler att de inte vill riskera något för den jämförelsevis blygsamma lösensumman som de skulle kunna begära för mig". Stefan hade svårt att somna, han låg länge och vred sig i svettiga lakan före han till slut lyckades småslumra.

Kapitel 22

Cecilia tog upp sin kontantkortsmobiltelefonen och letade fram rätt nummer, tvekade några sekunder men tryckte sedan på ringa-upp-knappen. Det dröjde många signaler före hon fick svar.

– Hej det är Olivia.

– Hej, det är Cecilia. Kan du prata?

– Jag är i mina föräldrars lägenhet. Det är en polis från personskyddet som är här tills det nya larmsystemet är installerat.

– Är det någon som kan höra dig?

– Nej.

– Bra. Det har hänt något idag. Du vet att jag pratade om att jag hade en patient som varit djupt deprimerad men hade börjat må bättre?

– Jag kommer ihåg det vagt.

– Hon är död. Jag hittade henne död idag när jag kom hem till henne för ett planerat hembesök.

– Men vad hemskt. Mår du bra?

– Egentligen inte. Men jag hinner inte må dåligt just nu.

– Varför det?

– För att patienten är väldigt lik dig. Jag tror att det här kan vara lösningen på våra problem.

– Vad menar du med det?

– Jag menar väldigt lik dig.

Det var tyst i luren några sekunder.

– Nu förstår jag inte, sa Olivia.

– Jag ska förklara. Den här patienten är kusligt lik dig. Patienten dog genom att sätta en falukorvsbit i halsen. Hon ligger här framför mig just nu. Vårt problem är att det är någon som vill mörda dig och den eller de personerna som vill göra det kommer inte att stoppa för någonting. Det har du sagt själv, du är helt övertygad om att de kommer att försöka mörda dig tills de lyckas. Eller hur?

– Ja, allting tyder på att de kommer att fortsätta tills de lyckas. Men jag förstår fortfarande inte vad det här har att göra med mig.

129

- Vi måste byta ut kroppen så att det ser ut som att det är du som har dött.
- Du menar att vi ska byta identitet.
- Vi måste lura alla att du är död. Det är enda sättet. Nu har vi fått en möjlighet. Vi måste ta den.
- Men min familj kommer att bli förkrossad.
- Tyvärr. De kommer att tro att du är död. Alla dina vänner kommer att tro att du är död. Det går inte att låta några du känner i Stockholm veta om det.
- Det här kommer som en chock.
- Jag förstår att det är hemskt.
- Dessutom känns det helt fel. Jag vill ju leva mitt liv, inte behöva byta med någon annan.
- Men du har inget val. Antingen lever du några veckor, några månader eller på sin höjd något år till. Men efter det kommer du att vara mördad. Det här är det andra alternativet. Ett annat liv, men du kommer att få leva.
- Jag vet inte.
- Du behöver inte bestämma något exakt nu, men du måste ta ett snabbt beslut. Tänk över det jag sagt. Låt det sjunka in. Jag måste åka tillbaka till hälsocentralen nu för att ingen ska bli misstänksam. Jag ska bara förbereda kroppen och huset så att inget konstigt händer här. Annelie har inga vänner egentligen, men ingen granne som åker förbi ska misstänka någonting konstigt. Jag ringer dig om två timmar, då måste du ha bestämt dig om du ska ta din chans. Säger du nej kan jag låtsas som att jag missade hembesöket och göra om det då. Men det går inte att vänta längre än så. Du måste åka upp till Umeå idag om vi ska kunna ta den här chansen.
- Det här kom som en chock för mig.
- Jag ringer dig om två timmar. Du vet vad jag vill att du ska välja. Men vad du än väljer vill jag att du ska veta att jag älskar dig.
- Jag älskar dig med.

Cecilia kollade runt i köket, kontrollerade återigen att plattorna var av. Öppnade Annelies mobiltelefon och kollade igenom samtalslistan och sms-listan. Sedan gick hon runt i huset, kontrollerade att det inte var några tecken på att någon annan person kunde vara där. Hon stängde alla fönster och såg till att alla dörrar var låsta. Sedan tog hon lite hundmat och la i en skål, hon tog med sig Annelies nycklar, låste ytterdörren och gömde nycklarna bredvid dörren. Hundarna skällde högt men tystnade när Cecilia gav dem maten. Hon gick en runda runt huset och satte sig sedan i bilen.

Två timmar senare gick Cecilia från hälsocentralen. Hon ringde Olivia.
– Hej, älskling, sa Cecilia.
– Hej.
– Har du hunnit fundera klart.
– Egentligen inte. Jag skulle vilja ha flera veckor på mig för att fatta det här beslutet. Men jag förstår också att det bara finns ett val.
Cecilia väntade några sekunder före hon frågade.
– Vad är det valet?
– Det enda jag kan göra är att flyga upp så snart som möjligt.
– Jag är ledsen över situationen, men jag blir glad över att du har fattat beslutet att resa upp.
– Så vad gör jag nu?
– Du ska göra några saker. Först och främst ska du ringa min vanliga mobiltelefon via en annan telefon, där ska du säga att du är nedstämd och vill flyga upp till mig ikväll. Efter det så ska du ringa till någon läkare, förslagsvis den ni har via jobbet, säga att du är nedstämd och att du har fått Sertraline av en kompis. Du ska säga att du vill ha recept på det idag så då tabletterna du fått av kompisen tagit slut. Det är viktigt att det är just det preparatet för Annelie står på det och om man gör någon analys och hittar Sertraline i blodet är det viktigt att det finns en förklaring till det. Det är de viktigaste sakerna att fixa med. Sedan kan jag rekommendera dig att göra ett testamente som du daterar några veckor bakåt i tiden. Då kan du

ta mig och Lisa som vittnen. Egentligen kan du göra det här uppe så kan du få autentiska namnteckningar.

- Men då kommer Lisa veta om det här.
- Det måste hon göra. Hon och Stefan kommer att behöva hjälpa oss. Men jag lovar dig att de kommer att kunna hålla det hemligt. Jag har inte tänkt igenom alla praktiska svårigheter, men jag är säker på att det kommer att uppstå mycket struligheter och då kan jag inte klara av allting själv.
- Okey. Jag litar på dig. Men jag ska alltså få recept på Sertraline och sedan ringa dig på din vanliga telefon.
- Det stämmer.

Några minuter senare ringde det i Cecilias vanliga mobiltelefon.
- Hej det är Cecilia.
- Hej det är Olivia.
- Vad kul att du ringer. Hur mår du?
- Inte så bra. Jag ville träffa dig.
- Du låter nedstämd, är det något som har hänt?
- Jag kan inte sluta tänka på annat än att någon försökt mörda mig och att den personen finns någonstans där ute. Jag är ledsen och behöver få träffa dig. Kan jag få träffa dig idag?
- Självklart, vill du att jag kommer ner?
- Nej. Jag flyger upp till dig, jag saknar dig.
- Vad tråkigt att du är nedstämd, men jag blir glad över att du ska flyga upp. När kommer du?
- Vet inte vilken tid. Ska fixa några saker sedan flyger jag upp. Jag ringer dig när jag vet exakt tid.
- Perfekt. Då kommer jag och möter dig.
- Ses ikväll.
- Ses ikväll.

Kapitel 23

Efter fem timmars undermålig sömn ringde väckarklockan. Stefan satte sig på sängkanten och kämpade emot att instinkten att slänga sig ned i sängen igen. Han gick igenom packningen igen tills det knackade på dörren. Stefan öppnade och Mbaluku gick in.

– Är du redo?

– Trött men redo.

De checkade ut och sa att de skulle återkomma efter safarin. Receptionisten log mot dem och tackade för dricksen. När de satt i bilen frågade Stefan.

– Vad händer nu?

– Nu ska vi träffa en guide som heter Ebo. Han kommer från Kongo ursprungligen och tillhör gerillan som mina föräldrar är medlemmar i. Även om mina föräldrar flytt till Europa så är de fortfarande aktiva inom motståndsrörelsen. De kämpar för ett fritt Kongo, även om det inte längre gör det med ett gevär på ryggen. Ebo är stationerad här i Tanzania och är ansvarig för transporter. Gerillan har de mesta av sina tillgångar och sitt material utanför Kongo. Det är för stora risker med att ha materialet i Östra Kongo. Dessutom är medlemmarna i Östra Kongo ofta ute på uppdrag vilket begränsar hur mycket de kan bära med sig. Det gör att material ofta måste fyllas på från Tanzania, vilket gör att gerillan är vana att operera från Tanzania vilket passar oss utmärkt.

Mbaluku stannade vid ett rödljus och tog fram sin mobiltelefon.

– Nu ska vi stänga av mobiltelefonerna och ta ut SIM-korten. Vi gömmer de korten här i Dar es-Salaam. Om något, mot förmodan, händer oss ska polisen inte kunna spåra vår resväg genom att följa de telefonmaster vi är uppkopplade mot.

– Vad menar du om något händer oss?

– Jag menar om vi råkar befinna oss på fel sida om avspärrningar eller av någon annan anledning blir tillfångatagna av polisen. Då vill vi kunna spela journalister som bara är intresserad av tjuvjakt. Att skriva om tjuvjakt är inget som myndigheterna tycker om, men om det finns saker som tyder på att vi undersök handeln med konfliktmineraler så får vi betydligt farligare fiender efter oss.

- Så från och med nu spelar vi helt på att vi håller på med journalistik om tjuvjakt?
- Det stämmer. Alla bilder i din kamera ska handla om tjuvjakt, allting som står i din dator ska handla om tjuvjakt. De riktiga bilderna och texterna ska vi gömma undan.

Mbaluku svängde in på en mindre gata och stannade framför en affär där det med stora bokstäver stod, "Top Safarie. Best in Tanzania".

- Nu är vi framme.

De gick in i affären.

- Välkomna, hur kan jag hjälpa er?
- Vi har planerat en safariresa och har hyrt en guide via ert företag, han heter Ebo.

Kvinnan bakom disken tittade utforskande på dem.

- Ska kolla igenom vårt bokningssystem och se om vi har någon sådan bokning.

Kvinnan tittade på något framför sig och sade till slut.

- Jag hittade bokningen, ni kan sätta er och vänta så kommer Ebo snart.
- Tack.

Affären var full av färgglada broschyrer som visade afrikanske djur, på framsidorna stod det en blandning av "Safarie. Top price. African Big Five. Best in Tanzania.". En lång man i beigea kläder öppnade en dörr bakom disken.

- Mitt namn är Ebo, jag ska vara er guide under resan, sa Ebo och tog dem i hand. Han visade sedan in dem genom dörren bakom disken.

De gick in i ett litet rum där det stod ett skrivbord i mitten, tre stolar runt skrivbordet, en soffa vid ena kortsidan, en bokhylla vid ena långsidan. När de hade stängt dörren så gav Ebo Mbaluku en stor kram.

- Det var alldeles för länge sedan, vad roligt att se dig min kära vän.
- Detsamma min käre vän.

De släppte kramen och Ebo tittade på Mbaluku.

– Du ser ut att må bra. Hur mår dina föräldrar?

– De mår bra, även om de saknar Kongo varje dag.

– Det gör vi alla. Men en dag kommer de att få återvända som hjältar, säg det till dem nästa gång du träffar dem.

– Det ska jag göra. Hur är det med dig?

– Det är bra, även om jag också saknar Kongo.

Ebo vände sig mot Stefan.

– Välkommen Stefan. Jag är glad att du vill komma hit och skriva om vår kamp.

– Tack. Men jag vet inte vad Mbaluku har berättat, men tanken var inte att skriva specifikt om gerillan utan att skriva om konfliktmineralerna.

Ebo såg arg ut.

– Vad menar du med att du inte ska skriva om vår ärofyllda kamp?

– Jag menar bara att...

Ebo avbröt honom med ett kluckande skratt.

– Du behöver inte vara orolig Stefan, jag vet mycket väl varför du är här. Jag bryr mig inte så mycket om du skriver om oss eller inte, det viktiga är att vi världen får veta vad som händer i Östra Kongo. För som det är just nu tjänar västerländska företag bra på konflikten, vilket gör att politikerna tittar åt ett annat håll. Det enda som kan förändra det är att vanligt folk blir upprörda.

– Jag hoppas att jag kan hjälpa er.

– Det kan du säkert, men då får du inte bli rädd för ett vanligt skämt. Du skulle sett ditt ansiktsuttryck när jag låtsades bli upprörd.

Ebo böjde huvudet bakåt och skrattade. Han hade ett smittsamt skratt, snart började även Stefan och Mbaluku att skratta med honom.

Två timmar senare satt de i en sandfärgad jeep körandes väg A7 västerut från Dar es-Salaam.

– Jag tänker att det viktigaste är att vi får bilder och några intervjuer från olika platser. Därför blir det ganska rask resa västerut. Ikväll stannar vi i Mikumi nationalpark. Imorgon åker vi vidare och rör oss mot gränsen, sa Ebo.

Även om bebyggelsen blev glesare ju mer västerut de kom så var det alltid något hus inom synhåll från vägen. Förutom hus hade de hade passerat några få åkrar, men det när de stannade för lunch i den lilla staden Chalinze så hade de inte sett något skogsområde. Det var så långt ifrån Norrlands inland som man kunde komma. Ebo svängde in jeepen vid en bensinmack. Han tankade och sedan gick det in på restaurangen som låg vägg i vägg med bensinmacken. De ställde sina saker på ett bord och sedan gick de till kassan där Ebo beställde åt dem.

— Jag beställde kyckling och ris till oss alla tre. Den brukar alla restauranger göra okey.

De åt, pratade lite allmänt och for sedan iväg igen. Efter några timmars bilfärd till så svängde de av från A7.

— Nu är vi framme vid nationalparken. Jag vet en plats där du kan få några bra bilder. Imorgon försöker vi få en intervju med någon som bor här.

Ebo körde vant efter småvägarna och stannade framför en skogbeklädd kulle. Det var skog åt ett håll och savann åt andra hållet. "Här kan jag få riktigt bra bilder", tänkte Stefan. Ebo gick runt jeepen och kontrollerade att ingenting var trasigt. Under tiden satte sig Mbaluku och började laga mat på spritköket. Stefan gick runt och fotograferade den vackra naturen.

— Tänk på att aldrig gå iväg från jeepen själv, du vet inte vart det är säkert att gå. Det finns en anledning att vita turister åker just hit för att se farliga afrikanska djur.

Efter en blandning av ris och bönor som var deras sena middag så gick de och la sig. Stefan var så trött att han somnade direkt huvudet träffade kudden.

Dagen efter väckte solstrålarna dem tidigt. Mbaluku lagade frukost, Ebo packade ihop och Stefan fotograferade. Efter att de ätit så körde de vidare på småvägarna tills de kom till en liten samling med hus. De gick ur bilen, Ebo gick fram till en äldre man och började prata med honom, han vinkade sedan mot Stefan att komma.

– Den här kloka mannen vill gärna prata med dig om livet i nationalparken.

Mannen började berätta om livet i nationalparken Mikumi och Ebo tolkade. Hans släkt hade bott i den här trakten minst fem generationer bakåt. Det var ett hårt liv, men ett bra liv. De levde av jakt och framförallt odling. Mannen kritiserade sedan regeringen för att de bara brydde sig om de vita turisterna. När han var liten kunde de leva precis som de ville men numera var det lagar och regler kring allt möjligt i nationalparken. Mannen trodde att det nog var bra för landet ekonomiskt sett att det kom många turister, men det fick inte ske på bekostnad av befolkningens möjlighet att leva sina liv.

– Tack för en väldigt intressant intervju. Det här kommer jag att använda i en artikel.

– Tack för att du lyssnade.

Efter att ha plockat ihop all packning så gav de sig av igen.

– Åker vi inte tillbaka samma väg nu.

– Det stämmer, men bara en kort bit, vi måste ta A7 tillbaka en bit för att sedan kunna åka västerut, vägnätet i Tanzania är inte lika utbyggt som du är van vid, det går snabbast att hålla sig till de stora vägarna.

Fyra timmar senare så rullade de in i Tanzanias huvudstad Dodoma.

– Där ligger parlamentet, sa Ebo och pekade på två byggnader, en i formen av en stor cirkel och en i formen av ett T.

– Jag har alltid trott att Dar es-Salaam var huvudstad.

– I praktiken är det väl egentligen så, men man valde att flytta huvudstaden under nittiotalet, tanken var väl att den skulle vara mitt i landet, ungefär som Brasilia i Brasilien. Enligt mig har det inte gjort någon skillnad och kommer nog inte att göra det heller. Men min gissning är att någon byggherre är mycket rikare i alla fall, det brukar vara så här nere.

–   Det är säkert mer korruption när nere, men vi har korruption och vänskapsaffärer hos oss också. I min hemstad så har ett företag som heter Balticgruppen gjort väldigt bra affärer både mot landstinget och kommunen. Det är en känd hemlighet att affärerna varit delvis olagliga, men eftersom vi inte tror att politiker kan vara korrumperade i fina Sverige så lyckas alla övertyga sig själva att allting gått rätt till.

–   Makten korrumperar överallt.

–   Den gör det.

De passerade en stor rondell och kom sedan in i själva Dodoma. Husen var sällan högre än fem våningar och det var inte samma storstadskänsla som i Dar es-Salaam. Efter ytterligare några minuter hade de kört igenom stadskärnan och kom till en till stor rondell, husen var lägre och det var stora områden bredvid vägen som inte var bebyggda. Efter ytterligare någon kilometer svängde Ebo av till höger från den stora vägen och de kom in i ett område med utspridda hus. De körde upp utanför ett blått hus och stannade.

–   Här bor en vän, han vet vad vi sysslar med och jag behöver lite information av honom kring när vi kan ta oss över till Kongo.

De knackade på och öppnade dörren. En kort man i färgglada kläder kom emot dem med ett stort leende.

–   Välkomna mina vänner, känn er som hemma.

–   Alltid lika roligt att se dig Bedel.

Ebo och Bedel omfamnade varandra.

–   Det här är mina vänner som jag berättade om.

–   Trevligt, jag heter Mbaluku.

–   Tack för att vi får komma, jag heter Stefan.

Bedel bjöd in dem i köket där det stod en stor gryta på spisen.

–   Hoppas ni är hungriga, sa Bedel när han serverade dem risgryta och bröd.

–   Det är vi, det ser väldigt gott ut, sa Stefan.

När de åt började Bedel och Ebo diskutera med varandra.

–   Bedel säger att vi kan åka över floden om två eller tre nätter som det ser ut just nu.

138

- Det var snabbare än vi hade planerat, sa Stefan.
- Det kan snabbt ändras igen. Det viktigaste är att vi är redo att åka om två nätter från Kigoma. Sedan får vi se om det går att åka då, det måste vara säkert för att vi ska kunna resa, framförallt när vi tar med oss dig som är journalist.
- Jag förstår, det känns bara jobbigt att det inte går att styra över.
- Det är bara att du vänjer dig, välkommen till Afrika, sa Ebo och gav ifrån sig ett rungande skratt.

Som vanligt smittade skrattet av sig.

Efter lunchen så småpratade de kort före de gick och la sig på några madrasser i ett svalare rum. Värmen hade varit stekande under dagen och Stefan var genomblöt när han la sig på kudden. Några minuter senare hade han somnat. Två timmar senare vaknade Stefan av att Mbaluku skakade hans axlar.

- Du kan inte sova hela dagen, nu ska vi åka vidare.

Ebo satte sig bakom ratten igen och de körde västerut på B129. Några timmar senare var de nästan framme vid Muhesi nationalpark.

- Vi stannar utanför parken idag, sedan åker vi in imorgon tidigt så kan vi få bra bilder och du får några intervjuer.

Ebo saktade in och svängde in på en gård där det stod en liten skylt, "room for rent – cheap price".

- Jag har bott här några gånger tidigare, det är bra människor som äger det.

Ebo gick in i receptionen och kom efter några minuter ut med en nyckel som gick till en av de små lerhyddorna bredvid receptionen. De kom in i hyddan, där stod det tre sängar och ett matbord. Ebo gick iväg igen och kom sedan tillbaka med kvällsmat. De pratade kort om hur de skulle lägga upp morgondagen och gick sedan till sängs. Stefan var helt slut, han var mer van vid Norrlands kyla än Tanzanias värme.

Morgonen efter väcktes Stefan av att Mbaluku ruskade om honom.
- Vi måste åka fort, någon har kommit på oss.

Stefan snubblade ur sängen, gick till matbordet där han lagt sina kläder, slet på sig skjortan och tog tag i sin ryggsäck. Sedan stannade han upp. Ebo och Mbaluku skyndade sig inte, de stod bara och log.

– Det är ingen på väg antar jag? frågade Stefan.
– Det är det inte, men jag fick dig att vakna tidigt i alla fall.

Mbaluku och Ebo skrattade högt. Stefan var lite arg men skrattet smittade till slut honom med. När de hade ätit en frukost bestående av majsgröt så åkte de vidare in i Muhesiparken. Ebo hade bestämt träff med en parkvakt som han hade fått numret till via receptionen. Ebo körde jeepen rakt ut i vad som Stefan såg ut som ingenting. Det var ingen tydlig väg, det bara savann med enstaka skogsdungar runtomkring. När de åkt någon kilometer började vägarna komma tätare, Ebo stannade bilen, kollade kort på kartan som låg bredvid ratten och sedan så körde han mot en kulle. Väl uppe på kullen stannade de.

– Vi får vänta här, han kommer nog strax, sa Ebo.
– Är du säker på att det är här vi ska ses? frågade Stefan.
– Helt säker. Passa på att ta kort så sparar vi tid senare.

Stefan tog fram kameran och stativ. Kullen var högre än han hade trott, han hade fin utsikt och fick till några bra fotografier över landskapet. De såg en antiloopflock som drack ur ett vattenhål. Trots det långa avståndet lyckades Stefan få några fina bilder på flocken.

– Där kommer han, sa Ebo.

Det kom en jeep körandes i ganska hög hastighet mot dem, den stannade några meter ifrån dem och en lång man hoppade ur.

– Välkomna till min vackra park.
– Tack, det är en verkligt fin park.
– Jag antar att det är du som är journalisten, sa parkvakten, jag heter Abebe.
– Det stämmer, jag kommer för att skriva om den vackra naturen, men även om tjuvjakt.
– Vi har nästan ingen tjuvjakt alls, men däremot i Serengeti, där har de stora problem. Men inte här.
– Vilka problem har de i Serengeti?

Abebe berättade länge om hur parkvakterna i Serengetiparken inte lyckades fånga tjuvjägarna. Det var stora pengar inblandade och få parkvakter, så det var svår att få fast dem. Men han hävdade samtidigt att han själv hade lyckats med det som parkvakterna i Serengeti misslyckats med. Abebe hade personligen fångat in över tjugo tjuvjägare. "De flesta kom från Serengeti och trodde nog att det var lika enkelt att jaga i vår park, men är hade de fel, för som jag sa tidigare så har vi inget problem i vår vackra park". Stefan var road av intervjun, han var ganska säker på att om han träffade en parkvakt i Serengeti skulle han säga nästan samma sak som Abebe, fast den parkvakten skulle nog istället säga att det var stora problem med tjuvjakt i Muhesiparken. Efter ungefär en kvart hade Abebe pratat klart. Han hade hunnit med att förklara varför Muhesiparken var vackrast i hela Tanzania och han hade dessutom hunnit med att berätta om att arbetet som parkvakt var mycket ärofyllt. Stefan tog sedan några bilder, tackade väldigt mycket för intervjun och sedan satte de sig i jeepen igen.

– Vi har en lång färd framför oss, jag tycker att vi åker hela vägen till Kigoma idag. Det kommer att ta ungefär tio timmar.

Stefan fick en kort rysning genom kroppen. Det var från Kigoma som de skulle ta båten till Kongo. Fram tills att de åkte iväg i båten så var det inget annat än en reportageresa om tjuvjakt, men när de väl satte sig i båten hade de passerat en viktig gräns.

Bilfärden gick långsamt. De pratade ihop sig om planen flera gånger trots att alla tre var väl införstådda med varje litet moment. Stefan satt långa stunder och såg ut över landskapet, lät tankarna flyga iväg. "Vad som än händer har jag fått många ljuvliga år med Lisa och vi har fått två underbara barn", tänkte han.

De fick köra en timme efter att mörkret fallit före de var framme i Kigoma. De skulle bo hos några medlemmar i motståndsrörelsen så det var inget problem att de kom sent. De fick dela på ett stort rum med fyra sängar. Stefan drömde oroligt den natten.

Kapitel 24

Olivia kom gåendes från flygplanet mot Umeå flygplatsterminal. När hon kom in genom dörrarna och fick se Cecilia så fick hon kämpa för att le. De vinkade, gick mot varandra och kramades.

– Vad kul att se dig, vad kul att se att du återhämtat, sa Cecilia.

– Vad roligt att jag kunde komma upp och hälsa på dig.

De pratade stapplande om väder och vind i väntan på väskan. "Det här är alltså allting jag har med mig från mitt tidigare liv", tänkte Olivia när hon lyfte väskan från bandet.

– Är du helt säker på det här? frågade Cecilia när de satt i bilen.

– Det finns inget annat alternativ.

– Livet är orättvist.

– Har du hunnit tänka ut hur vi ska gå tillväga rent praktiskt?

Cecilia förklarade sin plan för Olivia på väg hem till huset. När de stannade bilen lutade sig Olivia mot Cecilia.

– Jag hatar det här, men jag älskar att jag gör det med dig.

De satt kvar i bilen några minuter i tystnad. När de kom in i köket så stod Lisa.

– Cecilia har berättat, så jag vet allt, sa Lisa.

Olivia började gråta. Cecilia kramade om henne.

– Vi ska klara det här, sa Cecilia.

De stod så länge. Lisa började ta fram lite matvaror på bänken.

– Du ska få lite korv och makaroner till kvällsmat, sa Lisa.

Olivia tittade förvånat mot Cecilia.

– Det ingår i planeringen, som jag sa tidigare så kvävdes Annelie till döds på grund av att hon hade satt en korvbit i halsen.

Olivia nickade.

– Antar att det inte finns så mycket att vänta på, sa Olivia. Det blir inte lättare om vi startar senare.

De gick ner alla tre till källarlägenheten. Lisa såg till att fönstret mot gatan var helt täckt, sedan började hon koka makaronerna och steka korven.

– Hur mycket ska jag steka den?

– Korven ska ha mycket färg.

Olivia tog på sig plasthandskar och började packa upp sin väska, "Hur skulle jag gjort om jag skulle sovit här", tänkte hon. Hon la sina kläder i garderoben, ställde necessären i badrumsskåpet, tog fram handduken.

- Är allting är nytvättat? frågade Cecilia.

- Ja, allting, precis som du sa.

Olivia ställde sig i dörröppningen.

- Nu tror jag allting ligger precis där det ska vara.

- Då är det dags att vi går upp och att du ringer din syster.

De gick igenom vad hon skulle säga. Cecilia hade skrivit ned de viktigaste meningarna på ett papper.

- Lycka till älskling, sa Cecilia och stängde dörren.

Olivia tog upp mobiltelefonen och ringde till sin syster. "Varför svarar hon inte", tänkte hon efter fyra signaler. Efter sex signaler så hörde Olivia sin systers röst.

- Men hej, hur mår du syrran?

- Inte så bra.

- Vad menar du?

- Jag är nedstämd och rädd. Fattar inte varför någon vill ta livet av mig. Även om vi bygger en säker lägenhet kommer jag att vara rädd för resten av livet.

- Det är förjävligt.

- Jag vet inte vad jag ska göra, jag är så himla rädd.

- Vill du att jag ska komma förbi?

- Det vore trevlig, men det är lite svårt, jag har åkt upp till Umeå, jag bor hos Cecilia nu någon natt.

- Då blir det svårt för mig att komma förbi. Kan hon stötta dig?

- Det kan hon. Men hon jobbar imorgon och ska upp tidigt. Så i natt ska jag sova i gästlägenheten, jag hoppas att jag äntligen få sova ut. Behöver tid att vara ostörd och samla tankarna.

- Du vet att du får ringa när som helst.

- Tack, jag ska göra det om det behövs. Nu ska jag laga lite mat bara, jag har inte hunnit äta någon middag så Cecilia var snäll och köpte korv och makaroner till mig.

- Finmiddag med andra ord.
- Har för mig att det är riktigt gott, även om det var länge sedan jag åt det. Men det kanske inte alls är gott längre, jag kanske bara har positiva smakminnen från när jag var barn.
- Tillbaka till dig, hur mår du om vi bortser från att du är rädd att någon ska mörda dig?
- Jag är helt förstörd, känner mig så himla rädd. Börjar dessutom känna mig deprimerad. Jag har börjat äta lyckopiller sedan några dagar.
- Du om någon har anledningar att vara nedstämd med tanke på allting du har gått igenom.
- Just ja, nu ser jag att det är sent, måste lägga på så att jag hinner ringa Cecilia en snabbis före hon somnar.
- Vad roligt att du ringde.
- Om det någon dag händer något med mig någon dag så hoppas jag att du förstår hur mycket jag alskar dig.
- Det gör jag Olivia. Jag älskar dig med.

Olivia grät några minuter och ringde upp sedan upp Cecilia. De sa god natt till varandra och avslutade med "jag älskar dig". Efter att de hade lagt på så kom Cecilia in i rummet.

- Bra jobbat. Nu återstår bara allting med Annelie. Vi måste åka ut dit nu, annars håller inte tidsplaneringen.
- Så det är nu som jag officiellt byter identitet, från och med nu finns det ingen återvändo.

Cecilia nickade till svar och kramade Olivia. Olivia tömde sina fickor. Lisa gick ut och hämtade bilen, körde in den närmare så att det inte gick att se ytterdörren från vägen utanför huset. Sedan gick hon runt bilen och öppnade den bakre dörren som var vänd mot huset, ingen kunde se att Olivia, Lisa och Cecilia bar in mattan från extralägenheten när de satte sig i baksätet. De åkte under tystnad, den enda som sa något var Cecilia när hon gav vägbeskrivningar. Lisa saktade ned när de började närma sig huset. De hade inte mött någon bil sedan de lämnade E4:an. De svängde in på gården, hundarna skällde ännu kraftigare än förut. Cecilia gick mot dem, hon hällde ut en påse med hundmat i en matskål av metall. Hundarna blev tysta och började äta. Cecilia gick först in i huset, de andra följde tätt efter. Det luktade fortfarande bränt i huset. Olivia stålsatte sig men blev ändå svimfärdig när hon kom in i köket och såg Annelie ligga på golvet.

– Jag förstår att det känns hemskt att se den döda kroppen såhär. Men så är det nu, kvinnan framför oss är inget annat än en död kropp. När kroppen levde var hon en person, men nu är det bara en död kropp. Jag har redan dödförklarat henne.

Hon ledde de andra två på en kort rundtur genom huset. Efter det så lade hon ut mattan bredvid den döda kroppen, drog upp kroppen på mattan och rullade sedan in kroppen i själva mattan.

– Nu är det dags för oss att gå. Jag förstår att det måste kännas hemskt att stanna kvar här, men du måste det. Jag ska försöka åka förbi imorgon under förmiddagen, säga att det blev ett extra hembesök. Men om schemat strular så kommer jag inte att kunna komma förbi. Som du förstår kommer jag inte att kunna göra något annat än att sörja närmsta dagarna, så du måste klara dig själv här ute.

Olivia ryste när hon såg sig omkring.

– Jag får lov att klara det, det finns inget annat val.

Lisa kramade Olivia, sedan gick hon ut till bilen. Olivia och Cecilia kysstes länge.

– Nu börjar kaoset, hoppas att jag kan spela min roll på ett övertygande sätt.

– Det är jag övertygad om. Dessutom tror jag inte att det finns någon som ens skulle misstänka att det är någon annan som har dött, sa Olivia.

Lisa och Cecilia gick ut och satte sig i bilen. De åkte hem. Bar ner kroppen i källarlägenheten, rullade ut mattan. Cecilia tog en stor korvbit och tryckte ned i svalget på den döda kroppen. Sedan gick de och lade sig alla tre. Cecilia och Lisa i sina vanliga rum, Olivia i sitt nya hus.

Kapitel 25

Cecilia kunde knappt ta in vad patienten sa till henne. Hon förstod att kvinnan sökte för att det sved när hon kissade. När kvinnan hade slutat prata visste Cecilia inte riktigt vad hon skulle säga. Hon valde att med en säker stämma säga.

– Det låter som att du har fått en urinvägsinfektion, det betyder att det växer bakterier i urinvägarna, troligen urinblåsan. Jag kommer att skriva ut antibiotika i form av Selexid till dig. Antibiotika betyder att det är ett bakteriedödande medel. Du borde börja bli bättre redan om en till två dagar. Om du inte är tydligt bättre på tre dagar vill jag att du söker igen.

Kvinnan såg nöjd ut, Cecilia andades ut. Det kom en till patient på förmiddagen, en man i fyrtioårsåldern med plötsligt insättande ryggsmärta. Cecilia undersökte honom noga och sa att hon inte hittade några tecken på någon allvarlig skada men att en sjukgymnast nog skulle kunna hjälpa honom att bli bättre. Klockan var kvart i elva när hon var klar med den andra patienten. Hon skrev en kort journalanteckning i Annelis journal, "patienten har en stark önskan om att få samtalsterapi idag, undertecknad har tid över och åker på hembesök för att kunna ha samtalsterapi i hemmet". Hon gick ut till nyckelskåpet, skrev upp sig på den ena bilen och tog med sig nyckeln.

   Tjugo minuter senare knackade hon på ytterdörren i det som tidigare varit Annelies hus. Olivia öppnade och tittade sig omkring.

– Välkommen in.

– Tack.

Lukten av såpa mötte Cecilia när hon gick in i hallen. Det stod en stor röd plasthink nästan fylld upp till brädden med vatten. På golven var det kvar vatten efter våttorkningen.

– Jag har försökt städa och vädra så gott jag kan. Måste få bort den här olustkänslan. Det känns så fel att vara i någon annans hem såhär, att Annelie dessutom är död gör det ännu konstigare.

– Jag tänker att det här är den kortsiktiga lösningen, på längre sikt får vi hitta på något annat.

146

De gick upp till sovrummet och la sig på sängen. De låg i varandras famnar och sa ingenting förrän en kvart hade gått.

- Nu är jag tvungen att åka vidare, det här var bara ett kort hembesök då du kände lite mer ångest, sa Cecilia.
- Vet inte vad jag ska säga om ikväll. Antar att jag får säga lycka till. Hoppas att du lyckas lura alla att jag är död, sa Olivia.
- Det kommer att vara några hemska veckor, jag vet inte hur ska klara av att träffa din familj och ljuga om att du är död.
- Du får stänga av känslorna nu några veckor. När tror du att vi kan ses nästa gång?
- Jag kommer att vara så chockad av det som händer ikväll att jag måste sjukskriva mig några dagar, men efter det så ska jag försöka ta upp arbetet på hälsocentralen. Ska se till att hembesöken hos dig fortsätter. Tänker mig att jag kan komma nästa vecka, ringer till din hemtelefon före och bestämmer tid.

De kramades länge före Cecilia åkte iväg.

- Kom ihåg att mata hundarna också, sa Cecilia när hon var på väg ut mot bilen.

Cecilia slog upp en slumpmässig medicinartikel på datorn när hon kom tillbaka till arbetsrummet på hälsocentralen, scrollade ned en bit, hon kunde inte fokusera på det som stod men det var bra att ha något uppe om det kom in någon arbetskamrat- "Tjugo minuter kvar tills jag måste gå", tänkte hon. Minuterna gick och till slut kunde hon slå av datorn.

Hela resan hem var som i en dimma. När hon kommit hem till huset så förstod hon att hon hade gått till tåget och sedan åkt hem, men hon kom inte ihåg något från resan. Hon öppnade dörren, tog några djupa andetag och gick sedan ner i källarlägenheten. Hon knackade på dörren och väntade några sekunder, sedan öppnade hon dörren och gick in. Hon såg den döda kroppen framför sig och skrek rakt ut. "Nu är det dags att göra hjärtlungräddning, men inte för mycket då jag redan gjort det tidigare", tänkte Cecilia och satte sig ned bredvid kroppen, hon satte handlovarna mot bröstkorgen och räknade sedan högt till trettio, efter det så böjde hon sig över munnen och gjorde två

147

inblåsningar. Hon höll på så i två minuter, kände efter pulsen, när hon inte hittade någon så ringde hon 112 och satte mobilen på högtalare.

– 112, hur kan jag hjälpa dig?

– Jag har ett obevittnat hjärtstopp. När jag nyss kom hem hittad jag min vän liggande i lägenheten helt blå, jag känner inga pulsar och hör inga andningsljud. Har startat HLR och behöver en prio ett ambulans.

– Vi ska skicka en ambulans, låt mig ligga kvar på högtalare så talas vi vid under tiden ambulansen är på väg.

Cecilia sade sin adress och berättade att hon var i källarlägenheten. Hon fortsatte sedan att räkna högt till trettio. Hon fortsatte med trettio kompressioner och två inblåsningar tills det knackade på dörren. Två personer i ambulanspersonalens jackor som var grön och gula kom in. Cecilia kände igen dem båda.

– Obevittnat hjärtstopp där jag påbörjat HLR.

Ambulanspersonalen tog fram defibrillatorn och kopplade in Annelies döda kropp.

– Undan, jag analyserar, sa Pernilla.

Cecilia gjorde uppehåll i kompressionerna.

– Asystoli. Fortsätt HLR.

Cecilia lät Robert göra kompressioner och tog istället ansvar för att göra inblåsningar.

– Vad vet vi om tidigare sjukdomar, frågade Pernilla.

– Fullt frisk sedan tidigare.

– Har vi hittat något annat som kan förklara hjärtstoppet än andningshinder.

– Inte i nuläget.

Pernillas och Roberts blickar möttes, de insåg båda att prognosen var urdålig.

– Kan vi göra något mer här tror du? frågade Pernilla.

– Vi måste in till sjukhus, det kan finnas reversibla orsaker som vi inte funnit, svarade Cecilia.

Robert och Pernilla lastade upp kroppen på en bår samtidigt som Cecilia fortsatte att göra kompressioner. De spände fast kroppen och

148

lyfte kroppen. Cecilia sprang före och öppnade dörrarna på vägen upp till ambulansen. Pernilla satte sig i framsätet, Cecilia satte sig i baksätet med Robert. De turades om att göra kompressioner på vägen in till akutmottagningen. När de anlände till ambulanshallen så stod redan två sjuksköterskor samt en undersköterska och väntade. De gjorde en snabb avlastning och sedan fortsatte de in till ett akutrum där det väntade ytterligare en undersköterska, två medicinläkare, en narkosläkare och en narkossköterska. Alla hittade vant sina roller. Två undersköterskor bytte av varandra vid kompressionerna. Narkospersonalen upptäckte korvbiten, tog ut den med en tång och skötte sedan inblåsningarna. En sjuksköterska stod med tidtagarur och flödesschemat för hjärtlungräddning. Medicinbakjouren tog det övergripande ansvaret.

– Vem lämnar anamnes, frågade medicinbakjouren.

Pernilla och Robert tittade på Cecilia.

– Kvinna tidigare frisk, hittad idag för ungefär femton minuter sedan med hjärtstopp. Varit ensam sedan igår kväll så oklar tidpunkt för hjärtstoppet. Defibrillatorn har visat asystoli vid varje analys, sa Cecilia.

– Vi har hittat ett främmande föremål, verkar varit en korv, som täppte till hela svalget. Tagit ut korven så nu har vi fri luftväg, men före vi tog ut den var luftvägen helt blockerad, sa narkosläkaren.

– Hon sa att hon skulle äta korv till middag igår kväll, sa Cecilia.

– Då vet vi bakgrunden. Behöver en blodgas samt ett hjärtultraljud.

Medicinbakjouren pekade på medicinprimärjouren.

– Du tar blodgasen. Jag kan tyvärr inte göra hjärtultraljud, kan du göra det? frågade medicinbakjouren narkosläkare.

– Tyvärr inte.

– Då vill jag att du söker röntgenläkare som kan utföra det, sa medicinbakjouren och pekade mot sköterskan med tidtagaruret.

Cecilia gick fram.

– Jag kan göra hjärtultraljud, det tar för lång tid att få hit någon annan.

149

Cecilia småsprang iväg och hämtade ultraljudsapparaten. Hon la tryckte ned ultraljudsproben just under revbenskanten under nästa analysperiod. Hon lyckades spela in några sekunder med ultraljudet. Hon gick fram till medicinbakjouren och visade bilderna.

- Helt orörlig hjärtmuskulatur, ingen perikardvätska.
- Så prognosen ser väldigt dålig ut. Men jag måste vänta tills blodgasen före jag beslutar om att avbryta.

Medicinbakjouren fick en lapp i handen där det stod resultatet av blodgasen.

- Blodgasen tyder på långvarig hypoxi. Patienten har ljusstela pupiller som inte reagerar alls på ljus. Sammanfattningsvis ser jag inga reversibla orsaker, bedömer det som utsiktslöst att fortsätta hjärtlungräddning. Håller du med? frågade medicinbakjouren och vände sig mot narkosläkaren.
- Jag håller med, svarade narkosläkaren.
- Vi avbryter HLR. Patienten dödförklaras fjorton noll åtta. Oklart dödsfall så rättsmedicinsk undersökning skall utföras.

Cecilia bröt ihop totalt. Satte sig vid britsen och försökte säga Olivias namn mellan gråtattackerna.

Efter att döden konstaterats leddes Cecilia vidare till anhörigrummet av en undersköterska. När Cecilia kom in i rummet ringde hon upp Lisa och bad henne att komma.

Lisa bröt också ihop när hon kom till akutmottagningen och Cecilia berättade vad som hade hänt.

- Kan vi få vara själva ett tag? frågade Cecilia.
- Självklart. Säg bara till om ni vill ha något, vatten, te, kaffe eller något annat.
- Det går bra. Som jag sa där inne så vill jag gärna ringa Cecilias syster och meddela, hon kan meddela vidare till de andra i familjen. Det blir nog bättre om jag gör det än att någon annan läkare gör det.
- Om du orkar det så får du gärna göra det.

När dörren stängt så satte de sig ihop i en kram och grät.

- Fortsätt att gråta så berättar jag vad som hänt, viskade Cecilia. Allting har gått enligt planerna, nu måste jag bara samla kraft för att ringa till Christina. Jag hittade Olivia i källaren, ingen har sett henne sedan igår kväll då hon gick ner till lägenheten. Hon hade fått med sig lite korv och makaroner så hon kunde laga mat. Oturligt nog satte hon en korvbit i halsen och kvävdes till döds.

Båda fortsatte att gråta. Sedan pratade om vilken fin människa som Olivia hade varit. När Cecilia samlat krafter så tog hon upp mobiltelefonen och letade upp Christinas nummer.

- Hej det är Christina.
- Hej det är Olivia.
- Jag har lite svårt att ta samtalet just nu, kan du ringa mig lite senare.
- Nej det kan jag inte. Du måste ta det här samtalet, det är viktig, det är om Olivia, gå iväg så att du kan prata.
- Jag går till ett annat rum, men vi har familjemiddag så att du vet vad du avbryter.
- Olivia flög upp till mig igår.
- Jag vet det, hon var rädd för att hon kände sig hotad.
- Hon ville vara själv och tänka igår kväll så hon fick låna vår gästlägenhet igår.

Cecilia tog ett djupt andetag.

- När jag kom hem idag efter jobbet så gick jag ner till gästlägenheten där jag hittade Olivia på golvet. Jag har väldigt tråkiga nyheter. Olivia hade satt mat i halsen och kvävts. Vi kom in till akuten där hon dödförklarats. Jag är ledsen. Men Olivia är död.
- Vad menar du?
- Jag menar att Olivia är död.
- Men jag pratade med henne igår.
- Jag är ledsen.

Christina var först tyst, sedan skrek hon rakt ut.

Kapitel 26

Stefan såg hur båten tog in mer och mer vatten, de öste med sina små plasthinkar men trots det så steg vattnet. En bit bort i vattnet så skymtade krusningar på vattenytan. "Krokodiler", sa Mbaluku torrt. Stefan vaknade och tittade sig omkring, han låg kvar i samma säng som han hade somnat i. "Det var bara en mardröm", tänkte han.

– God morgon mina vänner, varför sova när man kan vara uppe och arbeta, är det inte så ni protestanter tänker? frågade Ebo.
– Jag är inte troende, sa Stefan.

Ebo skrattade. Vid köksbordet satt paret, Chika och Dabir, som var medlemmar i motståndsrörelsen. De tackade Stefan för att han kommit, "omvärlden måste få veta". Chika i paret sköt fram en tallrik med majsgröt åt Stefan.

– Jag hoppas att jag kan göra ett bra arbete, sa Stefan.
– Vi ska åka i natt, våra män på andra sidan är redo att ta emot oss klockan ett i natt, sa Ebo.
– Är det säkert att det blir i natt? frågade Stefan.
– Så säker som man kan bli, svarade Ebo. Det kan alltid ändras i sista stund, men om inget oförutsett inträffar så blir det av.
– Det är nu det börjar på riktigt, sa Mbaluku.
– Vi är något tidspressade. Jag har bokat en intervju med en man som tidigare arbetat som tjuvjägare, efter det ska vi fixa iordning allt inför resan, sa Ebo.

Två timmar senare träffade de en man i Ujjiji, i sydöstra delen av Kigoma. Reglerna för intervjun var tydliga, mannen fick ett hundra dollar för att ställa upp, mannen fick vara helt anonym och inga bilder fick visa hans ansikte.

– Du har arbetat med tjuvjakt tidigare. Kan du berätta om det? frågade Stefan på engelska. Ebo tolkade det vidare.
– Det är inte jag som är tjuv, det är regeringen som är tjuvar, de tvingade mig att jaga för att överleva, sedan kallar de mig kriminell.

Mannen berättade att han hade fem barn och att familjen bara hade haft en liten bit mark som de levde av. Ett år blev det missväxt och han hade inte klarat av att betala tillbaka ett lån som han tagit när han köpt utsädet det året. Valet var att låta familjen svälta eller att börja med tjuvjakt. Även om han bara fått behålla en liten del av pengarna som hans chef fick in på försäljningen så räckte det efter två år till att kunna betala tillbaka lånet och dessutom hade han nog med pengar för att kunna köpa en större bit mark. Han berättade vidare att han då hade velat sluta men att hans chefer hotade honom. Mannen sålde då den mark de hade och flydde till Kigoma. Han hade inte haft kontakt med sina föräldrar sedan de flydde, det var för riskabelt att berätta för dem var de befann sig.

– Men vi har det mycket bättre än många andra. Vi har tak över huvudet och vi behöver inte gå hungriga till sängs. Min fru har fått ett arbete som städhjälp åt en rik familj och barnen får gå i skolan fyra dagar i veckan. Även om jag tänker på mina föräldrar varje dag så är det viktigaste att barnen får det bra. De kommer att få ett bättre liv än vad jag har haft.

Stefan slogs återigen av hur positiva många människor var, även om de var fast i dåliga situationer. "Så länge barnen får det bättre än en själv så kan man stå ut med det mesta", tänkte Stefan.

– Tack för intervjun. Jag kommer att publicera delar av den här intervjun i olika tidningar i Sverige.

Stefan skakade hand med mannen.

Väl hemma så satte sig Stefan och började sortera mellan sina filer. Allting som rörde Kongo-Kinshasa och konfliktmineraler flyttade han över till ett USB-minne som skulle lämnas kvar. Sedan gjorde han ytterligare en säkerhetskopia som skulle gömmas hos några andra motståndsmän. Filerna som fanns och handlade om tjuvjakt lät han vara kvar. Han skrev några korta intron till kommande artiklar kring tjuvjakt. Sedan tömde han all internethistorik. Han kollade sedan igenom sin övriga utrustning. Två kameror med extrabatterier. Tio USB-minnen till. Fyra extrabatterier till datorn. En solcellsladdare till telefon och dator. Utöver det papper och pennor.

– Nu är jag klar med all journalistisk utrustning.

Ebo och Mbaluku packade allting annat såsom tält, mat, matlagningssaker, vattenflaskor och malariamedicin. Efter att de hade packat klart åt de en stor middag bestående av ris och kycklingkött.

– Vi försöker få oss några timmars sömn, sa Ebo.

Fyra timmar senare blev Stefan väckt mitt i en sexdröm som han hade om Lisa. Stefan satte sig upp.

– Jag ser att du är redo för allt, sa Ebo.

Stefan förstod inte vad han menade men kände sedan att han hade morgonstånd. Han rodnade och drog täcket över sina boxershorts. Ebo och Mbaluku skrattade glatt.

När de gått igenom sin packning två gånger så gick de ut till jeepen där Dabir satt och väntade på dem. I början av färden låg husen tätt, men allteftersom resan pågick så glesnade det mellan bebyggelsen och mörkret omslöt jeepen. Det låg enstaka utspridda hus efter vägen och de passerade små byar med jämna mellanrum. När de hade åkt ungefär en och en halv timme så stannade de, mitt ute i ingenstans.

– Nu ska vi gå den sista biten. En kilometer längre fram ligger byn Mwangongo, men vi vill inte att någon ska se oss så vi måste stanna här och gå genom skogen i ungefär två kilometer.

Ebo och Mbaluku kramade om Dabir. Stefan visste in om de skulle kramas så han sträckte fram sin hand. Dabir sträckte ut armarna och gav Stefan en bamsekram.

– Må era gudar vaka över er, sa Dabir och satte sig i bilen igen.

Ebo tog fram sin kompass och började gå rakt söderut. Efter några hundra meter kom de till en mer tätbevuxen skog och vek då av västerut. De använde inte ficklampor utan lät istället stjärnornas ljus lysa upp deras väg. Skogen var tätbevuxen och Stefan fick kämpa för att hänga med i Ebos tempo. Efter att ha gått i ungefär två kilometer så öppnade skogen upp sig och de fick se Tanganyikasjön. Ebo höll upp handen för att visa att de skulle stanna. De gick sedan hukande ned mot vattenbrynet där Ebo signalerade att de skulle vänta medan han gick iväg söderöver efter sjökanten. Efter några minuter kom Ebo tillbaka.

–   Vi måste gå lite norröver, vi är just nu för nära en turistanläggning
    som ligger efter kusten. Man kan bara komma dit med båt så det är
    därför vi inte sett några vägar. Kommer vi bara förbi den där
    kröken så är vi på rätt plats, sa Ebo och pekade med handen mot
    en udde.
De gick på en stig och stannade först när de tydligt hade passerat
udden. Ebo tog fram en ficklampa och sin mobiltelefon. När klockan
slog om till nästa minut så blinkade han två gånger med lampan. Sedan
väntade han tills nästa minut och gjorde samma sak igen. Efter att ha
blinkat så tre gånger så kom det sedan tre snabba blinkningar utifrån
sjön. Ebo svarade med att göra tre blinkningar själv, sedan lät han
ficklampan vara på men lyste in i djungeln bakom dem. Sakta kom det
en båt körandes mot dem. Det var en motorbåt i plåt. Det fanns en rad
med sittplatser som gick runt hela insidan. Det var tre män i båten, alla
hade militärkläder och var sitt automatvapen. Båten stannade några
meter från strandkanten. Ebo gick fram till männen och hälsade. Stefan
och Mbaluku vadade ut och hoppade i båten som sedan körde iväg.
Till en början körde de långsamt men ju längre ut de kom desto mer
ökades farten.
–   Vi var tio minuter sena så de hade börjat att bli oroliga. Vi kommer
    att köra nordväst till en plats där vi kan lastas av. Sedan kommer vi
    att gå tills vi hittar ett bra nattläger. Imorgon går vi tills vi möter
    upp vidare transport.
Stefan tittade sig omkring, det var stjärnklart och sjön var helt
spegelblank. Stranden de åkte ifrån kom allt längre bort och till slut
försvann allt synligt land. "Går båten sönder här ute så dör vi",
konstaterade Stefan för sig själv. De körde utan några lampor tända,
om man inte räknade det svaga ljuset från en mobiltelefons GPS. Efter
ungefär en timme så började de ana Kongo i fjärran, det var långt kvar
men Stefan tyckte ändå att det kändes tryggt se land. De sänkte farten
och Stefan uppfattade att andra blev mer vaksamma. När de hade
ungefär femtio meter till strandkanten så slog föraren av motorn, två
av männen tog fram åror som de kände med framför båten, båten gled
sedan sakta framåt samtidigt som männen i fören letade efter stenar.
När de kom ungefär tio meter från land så signalerade de i fören att de

kände botten med årorna. En av männen tog av sig naken och hoppade ner i vattnet. Han tog tag ett i rep och drog på så sätt in båten mot land medan han simmade.

– Det är för att inte köra på några stenar, vi behöver den här båten för att ta oss tillbaka. Ett enda litet hål kan göra att båten sjunker, sa Ebo.

Mannen kom fram till stranden och började dra upp båten mot land. Stefan log för sig själv åt synen han hade framför sig, den nakna mannen som drog dem i månskenet. När de kommit fram till stranden så hoppade alla ur och de bar upp packningen på land. En av de militärklädda männen gav order om vad de skulle göra. De lade ut en stor bambufilt på marken och drog upp båten på den, när de dragit båten över första filten så bar de fram annan lika stor bambufilt och drog båten på den, efter att ha dragit båten åtta bambufiltlängder så var ledaren nöjd. De lade båten på sidan mellan två träd och täckte över den först med de två filtarna och sedan med kvistar och grenar. När de var klara så tände ledaren ficklampan och gick snabbt runt båten. "Om man inte vet att den ligger där skulle man inte se den förrän man nästan klev på den", tänkte Stefan. Männen i militärmundering presenterade sig. Ledaren hette Saleem, de andra två hette Nuru och Funsan.

– Vi skall gå till en säker plats att slå läger på i natt, i morgon går vi sista biten till mötesplatsen.

De började gå i rask takt. När de kommit längre in i djungeln så tände alla sina ficklampor. Saleem och Nuru gick först, de genomsökte skogen de gick igenom med ficklamporna samtidigt som de höll sina automatvapen i andra handen. Funsan gick sist tillsammans med Ebo som också fått ett automatvapen. De undvek öppna ytor och lät GPS:n guida dem. När de var i en ganska tät skog stannade Saleem plötsligt.

– Vad är det som händer? viskade Stefan mot Ebo.

– Vi har kommit fram till vår lägerplats. Det är här vi ska sova. Det är inte optimalt för att slå upp tält, men det är optimalt för att undvika att bli upptäckta och det är det viktigaste just nu.

Stefan försökte hjälpa till när de satte upp tältet men han insåg snabbt att han inte förstod konstruktionen och valde att backa undan och bara titta. De andra slog vant upp tältet. Stefan såg frågande ut mot Mbaluku.

– Min föräldrar tränade mig inför ett eventuellt gerillaliv, sa Mbaluku.

När de hade packat in allting så tog Saleem fram lite nötter och två vattenflaskor som de delade på.

– Nu ska vi sova, vi turas om att hålla vakt, sedan väcker vi er när vi ska börja gå vidare.

– Kan jag hjälpa till? frågade Stefan.

– Kan du använda ett automatvapen om någon fara uppstår? frågade Saleem.

– Nej det kan jag inte.

– Då tror jag att det är bäst att du bara sover, du behöver vara pigg, du har jobbiga dagar framför dig.

"Jag är verkligen helt i deras händer nu", tänkte Stefan före han somnade.

Stefan vaknade svettig. Solen hade börjat röra sig mot zenit och luften var kvav.

– Det är dags att börja gå nu, sa Ebo.

– Mitt på dagen, sa Stefan.

– Det är bara en kort bit, sedan skall vi bli upplockade av en bil som tillhör gerillan.

De packade ihop sina saker och började gå. Först gick Saleem med Nuru, Stefan gick i mitten med Mbaluku och Ebo gick sist med Funsan. De stannade i skogsbrynet och tittade sig länge omkring, Saleem, Nuru och Funsan tog fram kikare, de tittade sig omkring och pratade med varandra.

– De ser inget misstänkt så nu kan vi gå, sa Ebo.

De småsprang över ett öppet fält tills de kom till en större skogsdunge. Stefan såg att det låg en sandig väg framför dungen. De stannade i den delen av skogsdungen som var längst ifrån vägen. Saleem sa åt dem alla att gömma sig medan han gick fram till vägen. De hittade en liten glänta som var helt skymd från vägen där träden skuggade. Stefan och Mbaluku var helt slut, de tittade mot varandra och Mbaluku sa.

–   Du kanske skulle tränat mer på att marschera än att läst på om postkolonialteori, eller vad säger du?

–   Jag kan inte annat än att hålla med dig.

"Jag lägger mig bara och vilar lite", tänkte Stefan och somnade sedan. Han vaknade upp av att Nuru skakade i honom.

–   Vi ska gå nu, bilen är här.

På vägen framför skogsdungen stod en hög sandfärgad jeep med mörka bakrutor. De packade in sakerna och hälsade på kvinnan och mannen som satt i framsätet.

–   Du ska sitta fram, sa Saleem till Stefan.

Stefan satte sig i framsätet bredvid kvinnan som hette Mandisha. Chauffören tog i hand och presenterade sig som Adom. När alla var inne i bilen åkte de iväg.

–   Du Stefan heter numera Clas och är tillsammans med Mandisha. Ni är på väg till Bukavu om någon frågar. Ni säger det inte rakt ut men du handlar med mineraler. Vi följer med som beväpnad eskort. De flesta rika västerlänningar reser med väpnad eskort så det är inget som sticker ut. Här har du ett nytt pass, sa Saleem.

Stefan nickade. "Det är väl bara att spela med", tänkte han.

–   Hur långt ska vi resa i dag? frågade Stefan.

–   Till Bukavu, det är ungefär tjugofem mil så vi hinner dit före det blir för mörkt, sa Mandisha.

Stefan lutade huvudet mot nackstödet och somnade medan de åkte på den gropiga vägen. De åkte på en väg som gick genom små byar, däremellan var vägen omgiven av stäppmark med spridda träd. Stefan vaknad upp när de stannade för att köpa mer vatten i Kalima.

–   Carl, kommer du med och köper vatten? frågade Mandisha.

Stefan såg som sömndrucket omkring före han förstod.

–   Självklart älskling, sa Stefan.

De gick ut och sträckte på sig medan Adom gick in i en liten affär och köpte flaskor med kallt vatten. Saleem, Nuru och Funsan gick bakom knuten och urinerade på marken.

–   Kan jag följa med dem eller ser det konstigt ut? frågade Stefan Ebo.

– Du får nog be om att få låna en toalett.
Stefan fick låna ägarens toalett som låg på baksidan. Toaletten bestod av en kort trappa upp till en träavsats som hade ett hål, runt hålet var det halvhöga brädor som täckte nedre delen av kroppen. Nedanför hålet var det en stor hög med avföring och det var många myggor. "Även om Cecilia säger att det är bäst för tarmarna att huka sig ner när man skiter så är jag bra mycket mer bekväm med våra toalettstolar hemma", tänkte Stefan när han gick därifrån.

Ett par timmar senare så rullade de in mot Bukavu. Det var initialt enplanshus med plåttak som låg på båda sidor av vägen. När de närmade sig stadskärnan så började det komma enstaka hus med två våningar blandat med enplanshusen. Vägen slingrade sig fram mellan husen, Stefan förstod att det var en ganska stor stad, men det var svårt att uppskatta hur stor den var då det bara var låga hus överallt, den var inte lik någon annan stad han någonsin varit i. De kom till en stor rondell där Adom svängde höger och snart såg de Kivusjön. De åkte ut på en udde där de stannade framför ett vitfärgat hotell.

– Nu går du och Mandisha fram till receptionen. Mandisha har bokat hotellrummen vi ska ha, men du betalar, det är viktigt att du betalar allting i dollarsedlar, sa Saleem.
Mandisha och Stefan gick fram till receptionen och gjorde som Saleem sagt. Det kom fram två bärare som bar deras väskor till rummen. Mandisha och Stefan fick ett rum med utsikt över Kivu-sjön. De andra fick dela på ett rum på andra sidan hallen.

Kapitel 27

De gick upp tidigt och åkte direkt efter frukosten. Stefan sa till ägaren att de hade varit nöjda och säkerligen skulle komma tillbaka några dagar senare. När de satte sig i bilen sa Saleem,

- Idag kommer du att få se det du kom hit för. En paramilitär grupp gick igår in i två byar och mördade alla invånarna. Vi ska g dit i dag. Du måste vara beredda på att få se väldigt hemska saker.
- Jag får stålsätta mig, det är ju för att skriva om det här som jag kom.

"Hoppas att det inte är några mördade barn", tänkte Stefan. De åkte västerut under tystnad. Det var en slingrig väg som gick genom ett öppet landskap med utspridda träd, hus låg utspridda efter vägen och det kom byar med några kilometers mellanrum. Men kilometrarna gick och husen kom alltmer utspritt. De vek av från den stora vägen och började åka efter en väg som såg mer ut som en uppkörd stig. De stannade utanför ett hus som låg enskilt, runt hela gården gick det en trämur.

- Det är för att skydda mot vilda djur, sa Nuru när han sågs Stefans frågande blick.

De ställde jeepen bredvid huset, de hoppade ur och en man kom ut ur huset. Mannen tog han fram ett stort skynke som de tillsammans drog över jeepen. Mannen kom sedan fram och hälsade dem välkomna, sedan gick han och Saleem iväg några meter och talade lågt med varandra.

- Det har uppstått litet problem. Den ursprungliga tanken var att vi skulle vänta ut den värsta värmen och sedan gå senare under eftermiddagen, men vi har fått höra via en säker källa att den paramilitära gruppen har fått order om att rensa undan alla personer de massakrerade. Om vi går direkt kommer vi troligen att hinna gå igenom båda byarna före paramilitären kommer tillbaka.
- Vad händer om vi inte gör det?
- Då är vi i fara.
- Men finns det inga andra byar att fotografera? frågade Stefan.

– Det finns annat att fotografera, men du kommer nog inte att få
  någon lika bra möjlighet att dokumentera något såhär allvarligt
  övergrepp. Det är sällan som byarna ligger så avskilt att man kan
  vandra dit utan att någon som bor i närheten ser det. Dessutom
  brukar paramilitärerna oftast röja upp mer än vad de verkar ha gjort
  i det här fallet.

"Jag vill verkligen inte bli tillfångatagen", tänkte Stefan.

– Okey, vi kör, sa han.

De gick in i lerhuset som såg större ut på insidan än vad det hade gjort
på utsidan. Saleem tog fram en karta och visade vart de skulle gå. Det
var sex kilometer till den första byn och sedan ytterligare sju till den
andra byn.

– Även om det inte låter som så långa sträckor kan det bli ett problem
  i värmen, det är nästan fyrtio grader i skuggan och det är molnfritt.
  Vi måste hålla en hög takt och ni som inte är vana kommer att få
  kämpa.

De gick igenom sina packningar och tog bara med de allra viktigaste
sakerna. De tog med sig allt vatten de hade, men trots det var Ebo
tveksam till att det skulle räcka. Stefan tog på sig sin ryggsäck men Nuru
tog av honom den.

– Du måste orka hela vägen, du får inte bära någonting annat än en
  vattenflaska och dina kläder.

Stefan försökte ta tillbaka sin ryggsäck men Nuru vägrade.

– Du måste förstå att de riskerar sina liv för att du ska kunna göra
  det här reportaget, om du inte orkar gå till byarna blir det inget
  reportage, och dessutom måste de bära dig tillbaka till huset. Det
  känns orättvist, men det är bäst för alla om du inte bär något, sa
  Mbaluku.

Trots Mbalukus ord så skämdes Stefan när de ställde upp sig på
gårdsplanen, alla andra hade minst en ryggsäck och dessutom hade alla
utom Mbaluku vapen i händerna. De började gå. Efter bara hundra
meter tänkte Stefan "det här går aldrig, det känns som att gå i en bastu".
Men han fokuserade på att sätta ena benet framför det andra, försökte
att inte tänka på hur trött han var. De kom in i en träddunge och där
stannade de för att dricka vatten. Stefan började halsa i sig vatten från

sin vattenflaska, när han hade druckit några klunkar så sänkte Ebo hans flaska.

– Drick inte allting på en gång utan drick lite hela tiden, annars så blir det svårare för kroppen att ta upp vätskan. Drick en klunk med någon minuts mellanrum.

Efter att de druckit upp så gick de vidare. Solen stod i zenit och Stefan kände hur huden på händerna började brännas. Han snubblade till en gång men Ebo reste snabbt på honom. Stefan fortsatte att titta nedåt, fokuserade på att ta ena foten framför den andra. De stannade till i en ny träddunge.

– Där framme är byn, sa Saleem och tog fram sin kikare. Paramilitären har inte hunnit dit än.

Stefan drack några stora klunkar och tog sedan fram kameran. Han tog några bilder på byn från långt håll. Sedan lät han Mbaluku hålla i kameran och filmade sig själv med byn i bakgrunden.

Vi har uppgifter om att paramilitära grupper har gått in i denna by igår och mördat invånarna. Vi vet i nulaget inget mer än att det är relaterat till någon mineralfyndighet.

När de kom närmare byn såg de att två av de ungefär tjugo husen var nedbrända. Mbaluku gick längst fram och filmade, bredvid honom gick Stefan som tog fotografier. Saleem ryckte Stefan i ärmen och pekade på marken några meter bort, där låg det en man med huvudet nedåtvänt, i ryggen var det ett tiotal kulhål. Stefan stod helt still och bara stirrade. Mbaluku filmade mannen och Stefan tog många kort. Saleem knackade på handleden för att visa att tiden var knapp. När de kom längre in i byn så såg de att flera döda låg utspridda. En kvinna låg med sitt döda spädbarn i famnen, båda hade flertal kulhål genom kroppen. I de två nedbrända husen kunde man inne i hörnen se resterna av vad som troligen varit två familjer. Det låg tre kvinnor på marken som var nakna och hade stora sår i sina underliv. När Stefan såg kvinnorna blev han svimfärdig och Ebo fick ta tag i honom. Stefan tog flera hundra bilder på allting. När de nästan var klara att gå så såg Stefan något som rörde sig i ögonvrån. Funsan och Ebo hade också sett det och riktade vapnen mot platsen där rörelsen varit. Alla stod tysta. Sedan haltade en kvinna fram bakom en husknut.

- Vilka är ni? frågade hon.
- Vi vill dig inget illa, vi är från motståndsrörelsen och vill ta bilder över vad som har skett. Vi vill att bilder på de här fega morden ska spridas ut i världen. Vem är du?
- Jag bor här. Jag var här igår när militären kom, de mördade hela min familj, våldtog mig, sköt mig och lämnade mig sedan för att dö.

Kvinnan släpade högra benet när hon gick fram mot dem. Hon hade skottskador i höger ben och i båda armarna. Hon gick fram mot Stefan.

- Är det du som ska berätta om vad som har hänt här? frågade hon vänd mot Stefan.

Ebo översatte. Efter några sekunder svarade Stefan.

- Ja.

Kvinnan gick fram mot Stefan, Mbaluku tog fram kameran och ställde sig just bakom Stefan.

- Du ska berätta att de kom igår, de var femtio man med maskingevär, de samlade upp alla i byn, min man försökte fly och han sköts i ryggen. Det var två andra män som protesterade, de tvingades in i sina hem med sina familjer, militären brände sedan ner de husen. Soldaterna bara skrattade när familjerna skrek. De började sedan skjuta alla män med löfte om att kvinnorna skulle få fly. Men när männen var döda började de istället skjuta av de äldre kvinnorna, det vara bara vi yngre kvinnor och barnen som sparades. De tvingade av oss kvinnor kläderna, när jag protesterade så sköt de min son. Jag tog då av mig alla kläderna och la mig på marken. Jag blundade och grät medan de alla våldtog mig. Efter att de hade våldtagit mig så skar de mig i underlivet med en kniv och sköt mig, sa kvinnan pekade på sina sår.
- Vad hände sedan?
- När de våldtagit alla oss kvinnor så sköt de oss och barnen, det var ingen utom jag som överlevde. De var unga soldater, alla var narkotikapåverkade och skrattade när de gick härifrån.
- Hur överlevde du?

163

- Jag svimmade när de sköt mig, troligen trodde de att jag var död så de lämnade mig.

Stefan fortsatte fråga kvinnan fler frågor och hon svarade. Hon hade bott i byn hela sitt liv. Anledningen till att militärerna kom var för att det hade hittats mineraler i närheten av byn och byrådet hade tyckt att det var på byns mark. Det var en lokal krigsherre som skickat sina militärer för att mörda alla i byn så han fick kontroll över mineralerna. Hon berättade sedan om fler saker som hon visste.

- Du måste fly med oss, sa Stefan.
- Nej, ni måste gå själva.
- Du måste få hjälp, militärerna kommer tillbaka idag.
- Jag skulle bara sinka ner er, ni måste gå nu om militären kommer idag.
- Men hur ska du klara dig om du inte följer med oss?
- Jag dog igår när min man och mina barn dog. Jag vill bara att världen ska få se vad som hände här, det är viktigare än mitt liv.

Mbaluku viskade i Stefans öra.

- Vi kan inte ta henne med oss, då hinner vi aldrig till den andra byn i tid. Dessutom måste du förstå hur viktigt det är för henne att dina bilder kommer ut, hon är också beredd att dö för det här.

Stefan öppnade munnen för att säga något men kvinnan tittade på honom och sa.

- Gå nu. Ni måste gå. Sprid det som har hänt här. Straffa krigsherren och alla rika människor som köper mineralerna.

Mbaluku tog Stefan om axeln och de började gå från byn.

Det var först när de började gå igen som Stefan kände hur uttorkad han var. Han drack och gick. Bilderna från byn kunde inte lämna hans näthinna. Det var svårt att förstå hur hemsk världen kunde vara. Han gick i en dimma hela vägen till nästa by. När de kom fram möttes de av ännu grymmare syner. Två små spädbarn hade slitits itu på mitten och låg slängda framför en kvinna som hade fått sin hals avskuren. Många av männen hade fått sina händer avhuggna och det var några unga tjejer som inte såg ut att ha varit mer än tio år som var brutalt våldtagna. Stefan kopplade bort alla känslorna och fokuserade

164

bara på att ta bra bilder. Han förklarade för Mbaluku vad han skulle filma och hur han skulle filma det. När Stefan fått nog många fotografier så filmade Mbaluku honom när han gick genom byn och förklarade vad de såg.

– Det kan inte bli mycket värre än såhär. Det här är verkligheten som konfliktmineralerna skapar.

De gick en lång omväg tillbaka till huset det utgått från. Solen hade börjat gå ner så värmen var inte lika pressande. När de kom fram till huset så tillät sig Stefan att slappna av, han kände hur det snurrade till i huvudet och sedan mörknade allt.

Stefan vaknade upp med en minnesbild föreställande de två isärslitna spädbarnen. Med ens var han klarvaken. Han tittade sig omkring och såg att alla andra sov. Han gick tyst fram till sin ryggsäck och tog fram några nötter. Han åt dem sakta samtidigt som han funderade över det han hade sett i byarna. Han hade sett hemska saker det var det inget snack om. "Men är det en nog stark berättelse för att verkligen nå ut? Jag tror faktiskt det", tänkte han. Han plockade fram datorn och började överföra bilderna. Han tittade på några slumpmässiga bilder och såg att det var bra kvalitet i själva fotografierna. Han skapade ett mappsystem och lade in alla bilderna. Det gick på mindre än en halvtimme att flytta över alla bilderna till datorn och skapa en bra mappstruktur. "Jag kommer ihåg första gången jag tankade in bilder på datorn, tog säkert en timme att lägga in tio bilder med låg bildkvalitet", tänkte Stefan. När han var klar med att skapa strukturen så tog han fram fyra USB-stickor och började tanka över allting till dem. Mbaluku satte sig bredvid honom.

– Det var förjävligt det vi såg.

– Det var det, ingen människa ska behöva utsättas för något sådant.

– Vad tror du om bilderna? Kan det bli något reportage?

– Det kommer att bli ett starkt reportage. Man kan aldrig veta på förhand, men jag tror att det kan bli ett väldigt viktigt reportage. Några av de här bilderna är så starka att det kan skapa opinion. Om jag lyckas publicera det rätt så kan det få stor spridning.

– Vi får hoppas det. Jag vet i alla fall att jag kommer att ha mardrömmar för lång tid framöver.

Stefan nickade.

När alla hade gått upp och packat iordning så åkte de tillbaka till Bukavu. De var en färd i tystnad. Stefan försökte planera i huvudet hur han skulle publicera artiklarna. Han hade en övergripande planering, men det tog tid, det gick inte att få bort de hemska minnesbilderna. Intervjun med den våldtagna kvinnan, de isärslitna barnen, de brända familjerna.

När de kom tillbaka till samma hotell som de hade bott på dagen före så gick Stefan med Mandisha in i receptionen, Stefan försökte le men kände själv hur falskt leendet var.

– Välkomna tillbaka, vad roligt att ni tyckte om rummen.
– De var väldigt fina, kan vi ha samma rum igen?
– Tyvärr sa är just de bokade
– Vad synd, men det vore bra om det gick att få några rum med fin utsikt över sjön.
– Det kan vi ordna.

Stefan fortsatte ha kvar det påklistrade leendet tills han och Mandisha stängde in sig på rummet. Då gick han och la sig på sängen och bara tittade rakt upp i taket. Han lät gråten komma. När han hade slut på tårar så satte han sig med datorn igen. Han gick igenom allting och sorterade igenom fotografierna. Eter det så skrev han några korta sammanfattningar om vad som hade skett under dagen. Det var viktigt att han kunde skriva ner de första intrycken på papper, före minnena blandades med all fakta som han visste om Kongo. Han ville ha ord som beskrev den råa känslan av all död. När han inte orkade skriva längre så la han sig i sängen med kläderna på. Det tog lång tid att somna.

Dagen efter åt de hotellfrukosten under tystnad, det gick inte att prata öppet om det de hade varit med om. Efter frukosten berömde Stefan och Mandisha receptionschefen för det fina hotellet och sa att de skulle

166

komma tillbaka om de återvände till Bukavu. När de satt i bilen så sa Saleem.

– Nu är det dags för dig och Mbaluku att åka tillbaka till Tanzania.

– Vi kommer aldrig att få starkare bilder än de vi fick igår. Men det är en sak som vi saknar, vi behöver reportage som visar själva mineralhandeln. Vad gör vi nu?

– Du och Mbaluku åker med oss till Burundi, därifrån åker ni sedan tillbaka till Tanzania via en annan chaufför. Ni vilar er några dagar och sedan återvänder ni till Kongo som planerat, om ni orkar det.

– Det måste vi orka.

– Som en säkerhetsåtgärd så vill jag att ni postar ett USB-minne hem så att bilderna inte kan komma bort om något händer.

De svängde in på ett postkontor. Stefan postade ett USB-minne och en lokal fotografibok hem till Lisa. Efter det då åkte de söderut på väg N5. När de närmade sig staden Uvira stannade de på en parkeringsplats där det stod en vit jeep.

– Vi kan inte fortsätta in i Burundi med våra vapen så vi måste lämna er nu, sa Saleem.

– Tack för allting som ni har gjort.

– Det enda tack vi behöver är att du lyckas publicera bilderna. Det här är vår verklighet, visa den verkligheten för världen.

De kramades och sedan satte sig Saleem, Nuru, Funsan och Ebo in i den vita jeepen och vinkade. Mandisha, Adom, Stefan och Mbaluku satt kvar i jeepen som de kommit i.

– Nu åker vi till Bujumbura där ni ska sova över natten och sedan ta er vidare till Tanzania imorgon, sa Adom.

Några kilometer senare blev stoppade i gränskontrollen, Adom gav gränsvakten två dollarsedlar vilket gjorde att de blev förbivinkade.

– Just nu är vi fortfarande ett äkta par, men när vi lämnar er så är ni återigen två safarifotografer som ska göra ett safarireportage om Burundi och Tanzania, sa Mandisha.

Kapitel 28

Eftersom Olivias död hade varit oväntad hade polisanmälan skett. Polisen hade gått igenom hela gästlägenheten, lyssnat när Cecilia berättade om hoten mot Olivia, men sagt att de inte såg något samband mellan hoten och dödsfallet, att det såg ut som en olycka. Det hände faktiskt att vuxna människor satt i halsen, framförallt om de inte mådde bra och var okoncentrerade. Det var bara att beklaga. Efter det hade polisen grovt undersökt stora lägenheten där Cecilia, Stefan och Lisa bodde. Tittade i garderober, lådor och andra utrymmen för att se om de hittade något misstänkt. Till slut hade de tagit med sig alla Olivias saker från gästlägenheten. De berättade att rättsobduktionen skulle ske på eftermiddagen.

Cecilia stod på Alvik och väntade på att flyget skulle landa. Tankarna snurrade och hon kände hur hjärtat rusade. "Där kommer den sörjande familjen ", tänkte Cecilia. Christina såg Cecilia och nickade, de gick varandra till mötes.

— Beklagar sorgen, sa Cecilia och nickade mot alla fyra.

— Tack.

— Har ni något bagage att vänta på? frågade Cecilia.

— Nej, vi åker hem ikväll.

De gick ut till Cecilias bil på parkeringen. Efter en lång tystnad sa Cecilia.

— Det är en sak som jag måste berätta för er före ni får se Olivia. Jag vet inte om ni sett någon död människa förut. Det kan vara obehagligt och tyvärr så kommer det vara ännu mer obehagligt att se Olivia.

— Är det för att hon är så ung det blir mer obehagligt? frågade Christina.

— Nej, det är för att hon ska genomgå rättsmedicinsk undersökning. Alla människor som dör oväntat skall genomgå rättsmedicinsk undersökning, när det väl är beslutat att det skall bli en

168

rättsmedicinsk undersökning så får personalen inte röra kroppen mer än nödvändigt. Det gör att Olivia inte är förberedd för visning utan endast ligger som hon låg när dödsfallet konstaterades. Eftersom hon kvävdes till döds så är ansiktet vanställt och ni kommer ha svårt att känna igen henne. Jag vill att ni är beredda på det när ni ser henne idag.

- Det låter hemskt, sa Christina.
- Jag förstår inte varför hon var tvungen att resa upp hit. Hade hon bara varit kvar i Stockholm hade det här aldrig hänt, sa Elisabeth.

Cecilia parkerade bilen och ledde in dem till rättsmedicinskt centrum. Hon stannade upp dem före de gick in genom ytterdörren.

- Egentligen brukar man inte få se sina anhöriga här inne på rättsmedicin utan att polisen är närvarande, jag har fått be en kollega om hjälp för att ni ska kunna få göra det.
- Det är väl klart att vi ska se Olivia, sa Gustav.
- Det ska ni få göra. Men det är väldigt viktigt att ni förstår att ni inte får röra henne på något sätt. Ni får inte rätta till håret eller, smeka kinden eller på annat sätt ta i Olivia. Sådan är tyvärr lagen.

De gick in genom dörren. De slogs av en stark lukt som påminde om död. Cecilia tyckte att lukten var obehaglig men gick att hantera. När hon vände sig om och såg på de fyra familjemedlemmarna såg hon att de var nära att kräkas. Hon tittade sig omkring och såg några vita kräkpåsar i en behållare utefter ena väggen som hon gav dem.

- Utifall ni mår för illa.

De stannade utanför en ståldörr. Cecilia knackade på. Efter några sekunder öppnade en man i vit rock dörren. Han såg Cecilia, log och stängde dörren bakom sig. Mannen vände sig mot familjen.

- Jag heter Mats och är rättsläkare, jag skall visa er kroppen efter Olivia. Det kan vara en obehaglig upplevelse. Det är många som svimmar eller kräks. Känner ni att något är på gång rekommenderar jag er att antingen gå ut ur rummet eller helt enkelt lägga er ner på golvet. Sedan är det här ett litet specialfall, jag vet inte om Cecilia berättat vad som gäller, att ni absolut inte får röra i kroppen.

Alla fyra nickade.

- Då är ni välkomna in.

De gick in genom den blanka ståldörren. I mitten av rummet var det ett stort rullbord i metall. På bordet låg det en kropp under ett skynke. De gick fram och ställde sig bredvid rullbordet.

–   Nu kommer jag att lyfta av skynket så att ni får se ansiktet, om ni sedan vill se mer är det upp till er. Men som ni förstår är ansiktet inte iordninggjort för visning. Är ni beredda?

–   Ja, sa Egon och Christina tyst.

Rättsläkaren drog undan skynket så att ansiktet syntes. När skynket drogs bort och de fick se på Annelis ansikte så tänkte Cecilia "de kommer att upptäcka att det inte är Olivia". Cecilia såg tydliga skillnader, även om de hade väldigt lika drag så var Annelies näsa lite mindre, hon hade inte samma hårfäste och ögonen satt tätare. Cecilia sneglade åt sidan. Mats stod till synes helt oberörd, men det gällde inte de fyra andra. De hade alla ansiktsuttryck som var en blandning mellan gråt och äckel.

–   Vad olik hon är sig, sa Christina.

–   Det kan tyvärr bli så efter döden, sa Mats.

–   Jag tycker att hennes ansiktsform har förändrats, sa Egon.

–   Är det verkligen Olivia? frågade Elisabeth

–   Jag hittade henne och det är Olivia som ligger framför er. Jag vet att det känns svårt, men tyvärr är det så, sa Cecilia.

Cecilia såg att Egon blev blek i ansiktet och började stappla bakåt, hon insåg vad som höll på att hända och fångade honom när han svimmade. Hon la honom försiktigt på marken. De andra vände sig om.

–   Det är ingen fara, det ser bara ut som att han blev lite för chockad, sa Cecilia.

Redan efter några sekunder började Egon vakna till.

–   Du ska nog få gå ut ur rummet, jag hjälper dig, sa Cecilia och ledde honom med Elisabeths hjälp till en soffa i rummet utanför som han fick lägga sig ner på.

När Cecilia och Elisabeth kom in i rummet igen så stod Gustav och Christina och tittade på liket efter Annelie.

–   Jag tror att det räcker nu, sa Elisabeth.

- Jag håller med, sa Gustav. Tack för att vi fick se Olivia.

Christina grät men de andra var tysta när de gick ut till Egon.

- Det är så himla orättvist, sa Christina.
- Jag tror att ni behöver komma ut från rättsmedicin, sa Cecilia. Vi kan åka hem till mig så får ni vila er och samla er lite.

Ingen sa emot. När de satte sig i bilen så började även Gustav att gråta.

- Jag förstår inte att hon är död, sa Christina.
- Det gör inte jag heller, sa Gustav.
- Det var hemskt att se henne. Vanställd i ansiktet. Och lukten var hemsk, sa Elisabeth.

När de kom hem till Cecilia så gick de in till vardagsrummet där de fick slå sig ner i sofforna.

- Vill ni ha något att dricka eller äta.
- Nej tack, jag mår för illa, sa Christina.

De andra skakade bara på huvudet. När de satt där började Egon sakta gråta, han sökte efter Elisabeths hand och kramade om den. Elisabeth lutade sig mot Egon och började även hon gråta.

- Ni ska få vara ifred ett tag, sa Cecilia och gick iväg till köket. Det är bara att ropa om ni vill ha något, annars så får ni sitta här tills jag skjutsar er till flygplatsen. Visst var det tjugo över fyra som flyget gick?

Från köket hörde Cecilia hur de började prata. De pratade om hur orättvist det var att Olivia dött, om vilken fin människa hon hade varit, hur hemskt det hade varit att se henne död. "Det verkar alla övertygade om att det var Olivia som låg där", tänkte Cecilia när hon hörde dem diskutera. När känslorna lugnat ner sig något så bad Christina om kaffe. Cecilia serverade kaffe och tog fram några bullar. Familjen fortsatte diskutera, de gick igenom praktiska saker såsom begravning samt hur de skulle göra med Olivias lägenhet. "Det är lättare att gömma sig bakom praktiska frågor än att prata om känslorna", tänkte Cecilia. När Cecilia var i köket hörde hon Elisabeth säga "Hade Olivia aldrig åkt till Umeå skulle det här aldrig ha hänt." Det Elisabeth sa var egentligen att hade det inte varit för Cecilia så hade Olivia levt idag.

När klockan passerat kvart över tre så satte de sig i bilen. Cecilia skjutsade ut dem till Alvik. Christina kramade Cecilia och de andra tog henne i hand.

– Tack för att du kunde hjälpa oss idag, sa Gustav.
– Jag är bara ledsen att Olivia är död. Jag beklagar verkligen, sa Cecilia och kände hur tårarna började komma.

Cecilia stod kvar och grät medan de gick in genom dörrarna till flygplatsen.

Kapitel 29

Stefan och Mbaluku kom ner till hotellrestaurangen i Bujumbura, fyllde varsin stor bricka med frukt, ägg, ljust bröd och diverse pålägg. Det var högt i tak, ljusa väggar, några utspridda pelare, överflödigt mycket personal. Stefan fick intrycket av att hotellet en gång i tiden hade varit ett mycket fint hotell, men att det numera bara var fint.

- Jag berättade för dem i receptionen att vi skulle vilja hyra en guide ner till Kigoma för en dagstur, sa Mbaluku.
- Du tror inte det är bättre om vi går runt och fixar en själva? frågade Stefan.
- Nej, jag tror det här är bäst. Det är ett ganska fint hotell och jag tror att personalen inte vågar riskera att lura in oss i något rån. Möjligen att guiden vi hyr egentligen inte är en guide utan bara är receptionistens släkting, men det är egentligen bara bättre för oss. Vi vill ju inte ha en kunnig guide, vi vill bara ha någon som tar oss till Kigoma. Om guiden inte fyller i några papper och skriver upp våra namn desto bättre för oss.
- Okey. När tror du att vi kan åka härifrån?
- Du är en vit västerländsk journalist som gav receptionisten tjugo dollar för att hjälpa oss att hitta en duktig guide. Tjugo dollar är några dagslöner för henne. Jag skulle tro att vi kan åka inom en halvtimme om vi vill det.
- Money talks.
- Det gäller speciellt här i Afrika.

Femton minuter senare lastade de in sina saker i en svart jeep. Guiden hette Apara, han var vältränad, lång och såg ut att vara just över tjugo år. Efter en kort förhandling hade han gått med på att för två hundra dollar köra dem till Kigoma under dagen och på vägen dit stanna till för att fotografera samt göra intervjuer. Under bilfärden söderut så började Stefan fråga ut Apara om jaktmöjligheterna i Burundi och Tanzania, Mbaluku tolkade. Apara hade svårt att svara på specifika frågor utan pratade istället om hur fint det var när man sköt sin första elefant eller sitt första lejon.

173

- Misstolkar jag situationen eller är det så att vår så kallade guide inte har någon aning alls om jakt? frågade Stefan Mbaluku.
- Du har gjort en helt riktig tolkning, han har troligen aldrig jagat själv utan mest hört vad andra har sagt.
- Bra, då vet jag.

Stefan fortsatte fråga Apara allmänna frågor om jakt, Burundi och Tanzania.

- Vad glad jag är att vi fick tag på en sådan kompetent guide, sa Stefan.

När Mbaluku översatt det log Apara stort.

- Tack, jag hoppas att jag kan sprida min erfarenhet vidare.

Vägen gick mestadels efter kusten, det var fin utsikt och få mötande bilar. När de kört ungefär tio mil bad Stefan Apara att stanna jeepen. De gick ur bilen, Stefan tog fram sina kameror.

- Tänker att det är bra att ha lite fotografier från Burundi om vi blir stannade i tullen.
- Kanske det, jag tror att vi kommer att klara oss vad vi än gör. Du behöver inte oroa dig, det här är inte den farliga delen av vår afrikaresa.
- Det här påminner mig bara så mycket om den gången jag blev tillfångatagen under ett journalistuppdrag.
- Jag förstår, men som sagt, försök att inte oroa dig.

De gick in i jeepen igen. "Mbaluku låter säker, det här är säkert helt ofarligt", försökte Stefan övertyga sig själv om. Ett par mil senare svängde de av inåt landet. Stefan kände hur pulsen ökade, han hade en ungefärlig karta i huvudet, han uppskattade att det bara var några mil kvar till gränsen mot Tanzania. Han kände på sig att de var upptäckta, någon hade upptäckt vem han var och varför han egentligen ville resa in i Tanzania. Efter ytterligare ett par mil så vände sig Mbaluku mot Stefan och sa.

- Jo du förresten, tänkte bara säga till dig att vi är i Tanzania nu. Den där långa vita byggnaden vi passerade för några kilometer sedan var gränsövervakningen.

Stefan kände sig paff och började sedan småskratta för sig själva.

174

- Jag kanske var onödigt orolig. Du tycker säkert att jag är nojig.
- Det är nog bäst för vår vänskap om jag inte kommenterar din eventuella nojighet, sa Mbaluku och log stort mot Stefan.

De stannade två gånger på vägen till Kigoma för att fotografera vackra vyer och tre gånger stannade de för att intervjua folk som bodde i olika små byar. Mbaluku översatte. "Det här blir ju förvånansvärt givande intervjuer, reportagen om safariresor och tjuvjakt kommer också att bli riktigt bra", tänkte Stefan när han intervjuade en äldre kvinna vars son satt i fängelse för tjuvjakt. Hon var arg på sonen, men framförallt var hon besviken på regeringen som gett sonen så dåliga möjligheter att försörja sig att han tvingades hålla på med tjuvjakt för att försörja sin familj. När klockan närmade sig åtta på kvällen så närmade de sig Kigoma. Stefan höll handen för munnen när han gäspade stort. När han höll på att börja slumra så flimrade bilder från massakern förbi framför hans ögon. Han ryckte till och blev klarvaken.

- Vad är det herr Stefan? frågade guiden via Mbaluku.
- Det är ingen fara, jag började bara tänka på en hemsk sak som jag sett en gång när jag var journalist, det har inget med idag att göra, sa Stefan och försökte le.
- Vad bra att det inte var något idag. Kan jag hjälpa herr Stefan på något sätt?
- Tack för att du frågar. Jag behöver nog bara sova. Du har varit en väldigt duktig guide, det är jag tacksam för.

Stefan tittade ut genom rutan och försökte slå bort alla minnesbilder. Han hade nästan lyckats få bort bilderna när jeepen stannade till framför en restaurang som låg nära Chika och Dabir.

- Vi ska träffa några personer som vi ska intervjua här på restaurangen. Tusen tack för all din hjälp Apara, du har varit väldigt duktig, sa Mbaluku.
- Det har varit en trevlig dag, ni får höra av er till mig om ni ska göra fler resor, sa Apara och började skriva lite på en lapp.
- Vi kommer nog inte att göra några fler resor från Bujumbura, men om vi ska göra det åker vi gärna med dig igen.

– Här har ni ett telefonnummer ni kan nå mig på, fråga bara efter Apara.

– Tack för all hjälp, sa Stefan och räckte fram en tjugodollarsedel i dricks.

När Apara åkt iväg en bit så gick de runt restaurangen och efter tre kvarter var de framme vid Dabir och Chika.

– Välkomna mina vänner. Ni måste berätta allt, sa Chika.

De satte sig vid bordet där det stod en rykande gryta. Stefan och Mbaluku berättade om de två nedbrända byarna. Chika började gråta när hon hörde om de mördade barnen, Dabir tog hennes hand.

– Det finns många hemska människor därute, det är därför vi kämpar, ingen ska behöva dö eller våldtas för att någon vill åt mineralerna i marken. Jag hoppas att du kan sprida vad som händer i Kongo Stefan.

– Det hoppas jag med.

Morgonen efter satt de vid frukostbordet och jämförde olika resealternativ när Ebo kom in.

– Vad bra att du tog dig hit. Började nästan bli orolig för dig, sa Stefan.

– Det var ingen fara, jag var tvungen att åka en lite krångligare väg som tog lite längre tid.

Flugorna surrade och värmen var tryckande. Efter mycket diskussioner kom de fram till att det var lika bra att åka så tidigt som möjligt, ju längre tid desto större risk att deras riktiga uppdrag upptäcktes.

– Då ringer jag Muhammed och ser när han kan ha förberett allting, sa Mbaluku.

Mbaluku gick iväg och kom tillbaka efter några minuter.

– Han trodde han kunde vara klar om tre till fyra dagar.

– Då har vi två till tre dagar på oss att ta oss tillbaka till Dar es Salaam, då kan jag visa er två andra safariparker på vägen tillbaka.

Kapitel 30

Stefan och Mbaluku satt utanför gaten och väntade på planet som skulle ta dem från Dar es-Salaam till Nairobi. De satte för sig själva och pratade lågt om de kommande dagarna. Båda kunde redan planen utantill, men att upprepa den gav någon sorts trygghet. Julius Nyerere International Airport var mindre än Stefan hade trott och det var dessutom färre avgångar än vad han hade trott. Han var förvånad över att det inte ens gick direktflyg till grannlandet Kongos huvudstad Kinshasa. Enligt deras uppgjorda planer hade det ändå inte gått att flyga direkt till Kongo, så i praktiken gjorde det ingen skillnad. Gaten öppnades och de började köa. De gick sedan ut till ett vitt flygplan där det stor Kenya Airways. Efter en kort säkerhetsgenomgång så började planet att rulla. Det ökade snabbt i hastighet och de kunde känna på guppningarna att det var ett något ojämnt underlag. Stefan kramade stolsstöden när flyget lyfte. Under resan försökte han läsa en pocketbok, "God of Small Things" av Arundhati Roy. Trots att det var en av hans absoluta favoritböcker så kunde han inte koncentrera sig alls, tankarna flög bara iväg.

Planet landade stabilt på Jomo Kenyatta International Airport. De gick ut ur planet och in mot den vita huvudbyggnaden. Själva flygplatsen bestod av en stor vit cirkelformad byggnad, innanför byggnaden låg det parkeringar och en transportväg som gick utmed hela byggnaden. När Stefan och Mbaluku hade tagit emot sitt handbagage så gick de ut från huvudbyggnaden och Mbaluku vinkade till sig en taxi. Chauffören kom ut och hjälpte dem att ta in väskorna i bagageluckan, sedan satte de sig i den gula taxin. Bilen hade små rostfläckar på sidorna och sätena var slitna. I framrutan stod det två bilder på chaufförens barn. Mbaluku gav adressen och började småprata med chauffören.

Taxin stannade framför en vit envånings villa som var omgärdat av ett staket. Runt huset var det en välskött gräsmatta med utspridda blomsterrabatter. De knackade på och snart öppnades dörren.

– Hej, vad vill ni? frågade mannen som öppnat dörren.

- Hej, Ebo har skickat oss hit, han sa att du skulle hjälpa oss med ett gemensamt problem.
- Välkomna in mina vänner.

Mannen öppnade dörren och de gick in. Det var vitt kakelgolv i den stora hallen som övergick i ett vardagsrum, i vardagsrummet stod det tre stora skinnsoffor, en bokhylla och två bord i Mahogny.

- När går ert flyg? frågade mannen som hette Safir.
- Det lyfter om fyra timmar.
- Bra, då hinner vi fixa det som ska fixas med god marginal, ni får följa med mig in i rummet här bakom.

Bakom köket låg ett fönsterlöst rum, det stod ett stort skrivbord vid ena långsidan och vid den andra långsidan stod det en bokhylla och ett kassaskåp. Mannen öppnade kassaskåpet och tog fram två pass.

- Ni är nu Sydafrikanska medborgare, Mr Smith och Mr Nkosi.

De tittade i sina nya pass och Stefan skrattade lite när han såg sitt namn, Henry jr Smith.

- Tack, sa Stefan.
- Stor tack. Jag kan inte sådant här speciellt bra, är du säker på att de här ser äkta ut?
- De ser äkta ut. Men ni kommer att resa in i Kongo som affärsmän vilket innebär att ni egentligen kunde rest in med pass där passbilden var ett slarvigt ritat självporträtt, ingen hade ändå stoppat er.

De åt middag med Safir som visade sig vara en berättare av rang. Det var omöjligt att han varit med om allting som han berättade om, men Stefan satt bara och skrattade med när Safir bredde på. Stefans pappa hade varit en ljugare som kunde få en vardaglig händelse att bli till en storslagen berättelse. "Saknar farsgubben", tänkte Stefan när Safir berätta om hur han lyckades fly från polisen på en sparkcykel. När de satt i taxin tillbaka till flygplatsen så småskrattade Stefan fortfarande.

När Stefan gick mot passkontrollen kändes det som att det falska passet i hans hand brände huden när han lämnade fram det till passkontrollanten. Mannen tittade kort på passet, tittade på Stefan, stämplade passet och gav tillbaka passet med ett "have a nice day sir".

178

Sakta tog Stefan emot passet och gick vidare till tax-free-området. Mbaluku som hade stått längre bak i kön kom ifatt Stefan när han stod och tittade på pocketböcker i en liten bokhandel.

– Det där gick ju bra, vad var det jag sa, sa Mbaluku.

– Du hade rätt. Jag är nog bara lite stressad över hela situationen, jag har inte gjort sådana här resor på många år.

– Det kommer att gå bra ska du se. Vi landar snart i Kongo och Muhammed har fixat allting.

– Jag ska skärpa mig, det är bara det att vi är något så stort på spåren.

– Du är bara lite stressad för att du är ovan vid just de här sakerna. Men du är duktig på ditt jobb så du kommer att samla dig när det verkligen gäller.

– Vi får hoppas på det.

– Annars så dör vi.

Mbaluku skrattade åt sitt eget skämt, Stefan log och skakade på huvudet. Stefan kände att han verkligen tyckte om Mbaluku och började sakta att uppskatta hans mörka humor. Efter att ha köpt ett par pocketböcker var så gick de mot planet. Det var ett litet vitt flygplan, två långa rader med två säten i bredd på vardera sidan om mittgången. Stefan som satt närmast fönstret tittade ut över det behagliga landskapet, han slogs av hur vacker naturen var, sjöarna, savannerna och skogarna flöt in i varandra och utgjorde en behaglig mosaik.

När planet gick ner för landning i Kinshasa försökte Stefan att spela oberörd men det var svårt att göra samtidigt som han krampaktigt satt och kramade stolsstöden och dessutom var kritvit i ansiktet. Sedan var det ännu en passkontroll och Stefan kände hur pulsen höjdes, men känslan var lättare att hantera. Han log mot passkontrollanten som efter att ha ögnat igenom passet önskade honom en trevlig dag. Stefan log och gick vidare in mot ankomsthallen tillsammans med Mbaluku. Redan på långt håll upptäckte Mbaluku Muhammed som nickade mot dem. Stefan ville krama om honom men han visade tydligt att det inte var rätt läge, de skakade hand och hälsade artigt på varandra.

179

- Jag har en bil väntandes som ska ta oss till hotellet, sa Muhammed.
- Det ska bli skönt.
- Har resan gått bra.
- Bara bra, jag blev påmind om hur vacker världen är när jag såg ut genom rutan.
- Vad bra, men nu ska vi vidare till hotellet.

De klev in i den väntande splitternya svarta Mercedesen, det luktade till och med nytt från skinnsätena i baksätet. Chauffören hälsade artigt och sedan åkte de iväg. Muhammed började småprata om jakt och vädret, varje gång Stefan och Mbaluku försökte prata om något annat så bytte Muhammed tillbaka. De kom fram till ett stort hotell, på fasaden lyste det fem stjärnor, framför byggnaden var det en stor gräsmatta, det stod två svartklädda kpistbeväpnade vakter framför entrén. När de gick fram mot lobbyn så såg Stefan sin egen reflektion i glasrutorna, han hade långt skägg, var solbränd och såg allmänt sliten ut. Han var långtifrån sitt vanliga liv som en kulturgubbe i Sverige. Muhammed hämtade ut nycklarna åt dem och de åkte upp till fjortonde våningen.

- När ni packat in på rummen så kan ni komma in på mitt rum så kan vi diskutera igenom affärerna, sa Muhammed och gav dem deras rumsnycklar.

Stefans rum var större än han hade trott, det var en stor dubbelsäng, ett fint badrum med en stor jacuzzi. Han såg ut över Kinshasa, höghus i centrum övergick till lägre höghus som övergick i småhus som övergick i slum. Stefan packade in sina kläder i garderoben och gick sedan till Muhammeds rum. Det var ett likadant rum fast spegelvänt. När Muhammed stängt dörren så omfamnade han Stefan och sa.

- Vad roligt att se dig, jag har varit så oroliga för er.
- Kul att se dig med.
- Har allting gått bra?
- Bra jobbmässigt, hemskt känslomässigt. Som du vet har vi har tagit hemska bilder i Östra Kongo, två nedbrända byar och lemlästade barn. Det kommer att bli starka reportage.

- Nu gäller det bara att vi får bilder från mineralhandeln så kan vi förhoppningsvis skapa opinion.
- Hur har du haft det själv?
- Jag har haft det bra, lite stressigt bara. Det tog längre tid än jag trodde att få tag på rätt kontakter. Men nu har jag löst det.

Mbaluku knackade på och klev in. Han och Muhammed kramade om varandra länge och gav sedan varandra kindpussar.

- Välkommen till mitt land, sa Mbaluku.
- Det är mitt land nu, du är ju bara en feg flykting, sa Muhammed.
- Jag har saknat dig. Har allting gått bra?
- Till slut har det gått bra. Nu när ni båda är här kan jag gå igenom allting. Jag har fått tag på krigsherren som Anita, Jarl och de andra två har handlat med. Han heter Omarr och har gått med på att låta er få se på mineralutvinningen och sedan diskutera affärer med er. Ni är just nu två väldigt rika affärsmän som har lösa kopplingar till ett europeiskt affärskonglomerat som i ett första skede vill köpa mineraler för fem miljoner dollar. För att allting ska stämma överens med historien så har jag varit tvungen att boka in oss på det här hotellet och vi har dessutom hyrt en helikopter av krigsherren. Allt som allt kommer de här tre dygnen att kosta ungefär fyrtiotvåtusen dollar. Det är mycket pengar men eftersom du förde över ett hundra tusen dollar till mig Stefan så finns det pengar kvar om vi behöver göra mer utlägg under resan.
- Jag har kvar mycket pengar kvar efter reportagen kring Minerva. Dessutom kommer den här reportageförsäljningen säkerligen att dra in mycket pengar, så pengar är inget problem.
- Bra. Vi reser imorgon eftermiddag och före dess måste vi gå igenom bakgrundsberättelsen så att vi alla kan den och dessutom måste ni fixas till. Ni är rika affärsmän som kommer via en safariresa, håret och skägget passar bra in, men ni har helt fel kläder, ni ser ut som helt vanliga turister. Ni måste osa pengar när ni reser, det är vårt bästa skydd.

Muhammed hade köpt upp middag på rummet som de åt samtidigt som de gick igenom allting. Det var många detaljer som var viktiga att

181

hålla reda på, hur de kände Muhammed, vilka mineraler de var intresserade av att köpa, vad världsmarknadspriset var på ett ungefär, vilka apparater som de olika mineralerna gick att använda till. Till slut hade de fått ihop allting till en sammanhängande historia som alla tre kunde. När Stefan gick och la sig så tyckte han att kvällen hade känts som att plugga till ett prov i gymnasiet.

Stefan väcktes morgonen efter av att Muhammed knackade på dörren.

– Dags att gå upp, vi måste fixa med kläder före vi åker i eftermiddag. Jag har hittat en bra butik där vi kan köpa rätt kläder till er. Dessutom ska ni förbi en barberare som snyggar till dig, sa Muhammed.

Samma svarta bil som de åkt i dagen före stod och väntade på dem när de kom ner till receptionen. De åkte ett tiotal kvarter genom centrala Kinshasa före bilen svängde in framför en butik vid namn Botique Adventure.

– Bry er inte om namnet, det är faktiskt en fin butik, sa Muhammed.

Dörren plingade när de gick in, en försäljare med alldeles för stor kostym kom och mötte dem.

– Välkomna, hur kan jag hjälpa er?

– Vi skall ut på en liten resa i skogen i Östra Kongo, mina vänner skulle behöva lite tåliga kläder.

– Det skall jag hjälpa er med, har ni några speciella önskemål?

– Vi vill ha toppkvalitet. På allting som vi köper.

– Ett klokt val, då ska ni få följa med hit bak, sa butiksbiträdet och visade dem till en mindre avdelning som låg dolt bakom ett skynke.

Bakom skynket mötte en annan man dem, han hade ett stort leende på läpparna och en kostym som satt perfekt.

– Välkomna, jag har förstått att ni vill köpa kläder som tål att resa i.

– Det stämmer bra, mina vänner och jag ska göra en spontantur till östra Kongo och de hade därför inte med sig rätt kläder.

– Det är ett problem som jag kan hjälpa er med.

Mannen mätte deras midjor, avståndet från armhåla till höft, bröstkorgsbredden, avståndet från armhåla till fötterna. Sedan gick han runt i butiken och hämtade två uppsättningar kläder vardera till dem. Stefan testade kläderna och de satt perfekt. När han tittade sig i spegeln såg han ut precis som han skulle göra, ljusa kläder i tjockt material, fungerade både i skogen och på savannen. Mbaluku tittade sig i spegeln och kände sig som en rik turist, "En rik turist i mitt hemland som jag flytt ifrån", tänkte han och log.

– Det här blir perfekt, sa Mbaluku och tittade mot Muhammed.

De hann med ett snabbt stopp hos en barberare som klippte dem så att de såg ut precis som de stereotyper de ville vara.

Kapitel 31

Muhammed, Stefan och Mbaluku såg det lilla flygfältet redan på långt avstånd. Det var muromgärdat med fyra vakttorn, ett i varje hörn av stängslet. Deras jeep stannade och Muhammed fick legitimera sig före gallergrinden sköts åt sidan och de fick åka in.

– Har ni åkt helikopter förut? frågade Muhammed.

– En gång, sa Stefan.

– Aldrig, svarade Mbaluku.

– Man blir lätt illamående, säg till mig så får ni åksjuketabletter, sa Muhammed.

– Ingen fara, jag brukar klara det mesta, sa Mbaluku.

De klev av framför en ljusgrå helikopter som var av märket AugustaWestland. Det satt två piloter i förarhytten och en man i militärkläder gick fram mot Muhammed.

– Välkomna, jag är anställd av Otman och skall hjälpa er under helikopterturen.

De klev in i den ljusgrå helikoptern, de två piloterna nickade mot dem och signalerade åt dem att ta på sig de stora hörlurarna som låg på sätena.

– Välkomna. Ni måste sitta fastspända hela flygturen av säkerhetsskäl. Ljudet från rotorbladen är väldigt högt så vi kommer endast höra varandra i hörlurarna, era headset där bak är ihopkopplade med varandra och vi piloter kan prata med varandra. Om ni vill oss något får ni trycka på den stora knappen som ligger utanpå höger hörlur, håll in den hela tiden som ni pratar och släpp den sedan så kan vi prata med er. Har ni några frågor?

– Nej, vi förstår.

– Bra, sätt på er säkerhetsbältena så flyger vi.

De satte sig på de anvisade sätena och tog på sig hörlurarna. Det var en mäktig känsla när motorn startade och allting började skaka. Trots att de hade stora hörlurar så var ljudet från de roterande rotorbladen öronbedövande. Mindre än en minut från det att motorn startat så lyfte helikoptern, först gick det långsamt uppåt, sedan ökade accelerationen,

Mbaluku kände hur det vred sig i hans mage. De flög snabbt österut på några hundra meters höjd. Kinshasa försvann under dem och byttes ut mot öppna fält med utspridda hus. Mbaluku kände hur magen började vända sig, han andades djupa andetag och fokuserade på att inte kräkas. Han knackade Muhammed på knät, när Muhammed såg hans ansikte förstod han vad vännen ville ha, han tog fram två åksjuketabletter som han gav Mbaluku. Mbaluku fick kväljningar och var rädd att tabletterna skulle komma upp direkt, men han lyckades tvinga kvar maginnehållet och fortsatte sedan att titta ut genom fönstret. Mitt i allt illamående så kände han saknad till landet som passerade under honom, hans ursprungliga hemland.

Efter ett par timmar började de öppna landskapen övergå i grön skog, Mbaluku började tänka tillbaka på sin barndom. När han gått i skogen med sin far och fadern hade berättat om alla växter och träd de stötte på. Ibland hade de stannat för att undersöka några spår efter djur. "Det var före allting började gå fel, före kriget kom, före fel personer förstod hur mineralrikt Kongo var", tänkte Mbaluku. Det som skulle blivit landets frälsning blev landets förbannelse. Andra afrikanska länder som inte hade samma rika mineraltillgångar hade klarat övergången till relativt stabila demokratier betydligt bättre. Mbalukus föräldrar hade kallat den korrupta handeln med mineraler för rövarkapitalism och jämförde det med hur vissa personer skapat sin rikedom i det tidiga USA. Men i USA hade det, till skillnad från i Kongo, funnits relativt fungerande samhällsinstitutioner vilket hade gjort att landet hade repat sig på sikt. Att en stor del av USA:s kända affärssläkten såsom Kennedys och Rockefeller hade gjort pengar på mer eller mindre maffialiknande verksamheter var något som fortfarande roade Mbaluku när han såg hur släkterna numera framställdes i populärkulturen. Mbalukus föräldrar hade även prata mycket om likheterna mellan Kongo och Ryssland efter sovjetunionens fall. Även om hans föräldrar hade varit blivit glada när Sovjetunionen föll så hade de samtidigt varnat för att Ryssland kunde hamna få samma problem som Kongo om staten gav bort alla sina tillgångar okontrollerat. Föräldrarnas farhågor hade slagit in och rövarkapitalismen i Ryssland hade gjort att landet befann sig i fritt fall med en auktoritär halvdiktator och en sjunkande levnadsstandard. Mbaluku samlade tankarna och flyttade återigen fokuset till skogen nedanför honom. Det var underbart att se hur vacker naturen kan vara, han mindes hur han hade älskat skogen när han var barn. Hur stolt han varit första gången han fick följa med för att hämta hem trädstammar till ett staket. Även om han i efterhand förstod att han under de första åren mest varit i vägen när han skulle hjälpa till i skogen så var han tacksam att hans far ändå hade tagit med honom, Mbaluku blev genuint glad när han tänkte billbaka på deras gemensamma skogspromenader. Men skogen rymde också minnena från flykten, hur hela familjen hade vandrat och gömt sig i skogen i över två månaders tid före de lyckades fly ut från Kongo.

Mitt ute i ingenstans började helikoptern sakta in. Stefan såg ingenting utom skog åt något håll och tittade frågande mot de andra två. Mbaluku pekade mot ett trädlöst område i skogen någon kilometer bort. Stefan kunde ana att det låg någonting i gläntan. När de kom närmare såg de att det låg fyra baracker i en utspridd kvadrat, mellan barackerna låg det en stor platt jordplätt. Helikoptern gick sakta ner för landning på jordplätten. De landade med en lätt dutts och sedan började rotorbladen sakta ned. Piloterna signalerade att de kunde ta av sig hörlurarna. En stor man kom gåendes emot dem, han hade en militäruniform med massa guldtecken på vardera axeln samt på vänstra sidan av bröstet. Även om det var tänkt att se ut som militärordnar så var det inte speciellt svårt att se att alla var falska.

– Välkomna mina vänner, välkomna till paradiset, sa Omarr.
Stefan var beredd på ett hårt handslag men inte så hårt som det visade sig vara. Han undrade om något ben i handen fick sig en spricka när Omarr skakade hans hand. Omarr visade dem mot en av barackerna. På gården var det män som såg slitna ut, vissa hade spadar, andra hade stora korgar. Framför Omarrs barack så var verandan putsad och det låg en liten matta som var till för att torka fötterna på. De gick in i träbaracken som var ungefär tjugofem meter lång och sex meter bred. Vid ena kortsidan av rummet var det en stor himmelssäng, i den andra änden låg fyra dass. Utefter kanterna låg det stora kojor som sannolikt var för andra högt uppsatta männen i Omarrs närhet. Det fanns ett

stort kök och i mitten av rummet stod det flera långbord. Efter att Omarr visat dem deras bäddar för natten så kom det fram tre av Omarrs älskarinnor och fyra av hans livvakter. Han vinkade bort dem och sa att han ville vara ensam med sina gäster. När alla gått ut så satte de sig vid ett av långborden.

- Nu ska vi prata affärer.
- Det låter bra, mina affärspartner är som jag sagt intresserade av att handla med olika sorters mineraler, initialt vill de köpa coltan för fem miljoner dollar, om det faller bra ut vill de gärna fortsätta handla kontinuerligt med er.
- Jag har en stabil produktion i flera gruvor, jag kan sälja er coltan för flera hundra miljoner om ni skulle vilja det.
- Det låter väldigt bra vi är i behov av en pålitlig leverantör, behovet är stort och vi har haft svårt att få fram all coltan vi behöver senaste åren. Eftersom området här i Östra Kongo är så pass känsligt är det ibland svårt att få stabila leveranser.
- Ni behöver inte oroa er för min stabilitet, jag kontrollerar allting inom en radie av tio mil. Jag har aldrig någonsin haft problem med leveranser och jag kontrollerar de lokala myndigheterna.
- Utmärkt. Om allting fungerar bra kommer vi att kunna göra långsiktiga affärer som gynnar oss alla.
- Har ni pengarna så har jag coltanet.

Omarr var märkbart uppspelt.

- Allting är förstklassigt, ni har aldrig sett finare coltan. Jag ska visa er ikväll, men nu så ska vi skåla, sa Omarr.

Omarr ropade högt "Kom hit" och en ung kvinna kom in.

- Hämta öl till mig och mina vänner.
- Absolut, sa kvinnan och gick snabbt mot köksdelen.

Omarr tittade efter hennes vickande höfter.

- Underbar liten kvinna. Jag kan skaffa kvinnor till er ikväll, vill ni ha?
- Nej tack.
- Är ni säkra, de är lika förstklassiga som coltanet?

Den unga kvinnan kom bärandes på en bricka med öl. Omarr daskade henne på rumpan och sa åt henne att gå.

– Nu ska vi dricka öl, sedan ska jag visa er runt området.

– Jag tackar, men jag dricker inte tyvärr, sa Muhammed.

– Misstänkte det när jag såg märket runt halsen. Men då blir det desto mer till oss andra, skål mina vänner.

– Vi tror alla på våra förfäders gudar, jag tror på Allah och Muhammed var hans profet, sa Muhammed och kysste halvmånen som han hade i ett halsband.

– Skål.

Ölen väckte liv i glädjefyllda ungdomsminnen för Mbaluku, Stefan tyckte i sin tur att det smakade som hemgjorde suröl, men han höll god min.

– Det är inget öl som är lika gott som Kongolesiska, sa Mbaluku. Det här går tyvärr inte att få tag på i Europa, det kan jag verkligen sakna. Man kanske skulle öppna en restaurang med mat från Kongo, det skulle säkert sälja bra.

– Landet med det bästa ölet och de vackraste kvinnorna, sa Omarr och reste glaset i en skål.

Mbaluku och Omarr var de som egentligen samtalade med varandra, de andra två kom bara med enstaka inspel. Stefan var imponerad av Mbaluku, utan att fråga om något direkt kring coltanbrytningen så fick han reda på väldigt mycket information. Omarr berättade hur hans organisation var uppbyggd, hur de sålde sitt coltan, hur myndigheterna mutades och hur de kontrollerade civilbefolkningen. När Omarr började skryta om rika affärsmän som han träffat sa Mbaluku.

– Men vad häftigt. Har du verkligen träffat alla de där människorna?

– Omarr har träffat många mäktiga män, jag är mäktig. Om du inte tror mig kan jag visa bilder.

– Jag tror dig min vän, men du får gärna visa bilder.

Omarr gick och hämtade ett fotoalbum, började bläddra igenom bilderna och förklarade vilka mäktiga affärsmän och politiker som han kände. Muhammed satte sig och bläddrade noga igenom hela fotoalbumet en gång till.

- Imponerande Omarr. Du har verkligen lyckats. Det är sådana som du som bygger världen. Skål för det! Sa Muhammed.

De fortsatte dricka.

- Nu måste du visa oss coltanet, vi vill gärna se det du pratar om, sa Mbaluku.
- Det ska jag visa er mina vänner, men det är för mörkt för att se utvinningsområdet så det får ni se imorgon. Ikväll ska ni få se på coltanet i vår lagerlokal.

Omarr reste sig på något ostadiga ben och började gå, Mbaluku följde efter och sedan kom Stefan och Muhammed. Omarr pekade på de tre andra barackerna, två av dem var till för de vanliga arbetarna, den sista var till för de lägre militärerna samt fungerade som fängelse för de arbetare som inte skötte sig.

- Det sker inte så ofta, de får bra betalt här, men när någon försöker sätta sig upp måste jag tyvärr statuera exempel. Om jag skulle låta arbetarna hålla på skulle det snart vara kaos här och då finns det inget coltan att sälja och ingen kan få någon lön.

Alla tre förstod de att arbetarna inte alls fick bra betalt, men de nickade ändå alla tre med för att visa Omarr att de förstod hur tur det var för lägret att just han var ledaren. När de gått ungefär ett hundra meter från den bortersta baracken så kom de fram till en å, vid ån stod det en stor byggnad som bestod av tre höga väggar och ett skrangligt plåttak. Inuti byggnaden stod det ett tjugotal tunnor staplade i tre långa rader.

- Det här mina vänner är hur pengar ser ut, i de här tunnorna ligger vårt utvunna coltan.

När Mbaluku, Stefan och Muhammed alla tog i lyckades de rubba en av tunnorna som var nära att välta. Omarr skrattade.

- Kan vi få titta i några av tunnorna? frågade Muhammed.
- Självklart, sa Omarr och kom fram med en kniv. Han satte kniven i locket och bände tills locket klickade upp.

Muhammed gick fram och tittade in i lådan.

- Det ser bra ut, kan du visa oss några till så får vi inspektera dem tillsammans.
- Man kan aldrig vara för försiktig i affärer min muslimska vän.

Omarr öppnade hälften av tunnorna. Muhammed gick fram till en tunna och började känna på metallen.

– Jag vill inte vara otrevlig, men kan jag och mina vänner få titta igenom tunnorna och diskutera själva några minuter?

– Ni får titta igenom, men jag kan redan nu säga att ni inter kommer att bli besvikna.

Muhammed och de andra tre började gå runt och tittade in i alla tunnorna.

– Varje tunna väger säkert tvåhundra kilo, det betyder att det är ungefär fyra ton här vilket skulle ge ungefär tvåhundrafyrtio tusen dollar. Det är väldigt mycket pengar i ett land där en stor majoritet lever i extrem fattigdom.

– Vad gör vi nu?

– Vi säger att det ser ut att vara av väldigt bra kvalitet, för det ser det ut att vara. Men först måste jag ordna med en sak.

Muhammed tog fram vad som såg ut som en metallnål och tryckte in den i träet på insidan av tunnan.

– Vad gör du?

– Jag märker tunnorna, det här är spårare som sänder en signal per kvart, signalerna tas upp av en mottagare som jag har installerat hemma i Barcelona. När tunnorna reser så kan jag spåra hela deras resväg. Ni får hjälpa mig att märka ut fyra tunnor till, känn på coltanet och fortsätt prata, det ska se ut som att vi kan det här.

De gick runt till alla öppna tunnor, kände på coltanen, diskuterade färgen och hållfastheten. Stefan försökte komma ihåg några kemitermer från högstadiet, han använde ord som erosion, legering och jonladdning. Efter att de tittat igenom alla tunnorna så gick de bort mot Omarr.

– Vi är nöjda, det var fin kvalitet på de tunnor du visade oss.

– Jag sa ju att ni inte skulle bli besvikna.

– Vi funderar på att testa en första leverans på ett ton per månad under tre månader, om det fungerar bra vill vi sedan beställa tio ton per månad. Klarar du av att leverera det?

– Det klarar jag av. Vart vill ni ha det levererat?

— Vi vill ha det i första hand till en hamn i södra Grekland, därifrån kan vi frakta det vidare själva.

— Det låter bra, nu ska vi diskutera affärer.

De gick tillbaka mot Omarrs barack.

Kapitel 32

Olivia hade börjat att fixa praktiska saker, för att kunna ta över Annelies liv måste hon ha tillgång till saker som betalkort, bankkonton samt inloggningen till hennes mejl. När hon satte sig och bläddrade i alla gamla pappersbuntar som låg så började en bild att framträda, en bild av en ung kvinna som kämpade för att ordna upp sitt liv efter en hemsk uppväxt. Annelie hade varit på väg att äntligen få ett bra liv. Papperen visade att Annelie knappt hade klarat av högstadiet och hade många underkända betyg, sedan hade hon haft något enstaka ströjobb men mestadels varit sjukskriven för psykiatriska problem. Sista åren hade Annelie försökt komma tillbaka men det hade gått långsamt, hon hade gått flera kurser via arbetsförmedlingen och verkade vara inne på att jobba inom vården på något sätt. Annelie hade haft det svårt ekonomiskt, det var många påminnelser från diverse bolag, men sista månaderna verkade hon ha skött sin ekonomi, inga betalningspåminnelser och alla räkningar var insatta i en ekonomipärm. "Jag kommer att måsta dra ner rejält på omkostnaderna", tänkte Olivia när hon gått igenom räkningarna och kontoutdragen. Olivia gjorde tre pärmar där hon sparade de viktigaste papperen, resten av papperen antingen slängde hon eller sorterade in i en stor låda. När hon hade blivit klar med alla papper så hade hon gått runt i huset. Det var två våningar högt och ungefär sextio kvadratmeter per våning. På bottenvåningen var det ett stort kök, en hall, en liten toalett och ett vardagsrum. På överplan var det två sovrum, ett allrum och ett stort badrum med både bastu och dusch. Tapeterna hade varit omoderna redan när de sattes upp på åttiotalet. Möblerna var smutsiga och det verkade inte finnas någon bakomliggande inredningstanke i något rum. Olivia hade gått igenom alla kläder i hela huset, hon hade sorterat dem i tre högar, en hög med saker som hon gillade, en hög med kläder som hon kunde tänka sig att ha på sig om det krisade och en hög med kläder som hon ville slänga. Trots att hon försökt vara vidsynt i sina klädval så blev högen med acceptabla kläder en femtedel så stor som högen med kläder som skulle slängas. Hon sorterade om högarna och insåg att hon helt enkelt var tvungen att använda kläder som hon tyckte var horribelt fula. "Det är mitt minsta problem i dagsläget. Det kanske blir skönt att slippa all utseendehets.", tänkte Olivia. Efter att hon hade gått igenom kläderna gjorde hon samma sak med sängkläder, där var hon snällare i sin bedömning, så länge de såg sköna och hela ut fick de vara kvar.

Huset hade varit i stort behov av städning. Det hade tagit nästan en hel dag att få bort alla tecken efter branden i köket. Olivia hade skrubbat både golvet och väggarna. Efter det hade hon vädrat alla kuddar och textilier. "Om jag möblerar om och köper lite fina filtar och kuddar så kommer jag nog att kunna trivas här", tänkte Olivia. Det var en markant annan inredning jämfört med vad hon hade haft i sin lägenhet i Stockholm, huset påminde snarare om en gammal fjällstuga. Olivia tyckte att det var mysigt med de gamla trägolven och väggarna med ljus panel.

Olivias alarm ringde, det var en halvtimme kvar tills Cecilia skulle komma. Hon gick till köket och satte på kaffe. Sedan satt hon och väntade med lokalradion påslagen. Det hade skett en älgolycka på väg 364 och UIK:s damlag hade förlorat igen. Olivia satt och dagdrömde när ringklockan hördes från hallen, hon reste sig upp och sprang mot ytterdörren. Cecilia stod där och väntade, Olivia tog hennes hand och drog med henne upp på övervåningen.

– Jag har tvättat sängkläderna, det måste vi fira, sa hon och hoppade ner i sängen.

– Det låter som en perfekt anledning att fira, vad säger du, ska vi fira nakna?

– Inget firande utan lite nakenhet.

De älskade kort och intensivt. Olivia kröp upp i Cecilias famn.

– Så, hur har allt gått? frågade Olivia.

– Det har varit hemskt. Din familj var helt förstörda, till en början var de lite osäkra på om det verkligen var du som låg där, det som räddade situationen var att Egon svimmade när han såg kroppen vilket gjorde att de var tvungna att tänka på annat. När vi gick från bårhuset så var alla helt säkra på att det var du som hade legat där.

– Var de ledsna?

- Ja, men framförallt var de i chock. De verkade inte ha tagit in att du verkligen är död. Din far ville nästan bara prata om praktiska saker om begravningen, det kändes som att han inte vågade prata om känslor.
- Det låter precis som han. Jag skulle tro att Christina försökte prata om känslor men att ingen av de andra nappade.
- Det stämmer. Jag var i köket när de satt i vardagsrummet och pratade så jag hörde inte allt. Men du ska begravas nästa fredag i Stockholm. Det kommer att bli en väldigt stor begravning verkar det som.
- Det känns så jäkla hemskt mot familjen. Och så overkligt att det ska anordnas en begravning för mig trots att jag sitter här och pratar med dig.
- Ångrar du dig?
- Nej det gör jag inte. Det fanns inget annat val och jag är väldigt tacksam att du fixade det här, du har förmodligen räddat mitt liv. Men jag hade så mycket hellre levt på mitt vanliga liv.
- Förstår det. Men nu måste vi planera det som vi behöver ordnas tills jag kommer hit nästa vecka.

De gick igenom allting som skulle göras före Cecilia kom tillbaka veckan efter. Olivia hade mat för en vecka till, men sedan skulle det bli problem då hon inte kunde köra bil. Det var för långt för att gå till affären och det gick ingen lokaltrafik. Cecilia var tvungen att på något sätt lära Olivia att köra bilen som hon formellt ägde, men de hade inte kommit på hur de skulle lösa det praktiska.

- Det kommer att lösa sig. Det är bara en tidsfråga och tid har jag gott om numera, sa Olivia.

Kapitel 33

Stefan vaknade upp med en pulserande huvudvärk och han kände att munnen var kruttorr. Affärsdiskussionerna med Omarr hade tagit lång tid och många öl, efteråt hade de firat avtalet genom att dricka ännu mer öl. Han kikade ut från sin kojplats och såg att solen hade gått upp för länge sen. Mbaluku och Muhammed satt med Omarr och åt frunch.

– Välkommen upp, har du sovit gott? frågade Omarr.

– Jag har sovit gott men har lite huvudvärk känner jag. Tror att jag skulle må bra av lite mat.

– Du ska inte ta lite mer öl? frågade Mbaluku med ett stort leende på läpparna.

– Tror inte det, sa Stefan och satte sig tungt vid långbordet.

De drack vatten, åt ris med köttgryta. Stefan hade tagit på sig solglasögonen, han fick kämpa för att hänga med i samtalet. Omarr och Mbaluku verkade oberörda av gårdagen vilket störde Stefan, de hade ju alla druckit lika mycket. "Bakfyllan kanske slår in senare för dem", försökte han intala sig själv. Efter att frunchen var äten så gick de ut från barackerna, sneddade över gårdsplan. De gick på en upphuggen och upptrampad väg genom den täta regnskogen. Omarr och Mbaluku pratade om naturen och växterna, Stefan slogs av hur mycket de kunde, han själv kunde knappt skilja på de vanligaste träden och växterna i Sverige. De mötte på enstaka personer som bar tunga tygstycken på ryggen, man kunde ana det blåskimrande coltanet genom tyget. Runt omkring dem var det höga träd, mörkgröna buskar och många djurläten. De hörde fågelkvitter och avlägsna läten från djur som Mbaluku berättade om. De kom fram till ett öppet område på ungefär en hektar där det var många gropar och diken. Nere i groparna stod det män och skottade igenom sörjan som var en blandning av jord och gårdagens regn. När de hittade coltan så skottade de undan det och la det i en hink, när hinken var full så gick en annan arbetare gick iväg med hinken och sköljde leran från coltanet, när det var någorlunda rent så lades det i en större behållare. Sedan påbörjades samma procedur igen. Det var ett femtiotal män allt som allt. Arbetet var tungt och gick i långsam takt, de arbetandes kroppar var svettiga och fulla av skrapsår.

- Vi har flera till fyndigheter liknande den här som den som vi inte ens börjat utvinna ur. Vi kommer att kunna leverera mer än tio ton per månad till er under flera års tid.

- Är det några problem med myndigheterna eller med de arbetande? frågade Muhammed.

- Nej, många högt uppsatta i de lokala myndigheterna får en del av vinsten så de tittar alltid åt ett annat håll när något sker. De som är anställda här är alla noga kontrollerade och har aldrig ställt till med några problem. Det finns några mindre grupperingar som strider i regnskogen men de skapar inga problem, det är bara kommunister som inte insett att Kongo behöver starka män som mig för att inte falla sönder.

- Både vi och Kongo behöver dig, det är sådana som du som gör att världen fungerar. Det är därför vi vill göra affärer med just dig.

Efter att ha gått ett varv runt hela området så gick de tillbaka till lägret igen. Det var några timmar kvar till middagen så de la sig för att vila i sina kojplatser.

Stefan hade småslumrat av och till under eftermiddagen. Mbaluku satt i hans säng och de pratade tyst om hur de skulle resa tillbaka när Omarr kom in. Omarr gick med snabba steg mot dem. Något var fel. Snett bakom Omarr gick hans fyra livvakter.

- Det har uppstått problem. Jag pratade med min europeiska bankkontakt idag och han hade upptäckt något misstänkt i er överföring till mitt konto.

- Som du förstår så är inte alla pengar på kontot vi använde helt lagliga, vi har gjort många suspekta överföringar. Du om någon borde vara van vid att man använder banker som rör sig lite utanför lagen, sa Muhammed.

- Jag är van vid det. Men min kontakt sa att han ville kontrollera att allting stämmer. Han hade fått upp någon varning som han ska kontrollera. Det kommer att dröja till imorgon före han får mer information. Därför måste jag tyvärr hålla kvar er tills jag har kunnat kolla upp allting.

- Det är inget problem, när ni kollat upp allting så kommer ni i inte att hitta något fel. Vi förstår att ni måste vara försiktiga, sa Muhammed.

De följde efter Omarr när han gick ut. Han visade dem in i den baracken där de övriga militärerna bodde. De fick de gå in i ett rum utan fönster. Dörren låstes från utsidan och de hörde hur en regel drogs för. Efter några minuter sa Muhammed.

- Jag tror att jag vet vad som gått fel. De har nog upptäckt att jag till mitt falska bankkonto fått stora summor pengarna överförda från ett konto som står i ditt riktiga namn Stefan. Troligen är du svartlistad på något sätt inom bankväsendet i Europa. Du ses som fienden av förklarliga skäl. Jag borde ha tänkt på det och överfört pengarna via något annat konto före jag använde dem.

- Hur illa sitter vi till?

- Har vi tur märker de ingenting, men med all sannolikhet kommer de att hittat allting redan imorgon. Om de upptäcker vår bluff så finns det bara två utvägar, antingen blir vi fast som gisslan eller så skjuter de oss.

- Kan vi göra något?

- Vi kan försöka fly, jag vet hur vi överlever i regnskogen, sa Mbaluku.

- Men hur ska vi lyckas komma ut härifrån, vi sitter i ett inlåst rum och har varken verktyg eller vapen? frågade sa Stefan.

- Jag har med mig något annat som förhoppningsvis kan hjälpa oss, sa Muhammed.

Han böjde sig framåt och tog av sig ena skon, vek undan en liten flärp i sulan och drog ut en elektronisk sändare som låg inuti ett plasthölje. Muhammed tog ut sändaren ur plasthöljet, tryckte sedan in en knapp på sändaren tills en lampa började blinka.

- Den här sändaren fick jag av din kontaktperson inom gerillan, den skulle bara användas i nödfall. Gerillan har mottagaren och de kommer att se vart vi är. Jag aktiverade nyss den nödsignalen.

Nackdelen är att sändaren hela tiden skickar ut signaler vilket gör att om vi har otur kan någon annan upptäcka signalerna. Men gerillan vet nu att vi är i fara och de är vår bästa chans. Antingen befriar de oss innan imorgon eller så är det ändå kört.

– Varför berättade du inte om den tidigare? frågade Stefan.

– Jag tänkte att det var bäst om ni inte visste om den, om någon skulle upptäcka den skulle ni kunna offra mig och komma undan själva. Om vi nu blir upptäckta tänker jag att det är så vi måste göra. Ni får försöka spela oförstående och säga att jag har lurat er också.

– Men då kommer du att dö.

– Troligen, men har vi tur så överlever ni. Det är bättre än att vi alla dör.

Mbaluku och Stefan nickade med, de visste inte vad de skulle säga. Muhammed hade rätt, det var bättre att en dog än att alla tre dog. De satt länge i tystnad och tittade på de svaga blinkningarna från sändaren.

– Om gerillan kommer hit, hur vet de att vi sitter just här? frågade Stefan.

– Det är en väldigt exakt GPS i sändaren, svarade Muhammed.

– Men hur ska de frita oss, ska de skjuta alla vakter eller vad tror du att de ska göra?

– Jag vet faktiskt inte, jag vet bara att de kan hitta oss med hjälp av den här sändaren. Det var därför jag försökte spela så opåverkad av Omarrs berättelse, jag hoppas att han inte förstärkt vaktstyrkan på något sätt utan bara har någon enstaka vakt utanför vår dörr.

– Om de försöker frita oss genom regelrätt strid kommer det att bli ett blodbad, även om gerillan består av duktiga personer så är det inte ens säkert att de skulle klara av det. De måste frita oss utan att det blir en eldstrid, sa Mbaluku.

– Men hur ska de göra i så fall? Och kan vi göra något för att hjälpa dem?

De tittade runt sig i rummet, dörren var omöjligt att flytta på, golvet och väggen mot baksidan hade glipor mellan plankorna, men de var så pass små att de knappt fick ut sina fingrar genom gliporna.

198

– Om de nu har en så pass exakt GPS att de kan se vart vi är så
   kanske de kan frita oss från baksidan. Om vi lyckas göra något av
   hålen större så kan vi sticka ut något så att de ser att vi sitter just
   här, om de vet vart vi sitter så kanske de kan frita oss utan att
   behöva skjuta någon av vakterna.

Ingen hade någon bättre idé så de började karva i varsin glipa, hålen
blev sakta några millimeter större och större.

Efter några timmar så tittade Mbaluku upp, han hyssjade
de andra. Stefan försökte lyssna men hörde ingenting som lät
annorlunda.

– De kommer, sträck ut händerna i gliporna, sa Mbaluku

Stefan och Muhammed gjorde som han sagt, de vinkade och försökte
visa sin position. Stefan kände hur någon tog honom i handen, han
blev så rädd att han hoppade till. Mbaluku böjde sig fram mot glipan
och började viska, en annan röst viskade tillbaka, Stefan kände igen
rösten som Funsans. Mbaluku vände sig om mot dem och viskade.

– De kommer att titta runt efter en lämplig flyktväg, sedan fritar de
   oss genom den här väggen. Det kan bli om fem minuter eller om
   två timmar, det viktiga är att vi är beredda. När läget kommer måste
   vi ta oss ut så fort vi kan, sedan gäller det att följa med dem så fort
   vi bara orkar. Knyt skorna och ta på er de kläder ni vill ta med er.
   Lämna allting som är onödigt, i natt kommer vi att fly för våra liv.

De lät orden sjunka in. Stefan kollade igenom alla sina fickor och
plockade ur allting som inte var nödvändigt. Han knöt skorna och såg
till att kläderna satt perfekt. De andra gjorde samma sak, sedan satt de
sig och väntade vilandes mot barackens yttervägg.

Efter ungefär en timme hördes det upprörda röster
utifrån och det syntes ett svagt ljus genom rummets reglade dörr.

– Det brinner. Nu måste vi vara beredda, sa Mbaluku.

Saleems röst hördes svagt utanför väggen.

– Sträck ut era händer ur hålen, sa Mbaluku.

De gjorde som han sagt.

– Ta in dem nu och flytta er snabbt mot dörren, sa Mbaluku.

När de alla tre hade kommit till andra änden av rummet så både såg och hörde de hur stora macheteknivar högg i plankorna. Efter ett tiotal hugg så bröts tre bräder loss och en lite öppning uppstod. Mbaluku ålade sig snabbt ut genom öppningen, sedan följde Stefan och sist Muhammed. Kläderna revs upp och Stefan kände hur det rann blod från högra överarmen. När de kom ut på baksidan av baracken så såg de att det brann på andra sidan av baracken.

— Nu måste vi snabba oss mot ån, följ efter Saleem.

De gick med raska steg efter Saleem och de andra i gerillan. Stefan var stressad och ville börja springa, men för att kunna öka farten skulle de vara tvungna att tända sina ficklampor, vilket skulle öka risken att bli upptäckta från lägret. Varje minut som gick före flykten upptäcktes gav dem ett större försprång, varje minut ökade deras chans att överleva. När de kom ner till ån så hade redan Nuru och Mandisha börjat dra ut två små båtar från stranden. Det var långsmala träbåtar med plats för åtta personer per båt. Stefan och Muhammed fick hjälp in i en av båtarna. Stefan fick en paddel i handen och Funsan pekade på en plats i båten.

— Sätt dig och paddla allt du orkar, men gör det i takt med oss andra.

Stefan hade inte paddlat sedan han och Lisa hade tagit barnen på en dagsutflykt till Sävarån för ungefär femton år sedan. Månen lyste upp ån och hade det inte varit för den speciella situationen hade Stefan insett hur vackert det var. Efter att de hade rott några minuter hörde de ett högt tutade ljud från lägret.

— De har upptäckt att ni flytt, konstaterade Funsan.

Stefan och Muhammed tittade på varandra, de ville båda fråga vad som hände men förstod att det inte var läge att fråga. Deras uppgift var att göra som de blev tillsagda tills läget hade lugnat ner sig. Efter ytterligare några minuter så hördes det ett avlägset motorljud. Saleem som satt i den första båten höjde sin paddel och pekade mot den södra stranden. Alla utom Muhammed och Stefan började svänga båtarna så att de for rakt mot stranden. När de var alldeles nära stranden hoppade de två som satt längst fram ur båten för att stabilisera den. När de sedan tagit i land så sa Funsan till Stefan och Muhammed.

— Skynda er att hoppa ur båten, vi har inte mycket tid.

Stefan, Muhammed och alla andra i båten hoppade i land. När den sista i gerillan tagit sig i land började de alla dra upp båtarna på land så snabbt de kunde. De hann ungefär fem meter in i regnskogen med bakre delen av båten när de såg två ljuskäglor komma åkandes i hög fart efter ån.

– Göm er, sa Mandisha och tryckte ned dem mot marken.

Två motorbåtar med stora lampor i fören körde sedan förbi dem. När de var långt utom synhåll så ställde sig alla upp igen och fortsatte att dra båtarna. När de dragit båtarna ungefär tjugo meter in så högg de ner några små träd som de använde för att täcka över båtdelarna som vette mot ån.

– Är någon saknad? frågade Saleem.

Funsan, Nuru och Mandisha bekräftade att alla var närvarande i deras grupperingar.

– Ingen saknad. Är någon allvarligt skadad? undrade Saleem.

Stefan kände att det fortfarande rann blod från hans överarm, från såret han fick när han ålade sig ur baracken, men han misstänkte att det inte var sådana skador som Saleem hade frågat efter.

– Bra då går vi, dela upp packningen, Stefan och Muhammed får inte bära något, men vi andra delar efter förmåga.

Gerillamedlemmarna och Mbaluku började dela upp packningen.

– Vi vill hjälpa till, sa Stefan.

– Är du van vid att marschera? frågade Mbaluku.

– Nej.

– Är du van vid att gå i regnskog?

– Nej.

– Då är det inget att diskutera. Du och Muhammed kommer att vara de som går långsammast även om ni inte bär något. Om ni bar något skulle ni bara sinka oss och utsätta hela gruppen för fara. Ni får inte hjälpa till med packningen och ni måste säga till om ni inte orkar följa med i tempot som Saleem sätter upp. Om ni blir så trötta att inte orkar gå måste vi bära er och det skulle vara förödande. Så bit ihop men säg till om det blir för tungt. Har ni förstått?

– Ja, sa Stefan och Muhammed svagt.

- Ni måste förstå det. Ingen kommer att döma er om ni inte orkar, ni är inte tränade för det här. Men ni måste lova mig att säga till, annars utsätter ni hela gruppen för fara.

De nickade som svar. När alla var klara ställde de sig upp framför Nuru.

- Bra jobbat i natt, vi befriade tre gisslan utan att använda våra vapen. Men än är det inte över, vi har en lång vandring framför oss och vi är jagade. Vi kommer att gå i nästan fem mil i regnskogen före vi kommer fram till vår kontakt. Eftersom vi är jagade är det minimala vilopauser. Uppställning!

Alla ställde upp sig på ett långt led, Saleem och Funsan först, sedan kom det fyra personer som Stefan och Muhammed inte träffat förut, sedan Mbaluku, Stefan, Muhammed, sist gick Mandisha och fyra andra i gerillan. De gick ungefär tio minuter i månsken före Saleem gav order om att de skulle stanna. Pannlamporna tändes och de började gå igenom sin packning noggrannare. Stefans sår på armen lades om, andra gerillamedlemmar tog också hand om mindre skador. Muhammed och Stefan fick varsin pannlampa och varsin vattenflaska. Nuru kontrollerade deras skor.

- Ni har oväntat bra skor, de här kommer ni att kunna gå långt i. Men är de nya?
- De är helt nyköpta.
- Det är både bra och dåligt. De är i god kvalitet, men ni kommer att få skavsår om vi inte gör något. Vi måste linda era fötter, annars kommer ni att få små skavsår som växer tills de blivit stora, då har vi stora problem. Ta av er skorna.

Nuru lindade varsamt om deras fötter med en lång linda utanpå deras strumpor.

- Det kommer att kännas konstigt vilket är förklarligt, men ni ska inte få ont. Om ni börjar få den minsta antydan till skavsår eller att det gör ont när ni går måste ni säga till. Era fötter är inte vana och det kan bli problem även om jag är duktig på att linda fötter, sa Nuru.
- Hur känns det för er? frågade Mbaluku.

- Jag mår bra, men allting känns så overkligt, det har nog varit de mest händelserika timmarna i mitt liv, svarade Muhammed.
- Samma här, men det är inte riktigt läge att stanna upp och känna efter riktigt än.
- Du får ta och skriva en bok om det här och dela intäkterna med oss, jag behöver en ny bil, sa Mbaluku.
- Kanske det, om någon vill läsa om en svensk journalist, en afrikansk gerillamedlem och en arab som håller på med skumma affärer.

Muhammed klappade Stefan på axeln.

- Det låter som en fantastisk bok, men jag hade hellre läst den än varit med i den.

Gerillamedlemmarna började bli klara så de ställde upp sig på rad igen.

- Någon som inte är redo? frågade Saleem. Han väntade några sekunder och då ingen sa något så sa han att de skulle fortsätta.

Pannlampornas sken guppade på marken med varje steg de tog, Stefan såg små buskar, höga träd, stora rötter, hundratals växter och blommor som han aldrig sett förut. De gick i högt tempo men fick ändå många korta naturliga stopp när de var tvungna att hugga ned någon buske eller hoppa över en grop. Under tiden som de vandrade så berättade gerillamedlemmarna vad de hade gjort i lägret. Gerillan hade genomsökt området före branden och hittat de små kanotbåtarna. De hade efter det startat två bränder under Omarrs barack vilket hade gjort att alla vakter hade sprungit dit för att hjälpa till med släckningsarbetet. I allt kaos hade ingen hört att brädorna till fängelsecellen hade huggits sönder. Även om de hade lyckats fly så var de inte i säkerhet, de befanns sig långt ute i regnskogen mitt inne i ett område som Omarr kontrollerade. Kanoterna var ganska väl gömda så de hade förmodligen flera timmars försprång. Men regnskogen var både tät och orörd vilket gjorde att de bara kunde ta sig fram i en långsam hastighet, de lämnade dessutom nedhuggna buskar och en upptrampad stig efter sig. Deras chans att klara sig skulle öka om de kom till öppnare platser där fler människor rörde sig, där det inte skulle vara lika enkelt att följa deras spår. Därför var de tvungna att gå hela natten, förklarade Mbaluku.

Stefan blev allt tröttare under natten, efter ett par timmar hade han och Muhammed slutat prata med varandra, sedan hade han känt hur musklerna blivit allt mer slut. Han kämpade mot smärtan i kroppen, musklerna värkte och han fick koncentrera sig bara på att gå. När det blev för tungt började han tänka på Lisa. Han saknade henne, när han kom hem skulle han förklara för henne hur mycket han älskade henne. Hon var det bästa som hade hänt honom, hon var fantastisk, han kände hur ett leende kom på hans läppar när han gick där i regnskogen. Det var så oväntat att han småskrattade för sig själv, han hade inte förväntat sig att han skulle skratta i den här situationen. Muhammed och Mbaluku tittade på honom men han bara log mot dem och sa.

– Ingen fara, jag kom bara att tänka på något roligt. Ni behöver inte vara oroliga, jag har inte blivit tokig.

Tankarna flög vidare för honom. Han tänkte på hur han och Lisa hade köpt huset tillsammans med Cecilia och David. Det hade varit några omtumlande, men fantastiska år. De hade rest ihop, fått barn nästan samtidigt. Sedan hade de skapat det där livet som han alltid drömt om, men inte vågat hoppas på. När andra vänner hade gett upp tankarna om kollektiv och flyttat in i sin tvåsamhet hade de istället bildat en storfamilj, det hade såklart varit bråk, men de hade alltid haft varandra. Barnen hade fått bonusföräldrar och bonussyskon, Stefan och de andra vuxna hade alltid haft någon att prata med. "Men vad jag saknar David. Det var inte bara Cecilia som förlorade sitt livs kärlek, jag förlorade en underbar vän", tänkte Stefan. Timmarna gick och Stefan fortsatte tänka tillbaka på åren som gått, ibland kom tröttheten över honom, men varje gång lyckades han trycka bort de känslorna. Regnskogen hade börjat glesna något när solens strålar återigen tittade fram. De passerade några öppna fält och korsade enstaka stigar. De stannade när de passerade en liten bäck med rent vatten.

– Är någon skadad? frågade Saleem. När ingen svarade fortsatte han.

– Vi har gått på bra i natt, men våra spår är enkla att följa och våra förföljare kommer att gå i dagsljus så vi har inte så långt försprång som ni kanske tror. Dessutom har de minst en helikopter som de kan söka efter oss med. Det är ungefär tre mil kvar tills vi kan bli upphämtade, men vägen framför oss är mycket enklare så vi kan hålla högre tempo. Vi stannar nu kort för att dricka och äta, men sedan går vi igen. Några frågor?

Stefan och Muhammed satte sig med Mbaluku och Mandisha, de fick nötter och torkat kött.

- Starkt jobbat i natt, det värsta är bakom oss. Tänk bara på att dricka lite vatten helt tiden, annars blir ni snabbt uttorkade i värmen, sa Mandisha.
- Är inte du också helt slut? frågade Stefan.
- Jag är van, du måste tänka på att det här är vår vardag.
- Det är inte min vardag.
- Jag ser det, sa Mandisha och klappade Stefan på magen.

Stefan rodnade samtidigt som de i gerillan skrattade åt honom. I sin egen självbild var han fortfarande ung och vältränad, men om han skulle vara ärlig mot sig själv så hade det varit många år som han "snart skulle börja ta sig tid att träna". Det var fler öl i bastun än det var joggingturer. Dessutom hade vågen visat något kilo mer för varje år som gått. "När jag kommer hem ska jag börja träna igen", lovade han sig själv. "Fast det har jag i och för sig lovat mig själv varje nyårsafton de senaste femton åren", tänkte han. De bröt upp igen och fortsatte gå. Det var betydligt lättare att gå i dagsljus, Stefan såg vart han skulle sätta fötterna. Sedan började de följa upptrampade stigar. Efter ett tag märkte Stefan att det även var nackdelar med solljuset, tempot höjdes avsevärt, Stefan önskade att han hade sluppit de där tio extra kilona som han lagt på sig runt midjan. Benen kändes som bly när han gick, men han hade hört vad Saleem sagt tidigare, det var inte läge att dra ned på takten för att han var trött i kroppen. Muhammed verkade klara det något bättre och Mbaluku såg opåverkad ut. De stannade till när Saleem såg en by, de var tvungna att ta en lång omväg. Även om Omarr var hatad i området var han också fruktad, de kunde aldrig veta om det fanns någon i byn som ville ställa in sig hos krigsherren. Solen steg sakta men värmen steg snabbt. Stefan som var van vid Umeås vårväder kände hur alla hans kläder blev blöta av svett, det kändes som att han gick i en bastu. Tidigare hade han haft trötta ben att kämpa emot, nu

205

fick han även kämpa emot värmen. Han försökte återigen tänka på sitt tidigare liv, men det blev svårare och svårare att koncentrera sig. Till slut stannade de, Stefan var nära att svimma. Saleem samlade ihop dem.

— Vi har fått gå lite omvägar runt några byar som ni märkt så vi måste planera om, vi kan inte gå till den ursprungliga upphämtningsplatsen utan vi måste bli upphämtade på en vanlig landsväg. Det ökar risken för upptäckt, men fortsätter vi gå till den ursprungliga upphämtningsplatsen är risken för stor att de som förföljer oss hinner ikapp oss. Det här gör att vi bara har ungefär sju kilometer kvar till den nya mötesplatsen. Vi går om fem minuter.

Mbaluku satte sig bredvid Stefan.

— Hur går det?

— Det är tungt, men jag orkar, är det bara sju kilometer kvar så kan jag bita ihop. Det är bara att sätta ett ben framför det andra.

— Säg till mig om jag kan hjälpa dig på något sätt.

Muhammed satte sig bredvid dem.

— Vilken trevlig liten tur vi fått, Kongo är gästvänligt mot oss, sa Muhammed.

— Jag ska ta med er tillbaka när Kongo blivit befriat, då ska ni få uppleva världens vackraste natur och ett glatt folk, sa Mbaluku.

— Men till dess får vi nöja oss med att bli jagade av en galen krigsherre.

— Ni får nog göra det. Jag tänkte att Stefan behövde motionen så det var lika bra att passa på.

Stefan hade börjat tycka om Muhammed och Mbaluku mer och mer. De var fina människor som hade nära till skratt, det kändes som att de skulle bli vänner för livet. Stefan drack lite vatten och sedan hjälpte Muhammed och Mbaluku honom upp.

— Kom igen nu, snart är vi framme vid bilvägen, då får du vila.

De ställde sig upp och började gå igen. Stefan kände sig mycket piggare efter den korta pausen, även om kroppen började värka igen så visste han att de snart var framme, han bet ihop och fokuserade bara på nästa

206

steg. De kom till slut fram till en skogsväg där de stannade. Saleem tog upp sin mobiltelefon och pratade kort.

– Vår gerillamedlem kommer om någon minut. När jeepen kommer måste vi alla snabbt hoppa upp. Det kommer vara trångt då vi alla ska rymmas i en jeep, så släng allting som inte är nödvändigt.

De gick igenom sina ryggsäckar, de slängde sina extrakläder, sin mat. Stefan satte sig ned vid ett träd och drack vatten. Han hade ingen ryggsäck och inget att slänga. Muhammed satte sig bredvid honom.

– Vi klarade det, sa Muhammed.

– Än är vi inte i säkerhet, sa Stefan.

– Kanske inte det, men vi orkade gå, det trodde jag inte. Nu ska jag bara kissa före bilfärden, misstänker att det blir läge att stanna för kisspauser efter vägen.

– Det har du nog rätt i.

– Jag har en blyg blåsa så jag går nog iväg en liten bit.

Muhammed gick iväg ut i skogen och ställde sig mot ett träd. När han drog ner byxorna så såg han att något rörde sig snabbt på marken. För sent insåg han att det var en orm. Han skrek rakt ut när ormen bet honom i vaden. Några sekunder senare kom Mbaluku springandes mot honom med en machete och ett automatvapen. När han såg ormen sprang han fram och högg resolut av dess kropp.

– Hur känns det? Frågade Mbaluku.

– Ont som fan.

– Hur länge bet den dig?

– Jag vet inte, ont gjorde det i alla fall.

– Du verkar okey, vi måste snabba oss nu.

Både Muhammed och Stefan uppfattade att Mbaluku hade en konstig blick när han gick tillbaka. Efter ytterligare tre minuter såg de en jeep komma i hög hastighet, Saleem tittade i kikaren och gick sedan ut på vägen och vinkade. Det fanns fem sittplatser och lastutrymme på taket. "Vi kommer aldrig att rymmas allihop", tänkte Stefan. Men efter några minuter var packningen fastsnörd på taket och alla inpackade i jeepen. Stefan låg i baksätet i knäna på de fem som satt på sätena, på honom låg det två personer till, Muhammed låg nere vid deras fötter, på något sätt hade de även lyckats få in sex personer, inklusive chauffören, i framsätet. Bilen startade och de körde iväg.

– Som ni förstår kommer alla som ser oss att reagera, så än är vi inte säkra, men om tio mil kommer vi till en stad där vi kan byta till tre bilar, sa Saleem från framsätet.

Stefan såg ingenting av bilfärden förutom två par knän, Muhammeds bakhuvud och en vattenflaska. Han kände att de åkte snabbt på en guppig väg, en gång när de hoppade till fick han ett hårt knä i pungen, han höll på att kräkas men lyckades hålla tillbaka det. "Det hade dock blivit en bra historia om några år", tänkte han när han såg bilder för sitt inre på hur en spya rann ner efter Muhammeds bakhuvud.

De stannade plötsligt bilen och alla tog sig ur. Stefan, Muhammed och Mbaluku fick hoppa in i baksätet på en äldre röd bil som Stefan inte kände igen märket på. De åkte sedan snabbt iväg, tre bilar på rad, Saleem åkte i första jeepen, sedan följde deras röda bil och sista åkte det en svart mercedes.

– Var ska vi? frågade Stefan Mbaluku.

– Jag är inte helt säker, men vi verkar åka österut, kanske något sydöst. Jag antar att de vill gömma oss på ett säkert ställe tills det är tryggt att smuggla ut oss. Men jag vet inte vart de har sina kontakter. Vi har klarat den farligast biten, nu minskar risken för upptäckt hela tiden.

Stefan nöjde sig med de orden, han lutade huvudet mot nackstödet, när han tittade åt sidan såg han att Muhammed redan sov. Några sekunder sov även Stefan. De vaknade upp av att Saleem sa något i en walkie-talkie, han lät upprörd.

– Vad händer? frågade Stefan.

– Vi är jagade, de verkar ha upptäckt oss. Det är några bilar som förföljer oss. Enligt vår kontakt i förra byn så ligger vi tio minuter före, men de som jagar oss kör bättre bilar, så nu försöker gerillamedlemmarna diskutera hur vi ska göra för att komma undan.

– Vad vill de göra?

–   Det finns några olika förslag, de verkar vilja sprida ut sig i alla fall. Det viktigaste för dem är att rädda er till varje pris, ni är för viktiga för att bli tillfångatagna.

Stefan förstod logiken, även om det kändes orättvist. Hans grundsyn var att alla människor var lika mycket värda, även om han för länge sedan förstått att den logiken inte gällde i verkligheten.

–   Vi är nära platsen där vi blev upplockade första gången vi åkte in i Kongo. Saleem och flera andra är vana vid småvägarna här, vi ska försöka skaka av oss dem.

Några minuter senare hördes det upprörda röster i walkie-talkien.

–   De verkar ta in på oss snabbare än vad vi trott. Den bakre bilen såg förföljarna på en lång raksträcka.

Det hördes en lång diskussion. Mbaluku nickade och svarade i walkie-talkien.

–   Som jag sa tidigare så är vi nära platsen där vi blev upphämtade förra gången vi åkte in i Kongo. Vi ska fly den vägen tillbaka till Tanzania och att de andra ska fortsätta köra. De försöker skaka av sig förföljarna, vi tar båten tillbaka till Kigoma.

–   Men är det inte farligt för dem.

–   Du är guld värd för dem Stefan, det måste du inse.

Stefan nickade.

–   Vad ska vi göra? frågade Muhammed.

–   Vi ska hoppa ur bilen i farten vid lämplig plats, när jag säger till så hoppar ni. Knäpp av er säkerhetsbältena.

De knäppte av sig säkerhetsbältena och gjorde sig redo.

–   Där framme blir perfekt, sa Mbaluku.

Han tog tag i dörrhandtaget och gjorde sig redo. Bilen saktade ned i en kurva som gick genom en stor dunge, Mbaluku öppnade dörren och kastade sig ut, sedan hoppade Muhammed och sist Stefan. Stefan rullade runt på marken, tills han stannade genom att slå ryggen hårt ett träd. Mbaluku kom krypandes och drog iväg honom in mot dungen. Muhammed kom krypandes samtidigt som den svara Mercedesen passerade förbi dem.

–   Göm er nu, sa Mbaluku.

De la sig ner på marken bakom några träd. Efter bara ett par minuter så såg de tre terrängbilar komma körandes, det satt militärklädda personer med vapen i händerna i alla tre bilarna. När bilarna var utom synhåll så ställde de sig upp och började gå. Mbaluku gick först.

– Hur mycket krafter har ni kvar? frågade Mbaluku.

– Inte så mycket, är det långt kvar? frågade Muhammed.

– Ungefär en mil. Men det är ganska enkel terräng, vi behöver inte gå lika snabbt nu, vi går i det tempot som ni orkar.

Även om tempot var lägre så var det svårt att orka. Muhammed haltade märkbart och Mbaluku fick stödja honom under ena axeln. Muhammed grinade illa.

– Hur farlig är ormen som bet mig? frågade Muhammed.

– Det är ett farligt bett, men får man hjälp i tid så är det ingen fara. När vi kommer fram till Kigoma så får du hjälp direkt.

Till slut var även Stefan tvungen att stödja Muhammed under andra axeln. Muhammed blev allt svagare, efter några minuter orkade han inte längre gå själv och de fick släpa honom. När de såg Tanganyikasjön så var Muhammed medvetslös.

– Båten ligger lite norröver. Men jag orkar inte ta ner båten i vattnet själv och du orkar inte släpa Muhammed hela vägen till båten, vi måste lämna honom vid vattnet och sedan ta båten hit.

– Vi kan ju inte lämna honom, han är ju medvetslös.

– Det är det enda sättet, vi måste skynda oss om han ska ha en chans att överleva.

De lämnade Muhammed i ett buskage i framsida sidoläge. Mbaluku började gå snabbt och Stefan fick kämpa för att hänga med. När de kom fram till båten så instruerade Mbaluku vad Stefan skulle göra, Stefan orkade inte tänka något själv utan gjorde exakt som Mbaluku sa. Flyttade stockarna dit Mbaluku sa, drog i snören när han sa det. Till slut låg båten i vattnet utan att Stefan hade förstått hur det egentligen gått till. Mbaluku fick hjälpa Stefan in i båten.

– Håll koll efter stenar, jag måste köra nära land och jag vet inte hur det ser ut på botten.

Stefan satte sig i fören och titta ned i vattnet, när Mbaluku svängde in mot land så såg han en sten. Det tog några sekunder att koppla vad han skulle göra, när han väl ropade sten och pekade åt höger var det i sista stund, Mbaluku hann vrida undan men underredet skrapade i stenen. Mbaluku fäste båten i ett träd och sprang iväg in mot land. Efter några minuter kom han släpandes på Muhammed. Stefan hjälpte till at lyfta in honom i båten och sedan åkte de vidare.

– Jag ska bara vila ögonen lite så kan jag hjälpa till sen, sa Stefan. Han slöt ögonen och somnade djupt.

Stefan vaknade upp av att Mbaluku skakade om hans axlar.

– Du måste ösa ur vatten. Det blev ett hål av stenen, sa Mbaluku och gav Stefan en liten plasthink.

Stefan ställde sig upp och kände hur vattnet nådde honom till fotknölarna. Han satte sig på knäna och började ösa ur med mekaniska rörelser. Det läckte in i samma hastighet som han öste ur så vattennivån varken steg eller sjönk i båten. Till slut så fick Mbaluku syn på Tanzanias kust. Även om det hade varit säkrare att köra in vid kusten några mil norr om Kigoma så körde Mbaluku rakt mot staden. Muhammeds tillstånd var kritiskt, varje timme kunde vara skillnaden mellan liv och död. När de närmade sig land så siktade Mbaluku mot en strand där det redan låg några båtar. Han körde upp båten på land och hoppade ur. Han fick låna en telefon av en fiskare på stranden och ringde till både Ebo, Chika och Dabir. Han ringde sedan efter en taxi. Chika kom först, tätt därefter taxin.

– Ni måste hjälpa Stefan att snabbt ta sig ut ur landet. Jag måste hjälpa Muhammed till sjukhuset, han har blivit ormbiten och håller på att dö. Jag har ringt Ebo, sa Mbaluku till Chika, sedan drog han in Muhammed i taxin.

Chika pratade med några av fiskarna och sedan ringde hon ett par korta samtal.

– Hur mår du? frågade Chika.

– Jag är väldigt trött och har ont i hela kroppen, men jag överlever.

– Bra. Jag har fixat så att en vän kommer och hjälper till med båten, när han kommer så kan jag köra dig hem till oss, min man har förberett mat till dig.

–   Det låter bra.

Efter några minuter kom Chikas vän, Chika förklarade situationen och sedan hjälpte de Stefan till bilen. Stefan småslumrade under bilfärden hem till Chika och Dabir. Efter att han fått i sig en tallrik med soppa så kände han hur utmattad han var.

–   Det var väldigt god mat, men jag måste vila, sa Stefan och gick iväg till sängen.

Det var knappt så att huvudet hann träffa kudden före han somnade.

Nästa morgon vaknade han av att Dabir försiktigt klappade honom på kinden.

–   God morgon Stefan, du måste åka nu, Ebo står redo med bilen.

Sömndrucken gick Stefan upp. Ebo stod redo.

–   God morgon. Jag förstår om du är trött, men du måste ut ur landet så fort som möjligt. Vi har bokat in dig på första morgonflyget från Dar es-Salaam imorgon.

–   Hur har det gått för Muhammed?

–   Vi vet inte, det sista jag hörde var att han hade fått serumet men att han inte hade vaknat ännu. Mbaluku är hos honom.

–   Hur gick det för de andra i gerillan?

–   Det vet vi inte heller. De har inte hört av sig och kommer nog inte att göra det förrän tidigast om några dagar. Även om de kommer undan kommer de nog att gömma sig tills det värsta blåst över.

"Allt detta bara för ett reportage", tänkte Stefan.

–   Du har varit med om något hemskt, det har jag förstått. Men du måste ändå resa nu direkt. Du får sova och äta i bilen, vi måste åka nu om du ska hinna med flyget.

Stefan kramade om Chika och Dabir, de grät alla tre.

–   Tack för allt du har gjort. Vi är dig evigt tacksam.

–   Det är jag som ska tacka, det är ni som hjälpt mig och mina vänner.

Dabir och Chika vinkade när Ebo och Stefan åkte iväg. Det låg tre mackor och två vattenflaskor i en påse framför Stefan. I ryggsäcken låg alla hans fotosaker och datorn prydligt packade.

–   Jag är ganska säker på att allting är med, om något blir kvar kan vi smuggla ut det, men nu har vi bråttom.

Stefan tittade igenom ryggsäcken, allting verkade vara där. Sedan tog han sig några tuggor av mackan före han lutade huvudet mot nackstödet. Fyra timmar senare så vaknade Stefan upp, åt lite macka och somnade sedan om igen. Efter ytterligare åtta timmar så vaknade han till igen.

–   Hur går det, hinner vi?

–   Jag tror det, men det blir tajt.

–   Hur är det med pass och allting sådant?

–   Det har vi löst, du kommer att få allting före du checkar in.

Stefan tittade ut genom fönstret. Han försökte samla tankarna på allting som hade skett senaste veckorna. Det var omtumlande och han hade svårt att förstå att det var han själv som varit med om alla sakerna. Han tog sedan fram sin dator och sina kameror. Alla bilder och filmer som han tagit de sista veckorna kopierande han över på två USB-minne. Sedan tog han fram ett block och började skriva ner stödord. Ebo började köra långsammare och Stefan tittade upp, han kände igen sig, de närmade sig flygplatsen.

–   Du kommer att få ditt pass och allting av en vän till mig. Jag kommer att lämna av dig en bit bort.

–   Tack för allt Ebo, du har varit ovärderlig.

–   Varsågod. Se nu bara till att skriva världens bästa artiklar.

–   Jag ska försöka. Om något blir fel och jag åker fast så har jag två kopior på allting som jag hade på kamerorna och i datorn.

–   Du ska inte åka fast.

–   Nej. Men det skadar inte att göra det noggrant, sa Stefan och gav honom USB-stickorna.

Ebo stannade på en ledig parkeringsplats utanför flygplatsen. Han gav Stefan en stor kram och satte sedan på honom en ful blå keps.

–   Så att min vän känner igen dig, sa Ebo.

–   Hejdå, hoppas vi ses igen.

–   Det gör vi, sköt om dig. Som jag sa tidigare, se till att skriva världens bästa artiklar nu.

Stefan vinkade och gick sedan in genom svängdörrarna, när han ställde sig och tittade mot den stora skärmen där alla avgångar stod så ställde det sig en man bredvid honom som sa.

– Stefan.
– Det är jag, sa Stefan och vände sig mot mannen.
– Här är biljetterna och ditt pass, sa mannen, gav Stefan ett kuvert och gick sedan iväg.

Stefan gick bort till några bänkar och satte sig. Han kollade på biljetterna och kollade att allting stämde, det var hans eget pass som han lämnat för några dagar sedan, men det kändes som att det gått flera år. Passkontrollanten tittade knappt på honom när han gick förbi och önskade honom en trevlig dag. Stefan fick småspringa mot gaten för att hinna med planet. Ett byte och femton timmar senare skulle han landa i Paris.

Kapitel 34

Cecilia såg på Storkyrkan framför sig, den gulnade femdelade fasaden där mitten var högre än sidorna vilket gjorde att det såg ut som att tre stora trappsteg från vardera håll möttes i ett högt trappsteg i mitten. Kyrkan hade stora fönster och ett högt kyrktorn på kortsidan mittemot ingången. Cecilia ville egentligen inte gå och hade kommit på massa ursäkter för att inte komma på begravningen, men hon visste samtidigt att hon var tvungen. Det var hon som hade kommit på idén att fejka Olivias död så nu fick hon stå sitt kast. "Visst är det där Madeleine från gymnasiet", tänkte Cecilia när hon såg en kvinna i hennes egen ålder gå in i kyrkan. Hon tog mod till sig och gick in i kyrkan. Att skvaller färdas fort på Östermalm var hon medveten om, när hon gick utmed bänkraderna så kunde hon nästan fysiskt känna hur folks stirrande blickar visade att de hade hört ryktet om henne och Olivia. Den dömande attityden var det hon hade hatat mest med sin uppväxt, att ingen fick sticka ut, den som försökte gå sin egen väg bestraffades hårt tills den gett upp och anpassat sig. "Du är inte välkommen här" sa blickarna som naglade fast sig i hennes rygg. Hon satte sig på tredje raden, lagom avstånd för att visa att de hade varit nära vänner, men inte så pass långt fram att familjen blev stötta. Cecilia fick ögonkontakt med Christina som vände sig om från första bänkraden, Christina vinkade och log mot Cecilia som vinkade tillbaka. "Det finns i alla fall en här som var glad över att jag och Olivia hade träffats", tänkte Cecilia. När hon satte sig ned så nickade hon mot bänkgrannen som hon inte kände igen, sedan tog hon upp psalmboken och la in snörena på rätt sidor. Cecilia hade aldrig varit på en begravning där det varit så mycket människor. Olivia hade haft ett socialt liv och varit omtyckt, det märktes när bänkraderna sakta fylldes på. Cecilia uppskattade att det var ungefär ett tusen personer i kyrkan. En person på raden mittemot kändes bekant, när Cecilia tittade noggrannare så såg hon att det var hennes syster, Victoria Bielke. De fick ögonkontakt, ingen av dem visste vad de skulle göra, till slut så vinkade de mot varandra.

Prästen vände sig mot församlingen.

– Vi har samlats här idag för att ta adjö av Olivia Gyllenkrona. En fin människa som togs ifrån oss alldeles för tidigt. När jag blickar ut över kyrkorummet idag så ser jag sorgen hos hennes familj, vänner, släkt och arbetskamrater. Jag har pratat med många av er om begravningen och om Olivia, nästan alla har sagt samma sak om Olivia, hon var en väldigt fin människa med ett stort hjärta. Hon var lätt att tycka om vilket den fulla kyrksalen visar. Olivia hade pratat med sin syster och lämnat ett testamente efter sig där hon hade skrivit ner tankar om sin framtida begravning. Två av låtarna har hon önskat, men det viktigaste hon önskade var att ni skulle minnas henne med glädje. Hon skrev: "Försök att tänka på den finaste stunden ni har haft med mig, det där allra mest skinande minnet, tänk på det när ni tänker på mig. Vi ses snart igen, jag kommer att möta er när ni går från detta liv".

Prästen lät orden sjunka in, sedan började organisten spela Ave Maria tillsammans med en stråkorkester på tre man. En solosångare började sjunga med en klar och vacker stämma. Cecilia kände hur tårarna rann nerför kinderna, stämningen tog tag i henne, det kändes som att Olivia var död på riktigt. Efter Ave Maria talade prästen kort, sedan gick Christina upp och ställde sig på scenen.

 – Älskade syster. Du var den som jag kunde luta mig mot när livet var tungt och du var den som fick mig att skratta när jag kände mig nere. Du har alltid varit min stora idol och kommer alltid att vara det. Den där glimten i ögat du hade, att du alltid ringde mig när jag behövde dig, det var som att du hade ett sjätte sinne. Det är många jag talat med som har berättat samma sak, du fanns alltid där när man behövde dig, du var en omtyckt vän och en väldigt fin människa. Jag älskar dig och kommer alltid att göra det, vila i frid min älskade storasyster.

Kyrkorummet fylldes av gråtande människor, döden blev så tydligt när Christina stod där och pratade om sin döda syster. Prästen presenterade sedan nästa sångstycke som var psalm 297, Härlig är jorden. Cecilia hade svårt att sjunga med för att hon grät så mycket. Prästen läste sedan upp en bibelvers som handlade om guds kärlek till människan. Prästen vinkade fram en kvinna som Cecilia bara kände igen svagt, hon blev presenterade som Stina, Olivias bästa vän.

— Jag och Olivia skojade förra året om att den som levde längst skulle hålla tal på den andres begravning. Vi tänkte att den som överlevde den andra skulle rullas in i rullstol, men så blev det inte. Du försvann från oss alldeles för tidigt. Men även om det känns overkligt så försöker jag förstå. Jag kommer aldrig att bli väckt av dig en tidig söndagsmorgon, du förstod aldrig att andra kunde välja sömn istället för en löprunda när solen strålade utomhus. När det är tungt kommer jag aldrig att kunna ringa dig igen, du lät mig alltid prata om min stress och rädsla, sedan lyckades du alltid på något sätt övertyga mig om att mina problem egentligen inte var så stora, att det kanske var bra att problemen kommit just nu istället för senare. Du var en fin människa med många fina egenskaper. Du var alltid där när man behövde dig, det spelade ingen roll vad jag hade gjort, du stöttade mig alltid. Dessutom var du nog den roligaste person som jag någonsin träffat. Utöver det så hade du en stark självkänsla, du visste vad du tyckte och hade inga problem med att säga det, vart du än var och vem du än pratade med. Jag kommer att sakna dig hela mitt liv, jag hoppas att du kommer ihåg mig när vi möts igen.

Cecilia blev stolt samtidigt som hon grät. Prästen läste en kort bibelvers om kärlek, sedan var det dags för allsång. Organisten och stråkkvartetten började spela Turistens klagan, det var en glad och fin sång om barn och glädjen de sprider. "Något malplacerad sång, men väldigt fint", tänkte Cecilia. Stämningen var helt annorlunda efter den sången, folk var gladare och verkade tänka på de positiva minnena som Olivia hade bett begravningsgästerna att tänka på. Efter sången läste prästen en kort bibelvers, sedan bjöd han begravningsgästerna till minnesstunden som skulle hållas i en festlokal som låg några kvarter bort. När prästen hade pratat färdigt började organisten och stråkkvartetten spela ett stycka av Bach. Närmaste familjen reste sig och gick sakta ut, sedan fyllde rad efter rad på. Cecilia hamnade bredvid sin syster Victoria.

— Hej, roligt att se dig, viskade Cecilia.

- Detsamma. Det måste varit femton år sedan.
- Troligen mer.
- Hur mår du?
- Jag är väldigt ledsen för det här, men annars mår jag efter omständigheterna bra. Hur mår du?
- Jag mår också bra, mitt liv är fint, har en man och två barn.
- Så mycket visste jag faktiskt.

Under promenaden mot festlokalen så pratade de på om sina familjer, vad de jobbade med, vart de bodde och andra basala saker. Cecilia hade varken vetat vad Victoria arbetat med eller vart hon bodde. Ju mer hon fick reda på desto mer ville hon veta, hon kände att hon ville träffa sina syskonbarn. Hon och Victoria satte sig bredvid varandra på minnesstunden. De hämtade tårta ihop och kaffe ihop. Vid tårtan träffade Cecilia Christina.

- Vad fint du talade, tårarna rann efter att du var klar, sa Cecilia.
- Det kändes fint att få stå där framme och skryta på Olivia, hon var en underbar människa. Visst vet du att Olivia hade varit väldigt glad över att du kom på begravningen?
- Jag försöker intala mig det.
- Det hade hon, det är jag säker på. Bry dig inte om alla blickar, folk är bara avundsjuka för att du faktiskt vågade följa ditt hjärta.
- Tack Christina.

Olivia slog sig ned tillsammans med Victoria. När de suttit ett tag så kom det fram två personer till som stannade framför Cecilia.

- Får vi slå oss ned?

Cecilia tittade upp. Där stod hennes mamma och pappa, Amelie och Greger. "Mamma ser tagen ut, cancern sliter nog hårt på henne", tänkte Cecilia.

- Ja det får ni. Varsågoda.

De satte sig ned under tystnad. Sedan började Amelie att gråta, Cecilia tog hennes hand.

- Hur är det?

- Jag är glad och ledsen. Det känns så hemskt att vi inte har någon kontakt. Jag saknar dig.

Cecilia klappade henne på handen.

- Det är tråkigt. Men du vet också varför vi inte har någon kontakt. Ni accepterade inte det liv jag valde och då valde ni bort mig från era liv.

- Vi gjorde fel. Jag saknar dig, jag har aldrig träffat dina barn. Även om du hatar mig kan jag väl få träffa mina barnbarn före jag dör.

- Jag hatar inte dig mamma. Du gjorde dina val och det fick konsekvenser, men det betyder inte att jag hatar dig. Mina barn vill säkert träffa dig om du vill det.

"Det är nog dags nu. De är vuxna och de måste få träffa min familj", tänkte Cecilia.

- Hur mår du mamma?

- Jag mår inte så bra som du ser. Cancern har spridit sig till skelettet, cellgifterna håller den stången för tillfället, men det går inte säga om cancern kommer att börja växa igen om tre veckor eller om tio månader. Det känns som att jag lever på lånad tid.

- Du ser ut att kämpa emot bra i alla fall.

- Tack Cecilia. Min sista önskan är bara att jag ska få träffa dig och dina barn före jag dör. Jag vill inte dö och vara ovän med dig.

- Jag vill inte vara ovän med dig heller mamma.

DEL II

Kapitel 35

I taxin på väg från Charles-de-Gaulle flygplatsen in till Paris så ringde Stefan till Lisa.

- Hej, det är jag, sa Stefan.
- Men hur mår du? Jag har varit så orolig för dig.
- Jag är helt mörbultad i kroppen, har sömnbrist och känner mig sönderstressad, men jag lever i alla fall.
- Jag har tittat igenom USB-minnet som du skickade. Är det du som tagit bilderna?
- Jag tog bilderna när jag och Mbaluku var i Kongo första vändan.
- Jag har inte fått tag på dig på flera dagar, vad har du gjort?
- Det är en lång historia, jag ska berätta mer ikväll. Nu måste jag bara vila. Ringer dig senare.

Taxin stannade framför porten till det lilla hotellet. Stefan hade ringt en vän som bodde i Paris som rekommenderat det. Han checkade in och gick upp två trappor till rummet. Till höger var det en stor säng, till vänster var det ett skrivbord samt en tv, vid fönstret stod det en fåtölj och ett litet bord. "Det blir perfekt", tänkte Stefan. Han låste dörren, hängde på "Do not disturb"-skylten på dörren och la sig sedan på sängen.

Tre timmar senare så vaknade han upp. Han var inte utvilad, men han hade i alla fall mer krafter. Stefan tog fram datorn och kopplade upp sig mot det trådlösa nätverket. Sedan ringde han sin kontakt i London som var medlem i gerillan.

- Hej, det är Stefan.
- Jag hör det. Var roligt att höra din röst, jag var rädd att du skulle bli kvar i Kongo.
- Det var nära, men med hjälp av dina kamrater och tur så sitter jag säkert i Europa nu. Har du hört något från Mbaluku eller de andra?
- Inte ännu.
- Ring gärna om du får reda på något mer. Be Mbaluku ringa mig om du får tag på honom.

- Det ska jag göra Stefan. Hoppas att du fått nog bra material.
- Det har jag, det är alltid svårt att veta hur stort en nyhets slår, men jag känner att det finns en stor potential i alla fall.

Stefan la på och började gå igenom allting som han hade på sin dator och de olika USB-minnena. Det var en bra nyhet med en tydlig konfliktlinje, rika företag i väst som köpte mineraler och fattiga människor i Kongo som fick betala priset. Stefan hade dessutom bilder som visade misären och döden i konfliktmineralernas fotspår. Det var en nästan perfekt berättelse, det enda som saknades var bilden av bovarna hemma i Europa. Han behövde få ansikten på mineralköparna.

Några timmar senare så ringde Stefans mobiltelefon, det var ett nummer som han inte kände igen.

- Hej det är Stefan.
- Hej det är Mbaluku.
- Oj vad roligt. Hur mår du? Och hur mår Muhammed?
- Han mår dåligt. Men läkarna säger att han nog kommer att överleva. Det var i sista stund som han fick ormserumet. Hade det gått några timmar till hade kroppens koaguleringssystem slagits ut och han hade fått både proppar och blödningar inuti kroppen.
- Är han vaken?
- Han var vaken några timmar tidigare idag, men nu sover han igen.
- Så han kommer att överleva?
- Det mesta pekar på det. Han blir nog kvar en dag eller två till, men sedan reser vi efter dig.
- Vet du hur det har gått för de andra?
- Jag vet faktiskt inte, men det är inte heller läge att prata om det just nu. Vi får ta det när vi är åter i Europa.
- Hälsa honom när han vaknar.
- Ska göra det. Sköt om dig så hörs vi om några dagar igen.

Stefan kände sig lättad, Muhammed verkade överleva. När Stefan tillsammans med Mbaluku hade dragit Muhammed mot stranden vid Tanganyikasjön så hade han varit nästan säker på att Muhammed skulle

223

dö. "Men den mänskliga kroppen har ibland en nästan magisk förmåga att kämpa på", tänkte han. När han stannat upp från skrivandet så kände han hur hungrig han var. Klockan visade kvart över nio, "dags för en sen middag", tänkte han. Kvinnan i receptionen rekommenderade en mysig krog som låg ett par kvarter bort, Stefan gick dit och fick ett bord direkt. Servitören rekommenderade Coq au vin tillsammans med lite ostar. Den rödvinskokade tuppen var mör och ostarna var utsökta. Stefan lutade sig tillbaka på stolen. Det hade varit ett par hemska dygn, men han var i trygghet och Muhammed hade överlevt.

Dagen efter så sov han ut tills Lisa ringde.

– Hej min skatt, svarade Stefan.

– Hej. Nu är det dags att vakna. Jag har börjat sprida ryktet om att du har något stort på gång, det kommer nog att vara journalister som vill träffa dig när du landar här ikväll. Du ska låtsas vara helt ovetande.

– Vi får tänka ut några kryptiska formuleringar som får igång spekulationerna lagom mycket.

De diskuterade igenom olika saker som Stefan kunde säga till journalisterna, det var uppenbart att det var Lisa som hade bäst förståelse för området.

– Jag kan tacka min lyckliga stjärna att jag har en så klok partner, sa Stefan när hon hade förkastat hans idéer och istället kommit med några mycket bättre förslag.

– Jag får tacka min lyckliga stjärna att jag har en partner som är så snygg att titta på, sa Lisa.

Senare på kvällen så klev Stefan av planet på Arlanda. När han kom in i ankomsthallen såg han att det var ovanligt många som stod och väntade, dessutom small några fotoblixtar i ögonvrån som han inte låtsades se. När han gick ut möttes han av en stor klunga journalister. Stefan spelade överraskad, han stannade upp och väntade några sekunder före han gick mot dem.

- Verkar som att det är mig ni väntar på.
- Jag har uppgifter om att du har bevis som visar att några högt uppsatta svenska affärsmän och politiker är inblandad i grov kriminalitet.
- Jag arbetar som journalist och kan som ni säkert förstår inte berätta vad jag arbetar med just nu.
- Det finns uppgifter om att Jarl Bonde är en av de utpekade, stämmer det?
- Men hur har ni fått reda på det?

Stefan avbröt sig själv, det såg ut som att han försökte komma på vad han skulle säga.

- Jag har inga kommentarer på vilka som kan vara inblandade eller vad det gäller. Om ni ursäktar mig måste jag tyvärr gå nu.
- En sista fråga, när kommer du att publicera?
- När jag känner att jag har gjort en bra sammanställning där bevisen är så övertydliga att inte en svensk domstol kan blunda.

Stefan vände sig om från gruppen. Han hade svårt att dölja leendet, "Lisa visste exakt vad de skulle fråga, allting gick som planerat", tänkte han.

Kapitel 36

Cecilia satt i en fåtölj med utsikt över älven när hon hörde hur posten kom. Hon läste klart kapitlet och gick sedan ner för trappan. I brevlådan så låg dagstidningen Folkbladet, en tidning, två brev till Stefan, ett vykort till Lisa samt ett vadderat kuvert till henne själv. När hon vände på sitt kuvert såg hon att avsändaren var Mads R, Copenhagen. Det tog några sekunder före hon kopplade vem det kom ifrån, "Vad roligt att han verkligen hörde av sig", tänkte hon. I kuvertet låg det en papperslapp och ett USB-minne. På lappen stod det ett kort meddelande, "Ring mig när du ser det här / Mads" och sedan ett danskt mobilnummer. Efter fem signaler så svarade Mads.

- Hej, det är Mads.
- Hej, det är Cecilia, jag har fått ett kuvert där det stod att jag skulle ringa dig.
- Vad bra att det kom fram.
- Vad roligt att du hörde av dig, var verkligen trevlig att träffas i Stockholm.
- Det var det, jag fick ett gott intryck av dig och det är därför jag skickade kuvertet.
- Ska bli spännande att se vad det är som du skickat.
- Det är spännande, nästan för spännande. I USB-minnet finns nästan allting som jag har jobbat på sista åren.
- Intressant.
- Jag har som du vet jobbat mycket med läkemedelsforskning och har lyckats visa att många läkemedel inte alls har den goda effekt som företagen försökt sprida att de har. Många av de läkemedlen har dessutom mycket mer biverkningar än vad som står i bipacksedlarna.
- Jag har viss koll på vad du forskat om då jag har läst dina böcker.
- Nu på slutet har jag blivit ännu hårdare i det jag skriver. Jag har tydligt visat att läkemedelsindustrin består av en samling ohederliga bolag som systematiskt fuskar med hur de presenterar sin forskning. Det i sig är ju inget nytt egentligen. Men däremot så har

226

jag dragit slutsatserna lite längre och argumenterat för är ju att deras forskningsfusk gör att människor dör, så jag förstår att det retar upp dem.

– Starka ord.

– Det är det, och det är de orden som gjort att jag håller på att råka illa ut. Anledningen att jag skickade USB-minnet till dig är för att jag har fått tag på internforskning från några stora läkemedelsbolag, den forskningen visar tydligt att många av våra vanligaste läkemedel har så pass stora biverkningar att de inte borde säljas. Men företagen äger all insamlad data och väljer därför att inte publicera resultaten.

– Du sa att du håller på att råka illa ut.

– Jag har blivit hotad hela tiden sedan jag började forska om läkemedelsindustrin. Det har kommit samtal där jag rekommenderats att sluta med min forskning och jag har varnats för vad som händer om jag fortsätter. Men de hoten har jag aldrig tagit på något större allvar, det har varit hot mot min karriär som läkare. Jag vet att det har varit starka påtryckningar om att jag ska avskedas från universitetet och att läkemedelsbolagen har betalat viktiga namn för att säga hur inkompetent jag är. Men det har jag varit förberedd för, redan när jag började inom det här området förstod jag att jag hade starka motståndare. Men senaste månaden har det trappats upp rejält, nu har de hotat att mörda mig.

– Har du blivit mordhotad?

– Jag blev uppringd en kväll, det var ett kort samtal, vet inte vem det var som ringde mig och det var ett hemligt nummer. Mannen i luren sa rakt ut att slutade jag inte med min forskning skulle jag skadas allvarligt eller dö en våldsam död. Jag blev helt paff och visste inte vad jag skulle säga. Sedan upprepade rösten samma sak igen före han la på. En vecka senare så fick jag två sms där det stod att jag skulle sluta om jag hade livet kärt. Utöver det så har jag två gånger blivit förföljd av personer som velat att jag ska märka att de förföljer mig.

– Kan inte polisen hjälpa dig?

- Tyvärr inte. Samtalet och sms:en kom från två olika oregistrerade kontantkort. Även om de tar hoten på allvar vet de inte vad de ska göra. De rekommenderade mig att ligga lågt och installera ett bra larm i vår villa.
- Vad ska du göra?
- Jag har pratat med min familj. De har sagt att de stödjer mig om jag vill fortsätta för de vet hur viktigt det här är för mig. Det är därför jag ringer dig. Även om bolagen vill tysta ned mig så handlar det inte om mig, det är min forskning som de är rädda för.
- Men varför ringer du då mig?
- Jag har bestämt mig för att ge all mina data och all min forskning till några hemliga personer som jag litar på. Ni ska kolla igenom all min data och publicera det direkt på öppna hemsidor om något händer med mig.
- Du har kommit på ett sätt så att läkemedelsbolagen skadas ännu mer om något händer dig, för då kommer det att bli mycket större spridning av din forskning.
- Precis.
- Det var ett smart sätt att komma runt hotet på.
- Jag hoppas och tror det. Det är bara jag som vet vilka det är som har USB-stickorna, numret du har ringt mig på idag tillhör ett oregistrerat kontantkort så det går inte att eftersöka vem jag pratat med. För att den här planen skall fungerar gäller det att vad jag än säger så får du inte backa. Om de ringer och hotar mig om en månad och jag ringer dig i desperation måste du publicera, du får inte skicka tillbaka USB-minnet. För om de kan skrämma mig att ta tillbaka alla USB-stickor har de fortfarande makt. Jag vill att all data ska publiceras om någon hotar mig.
- Det lovar jag. Forskningsresultaten måste vara riktigt intressanta.
- Jag kan berätta mycket, men jag tror att det är bäst att du läser igenom allting. Om du reagerar som jag tror kommer du att förstå att vi är något stort på spåren. Det är så tydliga resultat och sammanställningar att några stora läkemedel kommer att dras tillbaka när allting publiceras.

Kapitel 37

Stefan stod i köket tillsammans med Lisa och Cecilia. De skulle laga en festmåltid för att fira att Stefan hade kommit tillbaka helskinnad. Lisa hade gjort iordning en spellista med åttiotalshits och de sjöng alla på de delar av texterna som de kunde. Lisa hade varit på delikatessbutiken DUÅ under dagen och handlat massvis med ostar, kex, oliver och andra smårätter. Stefan rörde om i en grönsaksgryta, Cecilia höll på med en avokadoröra och Lisa blandade alkoholfria drinkar.

– Hur har det varit här hemma under tiden jag varit borta?

– Det har varit en hektisk tid, även om det inte varit samma livsfara som du har varit med om, sa Cecilia.

– Det är svårt att toppa att ha varit gisslan hos en galen krigsherre. Men hur har det gått med allting kring Olivia? frågade Stefan.

– Det har gått bra, efter förutsättningarna. Men det är jobbigt, Olivias familj är förstörda och jag är ganska säker på att hennes mor tycker att det är mitt fel att hon är död. Men det finns ingen återvändo, det här var den bästa chansen Olivia hade att överleva.

– Tror du att någon misstänker något?

– Nej. Hon är dödförklarad och begravningen har skett. Har inte fått några konstiga frågor eller blickar. Allting tyder på att alla tror på den officiella versionen.

– Hur går det med Olivias nya liv, har hon börjat vänja sig vid det?

– Någorlunda. Fördelen är att Annelie var så isolerad, hon hade knappt kontakt med nästan någon annan person. Det finns några praktiska problem som att Olivia inte kan köra sin egen bil. Det passar inte alls in i bilden. Men även om Annelie beter sig annorlunda skall det väldigt mycket till före man gör en vidare undersökning. Att någon skulle försöka stjäla en långtidssjukskrivens identitet och ta över hennes liv är så osannolikt att ingen ens tänker tanken.

– Men hur mår hon?

– Hon var väldigt nere i början, men börjar sakta att accepterat situationen och försöker göra det bästa av den. Jag tror att hon kommer att få många dippar framöver när hon verkligen börjar inse att hon aldrig kommer att få träffa sin familj igen, men på det stora hela så klarar hon sig väldigt bra. Men nog om det, nu måste du berätta allting om resan och hur vi ska jobba vidare.

Stefan började från början och gick igenom allting grundligt. Sedan gick Lisa igenom hur hon hade planerat att allting skulle publiceras.

– Tanken är att Stefan publicerar artiklar om konfliktmineraler, safarier och olovlig jakt. Skriver även om att svenskar är inblandade, men utelämnar namn på de misstänkta då vi inte har nog tydliga bevis. Det gäller att inte publicera något som är tveksamt utan allting måste hålla. Får vi sedan fram mer information så publicerar vi fler artiklar.

– Så då gäller det att hitta fler saker som visar vilka de inblandade är, sa Cecilia.

– Då är det bara att jobba på, sa Lisa.

– Vi är ju en brottslösartrio så det ska nog gå bra, sa Stefan.

Stefan var den enda som skrattade åt hans lustighet.

Kapitel 38

Olivia satt och gick igenom släktalbum när hon hörde en bil stanna på uppfarten. Hon gick mot hallen och öppnade dörren samtidigt som Cecilia ringde på. De stängde dörren och gick snabbt upp till sovrummet. Båda var så kåta att de hade hunnit fått orgasm före de hade legat i sängen i fem minuter. När de låg bredvid varandra efteråt började Cecilia berätta om begravningen. Olivia hade många frågor och samtalet drog ut på tiden.

– Nu måste jag snart gå, men det är några saker som jag tänker att vi måste hinna med. Du måste lära dig att köra bil och jag ska försöka hjälpa dig lite. Sedan så tänkte jag be dig om hjälp att kolla upp några saker. Jag kan berätta under tiden som vi börjar övningsköra.

Samtidigt som de gick ut till Olivias bil så berättade Cecilia väldigt kortfattat om Stefans resa och vad de hade upptäck.

– Vi behöver veta vilka som är inblandade och vi behöver bevis för att Jarl Bonde är involverad i kriminell verksamhet. Just nu är vi säkra på att det är så, men vi har inga bevis.

– Utan bevis har ni ingenting.

– Ni morallösa jurister brukar säga det.

– Moral är något som ni vänsternissar försöker gömma er bakom. Det är vi jurister som håller ihop samhället. Land skall med lag byggas.

– Eller som det egentligen ligger till, de rika skall kontrollera landet med hjälp av lagen.

– Blir du alltid såhär retsam när du har fått ligga?

– Bara när jag ligger med någon som är jurist eller kriminell på annat sätt.

– Jag förstår ert problem, ni vill att jag hittar bevis för era teorier.

– Precis. Har du några tankar på vart man kan börja leta?

– Vad heter bolaget? Vilka tror ni är inblandade? Vad är era teorier i övrigt?

Cecilia började berätta samtidigt som de gick ut mot bilen.

– Här är kopplingen, bromsen och gaspedalen. Du håller i kopplingen när du ska växla, låt bromsen styra farten i början. Tänker att vi kör till baksidan så får du börja lära dig att växla.

Cecilia körde den röda Volvon till baksidan av huset, där bytte de plats med varandra.

– Vrid om startnyckeln. Bra. Nu håller du i kopplingen och släpper sakta upp den. Nu gick det lite snabbt, det var därför som motorn dog, ingen fara börja om igen. Bättre men även den här gången släppte du upp kopplingen lite snabbt, försök igen. Bra jobbat, tryck på bromsen, bromsen. Ingen fara, det var bara en trädgårdsstol i plast du körde över, tänk på att du måste styra undan om det kommer något, släpp aldrig ratten som du gjorde nyss, och går det för snabbt ska du trycka in bromsen. Låt bromsen bestämma hastighet istället för gaspedalen. Försök igen, men försök backa istället den här gången, annars åker vi ut på åkern. Du måste hålla i kopplingen under hela tiden du växlar, annars kommer det där skärande ljudet som du hörde nyss. Försök igen, bra, nu börjar du få till det här. Försök träna på det här några gånger per dag så kommer du att ha lärt dig de basala grunderna tills jag kommer nästa vecka. Då kan vi börja gå igenom lite trafikregler och kanske köra lite på vägen här framför huset.

Cecilia gick igenom namnen och företagen som hon ville att Olivia skulle kolla upp, sedan var Cecilia tvungen att åka för att hinna tillbaka till hälsocentralen. Olivia vinkade av henne och gick sedan in i köket. Tårarna rann ner efter kinderna på henne, det här var inte det liv hon ville leva. Hon bytte om och började gå mot busshållplatsen, hon hade planerat att åka in till bankkontoret på eftermiddagen. Det var över en halvmil att gå till busshållplatsen, hon mötte fyra bilar på vägen, men inte någon annan som var ute och gick. Hon undvek ögonkontakt när hon satt och väntade på bussen, det var två personer som nickade mot henne och då nickade hon tillbaka.

– Hej, hur mår du, frågade en kvinna i Olivias ålder som satt sig bredvid henne.

– Jag mår okey, hur mår du?

Kvinnan såg förvånat på Olivia.

- Jag mår bra. Har du hittat något jobb?
- Inte ännu, men jag hoppas.

Kvinnan såg på Olivia med en konstig blick. Hon frågade inget mer utan lät Olivia sitta i fred. "Det här kommer aldrig att gå, den första personen som träffat mig känner på sig att något är fel.", tänkte Olivia. När bussen kom kunde hon andas ut litegrann, hon lät den andra kvinnan gå på bussen först, sedan satte hon sig långt ifrån henne. Olivia tittade ut genom rutan under hela bussfärden, hon såg skogen med de höga tallarna och de höga granarna passera. Det här var hennes nya liv, även om det var vackert så kändes det inte alls som hennes hem. Bussen stannade på Vasaplan, Olivia gick av och tittade på kartskissen som hon gjort för sig själv. Det var nära till Länsförsäkringars bankkontor och hon hade mer än en timme före det bokade mötet. Hon strosade runt på stan och försökte skapa sig en bild av Umeå som stad, vilka människor bodde här, vilka affärer fanns det? När hon gick in på Länsförsäkringar kände hon sig något mer positiv, hon hade fått en bra känsla, det verkade vara en fin stämning på stan, det var inte samma stress som i Stockholm och Umeåborna verkade inte lika brydda om hur andra uppfattade dem.

- Nummer trettiofem.

Olivia reste sig upp.

- Vad kan jag hjälpa dig med?
- Det är så att jag har lyckats glömma bort koden till min bankdosa så nu kommer jag inte in på internetbanken, sa Olivia och plockade fram sin bankdosa.
- Det löser vi snabbt, sa banktjänstekvinnan. Jag måste gå iväg och hämta en ny dosa och programmera om den. Du kan slå dig ner så ropar jag upp dig när jag är klar.

Några minuter senare så ropade samma banktjänstekvinna.

- Annelie.

Olivia satt kvar i soffan.

- Annelie.

Olivia kom på sig själv.

- Jo, här, ursäkta, jag satt och dagdrömde.

- Ingen fara. Jag såg ditt namn när jag bytte bankdosan. Nu behöver jag din legitimation för att kunna utföra de sista delarna.

Olivia räckte fram sitt körkort och log samtidigt som hon gjorde sitt bästa för att dölja sin nervositet. "Nu är det kört, nu upptäcker hon det", tänkte Olivia. Banktjänstekvinnan log tillbaka och tog emot körkortet.

- Så ja, nu ska jag bara fylla i några saker till så är vi klara sen.

Hon tog fram en stor sifferdosa som hon räckte till Olivia.

- Nu får du slå in den fyrsiffriga kod som du vill ha. Ta en som du kommer ihåg, men låt inte mig se den.

Olivia tänkte efter några sekunder och knappade sedan in sin nya kod.

- Vart kommer du ifrån förresten?
- Hörnefors.
- Nej jag menar inte vart du bor, vart är du uppväxt.
- Jag kommer ifrån Hörnefors.
- Men du kan inte varit född har uppe, då skulle du aldrig haft den där dialekten.

Olivia visste inte vad hon skulle svara så hon bara log.

- Är det klart nu eller behöver jag göra något mer?
- Nu är det klart och bara att använda. Var det något mer jag kan hjälpa dig med?
- Jag vet inte om du kan hjälpa mig. Men jag har tappat bort koden till mitt MasterCard också, tror att båda koderna stod på samma papper. Skulle du kunna hjälpa mig att få en nytt kort?
- Självklart. Jag beställer ett nytt kort till dig, det kommer på ungefär en vecka, sedan dröjer det en till två veckor ytterligare före koden kommer till ditt lokala postkontor, ta med dig legitimation när du hämtar ut koden. Du kan använda ditt nuvarande kort ända fram tills att du använt det nya en gång. Även om du inte har koden så kan du använda legitimation när du betalar med kortet.
- Vad bra. Tack för hjälpen.
- Tack själv, ha en trevlig dag.
- Tack, detsamma.

Olivia fick kämpa hela vägen hem för att inte börja skratta. "Att jag är så urbota dum att jag inte förstår att jag har en Stockholmsdialekt som sticker ut totalt här uppe", tänkte hon.

Kapitel 39

Brottslösartrion satt i vardagsrummet och arbetade. Stefan hade bokat in en livesänd intervju på kvällen. Hans uttalanden på Arlanda hade i kombination med hans kändisskap skapat ett stort intresse både inom Sverige och till viss del från internationell media. Stefan hade förberett utkastet till tio artiklar, som skulle publiceras under kommande veckorna. Alla artiklarna skulle publiceras i sex olika tidningar i spridda länder samt på Stefans hemsida. Bilderna från de nedbrända byarna i Kongo var starka, det skulle bli en stark nyhet. Men det saknades något, att det fanns västerländska företag som profiterade på konfliktmineralerna var ingen nyhet i sig, de behövde bli mer än så. Än hade de inte hittat annat än indicier och antydningar mot olika personer i Anitas dator. Om nyheten skulle gå från stor nyhet till en mega-nyhet behövde kända människor hängas ut med bevis. Det räckte inte med nedbrända byar i Kongo. När Stefan satt och förberedde sig för kvällens presskonferens så ringde det i hans mobiltelefon, det var ett nummer med en landskod som han inte kände igen.

- Stefan.
- Hej. Det är Muhammed.
- Men vad roligt att höra av dig, jag har varit så orolig för dig.
- Inte trodde du att ett simpelt ormbett skulle få mig på fall? Det behövs betydligt mer än så för att knäcka mig.
- Hur mår du?
- Efter omständigheterna mår jag fantastiskt, men om man bortser från omständigheterna så mår jag uselt. Det var i sista stund som jag fick serumet.
- Ligger du kvar på sjukhus.
- Nej, jag flög från Tanzania igår. Nu ligger jag i Mbalukus lägenhet och kurerar mig.
- Härligt att höra. Jag var säker på att du skulle stryka med när du svimmade och vi fick bära dig.
- Jag minns inte så mycket, men jag har förstått att jag var illa däran och att du och Mbaluku räddade mitt liv. Tack Stefan.

- Du ska inte tacka mig, Mbaluku räddade även mitt liv. Han var den som fixade allting, jag var en vilsen höna när han var en klippa.
- Tur att vi inte var själva.
- Vet du hur det gått för de andra?
- Mbaluku sa att de hamnade i en eldstrid, men att alla från gerillan lyckades fly.
- Underbart. Hur mår Mbaluku?
- Han mår bra, han är ute och köper lite mat och vatten till oss.
- Jag ska ha en intervju idag där jag ska försöka väcka så mycket intresse som möjligt. Sedan börjar jag publicera artiklar imorgon. Det är ett väldigt bra material, det här kommer att få stor spridning.
- Har Mbaluku berättat att jag har mer material som du inte fått se ännu?
- Nej det har han inte sagt något om, vad är det för något material?
- Som du kanske minns så hade jag ett halsband med en halvmåne på mig under hela tiden hos Omarr och efteråt. Det var inte bara för att spela religiös, det var också för att det finns en liten filmkamera och ljudupptagning i den halvmånen.
- Det hade jag ingen aning om. Varför sa du inget?
- Av samma anledningar som jag inte sa något om sändaren jag hade. Om någon upptäckte mig ville jag att ni skulle kunna säga att ni inte hade en aning, ni skulle kunna offra mig om det behövdes. Dessutom hade jag tänkt berätta när vi kommit i säkerhet, men som du kanske minns så blev jag lite dålig i slutet på resan.
- Är det bra bilder?
- Det är tyvärr dålig kvalitet på både bilderna och filmsnuttarna men ganska bra ljud. Jag har film på när Omarr berättar om mineralutvinningen och skryter om att han fördrivit civilbefolkningen, en film när vi går runt i lagret och en film när vi går runt där de utvann coltanet. Även om bildkvaliteten inte är på topp är det filmer som visar det praktiska som sker kring mineralhandeln.

- De där filmerna skulle jag gärna få tillgång till.
- Självklart skall du få dem, det är alldeles för bra för att inte användas. Dessutom så tog jag bilder på alla som var i Omarrs fotoalbum som han skröt om att ha träffat. Har vi tur får vi napp på någon person där, även om bilderna är undermåliga.
- Artiklarna börjar publiceras imorgon, vill du vara medförfattare på någon av dem?
- Nej tack, jag vill gärna ligga lågt med min inblandning.
- Har du någon mer information än bilderna och filmerna som du berättade om?
- Har ett par kontonummer som jag fick tag på i samband med betalningen till Omarr, ska be en kontakt kolla upp dem. Men det stora är att jag spårar de fem lådorna med coltan i realtid. Tre av lådorna har börjat röra på sig och två är kvar i Kongo.
- Det låter väldigt spännande. Jag skulle gärna prata mer men jag ska förbereda mig för presskonferensen nu. Vi kan ju höras och hålla varandra uppdaterade.

Stefan kikade på hemsidan, det var många inloggade som väntade på intervjun trots att det var tjugo minuter kvar.
- Det är mycket folk inne, betydligt fler än vad jag hade trott.
- Då har vi lyckats, bra jobbat, sa Lisa.
- Det kanske hjälper att du är en kändis, sa Cecilia.
- Det har nog inte skadat oss i alla fall.
Journalisten som skulle hålla intervjun kom ungefär en kvart före intervjun skulle starta.
- Hej, vad roligt att se dig, sa Stefan.
- Detsamma, det var alldeles för länge sedan, sa Robert.
- Välkommen in, stig på.
- Tack.
De hälsade och gick in till biblioteket där Stefan hade satt upp kamera och lampor för intervjun. Klockan fem i slog de på kameran och började sätta sig tillrätta. Prick klockan åtta så började de sända.

- Hej och välkomna allihop. Jag heter Robert och kommer idag att intervjua Stefan Ström. Intervjun sänds live på sex olika tidningar samt på Stefans hemsida. Intervjun hålls på engelska men kommer även att tolkas till mandarin, franska, japanska och spanska. Vill ni ha mer information kring olika sändningar kan ni söka på Stefans hemsida.

Robert vände sig mot Stefan.

- Du har varit i Afrika nyligen och det har spekulerats mycket kring att du har ett stort avslöjande på gång. Stämmer det?
- Det stämmer. Men jag kommer att göra en långvarig artikelserie där jag bygger upp historien från grunden. Därför måste jag tyvärr göra er som sitter och väntar på ett stort avslöjande idag besvikna.
- Så inget nytt Minervaavslöjande?
- Inte idag i alla fall. Men den som väntar kommer att få se.
- Det har spekulerats väldigt mycket kring vad avslöjandet kan gälla. Kan du berätta det i alla fall?

Stefan berättade om hur han gjorde en kombinerad resa om tjuvjakt och mineralhandel. Sedan berättade han hur han genom att använda täckmantel lyckades få fram mycket mer känslig information.

- Men det är inte bara mineralhandel och tjuvjakt du jobbade med, det är inte det som är det stora avslöjandet. Kan du berätta mer om det?
- Det jag kan säga i nuläget är att jag hittat bevis för brottslighet i handeln med mineraler.
- Det låter i mina öron som något som är välkänt sedan länge. Vad är det som du tror kan göra detta till en stor nyhet?
- Det är att jag kan visa att det finns kopplingar till grov organiserade brottslighet. Det rör sig troligen om folkrättsbrott samt brott mot mänskligheten. Dessutom är en stor del av brottsligheten utförd av eller direkt kopplad till europeiska medborgare.
- Finns det kopplingar till Minerva Holdings?
- Det finns det.
- Stämmer det att du var nära att dö när du var i Afrika?

- Det stämmer.
- Vad var det som hände?
- Jag kan inte gå in för djupt på det just nu då det skulle kunna avslöja vissa människor vars livs skulle sväva i livsfara. Men det kommer att stå om det i kommande artiklar.
- Tvekade du någonsin om att genomföra resan?
- Jag var livrädd långa stunder och funderade många gånger på att bara flyga hem.
- Hur kommer du att publicera det du berättat om?
- Jag kommer att publicera en första inledande artikel i sex internationella tidningar samt på min hemsida imorgon. Sedan kommer det att kontinuerligt att komma ut fler och fler delar av artikelserien.
- Att det finns kopplingar till Minerva, kan du utveckla det?
  Minerva sysslade som du vet med grov brottslighet, det finns personer med kopplingar till Minerva som också förekommer i den här brottsligheten.
- Du har även berättat att det är högt uppsatta affärsmän och politiker som är inblandade. Kan du berätta något namn?
- Jag kommer inte att berätta om någon person idag. Men allteftersom artikelserien pågår kommer fler och fler personers roller i den här historien att avslöjas. Det jag kan säga är att jag tror att några högt uppsatta finansmän och minst en högt uppsatt politiker kommer att lämna in sin avskedsansökan ganska snart efter att några av mina artiklar publicerats.
- Om du hänger ut både personer och företag som sysslar med grov brottslighet, är du inte rädd för att de ska skada dig?
- Jag förstår hur du tänker, det är en bra fråga. Jag var väldigt rädd för det till en början. Men nu har jag fixat en livförsäkring. Fick ett tips av en vän till en vän. Jag har kopierat upp de viktigaste delarna av mitt material på ett tjugotal USB-minnen, dessa minnen har jag skickat över hela Europa. De som har fått USB-minnena är personers som jag litar på, de kommer att skicka in alla uppgifter

240

till alla större dagstidningar i hela Europa om något händer med mig eller min närmaste familj. Personerna har dessutom lovat att aldrig skicka tillbaka USB-minnena, även om jag bönar och ber. Så om någon vill hota eller skada mig eller min familj kommer alla uppgifter som jag har tillgång till bara att spridas ännu mer.

Kapitel 40

Publikation i Asahi Shimbun –Japan, The New York Times – USA, The Hindu – Indien, Le Monde – Frankrike, la Repubblica – Italien samt Daily Mirror - Storbritannien.

Inledning
Stefan Ström är mest känd för avslöjandet av trippelmördaren Anita Karlsson och Minervahärvan. Det har länge varit känt att han jobbar på ett ännu större avslöjande. Som en av sex tidningar i världen är vi stola att kunna samarbeta med honom om dessa avslöjanden. Artikelserien kommer att påbörjas med information kring mineralhandeln i Afrika. På ett pedagogiskt och spännande sätt kommer sedan artiklarna att publiceras för att allteftersom komma närmare det stora avslöjandet. Vi är säkra på att ni kommer att finna artikelserien mycket intressant när det veckovis publiceras nya delar.

Faktaruta 1 – Afrikas världskrig
Ett krig med många namn, Afrikas världskrig, andra Kongokriget eller stora Afrikakriget pågick officiellt mellan 1998 och 2003. Men även efter krigets officiella slut har det varit mycket strider i området. Man räknar med att kriget och dess följder har orsakat över 5 miljoner dödsfall vilket gjort det till den dödligaste konflikten sedan andra världskriget. Trots det så är det få personer utanför Afrika som känner till kriget. Totalt deltog nio länder och 25 väpnade grupper. Kriget hade många orsaker, var invecklat på ett sätt som påminner om kriget i forna Jugoslavien. De flesta bedömare anser dock att den rika mineraltillgången var en viktig anledning till att kriget bröt ut och att stridigheter fortfarande pågår.

Faktaruta 2 – konfliktmineraler och coltan
Konfliktmineraler är mineraler som utvinns i ett konfliktområde där pengarna från försäljningen finansierar fortsatta strider. Det är ofta nära kopplingar till internationell kriminalitet samt grava kränkningar av mänskliga rättigheter. Många av mineralerna i Östra Kongo används för konsumtionselektronik, exempelvis datorer och mobiltelefoner.

Det finns lagar som säger att företag är skyldiga att undersöka om deras produkter innehåller konfliktmineraler och i så fall redovisa detta. Men de flesta bedömare är tydliga med att dessa lagar är tandlösa och mest är en potemkinkuliss.

Första artikeln i serien återfinner ni på nästa sida.

Kapitel 41

Mannen gick av och an i villan, försökte in tala sig själv att allt skulle lösa sig. När han hade fått telefonsamtalet tidigare under dagen så hade han förstått vikten av att allting sköttes snabbt och med diskretion. Därför hade han bett det privata vaktbolaget att koppla ur övervakningskamerorna samt alla larmfunktioner då han "skulle få vänner på besök och att det kunde gå vilt till", "jag förstår, vi kopplar ur kamerorna och alla larmfunktionerna", hade kvinnan på säkerhetsbolaget svarat.

Det körde upp en svart BMW som stannade framför grindarna, mannen tryckte på en knapp och grindarna gled upp. Han gick sedan till hallen och väntade. När han hörde steg på trappan så öppnade han dörren. Han blev förvånad, de tre männen som stod framför honom såg inte alls ut som han förväntade sig. Han försökte le samtidig som hans händer letade efter larmknappen på sidan om dörren, till slut hittade han knappen och tryckte på den upprepade gånger. Men det gjorde ingen skillnad för den var urkopplad för kvällen, allt enligt kundens önskemål.

- *Vad vill ni?*
- *Vi vill att du ska få sona dina brott.*
- *Men jag har inte begått något brott, ni mistar er.*
- *Det har du gjort och för det kommer du att få betala idag.*
- *Jag kan betala, säg bara hur mycket ni vill ha.*
- *Det är inte pengarna vi vill ha, det är inte därför vi har kommit.*
- *Jag gör vad som helst, snälla.*
- *Gå ned på knä och vänd dig om.*
- *Jag har fru och barn.*
- *Men du har skadat muslimer och därför skall vi bestraffa dig i Allahs namn.*

Mannen gjorde som han blivit tillsagd. Han grät medan de tre männen tillsammans läste den muslimska trosbekännelsen. När de läst färdigt så lämnade en kula pistolens mynning. Skallbenet splittrades först, sedan passerade kulan genom den Occipitala delen av hjärnans cortex, mannens syn slogs ut, kulan fortsatte genom Corpus Callosum och mannens förmåga att kommunicera mellan hjärnhalvorna försvann, efter det så gick kulan genom frontalcortex, hade mannen varit levande hade han inte längre kunnat fatta beslut. Männen tog blod och hjärnsubstans på sina handskar som de använde för att skriva ett budskap på den vita väggen.

Kapitel 42

Första artiklarna hade börjat publiceras, Stefans telefon ringde konstant. Lisas planering verkade ha fungerat, första dagen hade de fokuserat på bakgrunden till problematiken i Kongo och det man kallade världens tredje världskrig eller Afrikas världskrig. Men det fanns också antydningar om att det var ännu större avslöjanden på väg.

– Eftersom vi tre som ser oss själva som insatta i världspolitiken knappt kände till den här konflikten så måste vi börja från grunden, folk måste förstå något om de bakomliggande konflikterna, sa Lisa.

– Du har rätt i det du säger, förutom att jag inte tror dig när du säger att du inte varit insatt i den här konflikten tidigare, sa Cecilia.

– Jag räknas inte, jag är inte en medelmåtta som ni, sa Lisa.

Planen var att artiklarna i artikelserien skulle publiceras en gång per vecka, dels för att bygga upp intresset, dels för att de faktiskt skulle hinna komma fram till vilka de inblandade var. Andra veckan skulle artiklarna fokusera mer på vad som gjorde mineralerna i Kongo värdefulla, förklara varför coltanet var så viktigt för att västvärldens elektronik skulle fungera. Det skulle stå namnen på några företag som sedan tidigare hade handlat med konfliktmineraler.

– Det går ännu bättre än planerat, sa Cecilia.

– Det är glädjande att det här håller på att bli en stor fråga internationell, men det är en sak som gnager i mig hela tiden, sa Stefan.

– Vad är det? frågade Lisa fast hon visste svaret.

– Att vi inte vet vilka fler som är inblandade.

– Hur ska vi få reda på det? Har ni några förslag?

– Vi måste tänka i nya banor, förra gången kom vi ju till slut på vem mördaren var.

– Fast vi hade gärna fått komma på det något tidigare, sa Cecilia.

– Nu ska du inte klaga, du blev bara skjuten i låret, sa Stefan.

- Jag tänker att vi ska försöka med det mest basala, vi ska följa pengarna. Om vi hittar de personer som tjänat pengarna på affärerna så har vi nog hittat de inblandade, sa Lisa.
- Du får det att låta enkelt, min skatt, sa Stefan.
- Det är klart att det kommer att vara svårt, men jag tror att det är vår bästa möjlighet.
- Hur går vi vidare?
- Mitt förslag är att du Stefan ringer Muhammed och frågar honom vad han kommit fram till, ni jobbar sedan vidare med de kontonummer som han fick tag på. Du Cecilia får jobba med Olivia för att hitta ägarna till de olika svenska kontona som vi känner till. Jag ska sätta mig och gå igenom alla siffror, se vart det inte stämmer, vart något ser konstigt ut. Sedan kan jag ta hjälp av Sofia att kolla upp allting som verkar avvikande, sa Lisa.

Cecilia hade köpt varsin kontanttelefon till sig själv och till Olivia som de ringde till varandra varje kväll. Klockan tre minuter i nio slog Cecilia på telefonen, hon satt med den i handen och väntade med att klockan skulle slå nio. Det tutade upptaget när hon ringde. "Vi måste ha ringt samtidigt", tänkte Cecilia och blev varm inombords. Nästa gång gick det bättre.

- Hej älskling, hur mår du? frågade Cecilia.
- Hej älskling, jag mår bra. Hur mår du?
- Uppjagad, artiklarna har börjat publiceras och genomslagskraften är kraftig. Det pirrar i kroppen.
- Förstår det. Här är det inte så mycket som händer tyvärr.
- Vi måste se till att du kan flytta hit snart, vi har börjat förbereda gästlägenheten för uthyrning.
- Jag måste skaffa ett arbete i stan först. Men det är inte så lätt om man på pappret är en långtidssjukskriven person utan utbildning.
- Skulle du inte på arbetsförmedlingen imorgon?
- Jo det ska jag. Jag hoppas verkligen att de kan hjälpa mig. Tar jag mig till en intervju så tror jag att jag har goda chanser, men det svåra är att ta sig dit med mitt CV.

– Angående artiklarna så skulle jag villa bolla några saker med dig.

– Gärna, ge mig saker att göra, jag klättrar på väggarna här ute.

– Vi skulle behöva veta vilka som äger några olika kontonummer, men jag vet inte hur man tar reda på det.

– Det är jag inte heller riktigt säker på. Men jag försöker gärna.

– Bra.

Cecilia numrerade de olika kontonumren och sedan upprepade Olivia dem.

– Saknar dig, sa Cecilia.

– Jag saknar dig mer, jag sitter själv i en enslig villa i skogen och har inget att göra annat än att fantisera om din kropp. Jag fantiserar just nu om vad vi ska göra när vi träffas nästa gång.

Cecilia rodnade medan Olivia berättade om sina fantasier.

Kapitel 43

Bilen stannade tvärt, Olivia hade släppt upp kopplingen för fort. Trots det lilla misstaget så hade hon blivit mycket bättre, hon hade dagen före lyckats köra två varv runt huset utan att få motorstopp. Hon tittade på klockan och insåg att den var mycket mer än vad hon hade trott. Det blev träningsskor och joggning till busshållplatsen. Hon anlände med fyra minuters marginal till bussen. När hon stod där och andades tungt så var det någon som hälsade på henne, hon hälsade tillbaka.

    — Hur mår du?

    — Det är bättre, hur mår du? frågade Olivia med vad hon hoppades skulle tolkas som en norrländsk glesbygdsdialekt.

Vem är det här? Hur bra känner vi varandra? Olivia sökte igenom sitt huvud efter alla fotografier hon sett i fotoalbumen hemma hos Anneli, hon försökte komma ihåg bilder hon sett på Facebook på personer som var ungefär i Annelis ålder boende i Hörnefors. Ingen koppling.

    — Jag mår bra. Ska bli skönt med semester snart. Har du något planerat?

    — Inte så mycket. Ska mest vara hemma. Men idag ska jag till arbetsförmedlingen, jag hoppas att det ska gå bra.

    — Jaha, vad roligt. Lycka till med det i så fall.

Olivia log och tittade ner i marken. "Klarade mig bra, vi verkade inte känna varandra speciellt bra", tänkte hon. Olivia såg till att hon gick på bussen efter kvinnan som hon pratat med tidigare, sedan satte hon sig på ett säte långt fram.

        På arbetsförmedlingen hade hon en handledare, Martin, som hon bara träffat en gång förut enligt sina papper, han borde knappt komma ihåg henne.

    — Välkommen.

    — Tack.

    — Du ser annorlunda ut jämfört med vad jag kommer ihåg, har du klippt dig.

    — Det är nog bara att jag mår bättre nu. Jag känner mig mycket starkare och kan nog börja arbeta lite smått.

248

–   Vad bra att du känner så.

Olivia uppfattade Martins skepsis men låtsades inte om det.

–   Jag har kollat lite igenom ditt CV och mitt förslag är att du ska få
    gå en kurs för att optimera dina möjligheter att få arbete, för du har
    varit sjukskriven de sista åren och det är en mycket tuffare
    arbetsmarknad idag.

–   Även om jag inte jobbat så känner jag mig redo. Jag trivs med
    nattjobb och skulle gärna vilja arbeta med människor. Jag har sökt
    runt på både arbetsförmedlingens hemsida och kommunens
    hemsida, det finns några arbeten som jag tror skulle kunna passa
    mig.

–   Det är jättebra att du känner dig redo. Men tyvärr tror jag inte att
    du kommer att få något arbete med dina meriter.

–   Men jag vill i alla fall försöka. Jag tänker att jag kan testa att arbeta
    på något lämpligt ställe. Kan börja som timvikarie och om de tycker
    att jag gör ett bra jobb så får jag kanske fortsätta.

–   Jag ska se vad jag kan göra. En möjlighet är att du skulle kunna få
    en praktikantplats på något ställe så att du får in en fot. Får gå extra
    utöver ordinarie personal på sidan om till en början.

–   Hur gör vi för att jag ska få en praktikantplats?

Martin förklarade för Olivia vad som krävdes för att hon skulle kunna
få en praktikantplats. "Det här kommer nog att bli bra till slut", tänkte
Olivia när hon gick ut på gatan. När hon passerade pressbyrån så
stannade hon till och stirrade på löpsedlarna.

Kapitel 44

Tidigare Europaministern Jarl Bonde blev igår brutalt mördad i sitt hem. Polisen är sparsamma med detaljer men säkra källor säger att Jarl blev avrättad.

Jarl Bonde blev igår kväll i sitt hem mördad. Polisen har inte hittat någon gärningsman och vädjar till allmänheten efter hjälp. Av en ännu oklar anledning så var al larmanordning i Jarls villa bortkopplat under tiden för mordet. Polisen säger att de söker efter en svart BMW av nyare modell som sett i området under gårdagskvällen. Många spekulerar om mordet kan vara motiverat av att Jarl blivit anklagad för att varit delaktig kring försäljningen av konfliktmineraler. Fler uppdateringar kommer senare under dagen.

Uppdatering:

En svensk grupp med koppling till IS har tagit på sig mordet på Jarl Bonde. De säger att de gjort det i Kalifatets namn och att alla personer som trotsar IS på det sätt som Jarl har gjort kommer att få möta samma öde. De har även lagt ut en mobilkamerafilm som de påstår visar när Jarl Bonde blir skjuten från nära håll, filmen är av låg kvalitet men experter säger till tidningen att det sannolikt föreställer det som gruppen påstår.

Stefan, Lisa och Cecilia satt vid datorn och bara stirrade på skärmen.

– Vad hemskt, sa Cecilia.

– Helt jävla sjukt, sa Stefan.

– Men det är en sak jag inte förstår. Varför skulle de mördat honom på grund av våra texter? Dels så har du bara antytt att han kan vara inblandad, men det viktigaste av allt är att texterna handlar om en olaglig mineralhandel i ett kristet land. Varför skulle det vara en anledning att mörda honom? Det finns ungefär tio procent muslimer i Kongo, sa Lisa.

– Jag förstår inte heller kopplingen. Kanske för att det har skrivits mycket om honom?

– Det har skrivits mycket, men det räcker väl inte för att han skulle bli mål för IS. Jag skulle däremot fattat om de ville mörda honom för hans skumma oljeaffärer, där har han troligen orsakat många muslimers död, i alla fall indirekt.

- Terroristerna ville nog bara få stor spridning av mordet och spridningen blir större om den kopplas ihop med konfliktmineralerna.
- Men om vi tar ett steg tillbaka och glömmer hur obehagligt det är. Hur påverkar det här oss? frågade Lisa.
- Rent krasst är en av de misstänkta mördad och därmed kan den personen varken intervjuas eller hängas ut på samma sätt.
- Men är vi verkligen säkra på att han var inblandad? frågade Cecilia.
- Vi vet att han är inblandad, men inte hur inblandad han egentligen är, det enda vi verkligen är säkra på är att han har mejlat med Anita om deras olagliga affärer.
- Då får vi se till att snabbt visa hur inblandad han egentligen är.

De satte sig vid varsin dator och fortsatte jobba. Lisa hade hittat många intressanta transaktioner som hon undersökte vidare. Stefan hade tillsammans med Muhammed hittat två misstänkta företag. När klockan blev nio så slog Cecilia på sin andra mobiltelefon och ringde till Olivia.

- Hej älskling, hur mår du?
- Jag mår bra, jag var på arbetsförmedlingen och pratade, låter som att jag har vissa chanser att få en praktikplats, om jag får det kan jag börja spendera mer tid i stan och sova över hos er.
- Det låter ju fantastiskt. Jag längtar efter dig så mycket att jag tror att jag ska bli sjuk.
- Det får du inte bli, du vet hur rädd jag är för att bli smittad.
- Har du fått fram något mer om vilka som egentligen äger företagen?
- Det har jag, ta fram penna och papper för det här är en djungel.

Cecilia hade med hjälp av Olivia hittat ägarna till några av de konton som var inblandade, det var svårt att få en överblick över vilket bolag som egentligen ägde vilket. Tanken med den avancerade ägastrukturen var att det utifrån skulle vara svårt att upptäcka vem som egentligen ägde och tjänade pengar i slutändan. Olivia som var affärsjurist kände

251

igen upplägget och hade vetat hur hon skulle leta. Olivia berättade sakta och sakligt om vilka företag som ägde varandra, hon stannade ibland upp och sa till Cecilia att anteckna en sak. Cecilia hängde inte med, men skrev det som Olivia sa åt henne att skriva.

–   Många av de företag jag läst upp för dig är stora företag i det dolda, sådana som insatta personer har koll på men ingen vanlig Svensson har hört talas om. Men det finns också något mer i allt det här.

–   Vad då?

–   Jag tror att det finns ett företag eller en grupp som finns i bakgrunden.

–   Varför tror du det?

–   Det är svårt att säga exakt vad. Det kanske är att det känns för planerat allting, ägarstrukturen gömmer något större bakom sig. Men jag kan ha fel.

Kapitel 45

Cecilia berättade för Hjalmar och Moa om sin uppväxte samtidigt som de gick runt i Stockholm. De gick förbi Humlegården där Kungliga biblioteket låg.

– Där satt jag ofta och pluggade, det var ett annat lugn där än hemma. Hemma fanns det alltid andra böcker att läsa, ett kylskåp att kolla i, ett rum att städa.

– Fast du städade väl aldrig själv, det gjorde väl hushållerskan?

– Det har du en poäng i.

Hon pekade ut lägenheter där olika vänner hade bott.

– Jag har som ni vet inte berättat så mycket om min uppväxt. Det är inte för att jag blev slagen eller psykiskt misshandlad, det är för att jag tvingades lämna allt bakom mig när jag flyttade upp till Umeå med David. För er är det kanske svårt att förstå, men min mamma och pappa vägrade att acceptera David för att han inte var fin nog för mig, de har helt andra värderingar än mig och för dem är släktens heder viktig. Då de inte accepterade mina val och därmed mitt liv så bröt jag helt kontakten med dem. Före jag träffade dem på begravningen så har jag inte pratat med någon i familjen på över tjugo år.

– Men varför accepterade de inte David?

– Jag kommer från en adlig släkt med släktvapen. David kom från enkla förhållanden och var dessutom kommunist. Ni skulle sett min pappas reaktion när David berättade att han var kommunist, jag trodde han skulle få hjärtinfarkt.

– Men alla älskade väl pappa?

– Riktigt så enkelt var det inte, jag tror att både min syster och mina föräldrar egentligen tyckte om David, men det räckte inte. Han var inte nog bra för mig och de tyckte dessutom att han lurade på mig konstiga åsikter. Då spelade det ingen roll att jag älskade honom och att han gjorde mig lycklig.

– Men det låter ju helt sjukt.

253

–   Det blev för stora kontraster. Mina föräldrar blev arga på mig redan i tonåren då jag började svänga vänsterut politiskt. Jag gjorde också fel, för att visa dem att jag gick min egen väg så tog jag mer extrema ståndpunkter än vad jag egentligen hade. Jag förstår att det blev arga på mig nu i efterhand, men just då var jag ung och ofelbar.

–   Hur känns det nu morsan?

–   Pirrigt. Men jag är väldigt glad över att ni får träffa dem. Det här är er släkt och sedan David dog har ni inte så mycket släkt kvar.

De stod framför en svart port, Cecilia kollade igenom ett SMS och slog in portkoden.

–   Det är tre trappor upp.

Trapphuset var helt i sten, trappan bestod av breda marmorsteg som snurrade sig runt en smal gallerhiss. Efter väggarna satt det mässingslampor och mot innergården vette det små fönster. "Hoppas att det här går bra", tänkte Cecilia och frågade.

–   Hur känns det? Ska det bli roligt?

–   Ja mamma. Men det är pirrigt för oss också, vi har aldrig fått träffa någon från dina sida av släkten.

–   Det kommer nog att gå bra. Så länge vi undviker känsliga ämnen så går det nog bra.

–   Vilka ämnen är känsliga?

–   Allt som har med politik att göra. De är stockkonservativa och ligger så långt bort från mig och er man kan komma. Men de är överklass så de har den där självklara sociala förmågan, så bara ni undviker politiska diskussioner blir det nog trevligt. De är bra människor på många sätt, även om jag har varit väldigt besviken på dem under lång tid.

De kom fram till en stor dubbeldörr där det stod "Bielke" på dörren, Cecilia ringe på. Det dröjde ett tiotal sekunder före dörren öppnades.

–   Men hej, vad roligt att ni ville komma, sa Cecilias mamma Amelie.

–   Hej mormor.

Amelies ögon började tåras, hon stod still någon sekund och sa sedan.

–   Välkomna in.

- Tack.
- Har resan gått bra?
- Det har gått bara fint. Vi bor nära tågstationen så det tar mindre än tio minuter att gå till stationen och sedan är man framme sex timmar senare. Det fungerar bra, man slipper incheckning och allt sådant.

Cecilias pappa Greger och syster Victoria stod också i hallen.

- Välkomna, sa Greger.
- Vad kul att se er, sa Victoria.
- Häng av er så ska jag visa er runt, sa Greger.

Till höger i hallen var det hängare och till vänster var det en garderob med skjutdörrar. De hängde av sig och sedan så började Amelie visa dem runt. Det var åtta rum, en stor balkong och stuckatur i taken. Moa och Hjalmar tittade storögt när de gick runt.

- Det här var Cecilias rum och det här var Victorias. Fast de sov oftast hos varandra tills Cecilia var så pass stor att hon började dra hem killar.
- Vad fint ni bor.
- Tack. Här är våra arbetsrum, här är gästrummet, tänkte att ni Moa och Hjalmar kunde få sova här, Cecilia får sova i sitt flickrum, sängen står fortfarande kvar. Här inne ligger biblioteket.

De tittade in i de två arbetsrummen, båda var möblerade på liknande sätt. Ett stort skrivbord i svart trä på ena långsidan, sedan bokhyllor på motsatta sidan. Det hängde spridda målningar efter väggarna. I biblioteket stod det två skinnfåtöljer med fotpallar, runt alla väggarna var det bokhyllor som var fyllda med böcker, på nedersta hyllorna stod det deckare, pocketar och andra nyare böcker som Hjalmar och Moa kände igen, men annars var det mest äldre böcker samt juridik- och affärslitteratur.

- Det här är hjärtat i hemmet, här sitter vi ofta och läser med ett glas vin på kvällarna. Vi älskar att läsa och det är fantastiska fåtöljer. Om ni kommer hit någon fler gång ska jag visa er mina favoritböcker.
- Det vill vi gärna göra mormor.

Amelie stannade upp när de sa mormor.

– Här är vårt sovrum och sedan har vi vardagsrummet.

Mitt i sovrummet stod det en stor himmelsäng som var flankerat av nattduksbord på vardera sida. Det var en walk-in-closet innanför sängen med stort utrymme. Vardagsrummet var över sextio kvadrat, det var två soffgrupper på motsatta sidor, två öppna spisar, spridda bokhyllor och några fåtöljer. Efter väggarna hängde det konstverk, Hjalmar läste Zorn på en tavla och Rembrandt på en annan. Ovanför en av de öppna spisarna hängde det en tavla som stack ut, den var sköldformad och bestod av två gula samt två blåa fält.

– Vad är det där för något? frågade Hjalmar.

– Vet du inte det, har inte din mamma uppfostrat dig? frågade Greger lite skämtsamt.

– Verkar inte som det.

– Det där är vårt stamvapen, eller släktvapen som man brukar säga.

– Det hade jag ingen aning om att vi hade, sa Moa.

– Men visst vet ni att Bielke är en grevlig adelssläkt? Visste ni inte att vi har ett släktvapen?

– Nu när du säger det så antar jag att mamma har sagt det någon gång, men jag visste inte om att det var så pass att vi hade ett stamvapen. Jag har bara tänkt att det är ett fint namn.

Greger skrattade.

– Det är ett väldigt fint namn, det har du rätt i. Låt oss gå vidare till salongen så vi får i oss någon mat.

Mitt i salongen stod det ett stort långbord med plats för tolv personer. De slog sig ned vid sina platser, det var framdukat guldpläterat porslin, kristallglas och silverbestick. Mitt på bordet stod det snittblommor.

– Vad fint ni har gjort.

– Tack. Varsågoda att slå er ner. Hoppas att ni är hungriga.

– Det är jag i alla fall, jag har varit så uppspelt att jag knappt ätit idag, sa Hjalmar.

– Vad bra, för det finns väldigt mycket mat.

– Vad har ni lagat?

- Vi kommer att bjuda på en svampsoppa till förrätt, smördegsinbakade grönsaker med västerbottensost till huvudrätt och sedan glass med hjortronsylt till efterrätt.
- Det lät avancerat, imponerande att ni hunnit med allt.
- Det är faktiskt vår hemhjälp som gjort maten, vi gör sällan mat själva.
- Jasså, men hur som helst lät det väldigt gott.
- Hoppas det smakar.

Svampsoppan var krämig, de små bröden som var till var lagom knapriga. De smördegsinbakade grönsakerna smälte i munnen. Hjortronen var perfekt tillagade.

- Det var himmelskt gott, sa Hjalmar.

Samtalet flöt på bra, när de närmade sig känsliga ämnen så tog de sig vidare före någon blev upprörd. Cecilia tyckte att det var riktigt kul att se dem igen.

- Kan du berätta om din familj? frågade Moa Victoria.
- Jag har en man och två barn.
- Varför kom de inte med?
- Jag hade tänkt att skylla på en fotbollsmatch, men egentligen beror det på att vi inte riktigt visste hur kvällen skulle arta sig. Jag var rädd att det skulle bli massa bråk, mina barn är bara tio och tretton år så de har inte lärt sig att anpassa samtalsämnena om det behövs.
- Det vore kul att få träffa våra kusiner, sa Hjalmar.
- Det vill säkert se sina storkusiner också. Ni är alltid välkomna hemma hos oss.

De förflyttade sig till vardagsrummet där de tog kaffe, avec och påtår. De pratade om sina olika intressen, golf, segling, och konst låg en bit ifrån vad Moa och Hjalmar brukade prata om men de tyckte ändå det var intressant. Men alla var artiga mot varandra, Greger frågade Hjalmar om datorspelet Dota trots att det var uppenbart att han varken förstod eller var intresserad. Alla ansträngde sig vilket gjorde att alla faktiskt hade trevligt. När Cecilia gick och la sig sent på natten så tänkte hon "det här var ju riktigt kul, jag har saknat dem".

Kapitel 46

Cecilia var som vanligt uppe före de andra. Hon satt vid köksbordet och bläddrade igenom Folkbladet där det var en kort TT-notis om Mads. Det stod att det var tre andra läkare som ifrågasatte hans forskning och antydde att hans artiklar innehöll felaktigheter. Beskyllningarna var ganska grova och i texten framstod Mads som en klåpare som inte hade någon kompetens alls. "Konstigt att det når ända fram till Folkbladet", tänkte hon. Cecilia gick igenom nätupplagorna på de största tidningarna och hittade samma TT-notis i de flesta, i en dansk tidning hittade hon själva huvudartikel som notisen utgått ifrån. Där ifrågasattes Mads av läkarna som skrev under, de frågade sig om han ens kunde jobba kvar efter att ha publicerat så undermålig forskning. "Det verkar ju inte finnas någon substans i de här beskyllningarna, inget som förklarar varför han är så dålig", tänkte Cecilia. När hon reste sig för att gå och duscha så kom Stefan in i köket, han gick direkt mot kaffemaskinen och nickade kort mot henne. Stefan satte sig vid köksbordet med den rykande kaffekoppen och började kolla vad som kommit fram om Jarl Bondes död. En grupp kopplad till IS hade tagit på sig dådet, de sade att Jarls död bara var början på IS kommande övertagande av Europa. I många av tidningarna fanns det redan hyllningsreportage till Jarl. Han hade enligt tidningarna varit en man som stod upp för det demokratiska kapitalistiska väst mot diktaturer i öst. Alla tveksamma affärer som Jarl varit inblandade i glömdes i bort, man skrev inte illa om de döda. I Aftonbladet skrevs det kort om några av de negativa sakerna han gjort, men det var i förbifarten, mest för att visa att de försökte ta det journalistiska uppdraget på allvar. I SvD, Expressen och DN var det unisona hyllningsartiklar, där framställde Jarl som en blandning av Steve Jobs, Elvis och Mahatma Gandhi. Det var tack vara sådana som honom som väst kunde kalla sig fritt. Stefan rös lite för sig själv, han hade alltid haft svårt med de starka journalistiska texterna som kom efter terrordåd samt när någon känd person dog. Han mindes hur det hade tagit flera år efter 11:e september före det började skrivas vettiga artiklar kring attackerna och analyser som inte var uppenbart vinklade. "Är inte det

258

bästa sättet att hylla en människa att vara sann mot vem den personen var? Om vi nu ska leva i en öppen demokrati där vi hyllar pressfrihet bör vi väl eftersträva en press som faktiskt försöker ta sitt uppdrag på allvar och inte gör pinsamma hyllningsartiklar som skulle underkännas som högstadieuppsatser", tänkte Stefan. När han hade läst klart själva nyheterna gick han vidare till ledarsidorna. I DN, Expressen och SvD fokuserade alla ledarna på Jarl Bonde och hans verk, men det var en sak till, i alla tre stod det dessutom att moralen inom journalistiken var hotad. Anledningen till att moralen var hotad var hur journalister på senaste tiden hade börjat göra antydningar om att personer agerat fel, men att journalisterna inte publicerat något som stärkte deras antydningar. Det var fega beskyllningar som drabbade bland annat Jarl, i DN stod det, "Det har spekulerats att det var för att rentvå sitt namn som Jarl gick med på att träffa några för honom okända män. Är de fega beskyllningarna mot Jarl en bidragande orsak till hans död? Det kommer vi sannolikt aldrig att få veta.". Det gick inte att ta miste på vem tidningarna ansåg var den fege journalisten.

- Ni måste läsa ledarsidorna på DN, SvD och Expressen, sa han till Lisa och Cecilia.
- Varför då?
- Läs dem, ni kommer att förstå varför.

När de både hade läst klart dem så sa Lisa.

- Det här är attacker mot dig. Alla förstår att det är dig dom syftar på i texterna, även om de inte skriver ut ditt namn.
- Jag vet.
- Men det är ju uppenbart att det inte är ditt fel.
- Jag håller med, men så fungerar inte media, har en sagt något så hakar de flesta på tills det blir så upprepat att det är en sanning. Det handlar inte om att ha rätt, det handlar om att få rätt.
- Men det är ju lite komiskt också på ett sätt.
- Hur menar du?
- De skriver om hur fult det är att göra antydningar, men hela deras ledarartiklar är egentligen inget annat än antydningar om att du har

gjort fel och borde straffas för det. I SvD står det till och med att det inte går att försvara sig mot något som bara antyds.

De gick till vardagsrummet och arbetade vidare. Olivia hade skickat en sammanställning av alla ägarförhållanden och dessutom skrivit en sammanfattande text där hon beskriv sin tolkning av vad ägarförhållandena innebar. Cecilia satte upp den på den stora whiteboardtavlan där de hade börjat sammanställa allting. Stefan gick igenom de företag som han och Muhammed hade kollat upp. Företagen var kopplade till Minerva och det var troligt att de sysslade med grov kriminalitet och handlade med konfliktmineraler. Men tyvärr hade de inte hittat några bevis som riktade sig mot enskilda personer. Lisa gick sist igenom de olika kontonumren. Några av kontona var väldigt intressanta, ett konto som tillhörde ett bolag som Jarl Bonde var delägare i hade fått mycket pengar inbetalt från Minerva. Men det var samma sak där, det var tydligt att Jarl var inblandade i olagliga affärer men Lisa hade inte fått fram några bevis på att vad betalningen hade gällt.

— Det verkar som att vi kommer framåt men saknar den där viktiga sista pusselbiten som gör att det går från intressant till fällande domar, sa Stefan.

— Jag tänker att vi fortsätter jobba på samma sätt. Vi vet ju nu vilka några av de inblandade är. Det gäller bara att vi hittar tydligare kopplingar och starkare bevis, sa Lisa.

— Men det är inte bara det, visst känner ni att det kan finnas något mycket större bakom allting. Jag pratade med Olivia som tyckte att hon kände igen mönstret, hon berättade hur hon tänkte och jag började se saker i ett nytt ljus. Jag tror att vi är på väg att hitta några som kommer att få Minervas affärer att verka som felparkeringsböter i jämförelse, sa Cecilia.

— Vad får er att tro det? frågade Lisa.

— Det är bara hur upplägget är. Enligt Olivia verkar det var ett bolag som är i mitten av alla affärer, upplägget ser ut så.

— Hur säker är hon?

– Det vara bara en känsla. Hon har inga bevis och sa själv att det kanske inte är någonting, Jarl och de andra två kanske bara handlar med konfliktmineraler. Det kan vara så enkelt.

– Vi vet inte om det stämmer med andra ord. I första hand får vi jobba vidare med Jarl och de andra två. Kan vi koppla dem till coltanhandeln är det bra, om vi kan visa att några fler är inblandade är det ännu bättre. Men vi ska försöka ha det du säger i bakhuvudet, det kan vara något mycket större i bakgrunden. Jag ska förresten åka på en konferensresa till Rom imorgon, då ska jag passa på att kolla upp med Sofia om hon kan hjälpa oss, sa Lisa.

Kapitel 47

De tre svarta skåpbilarna körde snabbt på gångvägen och stannade just utanför hyreshuset. Femton män sprang ur bilarna, nio sprang in i trapphuset och sex intog skyddspositioner utanför. Alla femton bar skyddsväst, ansiktsmask och automatvapen. De nio som var inne i huset sprang uppför trapporna. En liten flicka som såg dem komma skrek högt. När de var framme på fjärde våningen så pekade ledaren på en av dörrarna och gav några snabba order. Dörren var låst, två män som bar en murbräcka i stål gick fram mot dörren, ledaren nickade mot dem. De höjde murbräckan och slog in ett stort hål i dörren. Ledaren kastade in en rökgranat i det stora hålet. Samtidigt så small det till inifrån lägenheten, det kom upprepade skott genom dörren. Polismannen längst fram som höll i murbräckan föll ihop. Mannen bars åt sidan och sedan skrek ledaren.

— *Vi är polisen. Lägg ner era vapen och kom ut. Annars kommer vi att storma lägenheten.*

— *Aldrig, IS skall vinna. Allahu akbar.*

Ledaren gav en signal och sedan tog alla männen på sig sina skyddsglasögon. Ledaren kastade sedan in två nya granater som gav ifrån sig ett starkt ljussken. Han fick tag i dörrhandtaget genom det stora hålet i mitten av dörren, han öppnade och gick sedan in. Genom glasögonen kunde han ana tre män i hallen, det var bländade och verkade inte kunna orientera sig. Två av männen höll i automatvapen.

— *Släpp vapnen.*

Men männen höjde istället vapnen åt hans håll. Det fanns bara en sak att göra. Han sköt båda männen mitt i bröstet. Den tredje mannen kastade sig på golvet. De nio männen fortsatte genom lägenheten. De hittade två män till i ett sovrum. Tio minuter senare var lägenheten och hela huset omringat av polis.

Senaste nytt!

Insatsstyrkan slog igår till mot en lägenhet i en stockholmsförort där det befann sig fem män misstänkta för att vara delaktiga i mordet på Jarl Bonde. Det utbröt en eldstrid, två av de misstänkta jihadisterna dog på plats och en polis skadades. Polismannen har opererats under natten och läget är kritiskt enligt ansvarige överläkaren. Enligt uppgifter från en källa inblandad i gripandet så har de tre gripna männen svurit trohet till IS. *En polistalesman säger att männen har kommit med vissa erkännanden och att de kommer att förhöras under dagen.*

Kapitel 48

Stefan ruskade om Lisa lätt i axlarna.

– Ska du gå upp eller ska jag kittla dig? frågade han.

När han inte fick något svar gjorde han till sin röst och sa med en ljusare röst.

– Hej jag heter Lisa. Jag vill gärna att du kittlar mig så att jag vaknar.

– Okey älskling, jag kan kittla dig om det är det du vill, sa han med sin vanliga röst.

När han kittlade henne så började hon vrida sig.

– Sluta, det är inte roligt, hur många gånger måste jag säga det före du lär dig?

– Ända tills du lär dig kliva upp i tid. Taxin kommer om femton minuter, du måste gå upp om du ska hinna. Men du väljer själv, gå upp eller bli kittlad.

– Får jag välja att sparka dig i pungen.

– Kan jag ana att det är någon i det här rummet som inte har något vidare bra morgonhumör?

– Du kan ha dåligt morgonhumör.

Först började Stefan skratta åt Lisa, sedan kunde hon inte heller hålla emot. Hon gick skrattandes till duschen och lät det kalla vattnet väcka henne. Stefan hade gjort iordning en låda med macka och två äpplen som hon tog med sig.

– Du ser ju älskling, jag har ju tre minuter på mig före taxin går, det gick ju lätt det här.

– Om några år kanske du klarar av att gå upp utan min hjälp.

– Vem vet. Ha det fint älskling, vi ses i övermorgon.

– Ska du sova över två nätter i Rom?

– Jag tänkte det. Sofia kommer också vara på konferensen, jag bokade en extra natt på hotellet så hinner vi ses.

– Vad trevligt. Du måste bjuda hem henne hit till Umeå också, vore kul att träffa henne igen, var alldeles för länge sen sist.

– Ska försöka, men hon avskyr kyla som pesten.

– Ha det bra i alla fall. Gå ner nu, jag blir stressad över att du alltid är sen.

De kysstes och sedan småsprang Lisa ner till den väntande taxin. Hon hälsade på taxichauffören och sedan tog hon upp sin läsplatta. Lisa hade läst igenom alla handlingar till toppmötet redan kvällen före så hon scrollade bara igenom allting för att få en översikt. "Det kommer att bli ett tråkigt möte", tänkte hon. Sedan gick hon in på de största dagstidningarna och läste igenom ledarsidorna. Anklagelserna mot Stefan blev tydligare, hans journalistik var orsaken till Jarl Bondes död. Ingen tidning skrev ut hans namn, det stod däremot tydligt mellan raderna. "De älskar att göra ner honom, det märks", tänkte Lisa. När hon kom fram till flygplatsen så gick hon tankspritt igenom incheckningen och säkerhetskontrollen. Hon tog några dagstidningar som låg i vänthallen. När hon bläddrade igenom Dagens Nyheter läste hon se att det skett två rasistiska dåd dagen innan, en flyktingförläggning hade blivit eldhärjad och två maskerade män hade gått in på en moské och hotat personer där. Det som stack ut mot vanliga rasistdåd var att här hade en grupp tagit på sig båda dåden. Gruppen hette "Fritt Sverige" och sade att de var tvungna att kämpa tillbaka mot jihadisterna som försökte mörda vanliga svenska människor. Det stod vidare att polisen inte hade hittat några gärningsmän ännu och vädjade till allmänheten efter tips. "Det här är ju hemskt. Två terrordåd som svar på ett terrordåd. Det här kan urarta rejält", tänkte Lisa. På flygresan ner så lusläste hon igenom alla tidningar hon fick tag på. När hon klev av planet så gick hon i sin egen värld.

– Hej Lisa, sa Margareta och vinkade.

– Hej.

Margareta var glad och såg piggar ut än på länge.

– Jag har börjat med 5:2, det är fantastiskt, du måste testa, sa Margareta.

– Jag har hållit på med intermittent lågkaloriintag i över tio år, jag bor med en läkare som är övertygad om att maten är viktigare än mediciner.

– Jag trodde att din man är journalist.

– Det är han också.

– Men bor ni inte ihop?

– Jo det gör vi. Men jag bor med fler, du har väl märkt att jag tycker att kärlek är något som inte bara är mellan en man och en kvinna i en parrelation?

– Det har jag märkt.

Margareta rodnade.

– Har du hunnit läsa igenom alla handlingar? frågade Margareta.

– Det har jag hunnit.

– Vad tänker du?

Lisa gick snabbt igenom de tankar hon hade om handelsavtalet CETA. Hon ansåg att den högsta prioriteten var att få bort möjligheten för företag att stämma stater. Om den möjligheten fanns kvar skulle det innebära att varje lagändring som länder gjorde för att skydda klimatet möjliggjorde stora stämningar från företag.

– Risken med det här är att hela EU ger bort möjligheten att förbättra klimatet. Även om EU mest består av liberaler och andra som tror att den heliga marknaden ska lösa allting så måste du inse vad avtalet innebär.

– Jag håller inte med dig, jag tror att det är bra för företag att kunna planera utifrån en rimlig lagstiftning. Tydlighet ger bättre företagsklimat som ger bättre tillväxt.

– En liten bieffekt är att livet på jorden som vi känner det riskerar att gå under.

När de gått igenom handlingarna och hur de skulle agera så var Margareta tvungen att ringa ett samtal. Då passade Lisa på att ladda hem så många artiklar hon kunde om Fritt Sverige och deras dåd. Hela flygresan ner satt hon och läste igenom artiklarna. Det var en hemsk grupp, det var uppenbart, men det var också fascinerande ur ett gruppsykologiskt perspektiv, vad drev människor till sådana extremgrupper såsom Fritt Sverige och IS?

De åkte direkt från flygplatsen till konferenscentret som låg i utkanten av Rom. Det var lång väntan i säkerhetskontrollerna men till slut blev Lisa insläppt. Konferenscentret bestod till största del av ett väldigt stort rum där själva konferensen var, runt omkring det stora rummet var det små kiosker och två snabbmatsrestauranger. Lisa gick till kiosken och köpte lite blandat godis. Hon slöt återigen upp med Margareta och de gick till sina anvisade platser. Margareta ville gå igenom alla papper så Lisa satt och diskuterade med henne till mötet öppnades. Lisa fick anstränga sig för att följa med i de två första anförandena, men det blev allt svårare att koncentrera sig så till slut så var hon helt borta i sina egna tankar, hon tittade på den som talade för stunden men annars var hjärnan på någon helt annan plats. Hennes tankar flög omkring, hon tänkte på terrordåden, på hur världsläget lett till en flyktingkris som resulterade i en rasismkris, men framförallt tänkte på hur de skulle hitta bevis för att Jarl Bonde och de andra högt uppsatta männen verkligen var delaktiga i grov brottslighet. En vag tanke började bli tydlig, det var som att hon höll på att komma på något viktigt, en väg framåt i sökandet. Men just då hon skulle formulera tanken mer tydligt så pratade Margareta med Lisa genom headsetet.

– Vad säger du om inspelet från den franska utrikesministern?
– Jag är inte helt säker på hur vi ska tänka kring det, hur tänker du?
– Jag tycker att det är viktigt att förhandlingarna om avtalet sker öppet, även om avtalet kan bli något bättre om det förhandlas fram bakom lykta dörrar.
– Det låter klokt. Det viktiga är som du är inne på att det finns förtroende för processen. Dessutom är det trots allt ett avtal mellan demokratiskt valda politiker i olika länder.

Lisa rodnade och hoppades att inte Margareta hade förstått att hon inte lyssnat. Under de närmaste minuterna lyssnade hon koncentrerat, men sedan flög tankarna snabbt iväg. Hon ansträngde sig för att komma på den tidigare tanken, men hon kom aldrig på vad det var hon hade tänkt på. "Fan, jag höll ju på att komma på något viktigt", tänkte hon. Efter ytterligare några timmar så var mötet över, tyvärr var majoriteten av ministrarna inne på linjen att företag skulle få möjligheten att stämma stater om lagar eller andra förutsättningar förändrades. Lisa skymtade

Sofia långt bort när hon gick ut från konferenscentret. Hon skickade ett sms och efter några ytterligare sms hade de kommit fram till att de inte hann ses på kvällen men skulle göra det nästa kväll. Sofia skrev även att Mbaluku skulle komma till Rom ytterligare en dag efteråt så Lisa skulle just missa honom.

Lisas hotellrum låg centralt i Rom med utsikt över Colosseum. Det var ett typiskt trestjärnigt hotell med förväntade möbler, det var fint men inget utöver det vanliga. Lisa tog med sig lite mat in på rummet och satt sedan och läste på handlingar tills klockan slog åtta då hon gick in till Margareta. Efter två timmars diskussion så började Margareta sakta svänga åt Lisas håll i frågan kring företags möjligheter att stämma stater. Utöver det gick de igenom formalia inför mötet kommande dag. Lisa gick sedan tillbaka till hotellrummet och ringde Stefan. Efter några minuter så var hon så trött att hon sa hejdå till Stefan och somnade med kläderna på.

Nästa morgon vaknade Lisa en kvart före klockan ringde. "Det är alltså såhär det känns att vara morgonpigg", tänkte hon när hon gick till duschen. När hon kom ned till frukosten så var hon inte ens stressad. Hon skummade igenom några nya artiklar om Fritt Sverige, drack sitt te, åt två toast med ägg och sylt. Sedan gick hon till Margaretas bord.

– Att jag alltid måste vänta på dig, sa Lisa och log.

– Du vet vad jag sagt, det är ljuvligt att gå upp tidigt.

– Jag ska inte låta det bli en vana, du behöver inte vara orolig.

Konferensen var lika tråkigt som dagen innan, men Lisa lyckades fokusera på de flesta talarna. Hon kom dessutom med några kloka tips till Margareta under pauserna. I taxin på väg till hotellet efter att mötet var klart så tänkte hon "Det kanske är vettigt att gå upp tidigt, det kanske är något jag ska börja försöka med närmsta tiden", men samtidigt förstod hon att hon inte alls skulle ta sig upp tidigt på morgnarna. När hon stod i hissen på väg upp till hotellrummet så ringde Sofia.

– Hej!

– Hej, har du hunnit hem till hotellet ännu?

- Står i hissen.
- Bra, du får skynda dig, jag har fixat ett bord på en fantastisk restaurang som du kommer att älska. Men vi måste vara där på tre kvart.
- Då får jag skynda mig.
- Jag messar adressen så ses vi där. Puss puss.
- Puss.

Lisa ringde till receptionen och bad dem boka en taxi på 25 minuter, efter det så snabbduschade hon och bytte om. När hon 30 minuter senare kom nedspringande till receptionen var håret fortfarande blött och hon var övertygad om att hon hade glömt något. Hon hoppade in i taxibilen och gav chauffören adressen. Restaurangen låg i den äldsta delen av Rom på en tvärgata framför ett äldre trevåningshus i sten. Sofia stod och väntade, bredvid henne stod Mbaluku.

- Men vad roligt att se er. Trodde inte att du skulle komma hit Mbaluku.
- Jag skulle egentligen kommit imorgon, men då jag fick reda på att du också var här så bokade jag om flyget, lånar en kompis lägenhet så det är inget problem med boendet.

De kramade om varandra och gick in. Det var en mysig lokal med litet ljusinsläpp, ett par pelare stod i rummet, alla väggar och golv var av sten vilket bidrog till känslan av att det här var en restaurang med anor. Bordet de fick låg mot en vägg och hade fyra stolar, själva bordet var av bastant trä men stolarna var i modernare stil. Efter att de titta på menyn och Sofia hade frågat ut en servitris på bristfällig italienska beställde de mat.

- Hur mår du? frågade Lisa Mbaluku.
- Det är många blandade känslor. Jag tror och hoppas att bilderna och historierna vi fick med oss från Kongo kan bli riktigt starka reportage, som kan sprida kunskap om situationen. Men det vi såg i byarna och det som hände med Muhammed gör att jag är tagen. Har inte hämtat mig helt ännu, men vi gjorde något viktigt och jag tror att jag kommer att vara nöjd när jag bearbetat igenom allting om några månader.

- Vi får hjälpa dig att tänka på annat ikväll.
- Maten ser god ut och jag har trevligt sällskap så det kommer nog att finnas annat att tänka på.

De småpratade och skämtade om det mesta. Lisa njöt. Förrätt blev till varmrätt som blev till efterrätt. Två vinflaskor var urdruckna vilket gjort att samtalstonen var högre och skratten tätare.

- Vad säger ni, ska vi inte ut och dansa? frågade Sofia.
- Självklart, sa både Lisa och Mbaluku.
- Vet du något bra ställe Mbaluku?
- Jag ska kolla med min kompis, sa han och tog upp telefonen.

Efter ett kort samtal så sa Mbaluku.

- Han hade några tips, han ska kolla runt lite och sedan ringa upp igen.

Efter några minuter ringde Mbalukus telefon igen. Mbaluku la på telefonen med ett stort leende.

- Nu ska vi ut och dansa.

De gick sjungande och skrattande genom Romnatten. "Skönt att få koppla av från allting", tänkte Lisa när hon skrålade med i Poison av Alice Cooper. Mbaluku hade sagt att det bara var fem minuters promenad, men eftersom de gick både fel och långsamt så dröjde det ungefär en halvtimme före de kom fram. Det stod tre svartklädda vakter utanför dubbeldörrarna i glas. En entrévärd släppte in folk från den långa kön. Mbaluku gick fram till en av vakterna som stannade honom bryskt. Mbaluku bad dem kolla upp gästlistan och de stod mycket riktigt med. Vakten klev åt sidan och lyfte det röda repet som hängde mellan två mässingstolpar. Klubben var tre våningar, när de kom in i entrén kunde de se ut över hela den nedersta våningen, det var ett stort dansgolv som var fullt av folk. Det var varmt och musiken var så hög att de knappt kunde prata med varandra. De gick direkt ut på dansgolvet, Lisa gungade med i musiken och släppte allt annat. När de blev törstiga så gick Mbaluku iväg och köpte några öl till dem. De pratade knappt med varandra utan lät bara sina kroppar tas över av musiken. Ölen fortsatte att drickas och när småtimmarna kom så var de alla tre rejält fulla. I ett kort uppehåll mellan två låtar så lutade sig Sofia framåt.

– Jag måste hem, jag är helt slut.
– Okey, vi går, jag är slut också.
– Kan vi inte alla tre sova i lägenheten du lånar Mbaluku, då kan vi köpa med oss någon mat och prata.
– Visst.

De gick ut från klubben, hittade en nattöppen kiosk där de köpte chips och läsk. Sofia berättade en lång historia som Lisa inte riktigt förstod vad den handlade om, men den verkade rolig så hon skrattade ändå. Lägenheten som Mbaluku lånade var stor och hade högt i tak. De slog sig ned i det öppna köket och pratade. När chipsen och läsken var slut så gäspade Mbaluku.

– Jag tänker att ni kan sova i de här två sovrummen, jag sover här borta.
– Vi behöver bara ett rum, eller hur, sa Sofia och tittade mot Lisa.
– Självklart.

De kysste varandra och gick in i rummet. Mbaluku stod häpen kvar och stirrade. Han visste inte vad han skulle göra så han gick och la sig.

Mbaluku vaknade morgonen efter av att Stefan ringde på hans telefon.

– Hej, roligt att du ringer Stefan. Hur mår du?
– Jag mår bara bra, hur mår du själv?
– Är lite bakfull och trött, men annars mår jag bra.
– Vet du vart Lisa är? Hon messade mig igår och skrev att ni skulle ut och dansa, men sedan blev messen alltmer otydliga. Jag får inte tag på henne och skulle behöva prata med henne.
– Svarar hon inte i sin mobiltelefon?
– Nej. Hoppades att du visste vart hon var.
– Jag ska be henne ringa om jag får tag på henne.
– Har försökt ringa Sofia också och får inte tag på henne heller. De sover väl och är för trötta för att svara.
– Vi var ute igår så de är nog ganska slitna.

– Be henne ringa mig om du pratar med henne.

– Det ska jag göra.

"Ska jag berätta något om att Lisa och Sofia hånglade och sedan sov ihop", tänkte Mbaluku medan han gick och satte på kaffekokaren. Han tittade igenom skafferiet och frysen, tog fram några frysta mackor, smör och ost. När han förberett frukosten så knackade han på sovrumsdörren.

– Kommer strax, hörde han Sofia mumla.

Mbaluku ställde sig vid fönstret och tittade ut på folket som passerade på gatan nedanför. Hans funderingar avbröts av att Sofia gick in i rummet.

– Har du gjort kaffe?

Mbaluku pekade på kaffebryggaren.

– Tack. Jag behöver vakna till. Är du sliten sen igår?

– Litegrann. Men jag mår nog lite bättre än dig ser det ut som.

– Jag hade kul igår, så det är väl dagens trötthet.

Lisa kom in i rummet iklädd bara trosor och BH.

– Jag hörde något om kaffe, sa hon och gick mot kaffebryggaren.

Sofia hällde upp en kopp åt henne.

– Stefan ringde mig och sökte efter dig, jag visste inte vad jag skulle säga men jag lovade att be dig ringa upp honom om jag träffade dig.

– Då ringer jag direkt.

Lisa gick och hämtade mobiltelefonen.

– Hej älskling. Jag och Sofia sov alldeles för länge för att vakna av våra ringsignaler. Vi ska äta frukost med Mbaluku nu, jag har fått lite kaffe så nu fungerar jag hyffsat i alla fall. Vad var det du ville prata om?

Stefan och Lisa pratade på i någon minut.

– Han hälsar till er båda.

Lisa tog för sig av brödet och satte sig med frukosten.

– Visst har du Sofia någon kontakt här i Italien som jobbar mot maffian? Tror du att den kontakten kan hjälpa till att kontrollera några transaktioner som vi misstänker är kopplade till organiserad brottslighet? frågade Lisa och vände sig mot Sofia.

– Jag känner en kille som forskar på maffians ekonomi. Det finns inte direkt öppna bokföringar att följa så det är lite svårare än hos andra företag. Vad är det du vill ha hjälp med?

– Jag tänker att vi ska kolla upp några misstänkta transaktioner som vi har problem med att spåra. Vi är ganska säkra på att transaktionerna är kopplade till avancerad brottslighet, men vi behöver veta namnen på de inblandade.

– Jag vet inte om han kan hjälpa dig, men det skadar inte att försöka. Jag ringer och kollar om han kan träffa oss idag, jag har ändå inget annat inplanerat.

En timme senare satt de i en taxi alla tre. De klev av framför en hög stenbyggnad, Sofia kollade på de små namnskyltarna och tryckte sedan på en knapp bredvid en av skyltarna. Efter några sekunder svarade en man, Sofia sa "hej", efter någon sekund hörde de blippet när dörren låstes upp. När de gått två våningar genom en trappuppgång i sten så knackade de på en dörr. Efter några sekunder kom det en långsmal man som öppnade.

– Men hej Sofia, vilken trevlig överraskning.

– Det var alldeles för länge sedan Pablo.

De kindpussades, sedan vände sig Sofia mot Lisa och Mbaluku och presenterad dem. De gick igenom en kort korridor som hade dörrar in till två rum, en toalett och ett pentrykök. Pablo bad dem sätta sig ned i hans arbetsrum, arbetsrummet var stort, det rymde ett skrivbord, tre bokhyllor samt ett litet bord med fyra stolar runt. På väggen hängde det affischer föreställande målningar av kända italienska renässanskonstnärer. Pablo bad dem sitta ned vid bordet.

– Välkomna in. Sofia förklarade att ni ville ha hjälp.

– Det stämmer. Vi har några kontonummer där det sker misstänkta pengainsättningar, vi är säkra på att pengarna är kopplade till grov kriminalitet men vi vet inte vilka personer som äger kontona och har inga bevis för att det verkligen är olagliga betalningar.

- Så ni vill att jag ska kolla upp några konton som ni tror är kopplade till olagliga transaktioner? Ni vill veta vem som skickat pengar till vem. Har jag förstått det rätt då?
- Ungefär.
- Men om jag förstått det rätt är ni inte poliser eller från någon åklagarmyndighet. Varför sköter inte svensk polis den här förfrågan?
- Just nu finns det ingen tydlig brottsmisstanke. Vi är intresserade av det här för att vi hjälper till att jobba med ett reportage. Men självklart skall polisen bli inkopplade när vi hittar tydliga bevis.
- Då förstår jag. Om ni ursäktar mig så skulle jag vilja prata med Sofia litegrann före vi går vidare. Men ni får gärna ta för er frukt och kakor om ni vill.

Pablo gick iväg med Sofia till det andra rummet i korridoren. Lisa och Mbaluku hörde att de diskuterade, Sofia höjde rösten några gånger. Sedan kom de tillbaka till rummet.

- Jag ska hjälpa er. Sofia har gett mig lite mer information. Men ni måste förstå att det jag gör nu är lite på gränsen till lagligt. Det är så att jag forskar om maffians ekonomi som Sofia berättat. Om vi lyckas få en överblick över maffians ekonomi kan vi förhoppningsvis lättare bekämpa den. Därför har jag fått tillgång till ett italienskt polisregister där alla misstänkta konton, transaktioner, fastighetsaffärer och annat som har någon koppling till italiensk organiserad brottslighet är registrerade. Jag har inte direkt tillgång till registret utan måste mejla in mina frågor till en anställd på polismyndigheten som i sin tur går igenom registret och kan skicka tillbaka informationen som jag söker. Egentligen får jag inte använda registret för annat än min forskning, så ni får absolut inte berätta om det här för någon. Kan ni lova det?
- Det lovar vi såklart.
- Bra. Vad är det för uppgifter ni vill kolla upp.
- Jag har det här, sa Lisa och gav Pablo ett USB-minne.

De satte sig vid datorn. Lisa visade mappen där allting var sammanställt och visade vad hon ville ha uppkollat.

– Nu mejlar jag allting så får vi se vad de svarar. Ha inte för höga förhoppningar bara. Registret innehåller mestadels konton som är kopplade till italienare och utöver det konton som andra polismyndigheter misstänker är kopplade till organiserad brottslighet. Eftersom det är svenskar inblandade är det stor risk att det inte finns några kopplingar alls till någon italiensk organisation eller italiensk medborgare. Dessutom är allting som är kopplat till pågående utredningar hemligt för mig. Men har vi tur får vi något napp i alla fall.

– Tusen tack för hjälpen, hur det än går.

Pablo mejlade iväg allting och vände sig sedan bort från datorn.

– Så. Nu är det bara att vänta. Kan jag erbjuda er något att dricka under tiden, en espresso kanske?

– Det vore gott. Jag behöver vakna till, sa Sofia.

De satt och småpratade vid bordet över varsin kopp espresso när det efter en halvtimme kom ett plingande ljud från datorn. Pablo gick dit. Han läste på datorskärmen ett tag och sa sedan.

– Intressant. Från de här tre kontona har det gjorts ett flertal utbetalningar till konton som vi klassificerar som "med hög sannolikhet tillhörande Camorran". Utöver det så har det från två av kontona gjorts utbetalningar under sista månaden till ett svenskt konto som misstänks vara kopplat till organiserad brottslighet.

– Alltså sysslar de som äger kontona med grov kriminalitet.

– Det är inte bara vem som formellt äger kontona som är intressant. Ofta har man någon målvakt eller en avancerad ägarstruktur där olika bolag äger varandra korsvis. Det viktigaste är vem som i slutändan kontrollerar kontot och kan plocka ut pengarna. Eftersom registret kontinuerligt hämtar uppgifter från europeiska banker och kan jämföra transaktioner kan det räkna ut sannolikhetsbedömningar kring vem som kontrollerar kontona.

– Vet ni vilka som kontrollerar de här kontona?

– Med över nittio procents sannolikhet är det tre svenskar vid namn Jarl Bonde, Peder Enqvist och Jonathan af Chrona som kontrollerar varsitt konto.

Kapitel 49

Cecilia satt med Folkbladet, en tekopp och en tallrik havregrynsgröt. "Vad fan är det som händer", tänkte hon när hon fastnade för en artikel som handlade om gruppen Fritt Sverige. På bara tre dagar hade gruppen gjort tre mordbränder mot olika flyktingförläggningar, men det var ändå inte det värsta. Medlemmar i gruppen hade tagit på sig ett mord av en butiksinnehavare med arabiskt ursprung. Butiksinnehavaren hade avrättats med tre skott, två skott i magen och ett i ansiktet. Tio olika tidningsredaktioner hade efter mordet fått en kort kommuniké från Fritt Sverige där de skrev att de skulle kämpa för att rena landet på alla sätt som krävdes. "Det här är ju en farlig terrorgrupp". Cecilia kände ett obehag, hon hade under sin ungdom träffat på många som förhärligat våld inom de vänsterkretsar som hon umgåtts, personer som sade sig kämpa för något gott men egentligen bara ville söka kickar. De personerna hade egentligen inte brytt sig om vare sig orättvisor eller egentlig demokrati, även om de sade sig kämpa för fina ideal. För Cecilia var det enkelt, målet med politiken var mer demokrati och ett rättvisare samhälle, det gick inte att kombinera dessa mål med att utföra våldsdåd. Men de våldsförhärligande personer som hon hade mött i sin ungdom hade varit ett fåtal utspridda individer som växt ifrån sina åsikter, Fritt Sverige verkade istället vara en stor grupp med många anhängare. I tidningsartikeln stod det att gruppen hade starkt stöd på Facebook så Cecilia loggade in. Ingen av hennes Facebookvänner verkade ha skrivit något positivt om gruppen, men när hon började klicka sig vidare till vänners vänner så började hon se försiktigt positiva kommentarer, när hon klickade sig ännu längre vidare så fick hon se kommentarer som direkt hyllade gruppen som befriare. "Det finns alltså många personer som öppet stödjer en högerextrem terrorgrupp i Sverige", tänkte Cecilia och ryste. Hon la ifrån sig tidningen, slog på Vivaldis "de fyra årstiderna", satte sig i sin favoritfåtölj och slöt ögonen.

Timmarna gick och tankarna flög iväg. Cecilia slumrade till, vaknade varken när Olivia öppnade ytterdörren eller när hon kom in i vardagsrummet. Hon väcktes istället av en mild puss på läpparna.

276

– Dags att vakna nu Törnrosa.

Cecilia log.

– Är det min prins som kommit på sin vita springare?

– Inte riktigt. Det är din prinsessa som kommit med buss.

– Desto bättre.

Cecilia drog Olivia närmare sig, de kysstes länge. Olivia kröp ner i fåtöljen.

– Jag har köpt alldeles för mycket mat så det är nog dags att börja nu om vi ska hinna få maten klar i tid, sa Cecilia.

– Vi har väl ingen tid att passa?

– Inte någon bestämd tid, men jag vill hinna ligga med dig ikväll.

– I så fall får vi skynda oss, sa Olivia och drog upp Cecilia ur fåtöljen.

De gick till köket där Cecilia tog fram diverse grönsaker, bröd, ost, såser.

– Det blev lite mycket ser jag. Det här skulle säkert räcka till en hel veckas middagar, sa Olivia.

– Jag var nog lite för peppad på att du skulle komma hit idag, jag köpte allting som såg gott ut, sa Cecilia.

– Jag är också väldigt peppad. Det pirrade i magen när jag åkte hit. Jag har saknat att få vara nära dig.

– Jag har saknat dig mer, sa Cecilia.

– Det är ingen tävling. Men hade det varit det så hade jag vunnit.

Cecilia berättade vad hon hade planerat med maten. Olivia började hacka grönsaker och Cecilia gjorde en guacamole.

– Har du förresten läst vad Fritt Sverige gjorde igår?

– Nej, har missat det.

– De har försökt att bränna ner tre flyktingförläggningar och de har avrättat en muslimsk man. Jag trodde att det bara var en reaktion från människor från Avpixlat efter mordet på Jarl Bonde, men det verkar som att det är en mer organiserad grupp.

– Vad obehagligt.

– Det är sjukt. Jag trodde att Breiviks terrordåd skulle få folk att vakna upp, hoppades att folk skulle inse hur sjuk högerextremismen är. Men det var nog naivt.

– Jag har inte tänkt på Breivik som en terrorist.

– Håller du med om att terrorism är olaglig våldsanvändning för att uppnå en politisk förändring?

– Det gör jag nog.

– Vad gjorde då Breivik? Han genomförde ett massmord för att kunna få igenom politisk förändring.

– Jag kan inte säga emot. Det är nog bara att jag aldrig har hört någon prata om honom som terrorist.

– Så är det alltid. När vita män utför något hemskt är de ensamma galningar, när muslimska män gör det är de terrorister, så ser medialogiken ut.

– Du är klok Cecilia. Visst vet du det?

– Ibland. Tack för att du säger det.

Olivia kramade Cecilia bakifrån och gosade in mot hennes kropp.

– Att du är så klok är bara en av anledningarna till att jag är så kär i dig.

– Vad är de andra anledningarna.

– Att du är vacker, att du är modig, att du är rolig. Sedan är det ingen nackdel att du är grym i sängen.

– Jag kan säga samma saker om dig.

Cecilia vände sig om och de började kyssas.

– Nu gjorde du mig väldigt pilsk, sa Cecilia.

– Vad bra, sa Olivia och drog med sig Cecilia mot sovrummet.

– Men vi måste laga klart maten.

– Varför då? Är det något som blir dåligt om det får stå framme i en halvtimme? frågade Olivia.

– Nej jag tror inte det.

– Då så, följ med här.

Olivia drog med Cecilia till sovrummet. De försökte kyssas samtidigt som de klädde av sig. Olivia började kyssa Cecilias hals och gled sedan ner med tungan över brösten och magen för att till slut komma ner till klitoris. Där slickade hon och sög om vartannat. När hon hörde att Cecilia närmade sig orgasm tog Olivia ett kort uppehåll, sedan ökade hon takten ännu mer tills Cecilia stönade högt.

– Det där var helt fantastiskt. Jag vet inte vad du gör med mig?

– Jag verkar göra dig kåt om inte annat.

– Det gör du. Vad vill du att jag ska göra för dig?

– Samma sak, det verkade som att du hade det ganska skönt när du låg där.

Cecilia började kyssa Olivia på halsen och slickade sig sedan nedåt. Efter ytterligare några minuter var det Olivias tur att stöna högt. De kramades länge efteråt. När de kom ut i köket igen så hade det gått ungefär en och en halv timme. Olivia återupptog hackandet av grönsaker och Cecilia fortsatte med den halvfärdiga guacamolen. Efter ytterligare en timme satte de sig ner vid köksbordet med åtta skålar grönsaksblandningar, fyra såser, bröd och oliver. De åt, pratade och skrattade. "Trots allting vi varit med om så är jag hopplöst förälskad i henne", tänkte Cecilia. Efter att de plockat undan maten så gick de till sovrummet igen. De knullade en gång till. Sedan tog Cecilia fram datorn och Olivia tog fram en bok. Olivia låg i Cecilias knä och läste samtidigt som Cecilia kollade Facebook. Det var några högt uppsatta läkare som skrivit en debattartikel där de anklagade Mads för ohederlig tolkning av data. Artikeln var svår att hänga med i då den hoppade mellan olika saker, skribenterna försökte på så många sätt de kunde smutskasta Mads och få honom att verka som en opålitlig läkare.

– Du vet Mads som jag pratade om? Han som håller på att visa hur många läkemedelsbolag fuskar med sin forskning.

– Jag kommer ihåg honom.

– Han har blivit hårt smutskastad i en artikel här i DN. Verkar inte finnas någon substans som jag tolkar det, men har man väl börjat bli smutskastad är det lätt att misstankarna sitter kvar.

– Vad jobbigt för honom.

– Jag tänkte skriva ett kort brev till honom. Peppa honom på att fortsätta kämpa.

Cecilia skrev om brevet flera gånger, det var svårt att få fram allt hon ville säga i ett kort mejl. Till slut skrev hon att det var en artikel utan substans, att hon tyckte att han var duktig och att han skulle fortsätta kämpa.

— Får jag läsa debattartikeln förresten? frågade Olivia.

— Absolut, sa Cecilia och räckte över datorn.

Olivia läste igenom artikeln.

— Jag tror inte att de läkarna som skrev under är de som skrivit själva artikeln.

— Varför inte? frågade Cecilia.

— Det är nog språket. Jag känner igen det, känns som att det är någon som är mer van att skriva debattartiklar. De har sannolikt fått hjälp av någon.

— Även om de inte skrivit den känns det som en ohederlig och vinklad artikel.

— Det håller jag med om.

Kapitel 50

Lisa öppnade dörren och klev in i lägenheten. Cecilia rörde om i en tomatsoppa och Stefan hackade grönsaker. Samtidigt som de lagade mat så sjöng de med till åttiotalshitsen som strömmade ur musikspelaren. Det var Stefan som upptäckte Lisa först.

– Hej älskling, välkommen hem.

Lisa tog av sig skorna och gick fram till tomatsoppan.

– Det luktar gott, vad är det?

– En soppa på tomater och massa grönsaker.

– Jag har gjort en sallad som vi kan ha till förrätt, sa Cecilia.

– Men du behöver inte oroa dig, vi ska inte vara nyttiga hela tiden, jag har även gjort en riktigt kladdig kladdkaka till efterrätt, sa Stefan.

– Det låter utmärkt. Idag ska vi ju fira.

– Varför då? frågade Stefan och Cecilia.

– Det får ni fundera ut själva.

Cecilia kom på det efter några sekunder.

– Det är att vi tre skall ha en kväll ihop, vet inte hur länge sedan det var vi åt tillsammans alla tre.

– Jag tror att det var en månad och tre dagar sedan, sa Lisa.

– Då ska vi fira stort tycker jag. Kanske lösa något stort brott, sa Stefan och skrattade.

Lisa började duka bordet.

– Om vi nu ska börja prata om brott så fick jag fram matnyttig information i Italien.

Cecilia och Stefan vände sig mot Lisa.

– Vad då?

– Jag fick fram namnen på de tre kontoägarna med 90% säkerhet.

– Är det säkert? Berätta.

Lisa höll länge på svaret.

– Jarl Bonde, Peder Enqvist och Jonathan af Chrona.

– Jag visste att Jarl Bonde var inblandad, sa Stefan.

- Men vilka är de andra två? frågade Cecilia.
- Det är två affärsmän, gör inte så mycket liv av sig men är väldigt rika.
- Mycket vill ha mer.
- Exakt. Jag har kollat upp dem och de har båda kopplingar till både Jarl Bonde och Minerva Holdings. De sitter dessutom i olika bolagsstyrelser, Peder sitter bland annat i styrelsen för ett stort läkemedelsbolag och Jonathan i styrelsen för ett stort energibolag.
- Är du helt säker på att det här är de tre som vi har sökt?
- Som jag sa så var datorprogrammet bara 90% säkert på att de var kontoägarna. Nu när jag kollat upp dem mer så är jag betydligt säkrare än så.
- Det är något att skåla för, sa Stefan och höll upp glaset.

Stefan höjde sitt glas med öl, Lisa sitt vinglas och Cecilia sin alkoholfria drink.

- Till brottslösartrion, sa Stefan.
- Till brottslösartrion, svarade Cecilia och Lisa.

Under middagen fortsatte de att diskutera hur de skulle fortsätta.

- Jag tycker att vi ska fokusera på Jarl Bonde, sa Stefan.
- Jag håller inte med, sa Lisa.
- Varför det?
- För att det förmodligen är lättare att koppla Peder och Jonathan till brotten. De är inte lika kända och granskas därför inte. Det är nog bara vi som misstänker dem.
- Men vi måste hitta bevis mot Jarl Bonde, annars kommer jag att mördas medialt.
- Förmodligen. Men det bästa sättet att hitta bevis mot Jarl är att först hitta bevis mot de andra två. Då kommer det vara mycket lättare att hitta bevis mot honom också. För ska vi vara ärliga har vi inte hittat några tydliga bevis mot honom trots att vi har lagt ner ganska mycket arbete.
- Som vanligt har du nog rätt min älskling.

- Det har tagit alldeles många år för dig att förstå att jag alltid har rätt älskling. Men jag är glad att du säger det, sa Lisa och gav Stefan en puss på kinden.

De fortsatte diskussionen under tiden som de plockade maten från bordet. Cecilias mobil vibrerade.

- Ursäkta mig, det är Olivia, jag kommer när vi pratat klart.

Cecilia gick iväg till sitt rum.

- Hej älskling, hur mår du? frågade Cecilia.

- Jag mår bra. Har suttit och läst på om drevet mot Mads hela kvällen. Hur mår du?

- Jag mår bra, har fått hänga med Lisa och Stefan idag. Har saknat det känner jag, har varit ett alldeles för konstigt år.

- Har svårt att se att något år någonsin kommer att vara konstigare än det här.

- Hittade du något intressant när du läste om Mads?

- Det gjorde jag. Jag är ganska säker på att jag hade rätt, det var inte de som undertecknade debattartikeln som hade skrivit den.

- Vem var det då?

- Exakt vem det är vet jag inte. Men att det är en spökskrivare är jag ganska säker på.

- Hur kan du vara det?

- Jag tyckte att språket inte riktigt stämde, att det var något som gnagde när jag läste artikeln. När jag gick igenom texten noggrannare så var det några formuleringar som stack ut. De meningarna googlade jag sedan, jag hittade några andra artiklar som minst två av meningarna fanns i. Jag hittade totalt åtta sådana artiklar.

- Jag förstår inte hur det kan bevisa att det var någon annan som skrev artikeln.

- Lugn, jag kommer till det när jag förklarat klart. När jag hittat de åtta artiklarna så laddade jag in dem i ett datorprogram som jag köpte idag på förmiddagen. Programmet är byggt för att jämföra olika texter och sedan avgöra om det är samma skribenter. Det är ett program som jag använt många gånger inför rättegångar, det är i vissa lägen viktigt att avgöra vem som har skrivit en text. När jag körde de här åtta artiklarna och sedan körde debattartikeln från igår så fick jag en väldigt bra matchning mellan fyra av de andra artiklarna och debattartikeln.

— Men vad säger det? Tänker att det bara säger att det är några personer som skriver lika varandra.

— Absolut så kan det vara. Men hur vi skriver är mer personligt än vad vi tror, det är nästan som våra fingeravtryck när det blir längre texter. Vi använder olika tempo när vi skriver, vissa uttryck använder vi på ett sätt som är ovanligt, meningsbyggnaden har en speciell struktur. Jag var också misstänksam mot det här programmet först, det kändes väldigt ovetenskapligt och obehagligt. Men när jag sett vad det kan göra så har jag ändrat mig, om jag skulle plocka fram tio texter som du skrivit om olika saker och tio texter som jag skrivit om samma saker skulle programmet nästan helt säkert kunna säga vilka tio texter som hörde ihop.

— Men vad innebär det här?

— Det innebär att det är en spökskrivare som skrivit debattartikeln mot Mads. Samma spökskrivare har skrivit fyra andra artiklar som är undertecknade med helt andra namn. Artiklarna handlar om helt olika saker men alla bygger på att misskreditera någon person.

— Så du har hittat en person som professionellt skriver debattartiklar där olika personer smutskastas. Låter som ett trevligt jobb.

— Det mest intressanta är att en av de här artiklarna är en debattartikel mot Stefan. Den kom för bara tre veckor sedan och det var nog den artikeln som jag omedvetet tänkte på när jag läste om Mads igår. Artikeln publicerades i DN och handlar om hur vissa journalister går ut med beskyllningar utan att ha några bevis och hur det i sin tur skadar både medias anseende samt är omoraliskt. Stefans namn nämns aldrig men den är tydligt riktad mot honom.

— Det ska jag berätta för honom. Tror du att du kan komma på vem det är som skrivit artiklarna?

— Kanske. Ge mig några dagar så får vi se vad jag kommit fram till.

- Du är klok som en bok min älskade.
- Du är inte så dum du heller.
- Jag ska gå och basta nu, de väntar på mig.
- Gör det, ses snart.
- Det hoppas jag verkligen. Saknar dig.
- Saknar dig med.

Cecilia gick upp till relaxen, efter att ha duschat av sig tog hon sin alkoholfria öl till bastun. Där inne låg Lisa bredvid Stefan på överslafen.

- Jag pratade med Olivia och hon berättade något intressant. Ni vet att jag pratade om att min vän Mads blivit påhoppad i en debattartikel. Olivia tyckte att det var något som inte stämde så hon gick igenom artikeln och jämförde språket med andra debattartiklar. Det verkar som att det är en spökskrivare som skrivit artikeln och många andra, sedan har de några andra personer undertecknat artiklarna med sina egna namn.
- Hur kunde hon veta det? frågade Stefan.
- Hon använder något sorts program som kan jämföra språket i olika texter, tydligen något man ofta använder inom juridik.
- Jag känner igen det där, det är ett intressant område, sa Lisa.
- Men det intressanta är inte bara biten om Mads. Det mest intressanta är att en av de andra spökskrivna debattartiklarna är en där du blev attackerad Stefan.
- Det låter intressant, men vad innebär det egentligen? frågade Stefan.
- Jag vet faktiskt inte, sa Cecilia och skrattade till. Vad tror ni?
- Enligt mig kan det bara betyda en sak. Ni har båda fiender som har pengar, det kostar ganska mycket att anlita någon som skriver en debattartikel, både de som ville hänga ut dig och de som vill attackera Mads har betalat någon för att skriva. Att ni hade förmögna fiender visste vi förvisso redan. Men det är väldigt intressant att de använder spökskrivare. Det har jag aldrig varit med om utanför toppolitiken eller inom PR.

285

- Olivia skulle undersöka om hon kunde komma fram till vem det är som egentligen skrivit artiklarna. Vi får se om hon hittar något.

De satt länge tysta tills Lisa sa.

- Nu måste vi bestämma oss hur går vi vidare med allting kring Jarl, Peder och Jonathan. Det vi har att gå på just nu är att de alla tre har konton som är kopplade till Camorran. Men det vi behöver göra är att fixa starka bevis mot dem alla tre. Hur gör vi det?
- Du pratade tidigare om att undersöka Peder och Jonathan för att det är lättare. Det tycker jag låter rimligt. Sedan borde vi ta reda på vilken svensk organisation det är som de överfört pengar till, sa Lisa.
- Men vi får inte släppa Jarl helt tycker jag, sa Stefan.
- Mitt förslag är att vi gör såhär, sa Lisa och berättade sedan vad hon tyckte.

Efter lite mer än en timme så hade de till slut kommit överens om hur de skulle gå vidare. De var alla så matta efter bastun att de stupade i säng.

Kapitel 51

Olivia hade suttit nästan all vaken tid under två dygn framför sin nya dator. Annikas gamla dator hade varit alldeles för seg så Olivia hade tömt sparkontot och köpt en värstingdator, två skärmar, en ergonomisk stol samt en bra mikrofon. Utöver det hade hon köpt tillgång till en proxyserver vilket gjorde att hennes IP-nummer doldes, vilket i sin tur gjorde att det inte gick att spåra det hon gjorde tillbaka till hennes dator utan alla spår slutade i en server i Storbritannien. Att leta efter vem som skrivit en text på det här sättet som hon gjorde nu hade hon aldrig tidigare gjort. Det kändes som att hon var med i en deckare eller möjligtvis en thriller. I och med att hon inte hade gjort det här tidigare så var hon hela tiden tvungen att testa nya saker. Först hade hon börjat med att leta efter andra texter som troligen var från samma skribent. Då hade hon hittat ett tiotal. Efter det hade hon undersökt vilka som skrivit under texterna. Där var det två tydliga grupper, högt uppsatta personer inom svenskt näringsliv samt politiska debattörer. Hon hade efter det fastnat, hon visste inte riktigt hur hon skulle gå vidare. Till slut började hon bara googla de olika personerna som skrivit under debattartiklarna. När hon hade googlat allihop så upptäckte hon att många av personerna hade gratulerat PR-byrån Andersson och Svensson när byrån hade blivit utsett till Sveriges mest effektiva politiska PR-byrå. Olivia började undersöka Andersson och Svensson och upptäckte då att språket i vissa texter som kom direkt ifrån byrån överensstämde med debattartiklarna om Mads och Stefan. Efter många timmars ytterligare sökande på internet hade hon blivit helt säker på att skribenten till debattartiklarna var från Andersson och Svensson, men hon hade inte kunnat komma på exakt vem det var som hade skrivit. Däremot hade hon fått en bra uppfattning om själva byrån. Det var en byrå där det vara både PR-människor och jurister anställda. Byrån var en stor aktör som sysslade med politisk påverkan där de använde både juridiken och PR-människornas texter för att attackera motståndarna. Olivia kände igen namnen på några av namnen på juristerna, det var duktiga personer som var ambitiösa. Hon ringde Cecilia för att berätta vad hon hittat.

- Jag har aldrig hört talas om Andersson och Svensson, sa Cecilia.
- Det är nog tanken. De ska agera i bakgrunden. Tror du att ni skulle kunna gå igenom Anitas mejl och se om ni kan hitta något om Andersson och Svensson? frågade Olivia.

Cecilia berättade för de Lisa och Stefan vad Olivia hade hittat.

- Jag har läst några mejl som jag inte förstod vad de handlade om, nu inser jag att de kan handla om Andersson och Svensson. Jag ska visa er, sa Lisa.

Lisa tog fram de olika mejlen som hon hade tänkt på.

- Nu när jag vet om Andersson och Svensson förstår jag vad mejlen handlar om. Det verkar som att Jarl, Peder och Jonathan vid olika tillfällen har köpt tjänster av dem, sa Lisa.
- Peder sitter ju i styrelsen för ett av Läkemedelsbolagen som Mads anklagar för forskningsfusk. Dessutom är Jonathan suppleant i styrelsen till ett annat av läkemedelsbolagen. Om både Peder och Jonathan har köpt tjänster av Andersson och Svensson tidigare så kan det ha varit någon av dem som har betalt för attackerna mot Mads, sa Cecilia.
- Eller till och med köpt mordhoten mot Mads.

Morgonen efter började Olivia göra mer handfast arbete. Hon laddade ner ett program som gjorde att hon kunde ringa via datorn och själv välja vilket nummer som skulle visas hos mottagaren. Hon testade att ringa till receptionen hos Andersson och Svensson från ett engelskt nummer och använde en överdrivet brittisk engelska.

- God morgon, mitt namn är Anna, hur kan jag hjälpa dig, sade kvinnan i receptionen.
- God morgon. Mitt namn är Diana och jag ringer åt min klient Lord Wellington, han pratade med en av era anställda igår och skulle behöva prata mer med honom i eftermiddag.
- Vet du vem han pratade med?
- Tyvärr inte. Min lord är mycket upptagen och har en tendens att glömma vem han pratar med.
- Då vet jag inte riktigt hur jag kan hjälpa dig tyvärr.

- Min lord sade dock att han nog kunde känna igen namnet om han fick höra det igen.
- Det är tretton anställda inne idag.
- Utmärkt. Om du läser upp deras namn och direktnummer så skriver jag ner det igen. Tusen tack igen, Lord Wellington kommer att bli så glad.

Kvinnan i receptionen verkade ställd men började sedan läsa upp namnen och gav även Olivia deras direktnummer.

- Tack Anna. Du har just hjälpt oss i ett väldigt viktigt ärende.
- Varsågoda.
- Ha en ljuvlig dag Anna.
- Detsamma.

Olivia tittade på listan framför sig. Hon hade tretton namn och tretton direktnummer. "Det här kommer att bli en lång dag", tänkte Olivia. Hon kunde med hjälp av en lista på byråns hemsida och lite letande på Facebook avgöra vem som jobbade med vad. Det var fyra jurister och nio PR-människor. Olivia började med att ringa den första PR-människan. Hon använde ett nummer från Göteborg.

- Hej det är Jens på Andersson och Svensson.
- Hej, jag heter Miriam och ringer dig åt en klient. Han fick tipset att ringa er från en god vän.
- Det brukar oftast vara så man får kontakt med vår byrå. Hur kan jag hjälpa er?
- Det är ett något känsligt ämne så jag återkommer till det. Min klient är intresserad av att anlita er men skulle först vilja få svar på några frågor.
- Det är klokt att vara insatt före man börjar anlita någon. Fråga på.
- Det är så att vår klient äger företag inom välfärdssektorn och har hamnat i blåsväder. Hans företag har råkat ut för mycket beskyllningar och nu har han även börjat bli påhoppad som privatperson.

289

– Det är många inom välfärdsbranschen som har det tufft just nu. Det är alldeles för mycket fokus på vinsterna i välfärden och inget fokus alls på kundnöjdhet.

– Det är beklagligt. Min klient skulle vilja ha hjälp med två saker. Dels att rent generellt vända vindarna här i Göteborg, dels att någon gick in och försvarade hans namn.

– Det är saker som vi är vana vid att arbeta med. Har ni själva några tankar på vad ni mer specifikt vill ha hjälp med?

– Min klients skulle vilja att det skrivs tre lokala debattartiklar samt en rikstäckande. Två av de lokala samt den rikstäckande skall handla om vikten av kvalitet i välfärden och koppla ihop det med min klients företag. Den fjärde skall vara en lokal artikel som lyfter fram min klients goda bidrag till regionen.

– Det låter som något vi kan hjälpa till med.

– Min klient skulle gärna vilja att det var spridda personer som undertecknade dessa debattartiklar. Det vore önskvärt med några ekonomer som skrev under en av artiklarna och att politiker från båda sidor blockgränsen skrev under minst en av de andra artiklarna.

– Det kan vi också hjälpa till med. Men din klient måste vara medveten om att det blir dyrare om det är vi på Andersson och Svensson ska hitta personer som är beredda att underteckna artiklarna.

– Det är han medveten om. Men före vi går vidare skulle min klient vilja ha en ungefärlig prisbild.

– Det är svårt att ge något exakt pris.

– Men på ett ungefär. Vi talar om fyra debattartiklar, spridda personer som skriver under dem, tre ska få in min klients bolag på ett positivt sätt och den fjärde artikeln skall vara en sammanfattning av allt gott som min klient gjort för regionen. Jag förstår att du inte kan ge mig en exakt siffra. När min klient frågade mig vad jag trodde kostnaden skulle var så uppskattade jag prisbilden till ungefär tvåhundra tusen. Tycker du att jag gett min klient en rimlig uppskattning?

290

- Jag tycker att du är duktig på att göra uppskattningar av prisbilden.
- Vad bra. Men jag skall diskutera med min klient och jag förmodar att vi kommer att återkomma inom ett par dagar. Tack för tydliga svar.
- Ingen orsak. Jag ser fram emot att höra ifrån dig igen Miriam.

Olivia la på luren och andades ut. Hon var spänd i hela kroppen, det kändes som att hon hade varit ute på en lång springtur. "Nu fick jag fram lite mer information om hur de jobbar. Men jag måste från fram tydligare kopplingar till Jarl, Peder och Jonathan", tänkte Olivia. Hon reste sig från datorn och började gå omkring i huset, hon tog fram dammsugaren och lät tankarna fara omkring fritt.

Efter att hon hade dammsugit, ätit två mackor och fått i sig en kaffekopp satt hon framför datorn igen. Hon hade gått igenom listan på alla inom PR och med hjälp av Google och Facebook försökt skapa sig en övergripande bild. En av personerna på listan hade för bara två år sedan bytt efternamn till Rosenhöök, "Han blir perfekt. Har tagit ett namn som ska låta adligt men är uppenbart inte adlig själv, det luktar dålig självkänsla lång väg", tänkte Olivia. Hon kopplade upp programmet och ringde från ett Stockholmsnummer som gick till en av hennes tidigare toppklienter.

- Mats Rosenhöök.
- Hej mitt namn är Madeleine. Jag har fått ditt namn av en kollega som tipsade om att du är väldigt duktig.
- Vad trevligt. Vad kan jag hjälpa dig med?
- Det är så att jag sitter i styrelsen för två bolag som behöver din hjälp. Ett av bolagen har stort intresse i läkemedlet Sertraline och en ohederlig forskare som heter Mads Rohde har publicerat artiklar som kan komma att skada vår försäljning av det läkemedlet. Min kollega berättade att ni redan har hjälpt ett annat bolag i den här frågan.
- Jag kan som du förstår varken bekräfta eller dementera det du säger. Men jag kan säga att vi här på Andersson och Svensson är oroliga för ohederligheten hos just Mads Pedersen.

–   Vad bra, det behövs fler personer som kämpar för att sanningen ska nå ut. Men mitt företag skulle gärna vilja att kampanjen mot Mads fortsätter. Vi vill att hans anseende skall skadas så pass hårt att han inte kommer att kunna publiceras sina falska teorier igen.

–   Är det något särskilt som ni har tänkt er?

–   Jag skulle vilja att några läkarkollegor till Mads skriver en lång artikel där de grundligt kritiserar honom. Hans kompetens skall attackeras hårt, om det inte går att hitta tydliga tecken på inkompetens skulle jag önska att man kommer med allmänna beskyllningar. Sedan vill jag att artikeln skall avslutas med en uppmaning till hans fakultet att säga upp honom.

–   Det låter görbart, men jag hoppas att ni förstår att det här kommer att kosta mycket pengar.

–   Vi har avsatt mycket pengar och vi kommer även att ta kontakt med några andra bolag som är intresserade av hederlighet inom forskningen på det här området.

–   Är det allt ni har tänkt?

–   Inte riktigt. Det är en sak till som behövs. När debattartikeln är skriven så vill vi att den ska spridas till media. Att det skall göras ett stort nummer av att några läkare ifrågasätter Mads kompetens så kraftfullt. Även om Mads inte kommer tvingas avgå så vill vi att hans namn kopplats ihop med inkompetens för all framtid.

–   Jag brukar säga att vi måste kämpa för sanningen, även om det är obekvämt så är det den enda vägen framåt.

"Det där känner jag igen. Vart har jag stött på det förut", tänkte Olivia. Hon blev tyst i luren.

–   Hallå, är du kvar, frågade Mats.

Olivia väntade några sekunder med att svara. "Just ja, jag har läst det där i en debattartikel från byrån, som försvarade Jarl när han blev anklagad för mutbrott", tänkte Olivia.

–   Blev bara något strul med telefonen, jag är kvar. Jag känner mig nöjd med den här biten kring Mads. Vi ska prata ihop oss lite mer på företaget så ringer jag dig lite senare under veckan.

–   Vad bra att ni är nöjda.

- Men det var en sak till jag vill fråga dig om.
- Vad gäller det?
- Det är lite känsligt. Det är så att jag var nära vän med Jarl Bonde före han tragiskt blev mördad. Jarl berättade att ni på byrån hade hjälpt honom väldigt mycket. Han var inte personen som sa tack, men han var väldigt tacksam för det ni gjort för honom när han misstänktes för mutbrott.
- Han var en fin man som fick oförtjänt mycket kritik.
- Men Jarl nämnde särskilt dig Mats. Han tyckte att du var fenomenal. Visst var det du som skrev den där debattartikeln kring mutbrott i DN där tre ekonomer försvarade Jarl? Den artikeln blev vändpunkten, efter det började äntligen tidningarna skriva mer positivt om den fantastiska affärsmannen Jarl.
- Kan tyvärr inte säga rakt ut att det var jag, men jag blir glad över att du tyckte att det var en del av vändpunkten.
- När nu Jarl blev friad från misstankarna om mutbrott så tycker jag att det är ännu mer obehagligt med beskyllningarna mot honom och de andra affärsmän från den där ohederlige journalisten Stefan.
- Jag är väl insatt i problematiken.
- Det känns lite fel att prata med dig om det här, men jag har fått så himla gott intryck av dig och Jarl litade på dig fullständigt så jag litar på hans omdöme. Jag har förstått att ni jobbar hårt mot olika pålitliga ledarsidor samt förbereder debattartiklar som kan släppas när Stefan släpper sina artiklar.
- Det stämmer.
- Jag vill bara informera om att jag står till förfogande om det behövs personer som ska underteckna någon eller några av debattartiklarna.
- Det är bra att veta, jag skall absolut kontakta dig om Stefan publicerar något som vi måste bemöta. Men det är viktigt att veta att vi på Andersson och Svensson alltid följer lagarna så det kan finnas vissa textförslag eller andra önskemål som vi inte kan tillgodose.

- Jag förstår. Då tror jag att jag var klar. Jag skall diskutera med fler ur styrelsen och återkommer om de också tycker att det är rimligt att anlita er.
- Tack för ett givande samtal. Hoppas att du hör av dig igen.
- Det är jag som ska tacka.

Före Olivia la på tänkte hon "Jag har redan fått ut det jag ville veta av samtalet. Han vet inte vem jag är så jag kan lika gärna chansa och se vart det leder".

- Men du nu kom jag på en sak till. Jag är även god vän med Peder Enqvist som berättade att han hade fått mycket hjälp av er. Han betalade för några veckor sedan en ganska stor summa till ert företag. Jag vill inte gå in djupare på vilken sorts tjänst då jag inte är helt säker namnen på personen som hjälpte honom, jag vet dock att Peder sa att personen var mycket kompetent. Ursäkta om jag är lite osäker på personen som hjälpte Peder, men visst var det du Mats som hjälpte honom?
- Det stämmer, jag hjälpte nyligen Peder att få kontakt med en person utanför företaget som kan hjälpa till med mer obekväma tjänster.
- Vad bra att du säger det. Jag skulle behöva hjälp med en personlig sak som är lite känslig. Tänkte att nu när jag ändå har dig på linjen så kanske jag kan be om hjälp att få kontakt med den personen.
- Kontaktuppgifter av det slaget är inget som jag ger över telefon i vanliga fall.
- Det förstår jag. Jag tänkte bara att både Jarl och Peder hade ett sådant starkt förtroende för dig så att jag ville fråga. Men då bokar jag istället av ett viktigt möte som jag har i eftermiddag och kommer förbi dig på kontoret istället.
- Jag kan göra ett undantag.

Mats gav Olivia ett telefonnummer.

- När du kontaktar personen kan du hälsa från mig, men om någon annan frågar så har jag inte gett dig numret. Officiellt är jag inte inblandad i de där affärerna.
- Självklart. Tack för ett väldigt professionellt samtal.

294

– Tack själv.

– Jag hör av mig i eftermiddag.

Oliva la på. "Den chansningen gick hem. Nu har vi nog fått kontaktuppgifter till personen som hotade Rohde. Bara för att jag gav Mats lite beröm så avslöjade han massa uppgifter som antingen är olagliga eller affärshemligheter", tänkte Olivia.

Kapitel 52

"Vädret i Stockholm är soligt och varmt, jag vill tacka er alla för en trevlig flygtur från mig och min besättning", sa piloten när de började gå ner för landning. Lisa satt bredvid en kvinna i trettioårsåldern samt en flicka på ungefär fyra år som verkade vara kvinnans dotter. Mamman hade till en början lyckats muta dottern med godis men sista kvarten hade dottern skrikgråtit mer eller mindre hela tiden. Lisa hade inte blivit speciellt störd då hon hade andra saker att tänka på. Hon satt kvar på sin plats och väntade på att de andra passagerarna skulle tränga sig ut ur planet. Några minuter spelade ingen roll, hon hade bokat ett möte till lunch och det var flera timmar dit. Bromma flygplats låg egentligen alldeles för centralt tyckte Lisa, det var bra mark som kunde användas till bostäder istället. Men det var några politiker som tyckte att det var bra att ha en flygplats centralt och då fick den stå kvar. Solen värmde när hon gick ut ur planet, det var skuggan som gällde idag. Inne i ankomsthallen så köpte hon en macka och en läsk, sedan satte hon sig på en soffa och tittade på människor. Hon gissade vilka de var, vad jobbade de med, vilka var kärlekspar? Vilka höll på att bli kärlekspar? Lisa tyckte det var en rolig lek, även om hon aldrig fick reda på svaren. Men eftersom hon var duktig på det mesta och hade ett gott självförtroende så var hon säker på att hon var duktig på att placera folk i rätt fack. När mackan var uppäten och läsken drucken så gick hon ut och väntade på nästa buss mot T-Centralen. Hon hade med sig tre böcker och började läsa en av dem när hon klivit på bussen. Hon hade gott om tid så hon gick runt planlöst i gamla stan. Såg på turister med kameror och affärsmän med portföljer. Det verkade knappt vara några som bodde i området, fast så var det väl på många turistplatser, de som bodde där syntes knappt. När klockan slog fem i tolv så gick hon in på en undanskymd restaurang, hittad ett bord för två och slog sig ned. Hon tittade igenom menyn och bestämde sig för dagens vegetariska. Hon bad om att få in bröd och väntade sedan. Några minuter senare kom Joakim in, han var lång och hade en mörk kostym. Han tittade sig omkring och fick syn på Lisa, hans ansikte sprack upp i ett leende och han gick snabbt mot henne.

– Men hej, vad roligt att se dig, sa Joakim.

– Detsamma, var alldeles för länge sedan.

– Verkligen. Blev förvånad, men glad, när du ringde. Hur är allting med dig?

– Det är fint. Mycket att göra men livet flyter på. Hur är det själv?

– Stressigt, men det är självvalt. Annars är livet fint.

De uppdaterade varandra som sina respektive liv, beställde mat och skrattade åt gamla minnen. När de började bli klara med lunchen så la Lisa ner besticken.

– Det är en sak som jag gärna skulle vilja ha hjälp med av dig.

– Berätta så får vi se om jag kan hjälpa till.

– Jag är ganska säker på att du kan, frågan är om du vill. Det jag kommer att fråga om är något som bryter mot era interna regler inom SEB, det kan även vara så att det bryter mot lagen. Om du svarar nej kommer jag inte att vara besviken på dig på något sätt utan jag kommer att förstå dig. Anledningen att jag frågar dig om den här stora tjänsten är för att det är en väldigt viktig sak som ligger bakom.

– Berätta.

Lisa berättade om hur de hittat tecken på att tre svenska affärsmän var inblandade i grov brottslighet, om mineralhandeln i Kongo, om hur de hittat bevis på att alla tre affärsmännen fått utbetalningar av Camorran.

– Två av dessa affärsmän är kunder på din bank och vi är säkra på att de sysslar med grov brottslighet. Vi har börjat bygga upp bevis men behöver mer. Det vi skulle behöva från dig är sammanställningar från deras konton de sista två åren. De vet inte om att någon är dem på spåren så troligen är de inte så försiktiga som de borde vara.

– Men om det inte förekommer något olagligt på kontona, vad händer då?

– Då måste vi hitta fler bevis på andra platser. Det kommer vi säkert att göra, men risken är att några av de inblandade kommer undan.

– Det gör dom alltid.

Joakim satt tyst under över en minut.

- Hur säker är du på att de här personerna är inblandade?
- Jag är nästan helt säker, allting pekar på det. Det endas som saknas är bevis.
- Och du är säker på att de sysslar med sådan grov brottslighet att många människor dött på grund av det dom gör.
- Ja det är jag.
- Det känns fel att hjälpa er, men det känns också fel att inte göra det.
- Det är mäktiga människor som du lämnar ut uppgifter om. Men det är också så att vi lovar dig anonymitet, ingen kommer någonsin att få veta att det är från dig uppgifterna kommer.
- Men jag kan inte bara ta ut de här uppgifterna och mejla dem till dig.
- Det tänkte jag inte heller, det räcker om du tar fram dem på skärmen och sedan tar kort som du sedan ger till mig.
- Men går det inte att spåra att bilderna är tagna från min mobiltelefon?
- Om du använder din mobiltelefon går det. Men jag tänker att du ska använda den här, sa Lisa och höll fram en liten digitalkamera.

Joakim tog emot den och höll den i sin hand.

- Jag förstår om du inte vill, du utsätter dig själv för en risk utan att få någon belöning.
- Belöningen är att jag hjälper till att straffa två hemska människor. Men vilka är de här två affärsmännen?
- Det är Peder Enqvist och Jonathan af Chrona.

Lisa såg hur Joakims ryckte till när hon sa namnen.

- Jag vill inte att du ska känna dig tvingad. Vi träffas ikväll och du ger mig kameran, om det inte är några bilder på den så är det så. Jag är glad över att du bara har tagit dig tid att lyssna på mig.
- Sista åren har jag hört rykten om en organisation eller något sorts nätverk under några år. Två av de som ryktats vara med i nätverket är just Peder och Jonathan. Jag har hört rykten om

298

människohandel, vapenhandel till terrorister men tänkt att det bara är överdrivna berättelser. Jag har hört några namn till nämnas, men jag vet inte så mycket mer än så. Det här du berättar låter precis som något som det här nätverket sysslar med.

– Vad heter nätverket?

– Darwin.

– Vi ses på centralstationen klockan tio över nio ikväll. Jag kommer att stå och läsa vid ringen.

Joakim tog kameran och gick från restaurangen utan att säga något. Lisa betalade och gick sedan mot Djurgården.

Lisa stod vid ringen på Stockholms centralstation, hon försökte läsa boken hon höll händerna men hon kunde inte koncentrera sig. Tankarna på att det var ett större nätverk bakom Peder och Jonathan var egentligen rimligt, det var så pass stora affärer att fler personer var tvungna att vara inblandade. Det blev påtagligt att de var något mycket större än Minerva på spåren. Lisa kände hur någon stoppade ner sin hand i hennes jackficka, hon vände sig om för att slå bort handen när hon såg att det var Joakim. Han var svettig i ansiktet och fortsatte bara att gå vidare utan att möta hennes blick. Hon kände efter med handen i jackfickan där hon kände en kamera och en lapp. Hon log för sig själv när hon gick mot nattåget. När hon stängt in sig i sin sovvagnskupé tog hon fram lappen och kameran. Först tittade hon igenom korten och såg att siffrorna från kontona var tydliga, nu hade de tillgång till de sista två årens kontoutdrag från både Peders och Jonathans konton. Lisa tittade snabbt igenom kontoutdragen som visade att stora summor hade betalats till Andersson och Svensson under de sista månaderna.

När hon sedan tog fram lappen och började läsa namnen på personerna som var förmodade medlemmar i Darwin så vidgades hennes pupiller.

Kapitel 53

Stefan svarade i sin mobil.

– Hej Stefan, jag har hittat något intressant, sa Muhammed.

– Hej, alltid roligt att höra av dig. Berätta vad du hittat, sa Stefan.

– Det verkar som att lådorna med coltan har kommit fram.

– Jag trodde att du hade tappat bort alla signaler från dem.

– Antagligen var det så att lådorna har legat långt inne i en containerbåt, då når inte signalen ut.

– Var är lådorna?

– De är i södra Italien, Neapel närmare bestämt. Tre av lådorna lastades av i hamnen igår och står kvar där. De två sista lådorna har vi fortfarande ingen kontakt med.

– Det är ju jättebra nyheter.

– Nu vet vi vart coltanet är igen, nu gäller det bara att sätta dit de ansvariga.

– Det brukar vara det svåraste. Kan du ge mig adressen så ska jag kolla upp det på Google Maps.

Muhammed gav adressen och Stefan knappade in adressen i sökfältet. Han såg ett slitet område där det var massvis med containrar staplade på varandra.

– Vad gör vi nu? frågade Stefan.

– Vi väntar, troligen kommer containrarna att transporteras vidare snart. Det flödar in varor från Asien och resten av världen till Neapel dygnet runt. I hamnen lastas de om och transporteras vidare.

– Är Camorran inblandad tror du?

– Allt som passerar hamnen i Neapel har Camorran koll på.

– Den här härvan växer sig större och större.

– Du minns att jag tidigare pratade om att den här handeln bara kunde vara en liten del av ett större nätverk?

– Det minns jag.

– Jag pratade med en kontakt inom polisen för några dagar sedan och de misstänker samma sak. Han gav mig igår delar av en hemligstämplad polisrapport där de beskriver ett stort internationellt nätverk. Tre personer som troligen är medlemmar har fällts i domstol i Grekland, men de har inte sagt ett ord om något nätverk, alla andra i nätverket som polisen har jagat har tagit sina liv.

– Hur säker är du på att handeln med konfliktmineraler är kopplade till nätverket.

– Jag kan såklart inte lova. Men i polisrapporten stod det att en av inkomstkällorna för nätverket var just handeln med konfliktmineraler.

– Kan du skicka den där rapporten?

– Tyvärr inte, jag har lovat min vän som gav den till mig. Om det kommer ut att jag har fått den av honom kommer han troligen att bli dömd till livstids fängelse.

– Jag förstår. Man ska aldrig svika en källa.

– Nej, framförallt inte nu. Däremot så kan jag göra dig glad över en annan sak. Jag har en vän som är väldigt duktig på datorer som jag bad undersöka bilderna och filmerna från Omarrs läger. Jag förstod inte riktigt vad han gjorde, men kvaliteten är mycket bättre nu. Det finns några riktigt intressanta foton som visar när Omarr skakar hand med olika personer som han hade gjort affärer med. Jag tog de fotona när jag bläddrade igenom det där albumet som Omarr skröt om. På bilderna är det totalt tjugotvå personer som står med Omarr. Vi har hittills lyckats identifiera en spansk och en tysk affärsman. Bilderna är så pass tydliga att vi kommer att kunna identifiera fler av dem, det är bara en tidsfråga.

Stefan bearbetade informationen.

– Du menar att du har bilder på tjugotvå inblandade personer?

– Dessutom har jag många bilder över Omarrs räkneböcker som jag tror att någon klok människa kan använda för att hitta bevis.

– Det är ju en fantastisk nyhet.

– Hur går det för er i jakten på kontohavarna?

Stefan berättade om vad de hade hittat och berättade sedan vad Lisa fått reda på under sin Stockholmsresa.

- Nu har ni alltså fått fram på namnet på de två andra affärsmännen, Peder och Jonathan, sa Muhammed.

- Jag tror att vi redan nu har nog med bevis för att få dem att bli ställda inför domstol. Men vi vill inte publicera något för tidigt.

- Jag förstår. Det är jobbigt att vänta, men det känns på något sätt skönt att veta att ni har bevis mot två av männen och de vet inte om det. De sitter där hemma och äter middag med familjen och vet inte att de snart ska få sona sina brott.

- Till slut kommer rättvisan ikapp.

- Den gör förhoppningsvis det.

De blev båda tysta och funderade.

- Det var en fråga till jag måste ställa, sa Stefan.

- Fråga på.

- Vad kallas nätverket?

- Darwin.

- Survival of the fittest.

Kapitel 54

Jihadisternas rättegång.

Idag började rättegången mot de tre männen som är misstänkta för bland annat mordet på Jarl Bonde. De har alla tre erkänt mordet men säger att de bara utförde Allahs vilja, de säger att de mördade Jarl på grund av hans långvariga kritik mot militant islamism. De tre männen har alla tre svurit trohet mot IS. I deras lägenhet hittades det ett tiotal vapen, några handgranater och över ett hundra tusen dollar i sedlar. På en dator i lägenheten hittades två olika filmer som spelades in när Jarl blev avrättad i sitt hem. Det är de filmerna som sedan har klippts och skickats ut till media. Männen hade planerat fler mord men vill inte säga mot vilka, de säger att IS kommer att ta ut sin hämnd.

Kapitel 55

Stefan, Lisa och Cecilia satt i köket och diskuterade hur Stefan skulle lägga upp samtalet. Vad han skulle säga för att vara lagom vag men ändå verka tydlig med vad han ville veta.

– Vi kan prata mer, men jag tror inte att vi kommer så mycket längre, sa Lisa.

De andra två nickade instämmande.

– Det bara att ta tjuren i hornen och ringa.

Lisa gav Stefan en puss på munnen, sedan gick hon Lisa och Cecilia ute till arbetsrummet och tog på sig hörlurar så att de också kunde höra på samtalet. Stefan satt kvar i köket och tog fram telefonnumret samt sin kontantkortsmobil. Han tog ett djupt andetag och slog numret.

– Hej.

Stefan väntade på att personen skulle säga något namn men det kom inget mer så Stefan började prata.

– Hej, jag har fått ditt nummer av en god vän vid namn Peder Enqvist. Du har hjälpt honom med en uppgift nyligen och jag behöver hjälp med en liknande sak. Han sa att du var väldigt professionell och pålitlig.

– Pratar du över en säker telefonlinje.

– Ja det gör jag. Jag köpte ett kontantkort idag.

– Bra. Är du polis? Om du är det måste du berätta det för mig.

– Nej, jag är inte polis och vill absolut inte att de ska bli inkopplade i mitt lilla problem heller.

"Han har sett för mycket på amerikanska tv-serier låter det som. Det är olagligt med brottsprovokation i Sverige", tänkte Stefan.

– Berätta mer om vad du behöver hjälp med.

– Även om det här sannolikt är en säker telefonlina så förstår du att jag inte riktigt vill säga det rakt ut. Men jag kan säga såhär. Jag vet vad ni hjälpte Peder Enqvist med och jag har en liknande uppgift till er.

– Vi kan troligen hjälpa till, men det kommer att kosta.

- Om det är en liknande prisbild som den Peder fick så är det inget problem.
- Jag behöver veta lite mer information. Är det en känd eller okänd person som uppgiften rör.
- Det är en tämligen känd person.
- Är personen högt uppsatt i samhället?
- Det är personen.
- Då låter det ganska likt uppdraget som vi utförde åt Peder.
- När vill du ha utdraget uppfört?
- Inom närmsta två månaderna vore optimalt, går det att genomföra tror du?
- Förmodligen. Men jag har mycket annat jag arbetar med just nu så kan inte hjälpa er nu direkt.
- Arbetet ni utförde åt Peder var imponerande och han var väldigt nöjd som jag sa tidigare. Hur går vi vidare?
- Vi ska prata via nya kontantkortstelefoner. Om polisen mot förmodan upptäcker de nya telefonerna så måste de få ett åklagarbeslut om avlyssning, före det beslutet hinner tas hinner vi gå igenom de viktigaste detaljerna i planen.
- Hur gör vi det rent praktiskt?
- När jag fått tag på rätt personer för uppdraget så lämnar jag en kontantkortstelefon i en butik där du får plocka upp den. Du hämtar mobiltelefonen där mitt nummer ligger inlagt.
- Men vad händer om jag befinner mig långt ifrån affären när jag ska hämta den?
- Skicka någon du litar på. Det viktiga är att någon hämtar telefonen.
- Jag antar att affären kommer att ligga runt Stockholm.
- Det stämmer.
- Om hur länge tror du att du kan fixa det här?
- Ungefär två veckor.
- Då hör vi av varandra då.

Mannen la på. Cecilia och Lisa kom in till köket. Stefan och Lisa gjorde en misslyckad high-five som sedan blev till en gruppkram.

— Fan vad duktig du var, sa Cecilia.

— Jag trodde aldrig att han skulle gå på det.

— Du gömde dig perfekt bakom ursäkten att ni kunde vara avlyssnade.

— Men visst tänker ni alla samma sak? frågade Stefan.

Lisa och Cecilia nickade.

— Peder Enqvist har köpt hoten mot Mads Rohde, sa Lisa.

Kapitel 56

Lisa satt på ett plan mot Rom med en guidebok om Neapel samt en karta över Italien. Det var lätt att förstå varför Neapel länge hade varit Italiens största stad. Staden låg vid kusten i en bukt som gjorde att hamnen skyddades. Hamnen hade med tiden vuxit i betydelse och hade varit en stark orsak till att staden under långa perioder av det föregående årtusendet varit en av Europas största städer. Som med så många andra delar av Europa hade staden varit en del av många olika riken beroende på vilken kung som vunnit det senaste slaget. "Det verkar finnas många historiska anledningar till konflikten mellan södra och norra Italien", tänkte Lisa medan hon läste.

Planet stötte i marken med en liten duns. Lisa tittade upp från guideboken, hon tog sitt handbagage och gick snabbt ut ur planet. Inne i välkomsthallen slog hon på sin mobiltelefon och ringde till Sofia.

– Hej, är framme i Rom igen. Tänkte tacka dig för att du gav mig kontaktuppgifterna.

– Ingen orsak, jag hjälper dig gärna. Framförallt när det är om sådant här.

– Tack igen.

– Ingen fara. Puss.

– Puss.

Lisa vinkade till sig en taxibil, satte sig i baksätet och sade adressen på Italienska.

– Fröken ser inte ut att vara från Italien.

– Det är jag inte heller, jag är från Sverige. Men det är ett så vackert språk så att jag var tvungen att lära mig det.

– Det är ett väldigt vackert språk.

Lisa log mot chauffören.

– Ursäkta mig, jag måste tyvärr ringa ett samtal.

Hon slog numret till Muhammed.

– Hej. Är du framme i Rom? svarade Muhammed.

– Det är jag, har du fixat något användbart till mig?

–   Det vet du att jag har. Hade lite kort om tid på mig, men jag ringde en kontakt som jag har i Rom. Hon rekommenderade små specialkameror.
–   Är inte kameror för lätta att upptäcka?
–   Inte de här. När du ser dem kommer du att förstå varför. Nackdelen med de här kamerorna är att de är dyra.
–   Det är ingen fara, vi kommer att få mycket pengar för de här reportagen och Stefan har kvar mycket från det han skrev om Minerva.
–   Jag messar adressen till butiken du ska gå till. Hon som äger butiken kommer att hjälpa dig. Hör av dig om hur det gick när du gjort klart allting.
–   Det ska jag göra. Tusen tack igen.

Bilen passerade ett stort köpcentrum på vänster sida och en stor lagerlokal med massor av lastbilar på höger sida. Det var initialt mest åkrar på sidorna av väg A 91, men efter några kilometer kom bostadshusen allt tätare. Ytterligare en kvart senare så var de inne i själva Rom. Gamla stenhus blandades med moderna hus. "Det blir en speciell känsla i sådana här gamla städer. Staden känns som en levande organism då det är blandad bebyggelse från olika epoker. Man känner både historiens vingslag och mänsklighetens utveckling.", tänkte Lisa.

Taxin stannade framför samma port som hon för några veckor sedan gått in i tillsammans med Mbaluku och Sofia. Lisa tackade chauffören som önskade henne en lycklig resa. Hon tryckte på porttelefonen, väntad tills ett burr hördes när dörren låstes upp, gick upp för trapporna och knackade på den bastanta trädörren. Efter ungefär en minut så öppnades dörren av Pablo.
–   Välkommen, vad roligt att se dig.
–   Tack, roligt att se dig med.
De kindpussades och Pablo ledde Lisa in i arbetsrummet.
–   Sofia berättade att du behövde hjälp.
–   Ja, tack för att du kunde ta emot mig med så kort varsel.
–   Sofia sa att det var viktigt och hon är en klok kvinna.
–   Vi har fått reda på att det i Neapels hamn står en container som innehåller olagliga varor.

– Det står nog mer än en, sa Pablo och skrattade.

– Det gör det såklart. Men det är så att vi vet vad innehållet är i just en av de containrarna. Vi är ganska säkra på att den kommer att transporteras bort från platsen och vi är intresserade av vilka som kommer att transportera den. Jag skulle därför vilja märka upp containern. Men den ligger i hamnområdet i Neapel så det är inte helt lätt för en svensk tjej att bara gå in där och valsa fram till rätt plats. Jag skulle nog sticka ut.

– Så du behöver hjälp med att ta dig in dit. Har jag förstått dig rätt då?

– Det stämmer.

– Låt mig fundera. Vill du ha kaffe under tiden?

– Trodde aldrig att du skulle fråga, sa Lisa och log.

Pablo gick iväg till köket och kom tillbaka med två små espressokoppar. Han slog på klassisk musik och lutade sig bakåt i sin fåtölj. Han drack under tystnad.

– Om vi ska sammanfatta det. Du behöver komma in i hamnen och fästa något på en container, ingen får se vad det är du fäster för då riskerar att hamna i händerna på Camorran.

– Det är korrekt.

– Så du behöver göra det utan att märkas.

– Det stämmer också.

– Men eftersom du går runt i en hamn kommer du såklart vara fullt synlig.

– Det är det som är problemet.

– Därför måste du gå runt utan att någon lägger märkte till dig.

– Det håller jag med om.

– Jag tror jag har kommit på en lösning. Vad vet du om hipsters?

– Att det är en svårdefinierad grupp. Jag tänker att det är en grupp som växt ur beatnik- och senare hippierörelsen, någon sorts reaktion mot Reagans och Thatchers nyliberala dogm. Värderar sitt eget kulturella kapital högt men ser sig själva som individuella individer som bara råkar ha exakt samma kläder och intressen som andra i gruppen. Vi brukar i Sverige ofta använda uttrycket unika snöflingor när vi vill göra narr av personer med den inställningen. Dessutom är hipsters en speciell grupp på så sätt att de själva inte vill kalla sig hipsters.

– Det var ett uttömmande svar. Men ja, unga människor som vill vara unika och är väldigt intresserade av det som är coolt enligt dem. Vi är nog många som har drag av det men inte vill erkänna det. De är en viktig del i gentrifieringen som pågår i många städer och så vidare.

– Varför frågar du det?

– Neapel har börjat bli en allt mer hipp eller cool stad. Det är många saker som bidragit, Elena Ferrantes Neapelkvartetten, olika böcker om Camorran såsom Roberto Savianos Gomorra samt att den ursprungliga pizzan kommer ifrån just Neapel. Att staden är cool har gjort att det börjat komma en ny grupp turister till staden, hipsters. De vill dokumentera de unika platserna och därför åker de bland annat till hamnen. Maffian försöker hålla dem borta men vill inte använda våld för turismen drar in mycket pengar till organisationen och några enstaka turister i hamnen skadar inte verksamheten.

– Så du menar att vi kan leka hipsters?

– Det är mitt förslag. Har du några andra kläder?

Lisa såg road ut.

– Tror inte att jag har några kläder som passar.

– Jag kan be min syster om hjälp med kläder. Hon passar väl in i gruppen hipsters.

– Fast det tycker hon inte själv.

– Givetvis inte.

Båda skrattade.

– Jag ber henne fixa kläder till oss så kan vi åka till Neapel ikväll. Vi tar med oss kameran och åker runt och fotograferar i området kring containrarna.

– Det låter som en utmärkt plan.

– Låt mig bara ringa min syster.

Efter ett kort samtal.

– Hon vill gärna hjälpa till. Jag sa inte exakt vad det handlade om, bara att du var en journalist från Sverige som skulle göra ett reportage och behövde hjälp med att passa in i coola urbana miljöer.

Pablo sträckte fram en lapp med sitt telefonnummer på.

– Jag hyr en bil så hämtar jag dig kvart i fyra. Blir det bra?

– Det blir utmärkt. Sofia sa att du var både klok och snygg, hon har ju helt rätt.

Pablo rodnade medan de kindspussades.

En timme senare träffade Lisa Pablos syster. Lisa stod och väntade på ett torg då en kvinna i svart hår och färgglada kläder kom fram mot henne. Kvinnan vinkade glatt.

– Hej, jag heter Carmen, jag antar att det är du som är Lisa.

– Det stämmer. Vad snällt att du kan hjälpa mig.

– Det ska bara bli roligt. Inte varje dag man får hjälpa en kulturjournalist. Pablo sa att du ville ha hjälp med att skaffa nya kläder, kan du berätta mer?

– Jag ska skriva om alternativa kulturrörelser i olika europeiska städer, idag ska jag till Neapel och träffa några människor som jag fått kontakt med. Men jag glömde helt bort att jag måste klä mig passande, ska man umgås med coola människor sticker man ut om man har mina kläder, sa Lisa och pekade på sina jeans och svarta tröja. Pablo sa att du var cool och säkert kunde hjälpa mig med lite klädköp och dessutom köpa lite till honom då han skulle hjälpa mig med reportaget.

– Sa han det. Vad roligt, han säger aldrig något sådant till mig, han är klassiskt manlig och håller inne allting. Jag ska se om jag kan hjälpa dig. Först ska vi gå och kika i den här affären, sa Carmen och pekade mot en vintagebutik.

De gick runt i affärer i över två timmar tills Lisa tyckte att de hade köpt alla kläder som de behövde. Carmen hade egentligen velat hålla på längre men Lisa kände hur livslusten sakta hade runnit ur henne under tiden som hon hade gått runt och shoppat.

– Tusen tack för hjälpen. Du har varit ovärderlig för ikväll.

– Är du säker på att du inte vill handla mer?

– Måste tyvärr sluta nu om jag ska hinna förbereda mig för i kväll. Men stort tack.

– Ingen orsak, det var bara roligt. Dessutom kul att Pablo äntligen får lite häftiga kläder och inte bara sina tråkiga mörka kostymer.

– Han kommer nog också att uppskatta det här.

Lisa skickade ett sms till Pablo där hon skrev att hon var klar. "Blev det bra?", skrev Pablo tillbaka. "Det beror på hur man definierar bra. Vi kommer se annorlunda ut i alla fall. Nu ska jag bara fixa kameror, hör av mig när jag är klar med dem", skrev Lisa.

Lisa åkte vidare till affären där Muhammeds kontakt jobbade.

– Hej, jag har en god vän vid namn Muhammed som rekommenderade er butik, sa Lisa i kassan.

– Det är mig han har pratat med. Följ med mig så ska jag hjälpa dig, sa kvinnan.

– Kan du ta kassan ett tag, sa kvinnan och vinkade mot ett butiksbiträde.

De gick in till ett litet rum som låg bakom disken. Väggarna var fyllda med olika sorters elektronik, rakt fram var det ett stort bord där det låg fyra förpackningar.

– Här är det jag har valt ut åt dig. De här små kamerorna kan användas för att övervaka händelser på en plats, exempelvis vid fågelbon där Muhammed förklarade att du skulle använda dem. Kameran tar en bild per kvart och sedan tas det en bild varje gång sensorn uppfattar nya rörelser. Blir det större rörelser filmar kameran istället korta snuttar. Kameran tar foton med en något lägre upplösning än vad andra nutida kameror gör, men det gör att det ryms många foton i kamerans internminne. Dessutom har de här kamerorna ett gediget batteri. Den långa batteritiden i kombination med ett stort internminne gör att kameran kan vara igång i ungefär en månad ute i skogen.

Lisa var osäker på om kvinnan verkligen trodde att kamerorna skulle användas till att övervaka fågelbon.

– Det låter utmärkt. Kan du berätta mer om hur man använder dem? En halvtimme senare så hade kvinnan lärt Lisa hur kamerorna fungerade och gett henne olika tips på hur de kunde gömmas undan.

Pablo kom körande i en vit Fiat, han stannade och öppnade dörren för Lisa som hoppade in.

– Har det gått bra med allt? frågade Pablo.
– Ja. Har både kamerorna och de nya kläderna.
– Blev det bra kläder?
– Du kommer att byta stil ganska rejält, sa Lisa och skrattade.
– Har du gjort något sådant här tidigare? frågade Pablo.
– Inte just det här, har du?
– Nej. Jag har varit en skrivbordskrigare och aldrig egentligen gett mig ut för att göra något mot maffian på riktigt.
– Är du rädd?
– Kanske inte rädd, snarare nervös. Eller vem lurar jag. Jag är jätterädd. Det här är farliga människor vi bråkar med.
– Jag vet det, och jag blir inte arg eller besviken på dig om du drar dig ut. Det viktiga är bara att du inte får panik.
– Det ska nog gå bra. Jag har ju ägnat mitt liv åt att bekämpa Camorran så det här är väl nästa logiska steg.

De passerade en skylt där det stod Napoli 200 km. De sjönk in i sina tankar. Sista dagarna hade gått så snabbt så Lisa hade inte riktigt hunnit med att tänka efter, inte hunnit med att bli rädd. Hon visste att Camorran var en livsfarlig organisation som hade skördat många människoliv. Men hon visste också att de var något stort på spåren, deras avslöjande kunde sänka högt uppsatta korrupta människor. Det var nog det som var drivkraften, känslan av att få dra sitt lilla strå till stacken, att göra världen bättre. Men samtidigt var hon rädd, om de blev upptäckta så kunde det gå illa, riktigt illa. När de hade fem mil kvar till Napoli så stannade de på en rastplats, Lisa tog fram kläderna ur bagageluckan, gav en hög till Pablo och tog den andra högen själv. Hon satte sig i baksätet och började byta om. Pablo gjorde detsamma fast i framsätet. När de var klara gick de ur bilen, de tittade på varandra och skrattade. Lisa tog fram en fickspegel och gav till Pablo.

–   Jag har nog aldrig klätt mig såhär coolt och kommer nog aldrig att göra det igen, konstaterade Pablo.

–   Då är vi två.

–   Ingen kommer i alla fall känna igen oss, det här är en perfekt förklädnad.

De satte sig i bilen med muntrare miner. Lisa visade på kartan mer exakt vart containern stod. Det var inte helt självklart hur de skulle gå tillväga, men de kom snabbt fram till en plan som båda var nöjda med. Lisa kände sig lugnare men kände ändå att hon ville ringa Stefan.

–   Hej älskling.

–   Hej, vad roligt att du ringer. Hur går det för er?

–   Det går bra. Vi har gjort färdigt alla förberedelser, nu har vi bara kvar att fästa övervakningen.

–   Var försiktig älskling.

–   Jag ska försöka. Men jag är rädd.

Lisa väntade några sekunder och sedan sa hon.

–   Visst vet du att jag älskar dig.

–   Nu och för alltid älskling. Ta hand om dig, om du inte kommer hem helskinnad åker jag ner och slår personligen ihjäl hela Camorran.

–   Det vore en syn det, nästan värt att skadas lite bara för att få se det.

Lisa ringde Cecilia.

–   Hej älskling.

–   Hej, hur går det för dig?

–   Är på väg in i Neapel nu. Är lite rädd för hur det ska gå.

–   Du behöver inte oroa dig. Du är världens klokaste människa och det finns ingen jag litar på mer än dig.

–   Tack. Visst vet du att jag älskar dig.

– Det vet jag. Och du vet att jag älskar dig. Jag förstår att du är stressad och ringer mig för att du är rädd. Men du är ett geni, du kommer att lösa det här på ett exemplariskt sätt.

Lisa kände sig gladare efter samtalen.

De parkerade bilen vid tunnelbanestationen Giugliano i norra delen av Neapel. Gömde sina andra kläder under framsätena och tittade sig omkring. Det var få bilar på parkeringen och ingen verkade ha noterat att de var där. Lisa gick och köpte tunnelbanekort, betalade kontant. De ställde sig och väntade på tunnelbanan.

– Ska vi använda våra vanliga namn? frågade Pablo.

– Ja det ska vi. Du behöver inte vara orolig för våra namn. Vi kan ta våra vanliga namn. Största risken att bli upptäckt är när man gör det för svårt. Om vi hittar på nya namn kanske vi glömmer bort det när vi är stressade. Du är Pablo från Rom som jobbar med konst, jag är Lisa från Stockholm som jobbar med konst. Vi är genier men ingen annan har ännu förstått det.

– Ungdomar nuförtiden vill bara ha Youtubestjärnor och bloggare. Ingen förstår performancekonst längre.

– Eller hur, vi är två förtryckta konstnärer som kämpar för konsten och livet.

De tittade på varandra och log. Klumpen i Pablos bröst blev mindre.

Efter ett byte och många hållplatser kom de fram till Via Gianturco. De klev av och började gå ner mot hamnen. Efter att de gått ett kvarter så gick de förbi en övergiven gård som var muromgärdad. Lisa tvingade Pablo att ställa sig upp invid muren och fotade honom ur många olika vinklar. De gick vidare och Lisa fortsatte att fotografera Pablo. De passerade den stora vägen och kom ner till hamnen. Lisa visste vart de var utan att ta fram någon karta, hon har redan kartan i huvudet. De passerade en stor vit byggnad med grönt tak. De vek av till vänster om byggnaden, gick vidare. Lisa tog några kort på Pablo framför en container.

– Det går inte att jobba såhär, vi måste hitta bättre ljus. Känslan i korten blir inte rätt, sa Lisa på italienska.

– Vart tror du att rätt ljus finns?

Lisa pekar ännu längre in i hamnen.

–   Där någonstans finns hamnens sanna natur.

De gick vidare för att hitta hamnens sanna natur. När de kom fram till den ena containersamlingen så tog Lisa fram en mottagare som var kopplad till sändarna. Hon visste att lådorna var i någon av containrarna, men hon visste inte vilken. Det stod fem rader containrar, åtta containrar i djup och två till fyra i höjd. "Hoppas att det är en av dem på kanten", han Lisa tänka före hon svor för sig själv. Containrarna verkade ligga någonstans i mitten.

–   Vi behöver ärligare bilder, jag kan visa dig vad jag menar.

Pablo kom och tittade på korten de tagit samtidigt som Lisa viskade till honom.

–   Containern ligger där i mitten någonstans, jag vet inte exakt vilken det är före vi kommer närmare.

De gick in i ett trångt utrymme mellan två rader av containrar.

–   Där, det är någon av containrarna som ligger ovanför den här sa Lisa och pekade på en orange container.

–   Hur ska vi komma upp dit?

–   Jag kan klättra, sa Lisa och gav Pablo kameran.

Lisa började klättra, det fanns 4 metallstänger på framsidan av containrarna som hon använde för att häva sig uppåt. När hon kommit upp till rätt container så snubblade hon, tappade fotfästet och slant med vänsterhanden. Hon snurrade runt och åkte in med underkroppen i containern med en hög duns men lyckades hålla sig kvar med högerhanden. Det spände i underarmen och hon kände att hon höll å att tappa taget, men hon lyckades svänga sig uppåt och fick tag i en metallstång. Med stor ansträngning så lyckas hon dra sig upp och häva sig upp på ovansidan av containern. Det värkte från vänsterarmen "hoppas den inte är bruten", tänkte hon. Hon lirkade fram en av de små kamerorna och fäste den bredvid en av metallstängerna, sedan fäste hon en annan kamera på samma sätt på andra sidan. Kamerorna smälte in bra, de såg ut att vara en del av låsanordningen som satt bredvid metallstängerna. Hon tittade med en frågande blick mot Pablo som fotade, zoomade in och sedan gav tummen upp. Lisa kröp över till andra sidan av containern och fäste de två kvarstående kamerorna i hörnen på baksidan, hon tryckte dem mot en kant och tycke att de

316

också smälte in bra i containern. Då hörde hon höga röster. Hon kröp tillbaka till den första kanten igen och tittade ner. Det stod två män bredvid Pablo, även om hon inte kände igen männen så kände hon igen typen, de var farliga män med stort våldskapital. Pablo såg ut att bryta ihop totalt. Lisa tog ett djupt andetag och ropade ner på knagglig italienska.

–   Underbart, ni kan hjälpa oss med vårt konstprojekt. Vi håller på att fånga Neapels sanna själ, de arbetande människornas livlina mot omvärlden, det som ger liv och kraft i en stad där invånarna kämpar mot gentrifieringen. Jag kommer ner.

Hon klättrade snabbt ned, tappade med vilja greppet när hon var på nästa nedersta containrarna och föll ner på marken, hon kom snabbt upp på fötterna igen.

–   Som sagt, vi håller på med ett konstprojekt. Vi söker efter sanningens väsen som är kvar i ett Europa i förfall. Kapitalismens härjningar har skapat ett identitetslöst samhälle där ingen vågar se sin sanna själ. Vi söker den själen och vill skapa konst som hjälper folk att förlösa sig själv. Sanningen finns här i hamnen, den rena sanningen. Ni som bor här är sanningens riddare, ni är de som kommer att vara avantgardet för den nya projektionen av samhällets lösning.

Männen såg inte ut att fatta någonting.

–   Ni får tyvärr inte vara här. Egentligen borde ni fängslas för olagligt intrång, men vi är snälla idag och låter er gå.

–   Okey, kan vi få ta bilder av er, frågar Lisa.

–   Nej.

Blickarna Pablo och Lisa fick visade tydligt att samtalet var över.

–   Då ska vi gå vidare. Fortsätt vara sanna och kämpa för frihetens och rättvisans patos, sa Lisa.

De gick från hamnen, Pablo ville springa men Lisa fick hålla tillbaka honom. När de satte sig på spårvagnen igen så skakade Pablo.

–   Det där var Camorramedlemmar, sa Pablo tyst.

–   Jag vet, men det gick bra.

Pablo är tyst men säger efter ett tag.

317

- Fan vad skit du snackade, ni som bor här är sanningens riddare, ni är de som kommer att vara avantgardet för den nya projektionen av samhällets lösning, sa Pablo.
- Jag trodde att de var personer som inte skulle fråga om de inte fattade så det var bara att slänga in massa svåra ord och försöka trolla bort dem så mycket som möjligt.

De tittade på varandra och Pablos skakade på huvudet samtidigt som han bröt ut i ett skratt.

Kapitel 57

Olivia och Cecilia städade gästlägenheten. Den var liten men passade perfekt för ändamålet.

– Det känns så konstigt att jag var tvungen att fixa ett jobb före jag kunde hyra den här lägenheten, sa Olivia.

– Vi måste vara försiktiga och inte göra något misstänkt. Att jag låter en patient hyra en lägenhet är redan det på gränsen om någon upptäcker det. Nu har du i alla fall en rimlig anledning till att vilja hyra lägenheten. Man ska inte köra hem efter nattjobb så du måste ha någonstans i stan att sova.

Olivia hade gjort bra ifrån sig på sitt assistentjobb så nu hade hon en fast schemarad där hon jobbade totalt sju nätter på tre veckor hos en äldre brukare som behövde hjälp med vändningar och ibland krampmedicinering på nätterna. Det var ett passande jobb, dels kände hon att hon gjorde något vettigt då hon hjälpte mannen, dels så fanns det mycket dötid på nätterna.

– Det är ju inte världens största rum, men du kan sova och får plats med datorn.

– Tänker att jag mestadels kommer att sova uppe hos min läkare.

– Visst har jag sagt till dig att sex är den bästa medicinen mot i stort sett allting?

– Om doktorn ordinerar det så kan jag inte göra så mycket annat än att lyda.

Olivia puttade ner Cecilia på sängen och de rullade runt, kysstes och medicinerade sedan.

Stefan höll på med en svampstuvning och Olivia gjorde en bönröra när Cecilia kom in i köket några timmar senare.

– Kan jag hjälpa till med något? frågade Cecilia.

– Du kan duka och göra det snyggt på bordet. Vi ska äta plockmat, tapasinspirerat.

– Jag kan ju hjälpa till att laga mat, jag har många bra smårätter, sa Cecilia.

– Fast idag ska vi faktiskt äta god mat.

- Jag lagar ju god mat.
- Du vet att jag älskar dig Cecilia, men du har en tendens att ibland blanda ihop god mat med nyttig. Din mat gör säkert kroppen gott, men idag är det fest. Då ska blodkärlen plugga igen och blodsockret skall sticka iväg alldeles för högt, sa Olivia.
- Jag kan bara hålla med. Idag vill jag inte ha mango och blåbärsgröt. Även om det är både nyttigt och inflammationshämmande, sa Stefan.

Cecilia skulle just börja protestera då Olivia omfamnade henne och gav henne en kyss.

- Jag får väl ge mig, majoriteten verkar vilja ha korta liv och har inte vett att uppskatta min kokkonst.

När bordet var dukat och maten hade börjat ställas fram kom Lisa in i köket.

- Här vankas det festmåltid ser jag.
- Vi måste ju fira att Olivia flyttat in.
- Dessutom håller vi på att få till en riktigt bra reportageserie. Utöver det har vi blivit en brottslösarkvartett.

Stefan skrattade samtidigt som han höjde sin öl och sa skål.

- Ursäkta Stefans bristande humorsinne, det här är en av anledningarna till att jag inte gift mig med honom trots att vi varit ihop över tjugor år.
- Jag trodde det var för att du tycker att äktenskapet är ett borgerligt påfund.
- Det är bara det jag säger när jag inte vill såra dina känslor.

Lisa vände sig och pussade på Stefan.

- Nu när vi alla fyra är samlade tycker jag att vi ska försöka lägga upp en plan för framtiden. Om vi sammanfattar läget så har vi bra reportage från Kongo, de känns färdiga och väldigt gripande. Den biten är det ingen fara med. Det vi saknar är ju egentligen så tydliga bevis att vi kan publicera namnen på Jarl, Peder och Jonathan, sa Lisa.
- Personligen tycker jag att hela biten med Darwin är intressant, tror att det egentligen är det stora avslöjandet. Men även där saknar vi bevis, i nuläget vore det mest spekulationer, sa Cecilia.

- Även om vi inte hittar bevisen så har reportageserien fått större spridning än vad vi kunde hoppats på. Då har vi ändå bilderna från de nerbrända byarna kvar, sa Stefan.
- Enda nackdelen är väl att du Stefan kommer att fortsätta bli kölhalad i media för att du hänger ut oskyldiga snälla affärsmän, sa Lisa.
- Det är en nackdel, det håller jag med om. Men det kommer bara att vara i Sverige, i resten av världen är jag så pass okänd att ingen bryr sig om att attackera mig.
- Jag har funderat över en väg framåt, vet inte om det är en bra idé eller inte. Det verkar svårt att få fram bevis. Ska vi inte testa att pressa Peder och Jonathan, känna dem på pulsen? frågade Olivia.
- Hur menar du? frågade Lisa.
- Jag tänker att om Stefan ringer upp dem och ställer dem mot väggen så kanske vi kan få fram något. Det är ett risktagande, de kanske ser till att alla bevis mot dem försvinner. Men det som talar för att det skulle gå bra är att de troligen inte är beredda på det, de har ingen aning om att vi är dem på spåren.
- Du är inte så dum du, sa Cecilia och kysste Olivia.

De fortsatte att diskutera hur de skulle gå vidare till in på småtimmarna.

Kapitel 58

Lisa och Cecilia satt på tåget ner till Stockholm. De hade just passerat Sundsvall när Cecilia sa.

–   Visst är det konstigt, jag trodde aldrig att vi skulle vara inblandade i sådana här avslöjanden för något år sedan.

–   Det trodde inte jag heller. Men det är väldigt spännande. Sedan är det en bonus om vi får sätta dit riktiga svin.

Tåget rullade på och de gick igenom planen igen vilket gick fort, de visste båda vad de skulle göra.

–   Hur känns det att ha börjat träffa familjen igen? frågade Lisa.

–   Det känns faktiskt bra. Trodde inte att jag skulle klara av dem, men nu verkar det som att vi alla har mognat in i någon sorts acceptans.

–   Det är väl inte du som behövde mogna, de har ju tidigare inte accepterat hur du valt att leva ditt liv.

–   Jag har inte heller betett mig bra alla gånger. Men du har rätt i sak, de har till slut accepterat mina livsval. Eller visar i alla fall så kritiserar de mig inte för dem. Nu när mamma sjunger på sista versen så är hon väldigt mån om att få träffa sina barnbarn. Tänk själv hur jobbigt det vore att inte få träffa dina barn eller dina barnbarn.

–   Om jag beter mig dåligt hoppas jag att de är starka nog att bryta kontakten.

–   Du får det att låta så enkelt. Det är i alla fall roligt att jag ska få träffa dem ikväll. Det känns skönt att kunna sluta fred med mamma före hon dör.

Efter varsin tupplur och lite bokläsning så stannade tåget på centralen. De hoppade ur, Lisa hoppade in i en taxi och Cecilia började gå mot Östermalm.

Lisa hade bokat träff med länspolismästaren Jörgen Knutsson på ett café i Södermalm. De hade samarbetat kring avslöjandet med Minerva och kände varandra sedan många år. När hon kom in på restaurangen så såg hon Jörgen nicka mot henne, han satt i ett bås som låg avskilt inne i lokalen. Lisa gick dit.

- Trevligt att se dig Jörgen.
- Detsamma. Hoppas bara att du inte utpressar mig den här gången.
- Ska försöka vara snäll mot dig, men jag kan inte lova något.
- Slå dig ned.
- Tack.
- Vad har du på hjärtat?
- Du går verkligen rakt på sak. Men jag ska berätta för dig. Det är så att jag har via mitt journalistiska arbete kommit i kontakt med svenska personer som är inblandade i grov kriminalitet. Dessutom vet jag att det finns containrar i Europa som innehåller olagliga konfliktmineraler från Kongo.
- Hur vet du det här?
- Jag vill inte avslöja mina källor. Men jag kan säga dig att jag har tydliga bevis mot några personer och sedan lite mindre tydliga bevis mot andra.
- Varför berättar du det här för mig?
- För att jag vill att ni i polisen ska vara beredda när ni får all information.
- Kan det vara så att den här informationen kan vara kopplat till det stora avslöjandet som det ryktas att Stefan skall göra?
- Jag kan som sagt inte avslöja mina källor, men det var en bra gissning. Här ska du få en första överblick kring vad allt det här gäller.

Lisa gav polismannen en liten bunt dokument under bordet.

- Jag kommer att komma med mer information senare. Men bara av det lilla jag har gett dig så kommer du att förstå att det är något stort på gång.

Lisa reste sig upp.

- Ha en trevlig dag.

Cecilia gick på Strömgatan utmed Riddarfjärden. Hon tänkte tillbaka på sin barndom. Egentligen hade hon haft en väldigt bra uppväxt och de flesta minnena var fina. Utflykter till Skansen, födelsedagskalas hos vänner, lekstunder med Victoria, familjemiddagar med mycket skratt. Det var först i tonåren som problemen uppstått. När Cecilia valt en annan väg än den som var utstakad för henne. Det började med att föräldrarna berättade att de inte tyckte att David var nog fin för henne, hon blev arg och sa att hon vägrade bo med dem om de inte kunde acceptera den man hon älskade. Det blev ett stort bråk och morgonen efter hade Cecilia gått upp tidigt, lämnat en lapp där det stod att hon bröt totalt med familjen. "Om inte alla vi i familjen hade varit så himla envisa hade det kanske gått att lösa", tänkte Cecilia. När hon kom fram till Kungsträdgården så tog hon genvägen via Stallgatan på vägen till Östermalm, slog in portkoden till trappuppgången och gick upp för trapporna. När hon kom fram till dörren så knackade hon på och väntade. Det var Greger som kom och öppnade.

– Välkommen Cecilia, vad roligt att se dig igen.

– Detsamma. Hur mår ni?

– Jag mår bra. Men Amelie mår inte så bra. Kraften rinner sakta ur henne, även om hon inte vill erkänna det själv.

De kramades och Cecilia hängde av sig kläderna.

– Amelie ligger och vilar, jag ska se om hon orkar komma upp.

Cecilia gick till biblioteket och ställde sig vid bokhyllorna, lät händerna glida över gamla bokryggar. Hon hittade boken "Momo eller kampen om tiden" som varit en av hennes favoritböcker när hon växte upp. När hon slog upp boken hittade hon ett gammalt bokmärke. Det gick en lätt rysning genom henne, det var här hon var uppväxt, det här var den första plats som hon kallat hemma. Amelie och Greger kom in.

– Vad roligt att se dig.

– Detsamma mamma, hur mår du?

– Jag antar att det är dumt att ljuga för en läkare. Jag mår inte så bra, sista veckorna har det gått snabbare utför än vad jag hade velat.

– Vad tråkigt.

– Det är det. Men det vill jag inte prata om. Hur mår du Cecilia?

324

– Jag har väldigt blandade känslor just nu. Först var jag väldigt glad över att jag överlevt skottskadan. Sedan blev jag helt förstörd när Olivia dog. Det kommer att ta lång tid att komma tillbaka till något normalläge. Men livet går på och tiden brukar läka alla sår.

– Den gör ju det.

De gick till salongen, pratade om livet, berättade vad som hade hänt under alla de år då de inte haft kontakt. Efter salongen blev det middag i matsalen.

– Vi bad hushållerskan att göra något enkelt utan kött.

Den enkla måltiden var Moules frites, vinkokta musslor och pommes frites. Måltiden var utsökt och Cecilia fortsatte äta långt efter att hon var mätt. Efter middagen satt de kvar och pratade flera timmar tills Cecilia såg hur slut Amelie var.

– Nu börjar det bli dags för mig att sova. Tack för en trevlig middag, sa Cecilia.

– Det är vi som ska tacka dig.

– Sov gott.

Lisa vaknade av att telefonen ringde.

– Lisa.

– Dags att vakna, jag har ringt dig sju gånger nu.

– Du är alldeles för morgonpigg.

– Och du är alldeles för morgontrött. Känner du inte spänningen, idag händer det äntligen.

– Ja det gör det. Men får jag inte sova bara lite till.

– Nej det får du inte. Vi ska äta brunch och sedan skall vi hyra bilar.

Lisa masade sig sakta upp ur sängen och tog sig in i duschen. Hon klädde på sig och borstade tänderna utan att tänka. När Lisa öppnade dörren stod Cecilia där och väntade.

– Jag hittade en bra salladsbar här bredvid hotellet.

– Misstänkte nästan det. Vad är det du brukar säga, det är gott för att det är nyttigt.

- Jag tycker inte att det är fel att villa äta nyttigt så att vi får långa och lyckliga liv.
- Ett tips till dig är att du inte ska satsa på politik.
- Varför då?
- För att du skulle vara Sveriges mest avskydda politiker med ditt hälsotänk. Trots att jag älskar dig så kan du ibland vara väldigt irriterande.
- Det tar jag som en komplimang. Kom nu så går vi.

Salladsbaren var en mindre restaurang med en stor buffé. Det var en blandning av vegetariska rätter, många som inte var speciellt goda men tillhörde en av de nyare hälsotrenderna. Lisa valde det hon tyckte såg godast ut och Cecilia åt det som såg nyttigast ut.

- Jag skulle kanske rösta på dig, även om det är jobbigt att äta med dig, sa Lisa.
- Vad bra. Jag skulle rösta på dig med.

Efter att hin ätit färdigt så ringde Lisa ett samtal varefter det tog tunnelbanan söderut.

När de kom in på biluthyrningsfirman så vinkade kvinnan i kassan glatt när hon såg Lisa.

- Kul att se dig Lisa.
- Detsamma Daniella. Var alldeles för länge sedan.

Daniella visade de två hyrbilarna, en svart och en röd, och gav dem nycklarna. Hon kramade Lisa och skakade hand med Cecilia.

- En gammal kompis från Umeåtiden före du och jag lärde känna varandra, sa Lisa.
- Hon verkade trevlig.
- Det är hon.
- Ja nu är det inte så mycket mer att göra än att köra till våra bestämda platser.
- Lycka till nu, och ta inga onödiga risker.
- Ska inte göra det.

Ungefär en halvtimme senare så satt de båda i var sin bil på sina förutbestämda platser.

Stefan satte igång inspelningsutrustningen och slog numret han hade fått tag på via en journalistkollega. Efter fem signaler så svarade en röst.

– Peder.

– Hej vad bra att jag fick tag på dig. Det här är Stefan Ström.

Det blev tyst i luren.

– Jo det är såhär att jag skulle vilja prata med dig.

– Om vad för något?

– Jag har några frågor kring handel med vissa mineraler samt några allmänna frågor kring vissa av dina affärer.

– Du det är så att jag står väldigt dåligt till just nu, kan inte svara på några frågor.

– Men då kanske jag kan ringa dig ikväll, går det bra?

– Det passar nog bättre, men det är inte säkert att jag har tid då heller.

– Då ringer jag ikväll. Ha det så bra tills dess.

Direkt Stefan lagt på slog han ett annat nummer. Det tog åtta signaler före en mansröst hördes.

– Hej det är Jonathan.

– Hej, vad bra att du kunde svara. Jag heter Stefan Ström och skulle vilja ställa några frågor till dig.

– Vad gäller det?

– Främst mineralhandel från Kongo-Kinshasa.

– Jag står ganska dåligt till, kan tyvärr inte svara på frågor just nu.

– Då kanske jag kan ringa dig ikväll när du har mer tid, eller passar någon annan tid bättre.

– Ring ikväll, jag ska svara om jag har tid.

– Bra då säger vi så, jag ringer dig ikväll. Ha det så bra tills dess.

Några minuter efteråt såg Cecilia Peder kom gåendes ut från porten. Han hade en portfölj i handen, tittade sig omkring när han öppnade bilen. Det var en svart BMW av nyare modell. När bilen åkte iväg så körde Cecilia efter. Ett liknande scenario utspelade sig några kilometer därifrån där Lisa följde efter Jonathan. Både Peder och Jonathan körde söderöver mot Södertälje. Sedan svängde de av västerut på E20. Cecilia och Lisa hade varandra på högtalartelefon, Cecilia låg några kilometer före på vägen men det verkade som att de var på väg till samma plats. När Peder svängde av från E20 på en mindre väg så svängde Cecilia efter, hon saktade in och ökade avståndet fram till Peders bil. Efter en lång kurva så såg hon inte längre bilen, Cecilia gasade på. Efter ett par hundra meter så såg hon att bilen hade svängt av höger från vägen. Hon saktade ner farten och tittade på sin GPS-karta. "Det verkar bara vara en stor herrgård som ligger där inne", tänkte hon. Istället för att svänga efter så åkte hon vidare och stannade vid en p-ficka ungefär en kilometer bort. Jonathan svängde av på samma ställe och Lisa fortsatte vidare tills hon parkerade bredvid Cecilia.

– Vad tror du att de gör?
– Vet inte, men det är nog ingen slump att de båda körde till samma plats.
– Vi kan ju försöka komma närmare och se om vi kan få några bilder, men jag tror inte att vi kommer så pass nära att vi kan tjuvlyssna.

De började kolla på mobilkartan.

– Här borde vara bästa platsen att ta fotografier på, lätt att smyga genom skogen och ingen som ser en, sa Cecilia och pekade på kartan.
– Smyg fram du så får vi se vad som händer, men låt det inte ta för lång tid, står vi här för länge blir folk misstänksamma. Jag tänkte fotografera från vägen.
– Men därifrån ser ju folk direkt om du kommer.
– Jag ska inte stå där själv utan lämna en kamera som tar bilder på alla bilar som åker till och från gården.

Cecilia gick genom lövskogen, det var enkel terräng med några halvt upptrampade stigar. Hon gick mot en liten kulle varifrån det fanns uppsikt över herrgården, när hon kom fram till den så gick hon framåtböjd tills hon kom upp till toppen. Väl där la hon sig med sin kamera, kopplade på teleobjektivet och såg genom linsen mot herrgården. Hon fick syn på både Peder och Jonathan i ett av rummen.

De pratade med några män, efter några minuter så kom en till man in i rummet och de gick uppför trappan där Cecilia inte kunde se dem mer. Hon tittade ner på kameran, "trehundratio bilder borde räcka", tänkte hon. När de träffades några minuter senare vid bilarna så berättade Lisa att hon hade satt upp en likadan kamera som hon hade använt i Neapel vid infarten till gården.

Kapitel 59

Stefan, Lisa, Cecilia och Olivia satt vid köksbordet med stora pappershögar framför sig.

– Det är ett gediget material, sa Stefan.

– Det här är väl ingenting jämfört med ett fientligt bolagsuppköp. Ni vanliga människor är inte vana vid hög arbetstakt, sa Olivia.

– Skillnaden är väl att nu jobbar vi faktiskt för att göra världen bättre, det måste vara en ny upplevelse för dig, sa Lisa.

Olivia räckte ut tungan som svar.

– Vi har ett bra material. Frågan är vad vi ska göra med det, sa Cecilia.

– Vi har ju en bra grundplan. De texter som ska komma ut om min resa i Kongo är väldigt bra artiklar, de kan publiceras som de är, sa Stefan.

– Angående de inblandade svenskarna så har vi nog med material för att säga att det är tre högt uppsatta affärsmän men inte skriva att det är Jarl, Peder och Jonathan. Bevisen är för svaga för att vi ska kunna peka ut dem, sa Cecilia.

– Det är ungefär samma läge när det kommer till den större bilden. Vi är säkra på att Camorran och Darwin är aktiva i coltanhandeln, men har inte nog för att kunna namnge de inblandade. För att få fram de bevis som behövs för att hänga ut personer måste vi nog lägga ner mycket mer tid, sa Lisa.

– Vi har ju ganska mycket som pekar på att PR-byrån Andersson och Svensson är inblandade i skumma affärer, men tänker att vi inte har nog för att peka ut dem ännu, sa Olivia.

– Jag tycker att vi publicerar allt vi har, namnger där vi är nog säkra. Vi har redan nu lyckats rikta stor uppmärksamhet mot handeln med konfliktmineraler och det material vi har kvar är så pass bra att intresset kommer att öka ännu mer, sa Stefan.

– Jag tycker att vi ska vänta med att publicera något utöver de redan planerade artiklarna om Kongoresan, visar vi att vi känner till fler saker är risken stor att de inblandade kommer undan, sa Lisa.

Det blev en lång och stundtals hetsig diskussion.

- – Jag har ett förslag som kanske kan fungera. För visst har jag förstått det rätt att anledningen till att inte publicera är att vi har så pass lite på Darwin och några av de högt uppsatta personerna att de nog kommer att kunna dölja sin inblandning? frågade Olivia.
- – Det stämmer, sa Lisa.
- – Men varför gör vi inte då så att vi publicerar allting vi har kring Kongo och mineralhandeln, Camorran och de tre inblandade svenskarna som vi inte namnger. Det verkar vara de områden där vi har mest på fötterna. Allting vi har som på något sätt är kopplat till PR-byrån eller Darwin mörkar vi helt, publicerar ingenting som tyder att vi vet något om dessa saker, sa Olivia.
- – Du är lika klok som du är snygg. Jag förstår vad Cecilia ser hos dig. Ibland har jag en tendens att vara envis och har lite svårt att ändra mig. Men ditt förslag låter väldigt bra och jag tycker att vi kör på det, sa Lisa.
- – Om till och med Lisa har gett med sig så måste det vara ett klokt förslag, vi kör på det, sa Stefan och gjorde ett kors i taket med sina händer.

Lisa blängde argt på honom.

- – Muhammed ringde igår och berättade att containern i Neapel har börjat transporteras, så inom någon dag borde den vara framme vid sitt slutmål, sa Stefan.
- – Jag kan flyga och hjälpa honom när containern kommer fram, sa Lisa.

Kapitel 60

Muhammed stod och väntade på Lisa i solen när hon kom ut från Tegelflytplatsen i Berlin.

– Här står du och njuter av solen ser jag, sa Lisa.

– Livet är väl till för att njutas, eller hur?

– Det är det. Hur tycker du vi ska spendera denna fina dag?

– På samma sätt som vi har planerat, genom att göra inbrott.

– Låter ypperligt.

De började gå på längs Alter Wisenweg som gick utmed en kanal som skyltarna visade hade ett väldigt långt namn, Berlin-Spandauer-Schiffahrtskanal. Solen lekte i vattenytan och det hördes fågelkvitter. De pratade om allt möjligt när de kom fram till en liten bro över kanalen, de gick över och följde sedan kanalen på andra sidan. Efter att ha passerat ett höghusområde så svängde de av och gick söderut efter en gångväg som var kantad av skog på båda sidor. De stannade i en liten dunge, Muhammed tog fram en karta, några mackor och två dricksflaskor med vatten.

– Här ligger containern, sa Muhammed och pekade ut en industritomt på kartan.

Tomten låg några kilometer sydväst om där de befanns sig. Lisa tittade på kartan.

– Den står tyvärr inne på ett inhägnat område så det blir svårt att ta sig till den. Jag tänkte vi går dit nu och får oss en överblick så kan vi säkert komma på någon smart lösning, sa Muhammed.

De kom in i ett industriområde som de sicksackade sig igenom tills de var framme vid stängslen som omgärdade byggnaden som tillhörde elektronikföretaget Bremen. Det låg en stor lagerlokal innanför stängslet och där inne var containern som kamerorna var fastsatta på. Efter att ha gått omkring i området i ett par timmar så sa Lisa.

– Vad säger du, tror du att vi blir klokare? Tänker att det räcker nu, sa Muhammed.

En timme senare satt de i lägenheten som Muhammed hade lånat av en vän.

– Du har många vänner verkar det som.

– När man är så trevlig som mig blir det lätt så.

Muhammed ställde sig vid spisen där han stekte ägg och kokade ris. De planerade kvällen under tiden som de åt. Muhammed hade fått låna en liten blå bil av sin vän. Efter att det hade mörknat så åkte de till industriområdet, parkerade bilen på en gömd plats några hundra meter bort från dit de skulle. De gick ett varv runt området, såg ingen, det lyste sparsamt inne i byggnaden. På baksidan av byggnaden låg det en skogsdunge som de gick in i. Där inne tog Lisa upp mottagaren som var kopplad till kamerorna.

– Containern är i den där delen av lagerhallen, sa hon och pekade.

– Då är det bara att ta sig in på området alltså.

Från skogsdungen så sprang de hukandes mot ena långsidan. Det lyste enstaka lampor över det öppna betongområdet. När de kom fram till väggen stannade de och lyssnade, när inget ljud hade hörts på två minuter så fortsatte de vidare. Byggnaden var av tegel och hade två höga våningar. De började gå uppför en brandtrappa som ledde upp till andra våningen, när de kom upp för brandtrappan möttes de av en metalldörr med ett kodlås.

– Antar att du inte har koden, sa Lisa.

– Nej, tyvärr inte

– Tror du att vi kan bryta upp den?

– Tror inte det, vi får kanske ta en annan väg.

De stod och tittade sig omkring.

– Håll min hand, sa Muhammed.

Han lutade sig ut från brandtrappans räcke och tittade in i ett litet fönster som låg bredvid brandtrappan.

– Har vi tur så kan vi komma in här.

Han lutade sig ut igen och började trycka med högerhanden mot fönsterkarmen. Den gav med sig lite så han tryckte på ännu mer, till slut så gick den upp och han föll in med handen genom det nu öppna fönstret.

– Det hjälper inte så mycket att ha en stabil metalldörr om man har gamla fästen till fönsterna bredvid.

Med hjälp av Lisa så lyckades Muhammed åla sig igenom fönstret och kunde sedan öppna dörren inifrån. De stod i en mörk korridor. Lisa tog upp mottagaren igen.

— Containern ligger ner ditåt.

De började gå genom den mörka korridoren som lystes upp av lamporna från deras mobiltelefoner. De kom fram till en dörr med en grön nödutgångslampa ovanför. Lisa kände på dörren och den var öppen, hon stack ut huvudet.

— Där nere tror jag containern ligger. Men det är en stor lagerhall, är någon i närheten kommer de att se oss.

— Då får vi springa snabbt som vinden. Vi araber är vana vid att springa för våra liv här i Europa så för mig är det lugnt.

Lisa öppnade dörren försiktigt och tittade sig omkring. De gick sakta nedför en trappa, det knakade till oroväckande när Lisa klev på nedersta trappsteget. De stannade till, det var helt tyst i hela lokalen. Lisa tog fram mottagaren under tiden de sakta gick framåt. Hon stannade till och pekade, där låg containern. Efter att ha lyst med mobillampan så såg hon den första gömda kameran.

— Jag kan ta dom bara jag kommer upp på containern. Hjälp mig upp.

Genom att stå på Muhammeds knän, händer och axlar lyckades hon ta sig upp på containern, hon hävde sig upp på den med en duns. De stannade återigen upp men hörde inga ljud. Lisa kröp fram till kanten, började känna med händerna och fick till slut tag på den första kameran. Sedan gjorde hon samma sak på andra sidan. När hon höll på att ta loss den fjärde kameran så såg de båda något som de inte ville se, det kom två vakter snabbt gåendes åt deras håll. De hade båda ficklampor som de genomsökte lagerhallen med. Lisa fick tag på de den sista kameran och stoppade den på sig. Hon gjorde sig redo för att klättra ned när Muhammed började springa mot trappan. "Ska han lämna mig helt ensam", tänkte hon. Först tänkte hon hoppa ner och följa efter Muhammed, men vakterna började springa efter honom och Lisa förstod att hon inte skulle ha en chans att springa ifrån dem. Muhammed hann före till trappan men vakterna var bara några sekunder efter honom. De ropade "stop" men han sprang på. Muhammed lyckades just slå igen dörren framför dem, han tjänade många dyrbara sekunder under tiden som det tog vakterna att få fram rätt nyckel till dörren. "De är mycket snabbare, de kommer att hinna ikapp honom", tänkte Lisa. När vakterna gått ut genom dörren så väntade hon några sekunder, sedan så hoppade hon ner. I andra ändan av lagerlokalen låg dörren som vakterna kommit in genom. Hon sprang allt vad hon orkade fram till dörren. "Kom igen nu", tänkte hon och kände på dörren, den var öppen. På andra sidan stod det några bilar och hon kände snabbt igen sig. Deras bil låg runt hörnet på en fastighet som låg ungefär hundra meter bort. När hon sprang över vägen så såg hon vakterna jaga Muhammed efter en upplyst gångväg. Han var en bit framför dem men de tog igen. När hon kom fram till bilen så tog hon fram en plastpåse som hon hade i sin jackficka och satte över registreringsskylten bak, sedan kastade hon sig in i förarsätet. Bilen startade direkt, hon backade i hög fart, svängde om ratten och började sedan köra efter vägen som Muhammed och vakterna sprang på. Vakterna hade nästan hunnit ikapp Muhammed när Lisa närmade sig. Hon slog på helljusen, vevade ner rutan och tutade. Vakterna tittade sig om och kastade sig sedan ur vägen när de såg henne. Muhammed tittade sig också om och började springa bort från vägen.

– Hoppa in skrek Lisa, samtidigt som hon sänkte farten.
Muhammed sprang mot passagerarsätet och försökte öppna dörren. Han drog i dörren men låset strulade så han fick inte upp den. Vakterna hade kommit upp på benen och började närma sig.

– Hoppa upp på motorhuven och håll i dig, ropade Lisa.
Muhammed tvekade men gjorde sedan som hon sa. Han tog tag i plåtkanten som låg närmast vindrutan och höll i sig allt vad han kunde. Vakterna tog in på dem och var i höjd med bakhjulen när Lisa ökade farten. De ökade sakta avståndet och till slut så stannade vakterna. Lisa saktade in och svängde av på en liten sidoväg, Muhammed hoppade in i bilen.

– Det där var spännande, eller vad säger du? frågade Lisa.
– Lite för spännande för min smak.

När de hunnit fram till lägenheten så ringde Lisa Jörgen Knutsson.

- Hej. Jag kan nu lämna uppgifter om vart det finns olagligt coltan.
- Hej på dig med. Du är rak på sak.
- Jag har starka skäl att tro att coltanet kommer att flyttas inom en snar framtid.
- Vart finns det då.
- Tyskland.
- Hur säker är du?
- Väldigt säker på att det ligger där just nu. Men jag kan inte garantera att det kommer vara kvar om några timmar. Man kan säga att vi skulle göra ett undersökande reportage för att bekräfta att coltanet fanns där och att vårt reportage inte var välkommet av personalen på området.
- Då förstår jag. Hur hittar polisen det här coltanet?
- Jag kan skicka GPS-uppgifter om vart exakt lokalen ligger samt ett MMS på exakt i vilken container som coltanet ligger.
- Hur kan du veta så exakt vart det är?
- Där vill jag använda mig av den grundlagsskyddade rättigheten till källskydd.
- Förstår.
- Men som sagt, jag har starka skäl att tro att coltanet kommer att flyttas om man väntar för länge.
- Jag skall ringa direkt. Efter att du ringt mig igår så ringde jag till en polis i Tyskland, som jag litar på, och förberedde henne på ett kommande tillslag i Berlin.
- Låter perfekt. Jag MMS:ar bilden och GPS-koordinaterna.

Lisa la på samtalet, skickade iväg uppgifterna som hon sagt att hon skulle göra.

- Nu är det fixat. Jag åker hem och du ser till att filma och ta bilder när polisen slår till, sa Lisa.

Kapitel 61

Senaste nytt

Igår höll polisen en presskonferens angående att både Peder Enqvist och Jonathan af Chrona påträffats döda. Det finns i nuläget inget som tyder på mord men polisen vill avvakta den tekniska undersökningen före de med säkerhet kan säga att det är suicid. Polismästare Jörgen Knutsson svarade att ingen person var misstänkt rent juridisk för att ha drivit Peder och Jonathan till självmord. Även om man inte juridiskt sett kan döma journalisten i fråga är det många ledande svenskar som tycker att en journalist är moraliskt är skyldig, "som journalist måste man agera utifrån en stabil pressetisk grund, annars är risken stor att man skadar någon", sa exempelvis DN:s chefredaktör. Enligt säkra källor hade både Peder och Jonathan kort före sin död kontaktas av en känd journalist som kommit med kraftiga anklagelser mot dem. Jörgen Knutsson kunde på presskonferensen bekräfta att det pågick en polisutredning där männens namn förekom, men ville inte säga mer på grund av utredningstekniska skäl. "Risken är stor att vi nu har två personer som tagit sina liv på grund av skvaller om dem. Att polisen inte vill gå ut med information i detta läge är anmärkningsvärt", sa en högt uppsatt politiker som inte vill bli namngiven. "Jörgen Knutsson verkar drivas av egna politiska motiv", sade en källa som är insatt i utredningen. Det finns fortfarande många frågor som måste besvaras. Är det en politiskt driven polisutredning som vi ser? Många bedömare anser att en särskild journalists tveksamma rapportering är det som ligger till grund för allt detta.

Kapitel 62

Lisa, Olivia, Cecilia och Stefan satt vid bordet i arbetsrummet. Stefan hängde med axlarna och tittade ner i bordet.

– Att både Peter och Jonathan tog sina liv är tragiskt. Men även om det är sorgligt att de gjorde det så borde det betyda att vi var dem på spåren, sa Lisa.

– Avskedsbreven är väldigt tydliga med att de beskyller dig Stefan, de valde att ta sina liv istället för att möta anklagelserna som de visste skulle komma. Även om jag tycker att vi gjorde rätt som ringde dem är det jobbiga brev att läsa. Hur mår du efter allt det här? frågade Cecilia.

– Hemskt. Det känns förjävligt att jag hela tiden utmålas som en person utan moral som mer eller mindre mördat de oskyldiga affärsmännen Peder och Jonathan. Jag tycker det är jobbigt att de tog sina liv, och på något sätt är det väl delvis mitt fel, svarade Stefan.

– Det är orättvist att du blir attackerad så hårt, sa Cecilia.

– Det kommer att bli en ännu värre häxjakt på mig den här gången, sa Stefan.

– Journalister verkar älska att attackera dig, sa Lisa.

– Du rår dock för det själv. Du publicerar stora scoop som de aldrig kommit i närheten av. Utöver det så har du vänsteråsikter som du inte skäms över. Om det inte vore nog så är du i år återigen med på listan över Sveriges hundra sexigaste män, sa Cecilia.

Stefan rodnade samtidigt som de andra skrattade.

– Är det inte ni som alltid retar mig för att jurister och ekonomers enda uppgift är att skydda de rika? frågade Olivia.

– Det kan ha förekommit gånger då vi retat dig för det.

– Har för mig att ni ofta säger att de med mycket pengar dessutom använder media för att styra samhällsdebatten och smutskasta sina fiender.

– Ungefär något i den stilen, även om du hårdrar det lite.

– Jag förstår att det ligger något i det ni tror, även om jag tycker att ni överdriver. Men om ni nu tror att media fungerar så visar ju alla dessa attacker att vi är på helt rätt spår. Stefan ses som ett hot mot makten och det är ju bra.

Olivia pausade och tittade på de andra runt bordet.

– Du har rätt, även om jag inte tycker om att du beskriver oss som dumma och konspiratoriska vänsterfånar, sa Cecilia.

– Men då får ni väl sluta vara det?

De började skratta alla fyra.

– Även om vi inte har bevis mot Jarl, Peder och Jonathan just nu så får vi göra det bästa av det hela. Vi har bra material och ska inte låta det perfekta blir det godas fiende, sa Lisa.

– Då satsar vi på det istället. Vi pratar ihop oss om hur vi gör bästa möjliga publicering utifrån det förändrade läget.

De satt och diskuterade fram och tillbaka en stund och vägde olika förslag mot varandra.

– Jag måste få testa en idé på er som jag kom på igår, sa Cecilia. Ska vi göra uppdateringar i realtid, fast i efterhand? Alltså att man dag för dag får följa Stefans resa, som den såg ut dag för dag. Då kan vi dessutom ha ett sidospår med en rapportering där man får följa lastbilen från Neapel till Tyskland, följa bilderna och GPS-positionen. Då blir den delen också intressant, sa Cecilia.

– Sedan kan vi släppa en ny bild från Omarrs fotobok varje dag, tre parallella spår med nyheter dag för dag, sa Lisa.

– Så ett spår med min Kongoresa, ett spår med bilderna från Omarrs fotobok samt coltanets resa mot Tyskland, sa Stefan

– Det kommer nästan att kännas som live, sa Olivia.

– Efterhandslive, det blir ju perfekt sa Cecilia.

De blev snabbt överens om att det var ett utmärkt sätt att släppa all information. De planerade reportagen var tvungna att göras om lite men grunden fanns.

Kapitel 63

En man går på gatan med snabba steg, han tittar på klockan och svär tyst för sig själv, nickar mot en granne han möter. När han stannar vid ett övergångsställe så känner han något i ryggslutet. "Vänd dig inte om, du har en kniv i ryggen. Om du gör några plötsliga rörelser så kommer jag att hugga dig tre gånger och sedan låta dig förblöda. Gå in i bilen där framme till höger.", säger en röst på engelska. Kniven ligger gömd mellan de båda männen när de går över gatan. Väl över så öppnas en dörr till en svart bil, de sätter sig båda i baksätet och bilen åker iväg.

Kapitel 64

Stefan hade ringt upp alla nyhetstidningar där reportagen publicerades och förklarat det nya upplägget med tre parallella spår som man fick följa i efterhandslive. Alla tidningarna var positiva till det nya publiceringsupplägget.

— Jag måste säga det Lisa. Du är ett geni när det kommer till att få spridning på nyheter. Redan före jag har publicerat artiklarna från kongoresan så växer bara intresset. Folk vet inte ens exakt vad som kommer att publiceras.

— Det behöver de inte veta heller. Spekulationerna ökar bara intresset.

Mitt i allt arbete med publiceringarna så hade Stefan på morgonen fått ett sms till sin kontaktkorttelefon som varit kort och koncist, "Hämta nya mobiltelefonen på Kiosken vid Fittja Centrum klockan 18.00, hälsa från Stor-Ronne". Därför satt Lisa i en tunnelbanevagn åkandes söderut på röda linjen i Stockholms tunnelbana. För varje station som gick så befann sig personerna som gick av längre och längre ner på samhällsstegen, först klev vinnarna i samhällslotteriet av, de som såg ut som att använda rutavdraget för att slippa städa sina stora lägenheter själva. Sedan klev de personer av som använde rotavdraget för att bygga om köket inför en lägenhetsförsäljning. De som satt kvar ända till Fittja var personerna som jobbade med att städa de stora innerstadslägenheterna, eller inte hade ett arbete överhuvudtaget. Det var olika världar, en rik och en fattig del av Sverige. "Många skulle dock protestera mot att det fanns fattiga svenskar", tänkte Lisa, det fanns olika sätt att se på fattigdom, dels kunde man säga att personerna som levde på socialbidrag i Sverige inte alls var fattiga för de hade det mycket bättre ekonomiskt än människor som bodde på landsbygden i Afrika eller Asien. Jämfört med dem var de som fick socialbidrag egentligen rika. Det var en syn på fattigdom som började synas alltmer i debatten under de sista åren. "Men det rimliga är att se fattigdomen som en skillnad inom ett samhälle, när några får städa andras toaletter är samhället så tydligt uppdelat, det finns rika och fattiga, även om lagen formellt är lika för alla är livschanserna långtifrån samma", tänkte

Lisa. Hon hade nyligen läst en vetenskaplig artikel som hade visat att den förväntade levnadsåldern skiljde 18 år mellan en högutbildad person boendes i Danderyd och en lågutbildad person boendes i Vårby. "Kalla det fattigdom, social position eller klasser, men de olika skikten i samhället har radikalt olika förutsättningar", tänkte Lisa när tunnelbanevagnen stannade vid perrongen. Det var många likadana tolvvåningshus som stod utmed ett litet betongtorg, mellan dem var det några lägre lägenhetshus. Lisa gick över en gångbro, efter det igenom en öppning i de medelhöga husen och var sedan framme vid Fittja centrum. Det var ett tråkigt centrum, en stor asfaltsyta där träd hade planterats för att göra det trevligare, men träden stod glest och det kändes bara fel på något sätt som var svårt att ta på. Det låg en lågprisbutik bredvid kiosken. Lisa gick fram till några rödkindade män som pratade högt.

– Hej, jag behöver hjälp med en enkel sak, vill någon av er hjälpa mig, ni kan få den här för besväret?

Lisa visade upp en vodkaflaska som hon hade i sin ena jackficka.

– Vad vill damen ha hjälp med?

– Jag ska hämta en mobiltelefon som en vän har lämnat till mig där inne på kiosken. Men det är så att jag råkade hamna i ett litet bråk med ägaren till kiosken häromdagen och är inte välkommen där inne. Skulle någon av er kunna hämta denna mobiltelefon så ska ni få den här flaskan som tack.

– Det skulle jag kunna hjälpa damen med. Men tror du inte att ägaren blir lite misstänksam när han förväntar sig en ung dam och får se mig komma in.

– Det gör inget. Hälsa bara från Stor-Ronne så får du mobilen.

Fem minuter senare så fick Lisa sin mobil i utbyte mot en flaska vodka. Det var en enkel Nokiamobil, en av de nya retrotelefonerna, som påminde om gamla mobiler där man bara kunde ringa och skicka sms. Hon tittade igenom mobilen och såg ett meddelande. Stor-Ronne ville pratas vid imorgon klockan ett på eftermiddagen.

På vägen hem till Umeå köpte hon både Aftonbladet och Expressen. Fritt Sverige hade blivit ännu farligare. Fyra flyktingförläggningar hade utsatts för mordbränder under sista dygnet. En väktare hade skjutits när han försökte förhindra en brand. Tre kiosker som ägdes av invandrare hade utsatts för olika attentat. Det planerades dessutom många demonstrationer på onsdag kväll. De kallade det frihetsdemonstrationer. "Risken är att ilskan mot IS gör att Fritt Sverige kommer att få stora folkmassor till demonstrationerna", tänkte Lisa.

Kapitel 65

De hade dukat upp till fest. Alla reportagen var färdigskrivna, tidningar hade översatt reportagen, klockan 21.00 svensk tid skulle publiceringen av de tre live-i-efterhand-spåren börja publiceras på Stefans hemsida samt på tidningarnas egna hemsidor. Den första bilden som de skulle publicera från Omarrs fotoalbum var på en spansk affärsman vid namn Emanuel. Muhammed hade några dagar tidigare kontaktat polisen i Spanien som tagit in Emanuel till förhör. En bekant till Muhammed hade tagit bilder när Emanuel fördes bort vilket också skulle publiceras. Det låg en spänd förväntan i luften. Stefan ställde sig upp.

- Som vanligt kommer det vara en vit man som tar åt sig äran åt andras arbete ikväll. Men ni vet lika väl som jag att vi har gjort det här tillsammans. Det är för att fira reportagen som vi har dukat upp en festmåltid. Men jag tycker att det är något mer som skall firas ännu mer, idag vill jag fira några väldigt fina vänskaper. Ni är underbara människor och jag vill tacka för att jag får ha er i mitt liv. Jag köpte en flaska Champagne som får bli en symbolisk start på det här firandet. Du behöver inte vara orolig Cecilia, jag köpte lite alkoholfritt bubbel till dig då du inte har vett att uppskatta livets goda.

Stefan skakade flaskan och sköt sedan iväg korken mot taket, Champagnen flödade ner på köksbordet till allas glädje. Ljudnivån stegrades under middagen och skratten avlöste varandra. Mitt i firandet fick Lisa ett sms från Jörgen Knutssons kollega Mikael Persson, hon öppnade det och leendet som hade funnits på läpparna försvann. Stefan såg att hon var nedstämd.

- Vad är det älskling? Har något hänt?
- Jag har fått reda på något hemskt.

Efter några sekunder hade alla slutat prata och tittade på Lisa.

- Jörgen Knutsson har blivit kidnappad av IS-anhängare. De kommer att halshugga honom om inte de som blev dömda för mordet på Jarl Bonde släpps.

Alla försökte ta in det Lisa sagt.

- Menar du att din vän Jörgen Knutsson är gisslan hos IS-anhängare?
- Ja.
- Hur känner du honom?
- Vi gick en gemensam kurs för några år sedan och efter det har vi hållit kontakten och arbetat ihop ibland. Hälsar på varandra och äter middag ihop när vi är i samma stad. Med tiden har vi blivit ganska nära vänner.

Glädjen som skulle kommit när första reportaget släpptes kom av sig. De skålade i Champagne och alkoholfritt bubbel. Men det var svårt att fira. En video hade släppts från IS-anhängarna. De visade upp Jörgen Knutsson och sade att de skulle halshugga honom om en vecka om inte frihetskämparna som satt i svenskt fängelse släpptes.

- Fångarna kommer ju aldrig att släppas. Jörgen kommer att halshuggas.
- Tillfångatagna fångar som halshuggs är ju något man ser på videofilmer från krigshärjade områden.
- Tror ni att vi kan göra något?
- Jag vet inte vad det skulle vara. Vi har ju ingen aning om vart han är eller vilka det är som har honom som gisslan.

Tystnaden la sig som ett lock över sällskapet.

- Risken är att det blir en ond spiral. Fritt Sverige som redan börjat med terrorhandlingar kommer att bli ännu galnare. Vilket kommer radikalisera de som blir utsatta, sa Lisa.
- En skål för Jörgen och önskan om att det går bra för honom, sa Stefan.

De höjde glasen.

- Vi får inte glömma att vi har gjort ett väldigt bra arbete. Även om det kom en annan nyhet som är hemsk så har vi gjort ett väldigt bra jobb, sa Stefan.
- Våra reportage kommer att hjälpa Kongo, det är jag övertygad om. Tack för det mina vänner, sa Mbaluku.

De gick till sängs betydligt mer nedslagna än vad de varit under början av middagen.

Kapitel 66

Nyhet

Idag börjar den efterlängtade reportageserien som handlar om organiserad brottslighet kopplad till konfliktmineraler i Kongo. Ni kommer att kunna följa min resa genom Kongo i realtid, fast i efterhand. Så reportagen handlar om det jag varit med om dag för dag. Det börjar med en reportageresa om safarier och tjuvjakt men utvecklar sig till ett avslöjande av en hemsk massaker kopplad till mineralerna som finns i vår elektronik i västvärlden. Död och terror följer i spåren av vår västerländska livsstil.

På min hemsida, och hemsidorna till tidningarna som jag samarbetar med, kommer även filmen från en dold kamera visa hur olagligt utvunnet coltan färdas från en hamn kontrollerad av Camorran till ett respekterat västerländskt företag. Utöver det kommer det varje dag släppas ett foto på en av de tjugotvå personer som varit med på bild tillsammans med Omarr, krigsherren som sålt coltanet.
/ Stefan Ström

Vi vill tacka de tidningar som vi samarbetar kring denna reportageserie.
Asahi Shimbun - Japan
The New York Times - USA
The Hindu - Indien
Le Monde - Frankrike
la Repubblica - Italien
Daily Mirror - Storbritannien

Kapitel 67

Pressmeddelande från IS

I Allahs namn har frihetskämparna tagit Jarl Bondes liv. För detta förtjänar de en plats i paradiset, men de sitter istället i fängelset i hedningarnas land. Ett pris som är orättfärdigt för rättfärdiga män. Jörgen Knutsson sitter nu fånge hos oss. Vi kommer att halshugga honom tisdag klockan 12.00 om frihetskämparna inte har släppts innan dess. Men vi som kämpar för det rätta kommer aldrig att ge oss, det är vi skyldiga den stora kampen. Vi bär historiens ansvar på våra axlar. Sanningens kraft kommer att ge oss seger. Allahu akbar.

Kapitel 68

Mobiltelefonen som Lisa hämtade ut från Stor-Ronne ringde.

– Nu är det dags.

Stefan gick in i sitt arbetsrum där Lisa hade gjort en koppling till datorn så att han kunde tala direkt i den och de andra kunde lyssna på samtalet i rummet intill.

– Hej det är jag. Vad bra att vi äntligen kunde pratas vid, sa Stefan.

– Jag hade ju sagt att jag skulle fixa mobiltelefoner så vi kunde prata ostört. Det tog bara lite längre tid än väntat, jag har varit inblandad i mycket annat, sa mannen.

– Jag förstår. Är man duktig på sitt jobb så är man eftertraktad.

– Det verkar som det. Har varit mycket med allting kring IS.

– Det har verkligen förändrat spelplanen. Vi inom ledningen har diskuterat mycket kring det. Vi tänker att det vore ett dåligt läge just nu, allting drunknar i gisslantagandet.

– För er del skulle det vara till viss fördel om sakerna göms i bruset tänker jag. Men för min del har jag svårt att utföra de tjänster ni vill ha just nu. Det är svårt att hålla på med flera stora uppdrag samtidigt. Är ni fortfarande intresserade av mina tjänster?

– Det är vi.

– Kan vi säga så att vi hörs om en vecka för att uppdatera varandra.

– Det låter utmärkt.

De samlades i köket.

– Det här är inte bara en vanlig konsult till en PR-byrå. Förutom att ha hotat Rohde så verkar han hålla på med mycket annat skumt.

– Vi får ta tag i det efter att vi är klara med Kongorapporteringen och kidnappningen. Då ska vi sänka den där PR-byrån.

På kvällen gav Stefan tre liveintervjuer från sitt arbetsrum till olika tv-kanaler. Intresset för hans publiceringar blev större för var dag som gick. Det spekulerades mycket kring hans nyheter, vad skulle hända Stefan i Kongo, vart var lastbilen på väg, vilka fler personer skulle finnas med på bild tillsammans med krigsherren? Intresset för konflikterna i Kongo växte, det verkade som att de var på väg att göra en skillnad. Om det inte hade varit för kidnappningen av Jörgen Knutsson så hade allting gått över förväntan. Gisslantagarna hade släppt ett långt brev samt en ny video under dagen där de återigen pratade om att " *Vi bär historiens ansvar på våra axlar. Sanningens kraft kommer att ge oss seger* " och sedan upprepade hotet om att mörda Jörgen om inte IS-fångarna släpptes.

– Vad tror ni, kommer den här kidnappningen göra så pass stor generell skada mot icke-vita att det är svårt att få sympati med Kongo? frågade Lisa.

– Jag tror i alla fall att sympatin minskar, men det gäller nog främst Sverige. När man upplever hot nära inpå blir man ofta väldigt skyddande mot den egna gruppen. Efter 11:e september så gick jag från att vara en intressant invandrare till en potentiell terrorist, sa Muhammed.

– Det var en väldigt effektiv PR-kupp, liten insats men förändrade världen totalt, sa Mbaluku.

Olivia hajade till när de jämförde 11:e september med en PR-kupp, det var något i det som fick en tanke att tändas.

Kapitel 69

Datorskärmen lyste upp det mörka arbetsrummet. Lisa satt där gick igenom alla transaktioner hon hade fått från Peders och Jonathans konton på SEB. "Vad är det jag missar", tänkte hon när hon för tredje gången under kvällen gick igenom listorna på alla transaktioner. Det var inget som uppenbart stack ut på något av kontona när hon gick igenom dem den här gången heller, så hon försökte med en ny taktik. Hon gjorde listor på transaktionerna från de båda kontona utifrån datum och la upp dem bredvid varandra. "Det var det där som jag sökte efter", tänkte Lisa. När hon jämförde transaktionsdatumen så var det två olika datum som både Peder och Jonathan hade fört över stora summor till ett konto i Schweiz. Det var samma belopp som hade överförts från båda kontona. När hon gick igenom kalendern såg hon att Jarl hade blivit mördad av IS-anhängarna några dagar före andra betalningen och att mordhoten mot Mads hade börjat just efter första betalningen, men inget annat stack ut. Hon gick sedan igenom alla andra transaktioner och hittade två till överföringar från Peders konto och en till från Jonathans konto. Hon kollade på klockan, halv ett, "Sofia borde vara vaken", tänkte Lisa. Efter fem signaler svarade Sofia.

— Hej det är Lisa.

— Det ser jag, vet du vad klockan är.

— Halv två hos dig, tänker att du är en rolig människa som är uppe sent.

— Det brukar jag vara, men idag är jag en gammal tant som somnade i soffan med en bok i handen. Du väckte mig, och om du inte är i Aten och ringer för att du vill sova över så kommer jag att bli arg på dig.

— Då får du bli arg. Men jag tror att du blir lite glad också.

— Varför det?

— Du kommer att få göra mig en tjänst.

— Så jag skulle bli glad över att du ringer och väcker mig halv två på natten för att jag ska göra en tjänst till dig.

— Precis.

350

Lisa förklarade transaktionerna hon hittat och vad hon misstänkte.

– Är du lika arg nu när jag förklarat vad det gäller.

– Inte lika arg, men lite arg måste jag få vara, det ligger i blodet. Jag känner en kille inom polisen som sysslar med ekonomisk brottslighet. Han är hederlig och tar inte emot mutor så det går att lita på honom. Hans har flera gånger hjälpt mig. Det kommer att krävas att han bryter mot några regler för att få fram kontouppgifterna du vill ha, men om det kan sätta dit några högt uppsatta brottslingar så hjälper han nog gärna till.

– Det låter fantastiskt.

– Det är bara en sak jag vill att du lovar. Om min vän åker dit kommer han att bli av med jobbet och få massa problem, då vill jag du hjälper honom ekonomiskt så att han inte går under. Som du vet fungerar inte riktigt vårt välfärdssystemen längre.

– Det lovar jag.

– Jag återkommer imorgon.

Dagen efter blev Lisa väckt av att mobiltelefonen ringde.

– Så du väcker mig tidigt för att hämnas.

– Något i den stilen. Fast klockan är faktiskt elva, så det är nog dags att vakna nu.

– Jag satt uppe länge i natt, är lite för exalterad.

– Du kommer att bli glad att jag väckte dig. Min vän har hittat massa intressanta saker.

– Berätta.

Han kunde inte få fram vem som ägde det schweiziska kontot som Jonathan och Peder överfört pengar till. Men när de gjorde en sökning så var kontot med hög sannolikhet kopplat till kriminalitet. De hade överförts mycket pengar från kontot till banker i Östeuropa och Ryssland som finns med på en lista över banker som kontrolleras extra.

– Vad är det för lista?

- Det är en lista med banker som alla vet sysslar med pengatvätt och används av kriminella organisationer. Den organiserade brottsligheten är stark i både Ryssland och öststaterna så ingen polis i de länderna vågar röra deras affärer. Fördelen med den här listan är att inga seriösa affärsmän från Västeuropa använder de bankerna, de vet att alla transaktioner som går via de bankerna kontrolleras extra noga och att de personer som gör överföringar till de bankerna granskas hårdare.
- Vad säger det om ägaren till det här kontot i så fall?
- Att det är en person som inte bryr sig så mycket om polisen kommer hen på spåren. Det är exempelvis vanligt att Mc-klubbar använder dessa banker. De bryr sig inte om det kommer något avslöjande grävande reportage om hur de flyttar sina pengar, de har ändå inget anseende att skydda. Så länge de slipper fängelsestraff så bryr de sig inte, de har ändå polisen efter sig.

  Så det är alltså någon som inte bryr sig så mycket vad media säger. Troligen någon inom organiserad brottslighet.
- Ibland används bankerna även av personer som tillhör extremistgrupper till höger såsom nazister, fascister och vitmaktgrupper. De tänker att alla media ägs av judar och det är kulturmarxister som styr polisen. De bryr sig därför inte om vad media och polisen tänker om dem.
- Vet ni vem som äger kontot?
- Tyvärr inte, men vi har mer information. Du har berättat att Jarl Bonde var inblandad i affärer med Peder och Jonathan så jag bad min vän kolla transaktioner från honom också. Han har däremot aldrig fört över pengar till det kontot.
- Perfekt. Nu gäller det bara att hitta ägaren till kontot. Trodde din vän att han kunde hitta personen som äger kontot?
- Nej, tyvärr inte. Det behövs ett åklagarbeslut för att få ut de uppgifterna. Men jag kan ge dig en lista över misstänkta transaktioner till och från det kontot det sista året.
- Tusen tack.

Lisa samlade gruppen och gick igenom vad hon fått fram.

- Du är ju lika klok som du är vacker, sa Stefan och pussade henne på kinden.
- Då vet vi alltså att båda två har betalat någon kriminell verksamhet. Frågan är bara vem de har betalat och vad de har betalat för, sa Olivia.
- Jag tror att de betalat för att mordhota Rohde, sa Cecilia.

Kapitel 70

Ingress ledarsidan Kvällsposten, oberoende liberal

Stefan Ström har under den senaste veckan publicerat ett flertal bilder på personer som sägs vara inblandade i allvarlig brottlighet som han kommer att presentera senare. Han har konsekvent vägrat berätta vilka brott det gäller trots att han själv säger att allt material är skrivet. Då Stefan inte gått ut med vilka brott dessa personer sägs vara inblandade i så har de utpekade inte heller kunnat försvara sig. Då han inte presenterat några bevis så har drevet istället gått på sociala medier. Där har alla utpekade redan på förhand dömts och det spelar ingen roll vad en eventuell rättegång kommer fram till. Notera ordet eventuell då vi i nuläget inte vet mer än att dessa personer har fotograferats tillsammans med en afrikansk man som sägs vara krigsherre. Om de är där i biståndsprojekt eller för att göra affärer vet vi inte, det enda vi vet är att de är på samma fotografi. Några av de utpekade har redan tagit sina liv. Men Stefan anser att deras liv är ett värdigt offer i kampen mot kapitalismen, vilket kan ha att göra med att han som journalist inte klarar av att vara objektiv utan öppet medger att han skriver ur ett vänsterperspektiv. Vi måste tydligen hela tiden påminna om de människor som offrades av Stalin, även det för ett högre vänstersyfte.

EXTRA
Nytt uttalande från Jihadisterna

Nu är det bara två dagar kvar. Släpp frihetskämparna fria annars kommer vi att låta blodet flyta i Allahs namn. Vi kommer att segra och ni måste inse att ni snart alla kommer att leva i ett Kalifat. Era liv är bara illusioner och när ni vaknar upp kommer ni att inse att IS visar er den sanna vägen. Sanningen står på vår sida och vi skall med hjälp av den segra.

Kapitel 71

Intresset för Stefans artiklar och efterhandslivepubliceringar ökade för varje dag som gick. Han hade varit tvungen att flytta hemsidan till en annan server då den ursprungliga hade blivit överbelastad. Det spekulerades både i tidningar och internetforum om kommande publiceringar. Alla i brottslösarsextetten kunde andas ut, reportagen hade blivit den succé de hade hoppats på. Då alla artiklarna var färdigskrivna så fokuserade de istället på att få fram bevisning mot Jarl, Peder och Jonathan samt att spåra vem Ronne var. När de satt vid lunchbordet så plingade det till i Muhammeds mobil.

- Jag har fått kontakt med en låda till från Kongo. Den ligger i en hamn i Indien.
- Har det inte gått flera veckor sedan du tappade kontakten med den?
- Troligen har signalerna inte kommit fram för att lådan varit på ett stort containerfartyg. Signalerna når inte fram igenom all metall, det blev samma sak med lådorna som gick till Neapel.
- Det verkar som att den här brottsligheten sträcker sig över hela världen.
- Men polisen agerar lokalt, så de kriminella har alltid försprång.
- Vad ska du göra nu?
- Jag känner en person i Indien som nog kan hjälpa mig. Han kan nog fästa en kamera av samma typ som vi använde i Nepal på containern så att vi kan se vart den åker.

Hela gruppen gick och satte sig vid olika datorer och pappershögar. Efter några timmar gick Cecilia runt med kaffekoppar till alla.

- Jag hittar ingenting i de här transaktionerna. Det är något som är skumt, men jag förstår inte vad. Sedan har vi de där jihadisterna som kommer med sitt högtravande språk. Jag blir galen, småskrek Lisa.
- Upprepa det du sa om jihadisterna, sa Olivia.

- Jag sa att de använder ett högtravande språk, det där om att vi lever i en illusion låter som någon jobbig gymnasiekille skulle kunna säga. Varför frågar du?
- Jag måste kolla igenom uttalandena igen. Har känslan av att det är något som skaver i dem. Dessutom känner jag igen känslan, jag har nog dejtat några av de där jobbiga gymnasiekillarna. De som pratade om att sossarna höll tillbaka dem, verkligheten var snarare att de var för puckade för att klara sina tentor.
- Det fanns jobbiga vänsterkillar som jag dejtade, de som pratade om kommunism och trodde att de hade förstått världen.
- Slutsatsen kanske egentligen är att gymnasiekillar är jobbiga, vad de än tror på.

Olivia satte sig vid datorn och skrev ner alla uttalanden som hade kommit från jihadisterna. Hon ställde upp dem nedanför varandra och läste igenom dem flera gånger. Det var något som var fel, det kände hon. Men hon kunde inte sätta fingret på vad det var. Hon började läsa texterna tyst för sig själv. När hon hörde orden så fick hon känslan av att texten inte gick ihop med de bilder hon sett från IS-anhängarna. När hon började läsa igenom andra uttalanden som IS gjort i andra länder så förstärktes känslan, språket i uttalandena var helt annorlunda än vad som IS brukade använda. Vissa saker var såklart liknande, men på det stora hela lät det som att det var någon som hade hjälpt gruppen att skriva. "IS kanske har en PR-byrå", tänkte Olivia och skrattade. Men ju mer hon läste desto mer insåg hon att det kanske inte var ett skämt. Hon öppnade sitt språkigenkänningsprogram och skrev in alla uttalanden. Enligt programmet var språkbruket i texterna väl överensstämmande vilket starkt talade för att de var skrivna av samma person. Hon skrev ut alla texterna och läste igenom dem flera gånger. Sedan strök hon under de stycken som innehöll ovanligt språk.

Det var några meningar som stack ut, " Men vi som kämpar för det rätta kommer aldrig att ge oss, det är vi skyldiga den stora kampen", "Vi bär historiens ansvar på våra axlar", "Sanningens kraft kommer att ge oss seger". När hon googlade hittade hon ingen text där alla tre meningarna fanns med. Då började hon gå igenom texter där minst en av meningarna fanns med och hittade två texter från PR-byrån Andersson och Svensson. Efter det gick hon igenom mappen med alla debattartiklar som kom från anställda på PR-byrån och jämförde sedan dem mot uttalandena i språkigenkänningsprogrammet. Hon fick sedan bråttom att samla alla i köket.

– Vi pratade för någon dag sedan om att jihadisterna var duktiga på att få maximal spridning av sitt material. När vi pratade tidigare idag så kom jag på en idé, tänk om de har en PR-byrå.

Alla tystnade, det var en ny tanke för dem alla.

– Har du hittat något? frågade Lisa.

– Det kanske är någon från vår favorit PR-byrå Andersson och Svensson som är inblandad. Jag satte mig och gick igenom alla uttalanden som kommit från Jörgens kidnappare. Även om det bara är två uttalanden och tre korta videosnuttar så finns det ändå ganska många meningar som sticker ut. Ett par av de meningarna förekommer även i några av debattartiklarna som PR-byrån skrivit. När jag korstestade kidnapparnas uttalanden med de debattartiklarna var det medelhög sannolikhet att de hade samma skribent.

– Om det här stämmer är det ju en gigantisk skandal, en PR-byrå som hjälper jihadister att skriva utpressningsbrev.

– Om det är någon från byrån så är det sannolikt inte ett officiellt uppdrag. Det här är nog för omoraliskt även för denna byrå. Jag skulle säga att det troligen är en medarbetare på byrån, sa Olivia.

– I så fall har den personen haft kontakt med jihadisterna och kan leda oss till Jörgen, sa Cecilia.

– Jag vet inte vem som har skrivit de här texterna, bara att det verkar vara någon på PR-byrån Andersson och Svensson. Men jag har en lista över de som jobbar på byrån, sa Olivia.

– Riktigt bra jobbat Olivia. Vi släpper allt annat och går igenom namnen, vi måste få reda på vem det är som har skrivit texterna. Nu kanske vi har hittat ett sätt att rädda Jörgen på, sa Lisa.

De delade upp namnen på de nio personerna som jobbade med PR samt de fyra juristerna. Olivia hade huvudansvaret för juristerna och insåg ganska snabbt att alla fyra verkade leva relativt tråkiga liv. De kom från bra bakgrunder, hade klarat studierna bra och umgicks i liknande kretsar. Av PR-människorna var det tre som stack ut, den första var en man som hette Stefan där Lisa via sin tillgång till straffregistret såg att han hade fått åttio dagsböter för ringa misshandel mot sin tidigare sambo.

– Vad innebär det? frågade Cecilia.

– Örfil, dra i någons kläder eller lättare spark. Ringa våld som inte är farligt i sig, svarade Olivia.

Den andra som stack ut var Lena, på Facebook kunde de se att hon umgicks i kretsar där alla drack väldigt stora mängder alkohol och flera, däribland Lena, hade tecken på alkoholism. På flera av bilderna stod hon vid Jack Vegas-maskiner med en öl i handen.

– Visst är det maskiner från Svenska Spel där man bara får spela för småpengar? frågade Stefan.

– Det stämmer. Det är också risken med maskinerna, det är så lite du förlorar varje gång att det är svårt att sluta i tid, just Jack Vegas är en av de saker som gjort flest personer spelberoende, sa Lisa.

– Så vi tänker att hon kanske sysslar med kriminell verksamhet för att försörja ett beroende.

– Kanske det. Men sannolikt vill IS inte göra affärer med någon som är både spelberoende och alkoholiserad. De vill ha pålitliga personer utan moral.

Den tredje personen de hittade var Mats Rosenhöök, mannen som Olivia hade ringt tidigare, han som gett dem numret till Stor-Ronne. Mats mamma var sjukpensionär och fadern jobbade på en liten industri. Föräldrarna bodde i Norrlands inland där Mats hade växt upp. Själv var Mats frånskild sedan fem år, han hade två barn som han knappt verkade ha kontakt med längre, gamla frun hade gift om sig och verkade ha ett lyckat liv av både Facebook och Instagram att döma. Mats bodde i en fyrarummare på Östermalm.

– En man från tydlig arbetarklass som gjort en klassresa, bytt efternamn för att försöka passa in men namnet låter så uppenbart taget att det bara blir fel. Han har blivit dumpad av frun som snabbt gift om sig. Men trots att hans senaste deklarationer visat beskedliga inkomster och att han måste betala underhåll så har han lyckats köpa en fyrarummare på Östermalm.

– Vi fokuserar på honom, kartlägger alla kontakter han har.

Som tur var så hade han en öppen Facebooksida med mycket bilder. Hans lägenhet var stor och dyrt inredd, han verkade spela mycket poker och skrev gärna vad han gjorde med pokervinsterna. De hittade också kommentarer som han gjort på vänners Facebooksidor i olika diskussioner. På två ställen hade han ordagrant använt två av de ovanliga meningarna som förekom i jihadisternas uttalanden. Hans uttalanden visade i övrigt att han var emot Sveriges invandringspolitik och tyckte att feminismen hade gått för långt.

Lisa lyckades genom en kontakt få kontoutdrag från Mats bankkonton. Utdraget visade att han ibland tog ut stora summor pengar från olika pokersidor, men pengarna han satte in på dem var betydligt större. Allt som allt han hade sista året förlorat över två hundra tusen kronor på olika pokersidor.

– Allting pekar på att det är han. Vad gör vi med det här? Ska vi lämna det till polisen? frågade Stefan.

– De måste ju kunna ta in honom på stationen och pressa fram var jihadisterna har tagit Jörgen gisslan, sa Cecilia.

– Det finns tyvärr tre stora problem. Det första är att det vi har just nu är inga direkta bevis, det är indicier. Om han är någorlunda smart så erkänner han såklart ingenting och ger inga namn till polisen, men direkt han blir släppt så kommer han att varna alla inblandade. Det andra är att tiden är knapp, avrättningen sker om mindre än två dygn, det kommer att bli svårt för polisen att hinna lösa allting under den tiden med det här materialet. Det tredje är att Jihadisterna troligen har kontakt med Mats kontinuerligt, om han blir intagen för förhör så är risken stor att de avrättar Jörgen i förtid, sa Olivia.

– Men vad ska vi göra istället? frågade Muhammed.

– Mitt förslag är att vi övervakar allting som Mats gör, skuggar honom och kartlägger alla han träffar. Jihadisterna kommer säkerligen att vilja ha fler uttalanden före själva avrättningen, det här är deras bästa chans att nå ut med sitt budskap, hela världen lyssnar. Jag tror inte att han vågar mejla budskapen utan snarare är det så att han skriver för hand och ger dem papperna på något sätt, sa Olivia.

- Dessutom kan jag prata med Jörgens kollega Mikael Persson, han är vettig och jag kan ge honom lite lagom information så att polisen är beredda att agera om vi hittar något, sa Lisa.

De bestämde att Stefan och Olivia skulle stanna i Umeå och resten skulle resa ner till Stockholm med första morgonflyget. De satte sig alla vid sina datorer och försökte hitta så mycket information de kunde, varje liten ledtråd kunde innebära skillnaden mellan liv och död.

Efter några timmar så hämtade Cecilia allihop till sin dator.

- Jag tror att jag hittat Stor-Ronne, mannen som hjälpte Peder. Det är oväntat många som har smeknamnet Ronne, men det är en kille jag hittat som passar bra in. Jag hittade honom via en Flashbacksida som diskuterar högerextrema personer som står nära Sverigedemokraterna, Ronne är på festbilder med bland annat Kenneth Ekdal. För er som inte kan svensk politik så är Sverigedemokraterna ett högerextremt parti som har rasistiska och nazistiska rötter men nu har blivit mer rumsrena. Inga andra partier vill samarbeta med dem i riksdagen för att de anses för extrema, men ute i landet så har partierna till höger i Sverige sakta börjat samarbeta med dem både direkt och indirekt. Kenneth är en riksdagsledamot som är känd för att skriva rasistiska uttalanden i sociala medier, utöver det så har han varit med i två skandaler då han på fyllan har slagit och hotat folk, men han har inte blivit dömd då han lyckats skylla på nödvärn. Ord har stått mot ord, även om det bara var han själv som hörde hoten så var bevisningen mot honom inte stark nog. Det har varit mycket skriverier om honom, han backas upp av de mer öppet rasistiska delarna inom partiet. Jag har i alla fall hittat en Flashbacktråd där Ronne står nämnd några gånger och i den tråden så har jag hittat en bild där Ronne och Kenneth står och håller om varandra med varsin öl i handen, sa Cecilia och pekade på bilden.

- Han är ju stor som ett hus, sa Lisa.
- Därav Stor-Ronne. Av det som står på tråden så verkar han vara en viktig person inom högerextrema kretsar och han är positiv till väpnad kamp för att försvara Sverige. Eventuellt har han varit nere i Ukraina och stridit med de högerextrema där nere.
- Vet du vad han heter?
- Ja det gör jag, det stod mycket på tråden, Ronne heter egentligen Ronny Karlsson. Han hatar säker Jihadisterna, så det rimliga är följaktligen att han inte har någon koppling till just kidnappningen. Därför tycker jag att vi släpper honom just nu, vi har inte tid att prioritera honom, sa Cecilia.
- Jag håller med om att han inte är första prioritet men vi får inte släppa honom helt, han verkar vara grovt kriminell och samarbetar med Mats, det kan finnas någon koppling, sa Lisa.
- En kompromiss kan ju vara att vi sätter en sändare på hans bil, då kan vi följa hur han rör sig och ser om det är något misstänkt, sa Olivia.

Kapitel 72

Lisa, Cecilia, Muhammed och Mbaluku flög ner med första morgonflyget. När de landat på Arlanda så hyrde Lisa och Cecilia varsin bil. Lisa åkte med Muhammed till Solna där Ronny Karlsson bodde, Muhammed satt kvar i bilen en tvärgata bort, Lisa satte sig på ett café som låg mitt emot utgången från Ronnys port. Cecilia och Mbaluku körde till PR-byrån Andersson och Svensson. Mbaluku parkerade i kvarteret bredvid och Cecilia satte sig på en restaurang där hon hade uppsikt över ingången till kontorsbyggnaden.

Några timmar senare kom Ronny ut ur sin port. Lisa lämnade sin kaffekopp och gick efter honom samtidigt som hon ringde Mbaluku. Ronny stannade vid en blå bil när han hade gått några kvarter, låste upp bilen och satte sig i förarsätet. Lisa låtsades snubbla till och kastade in sina nycklar under Ronnes bil, sedan gick hon till förarsätet och knackade på. Han öppnade vindrutan.

– Vad är det?
– Ursäkta, jag tappade just mina nycklar under din bil, skulle du kunna vänta lite med att starta så att du inte kör över dem. Det vore väldigt snällt.
– Såklart, vill du ha hjälp?
– Det går nog bra, jag tror att jag ser dem.

Lisa böjde sig in under bilen, tog nycklarna och fäste sedan en sändare under bilen. Hon reste sig upp, knackade på förardörren, sa tack och gick därifrån. När Mbaluku kom så hoppade hon in i bilen.

– Sändaren är fastsatt, nu åker vi och hjälper Muhammed och Cecilia.

Ungefär samtidigt som Lisa fäste sändaren på Ronnys bil så öppnade Mats Rosenhöök ytterdörren från sitt kontor, han tittade sig omkring, sedan började han gå åt motsatt håll från där Mbaluku satt i bilen. Cecilia gick efter honom på motsatt sida och ringde Mbaluku.

– Han har lämnat byggnaden, gått två kvarter norröver.

Cecilia gick över gatan när Mats svängde runt ett hörn på ett hus, när hon kom runt knuten så var han borta. "Vart fan kan han vara, visste han att jag skuggade honom", tänkte hon, sedan avbröts hon i sina tankar av att en bil startade lite längre fram på gatan, hon gick med raska steg och hann se att det var Mats som körde.

– Snabba dig Mbaluku, sväng vänster vid korsningen, han har åkt iväg i sin bil.

Cecilia gick snabbt över gatan, såg Mbaluku som bröt mot väjningsplikt och fick två arga tutningar emot sig. Hon hoppade in i bilen.

– Rakt fram och sedan första höger, han har en blå BMW.

De hade tur, Mats hade varit tvungen att stanna för en äldre tant som gick över gatan. När han hade släppt över tanten så låg de just bakom honom.

– Kommer han inte att bli misstänksam om vi ligger just bakom honom? frågade Mbaluku.

– Vi är i centrala Stockholm så ska man till samma plats åker man efter varandra. Men blir det en längre sträcka får vi släppa förbi någon annan bil. Nu är det bara att hoppas att han visar vägen till platsen där Jörgen sitter.

Trafiken gick sakta framåt. De kom in på Olof Palmes gata.

– Olof Palme var en hjälte för mina föräldrar, talet han höll efter USA:s terrorbombningar i Sydostasien var fantastiskt.

– Det var inte alla här i Sverige som tyckte det. När han mördades här i Stockholm var det många i mina föräldrars kretsar som snarare firade än sörjde.

De svängde vänster in på Vasagatan.

– Jag tror att han är på väg till centralstationen, om han stannar får du släppa av mig snabbt så jag inte tappar bort honom.

Mycket riktigt svängde Mats av från Vasagatan in mot parkeringen som låg just bredvid centralstationen.

– Kör in på parkeringsplatsen mitt emot och släpp av mig, sa Cecilia.

Hon gav Mats tio meter försprång och började sedan gå efter honom. När han kom in på centralstationen så tog han trappan till nedre plan, sedan gick han med snabba steg bort mot sektionen där det fanns förvaringsskåp, han vek in mellan två skåprader. När Cecilia gick förbi raden där Mats gått in så såg hon att han gav något till en man med blå jeans, svarta skor samt en svart munkjacka uppdragen över huvudet. Cecilia gick med kameran framför sig och låtsades lyssna på musik men filmade egentligen, hon vred kameran lite och fick en kort filmsekvens på mannen i munkjacka. Vid SL-center som låg just bredvid stannade hon och låtsades läsa på skyltarna där det stod om ankommande och avgående tåg. Några sekunder senare såg hon Mats som gick mot utgången där hans parkerade bil stod. "Jag måste följa efter mannen i munkjackan", tänkte hon och började gå. Hon skymtade honom gåendes mot pendeltågen. Han drog sitt månadskort och passerade spärrarna. Cecilia ställde sig i kön för att betala, det var två äldre män framför henne, "kom igen nu, snabba er". Hon tittade upp på perrongen och såg att tåget mot Uppsala skulle gå om en minut. När männen framför henne var klara så betalade Cecilia snabbt och sprang upp för trappan. Tågdörrarna var redan stängda och tåget hade börjat rulla. Hon gick ett varv på plattformen men såg inte mannen i munkjackan. "Fan. jag har tappat bort honom", tänkte hon. Cecilia ringde till Mbaluku.

– Vet du vart Mats är?
– Ja, jag följde efter honom, han hade köpt snabbmat på stationen och åker nu samma väg som vi kom. Jag hann i alla fall fästa jag en sändare på hans bil medan han var inne på stationen. Vart är du?
– Jag följde efter en man som Mats överlämnade något till. Men jag tappade honom, det tog för lång tid att köpa biljetter i kassan så hans pendeltåg hann iväg.
– Vart åkte han?
– Mot Uppsala, men det är totalt tolv stationer på vägen dit så det går inte att säga vart han skulle gå av.
– Otur.
– Eller slarv. Hade jag bara tänkt på att ha ett resekort hade jag inte tappat bort honom.

Cecilia, Lisa, Mbaluku och Muhammed samlades på ett av hotellrummen. De pratade med Stefan och Olivia över Skype.
– Om jag börjar sammanfatta allting kring Mats. Ännu mer tyder på att Mats är den som skriver meddelandena åt kidnapparna. Han lämnade över något till en man på centralen, troligen ett meddelande till kidnapparna, tyvärr så hann vi inte följa honom, vi

vet därför inte vart mannen lämnade vidare det eventuella meddelandet, sa Lisa.

– Sändaren på Ronnes bil visade att han åkte nordöst om Stockholm till en enslig stuga, stugan ligger någon kilometer ifrån en Mc-klubb, så han träffade nog någon från Mc-klubben där. Gav oss tyvärr inte så mycket mer av värde för idag, men vi kommer nog att få fram mycket om honom på sikt. Något säger mig att vi kommer att få göra ett stort avslöjande reportage om honom, sa Stefan.

– Men det hjälper oss tyvärr inte att komma närmare Jörgens kidnappare. Även om både IS och extremhögern i mångt och mycket delar samma obehagliga människosyn och delar in världen i oss och dem så verkar Mats som en äkta rasist, han hatar nog terroristerna lika mycket som de hatar honom. Det enda han är glad för nu är att fritt Sverige blir starkare för varje meddelande som kommer från kidnapparna, sa Cecilia.

– Jag gick igenom alla bilderna från herrgården igen. Varken Peder eller Jonathans finns på några bilder när de lämnar herrgården. Det som är intressant är att deras bilar körs av andra personer därifrån. Det är något väldigt skumt med allting kring deras död. De kanske flydde de på något sätt därifrån, är vi helt säkra på att de är döda? Jag har inte sett några bilder på deras döda kroppar och vet inte mer än att de lämnat avskedsbrev efter sig, sa Olivia.

– Vet faktiskt inte hur deras död är fastställd. Har man mycket pengar går det mesta att fejka, sa Muhammed.

– Bra jobbat allihop, vi är mycket skumt på spåren, just nu måste vi dock fokusera på annat. Vi har inte hittat Jörgen och imorgon är det för sent, hur tycker ni att vi ska gå vidare? frågade Stefan.

– Allt fokus måste läggas på Mats, även om det var bra att vi fick en sändare på Ronnes bil bidrog det till att vi tappade mannen som Mats gav något till. Imorgon borde vi vara två personer som skuggar honom, vi byter ut Cecilia så att vi inte riskerar att han känner igen dig, sa Lisa.

– Jag tycker också att vi ska fokusera på Mats. Terroristerna kommer med all sannolikhet att vilja skicka ett nytt meddelande i samband med avrättningen, Mats måste få fram det meddelandet. Vi måste skugga honom ännu närmare imorgon. Om det inte går får vi fundera på att ta in honom till ett eget förhör, försöka pressa honom på all fakta vi kan få. Det är vår bästa chans att hitta Jörgen levande, sa Muhammed.

Kapitel 73

Morgonen efter satt de i kvarteret kring Mats lägenhet, Cecilia och Mbaluku i varsin bil, Lisa satt på ett kafé och Muhammed satt och läste på en parkbänk. De hade gått igenom allting igen under gårdagskvällen. Olivia hade gått igenom alla uttalandena från jihadisterna och jämfört dem med texter som Mats hade skrivit, hon kunde därför med över sjuttio procents säkerhet säga att det var Mats som hade skrivit uttalandena. De satsade allt på att Mats skulle skriva ett sista meddelande till terroristerna, kunde de följa efter budbäraren så kunde de hitta Jörgen.

Mats kom ut ur porten och gick till parkeringsgaraget. De följde efter honom när han åkte iväg, Mbaluku och Lisa i ena bilen, Cecilia och Muhammed i den andra. Mats åkte inte mot jobbet utan svängde av mot Gamla stan och Kungsholmen. Trafiken rörde sig sakta framåt.

Mats svängde in på samma parkeringsplats bredvid centralstationen som han hade stannat på dagen innan. Lisa och Muhammed hoppade ur bilarna och började följa efter honom på avstånd, Mbaluku och Cecilia satt kvar i sina bilar. När de kom in på centralstationen så reagerade Lisa på att det var så många svenska flaggor och rakade män i centralhallen. "Det är en spänd stämning", tänkte hon för hon kom på att "Fritt Sverige kommer säkert att göra massa manifestationer idag, det här är ju deras julafton, en svensk polis halshuggs av jihadister". Mats gick ner mot samma skåp som dagen före. På samma plats skedde överlämningen till vad Lisa tyckte såg ut som samma man. Mannen hade svart huvjacka, blå jeans och svarta skor. Lisa såg att Mats räckte mannen ett kuvert som mannen stack in i sin högra jackficka. Efter att Mats hade gått så gick mannen mot tunnelbanan. Lisa och Muhammed följde efter honom, "tur att vi köpte resekort igår", tänkte Lisa när de gick igenom spärrarna. De gick mot pendeltågsperrongerna, Lisa kollade på skylten före de gick upp på perrongen, "Uppsala". Hon tog upp mobilen och skrev i den gemensamma chatten vart de gick. Mbaluku hade följt efter Mats bil och Cecilia satt kvar i sin bil. Cecilia skrev sedan i chatten "Skulle han bara åka några stationer är det smartare att ta tunnelbanans röda eller blå linje. Därför borde han åka längre. Jag börjar köra norrut, hör av dig när ni kommer till de olika stationerna". Efter fem minuter så kom pendeltåget, mannen gick på, Muhammed och Lisa följde efter och satte sig i andra änden av vagnen. Lisa låtsades läsa i sin mobil samtidigt som hon tog några kort på mannen, "kolla upp då, jag ser inte ditt ansikte", tänkte hon. De passerade station efter station. Mannen tittade upp för första gången sedan han satt sig ner, tittade på skylten som visade nästa station. Kuvertet stack ut lite ur jackfickan när han ställde sig upp. Lisa ringde Cecilia.

–   Jag tror att han ska av, tycker att vi chansar på att han kliver av i Upplands Väsby, försök köra in till stationen så kan vi följa honom om han har en bil.

–   Jag ska försöka, men jag ligger efter er, trafiken rör sig sakta.

Mycket riktigt så ställde sig mannen upp när de närmade sig Upplands Väsbys station. Han klev ur vagnen och gick utefter perrongen i riktning mot stationshuset. Utanför stationshuset var det många rakade män som stod med svenska flaggor och sjöng en sång Lisa inte kände igen. När Lisa och Muhammed kom närmare stationshuset så var det en stor rakad man som gick fram till Lisa och väste

–   Landsförrädare.

Hon blev helt paff men gick vidare, då tog den rakade mannen tag i Muhammed jacka och småskrek.

–   Jävla terrorist, ni håller på att mörda en svensk. Dessutom ska du ge fan i våra svenska tjejer, fattar du det. Åk hem till ditt jävla land.

Mannen hade en tydlig alkoholandedräkt. De andra männen som var i klungan stod stilla och tittade, ingen gjorde någon ansats till att gå emellan. Lisa vände sig om.

–   Släpp honom, han har inte gjort något, låt honom gå.

–   Han är en jäva terrorist. Men du är väl en sådan där PK-hora som inte fattar att vi svenskar snart är i minoritet i vårt eget land. Jävla landsförrädare.

"Vi får inte ställa till någon scen som drar uppmärksamhet mot oss", tänkte Lisa. Hon försökte le.

– Jag ber om ursäkt om vi stört er. Ska tänka på det du säger, men nu måste vi tyvärr gå vidare, min vän ska utvisas och jag ska hjälpa honom packa ihop det sista i hans lägenhet.

Den rakade mannen kom av sig, då passade Muhammed på att slita sig lös och sedan sprang de mot stationshuset. De såg inte mannen i den svarta jackan längre.

– Jag tar den här utgången, du tar den där, sa Lisa och pekade åt Muhammed.

De sprang till sina utgångar, kollade sig runt. Lisa tog upp mobiltelefonen och ringde Cecilia.

– Vi blev stoppade av några rasister som trakasserade Muhammed, vi tappade därför bort mannen med meddelandet. Snälla säg att du följer honom.

– Jag blev tyvärr fast i en bilkö.

– Fan, fan, fan.

Lisa och Muhammed sprang runt i närområdet, men han var borta. Cecilia kom körandes och de satte sig i hennes bil.

– Där åkte meddelandet iväg, vad gör vi nu? frågade Lisa.

– Vi måste hitta mannen igen, men jag vet inte hur.

– Vart kan han ha åkt?

– Vi delar upp oss, du Cecilia åker runt i bilen och ser om du kan hitta honom, jag och Muhammed försöker finna honom till fots, sa Lisa.

Efter bara några minuter fick Cecilia syn på mannen.

– Han går på Centralvägen i riktning tillbaka mot stationen.

Lisa och Muhammed gick mot Centralvägen och började skugga honom. Han gick tillbaka mot stationen och ställde sig och väntade på tåget. Mannen hade inte längre händerna i jackfickorna och Lisa kunde se rakt in i högra jackfickan, där var det inte längre något kuvert.

– Han verkar redan ha lämnat meddelandet, sa Lisa.

– Vad gör vi nu, ska vi sluta skugga honom?

– Vi måste meddela polisen och berätta att det är Mats som skrivit meddelandena. Det är Jörgens sista chans. Jag ringer Stefan så får han ringa upp polisen och och mejla över all information vi har till dem.

Lisa gick iväg och ringde Stefan.

Kapitel 74

Cecilia körde runt i bilen samtidigt som hon pratade med Lisa i telefon.

– Det som gör det extra svårt är att varje gång någon av de inblandade har förstått att vi är dem på spåren så dör de, antingen så tar de sina liv eller så blir de mördade av terrorister. Hur osannolikt är inte det? sa Cecilia.

Lisa hajade till av det Cecilia sa.

– Alla råkar dö lägligt för Darwin, olägligt för oss, sa Lisa

Hon tog upp sin telefon och började gå igenom kalendern.

– Vi har kanske tänkt helt fel hela tiden, vi har inte haft otur, det är någon som velat mörda dem vi kommit på spåren. Kolla datumen som Peder och Jonathan överförde pengar till kontot som tillhör en kriminell organisation. Första överföringarna var ungefär två veckor före mordet på Jarl, den andra bara ett par dagar efter. Tänk om det olägliga mordet på Jarl egentligen var ett beställningsjobb från de två personerna som skulle förlorat mest om han blev avslöjad, sa Lisa.

– Men det var ju terrorister som genomförde mordet, sa Cecilia.

– Kom det inte lite väl passande? Vi har redan visat att terroristgruppen har hjälp av Mats Rosenhöök, tänk om Mats har förmedlat fler kontakter. IS fick stor uppmärksamhet när de mördade Jarl.

– I så fall fick IS-gruppen mycket pengar för att mörda Jarl, pengar som de sedan kunde använda för att genomföra kidnappningen av Jörgen.

– Sedan har vi självmorden på Peder och Jonathan. Också de väldigt lägliga. Vi vet att de båda åkte till den där gården och kameran visade inte någon av dem åka därifrån. Om Jarl mördades för att Stefan var honom på spåren så borde de andra i Darwin velat ha bort Peder och Jonathan. Ingen överlever så länge att de kan berätta för polisen om Darwin, sa Lisa.

371

– Så de drogade dem och mördade dem på gården. Det var sedan enkelt att få det att se ut som suicid, de skrev dessutom avskedsbrev där all skuld lades på Stefan, sa Cecilia.

– Det här förändrar allting. Vi måste tänka helt om kring vart Jörgen kan vara.

De tystnade både och lät orden sjunka in.

– Vi kan ha tänkt fel kring Ronne också. Vi vet inte vad det är för uppdrag som Peder betalade Ronne för, fast vi har, efter Stefans samtal med Ronne, utgått från att uppdraget var att mordhota och trakassera Mads Rohde. Ronne kanske egentligen fick betalt för att hjälpa IS-anhängarna som mördade Jarl, sa Cecilia.

– Du sa ju tidigare att kidnappningen av Jörgen är som julafton för Fritt Sverige. Även om Ronne är en högerextrem rasist som hatar muslimer så vinner både de högerextrema och IS på kidnappningen av Jörgen. Fritt Sverige växer och IS får publicitet, sa Lisa.

– Vi trodde att Ronne ställde bilen några kilometer från en Mc-klubb igår för att träffa någon från klubben. Tänk om det inte var Mc-klubben han skulle till.

Lisa tog fram kartan där GPS-angivelserna var utritade. Hon zoomade in där han stannat till några minuter under gårdagen. Ronne hade stannat på en enskilt belägen gård som var omgiven av skog.

– Ronne stannade på en gård som ligger mitt ute i ingenstans. Inga grannar som har insyn, ingen ser vad du gör i det huset, sa Lisa.

– Jag åker dit direkt, sa Cecilia.

– Jag skickar adressen. Men ta det försiktigt. Jag ringer de andra under tiden och berättar vad vi kommit fram till.

Cecilia slog in adressen i sin GPS på mobilen och körde sedan iväg. Efter ett par mil i hög fart så saktade hon in, stannade på en parkeringsficka, hoppade ur bilen. Hon sprang i riktning mot huset. När hon närmade sig så började hon huka sig och sprang i en stor cirkel runt tills hon fick fri sikt mot ett stort fönster som vette bort från vägen. Cecilia smög sakta framåt, noga med att inte synas från något fönster. När hon kommit så långt fram som hon vågade så sträckte hon fram mobilen genom en buske och filmade mot huset. Sedan tog hon tillbaka bilden och började titta på filmen. Hon sprang därifrån och ringde till alla i den gemensamma chatten.

– Jag såg Jörgen i stugan, han sitter fastbunden på en stol. Har en film på det som jag skickar till dig Lisa. Kommer och hämtar upp er vid Centralvägen om några minuter, sa Cecilia.

Lisa, Mbaluku och Muhammed tittade på filmen från stugan. Även om kvaliteten inte var den bästa så såg man att Jörgen satt fastbunden på en stol framför en kamera.

– Hur länge har vi på oss? frågade Muhammed.

– Om tiden de sagt stämmer så har vi just under halvtimmen på oss, sa Cecilia.

– Jag ringer Mikael Persson, sa Lisa.

Hon plockade upp telefonen och slog hans nummer. Signalerna gick, "svara då", tänkte Lisa, efter sju signaler tänkte hon lägga på när Mikael svarade.

– Hej, jag sitter väldigt upptagen som du förstår, är det något viktigt?

– Det är viktigt, det är väldigt viktigt. Står du så att du kan ta emot känslig information.

– Nej. Men jag hinner inte gå någonstans, du får berätta det nu.

– Jag vet att du inte känner mig så väl, men du vet också att jag är nära vän med Jörgen och han litar på mig. Snälla gå bara iväg trettio sekunder, om du inte tycker det jag berättar är viktigt så kan du lägga på då. Men jag är säker på att du kommer att vilja höra det jag har att säga.

Lisa hörde snabba steg i sin mobiltelefon.

– Berätta nu.

– Vi har hittat Jörgen.

– Vad menar du?

– Min vän såg honom just genom ett fönster.

– Hur vet du att det är Jörgen?

– Jag skickar en film till dig, ring upp mig när du sett klart den. Det är Jörgen.

En minut senare ringde Mikael upp.

373

– Det är ju Jörgen, vart är han? Vi måste sätta in insatsstyrkan nu direkt.
– Om ni hinner mobilisera insatsstyrka, det är bara tjugofem minuter kvar tills halshuggningen.
– Fan, det hinner vi aldrig. Vart är Jörgen?
– Han är ungefär fem mil norrut från Stockholm. Jag messar adressen.
– Jag är just nu med två kollegor som jag litar på till hundra procent på. Vi åker iväg direkt, jag får försöka få ihop insatsstyrkan under vägen dit, sa Mikael.
– Vi är nästan vid stugan så vi kör dit och försöker övervaka situationen, sa Lisa.
– Är ni beväpnade?
– Tyvärr inte. Men vi försöker uppehålla dem om vi ser att de håller på att börja halshuggningen.
– Ni har ingen chans mot kidnapparna om ni är obeväpnade så ta det försiktigt.

Några minuter senare satt Mikael med två kollegor i en polisbil, de körde med blåljus mot adressen han hade fått från Lisa. Samtidigt så gick Cecilia, Lisa, Muhammed och Mbaluku sakta genom skogen i en stor halvcirkel mot stugan.

Det var mycket rörelse i stugan. Minuterna gick sakta. Lisa började räkna hur länge det kunde ta före poliserna kom.

– Om det inte är någon trafikstockning och allting går bra så kommer de ändå att komma hit just efter att tidsfristen gått ut.
– Vad ska vi göra?
– Vi måste försöka störa dem, men jag vet inte hur.
– Inte jag heller, vi har inga vapen och de är alla beväpnade.

De såg en man ställa sig några meter framför Jörgen med videokamera, han ställde in inställningarna och gav sedan tummen upp. Efter det så kom en annan man upp bredvid Jörgen. Han höll i en yxa, höjde yxan och högg sedan till.

Det kändes som att tiden stod still för alla fyra som tittade genom fönstret när yxan högg ner mot Jörgens hals. Men lika snabbt som mannen börjat hugget så stannade han yxan.

374

- Vad gjorde han, missade han? frågade Cecilia.
- Nej. Han ville bara testa att allting blev perfekt inställt för filmen. De har bara en chans att filma halshuggningen så det får inte bli några fel. En bra video som uppmärksammas är det bästa sättet att rekrytera folk.
- Dessutom sprider de hat mot sig själva och mot muslimer i allmänhet.
- Vilket bara kommer att underlätta för dem att rekrytera fler. Muslimer som blir trakasserade är lättare att rekrytera än muslimer som känner sig som en accepterad och välkommen del av samhället.

Männen i stugan möblerade om rummet, Jörgens stol vreds, filmkameran flyttades bak, de kom in med fler lampor från andra rum. Mannen med kameran verkade styra de andra, som en pedant långfilmsregissör.

- Nu verkar de redo, det är bara tre minuter kvar, sa Lisa tyst.

Hon skickade ett sms till Mikael, "hur långt bort är ni". "Vi kommer till parkeringsplatsen på fyra minuter ungefär, det var kö så vi kunde inte köra så snabbt som vi ville. Vi vågar inte köra ända fram till huset, då ser de nog oss. Åt vilket håll sitter ni?". Lisa svarade åt vilket håll de satt och förklarade åt vilka håll fönstren vette. Männen inne i stugan började göra sig redo. En man gick framför Jörgen, visade upp en dagstidning och började sedan läsa upp något från ett papper. När han läst klart tog han upp yxan och ställde sig bredvid Jörgen. "Fan, det händer nu, vad ska jag göra", tänkte Lisa. Hon reste sig upp och började hukandes springa mot baksidan av stugan. Mannen höjde åter yxan igen då plötsligt hela stugan slocknade. Höga röster hördes inifrån stugan. Cecilia, Mbaluku och Muhammed kastade sig på marken och började krypa bakåt. Efter ungefär två minuter så kom en av männen ut med ett automatgevär i handen, han gick mot baksidan av huset. Väl där bak så slog han på huvudströmbrytaren och allting började lysa igen. Sedan ställde sig mannen och vaktade proppskåpet, tittade sig omkring. Lisa låg i ett buskage bara tio meter bort och försökte andas så tyst som hon kunde. Hon kände att en hostning var på väg, "den får inte komma nu, om han ser mig så dör jag", tänkte Lisa. Till slut klarade hon det inte. Mannen vände sig om och började gå mot hostningen. Hon tryckte sig mot marken allt vad hon kunde, försökte höra vart mannen var. När hon lyfta huvudet igen så fick hon ögonkontakt med mannen, såg när han lyfte vapnet, siktade på henne. "Nu dör jag", tänkte Lisa. Hon hörde en smäll och sjönk ihop, "varför skulle jag hosta", var den sista tanken hon hann tänka före hon föll ner i marken.

Kapitel 75

Lisa märkte till sin förvåning att hon inte var död. Hon lyfte på blicken igen och såg att mannen som låg framför henne däremot var död. Mikael gick upp bredvid honom och sparkade bort vapnet.

– Gick det bra?
– Det verkar så, jag trodde att jag var död.
– Två sekunder till och du hade varit det.
– Tack.
– Lever Jörgen?
– Jag tror det. De höll på att halshugga honom men jag drog ner huvudströmbrytaren så de fick avbryta allting. Mannen här vaktade proppskåpet.
– Bra, då har vi fortfarande chansen. Vart finns dörrarna och fönstren till huset?

Lisa förklarade snabbt samtidigt som hon nickade mot de andra två poliserna som ställt sig bredvid Mikael.

– Hur många personer är det i stugan?
– Vi har sett totalt åtta personer utöver Jörgen, nu när ni dödat den här mannen så är det minst sju kvar.
– Är alla beväpnade?
– Vet inte, men jag tror det.
– Då kommer det bli svårt att kunna oskadliggöra alla.
– Jag kan hjälpa till, sa Lisa.

De tre poliserna tittade tveksamt mot henne.

– Jag kommer från Norrland, jag har jagat sedan jag var tretton. Dessutom har en av mina vänner som jag är här med varit medlem i en motståndsrörelse i Kongo. Vi kan hjälpa er, om ni har några vapen över till oss.

Mikael tittade mot sina kollegor.

– Ni får ge dem era reservpistoler.
– Men det är olagligt.
– Det kanske det är, men ge dem till mig så ger jag vapnen till dem, jag tar fullt ansvar. Vi är för få, vi måste ha hjälp.

– Jag skjuter genom sidofönstret, Lisa och hennes vän får täcka mig. Ni går genom huvudingången. Det viktiga är att vi alla börjar skjuta samtidigt, alla måste oskadliggöras direkt, de kommer att göra allt för att hinna mörda Jörgen, det är deras viktigaste mål.

– Men även vi är bra mål, en västerländsk polis som är dödad i strid är också effektiv propaganda. Jag agerar först, när ni hör mig skjuta eller krossa rutan så kastar ni er in, förstått? frågade Mikael.

– Ja.

Lisa signalerade till Mbaluku som kröp fram till dem. Mikael gav dem varsin osäkrad pistol. Sedan kröp trion tillsammans så att de låg mot väggen just bredvid det stora vardagsrumsfönstret, de två kollegorna kröp runt till huvudingången som låg på kortsidan av stugan.

Cecilia och Muhammed låg och tittade in genom rutan. Mannen stod och läste upp samma text igen framför kameran.

När han läst klart texten och vände sig om för att ta upp yxan så signalerade Cecilia mot Lisa som knackade Mikael och Mbaluku på axlarna. Mikael höll upp tre fingrar och räknade ned. De reste sig upp alla tre unisont, Mikael sköt kameramannen och riktade sedan pistolen mot nästa man, samtidigt så sparkades ytterdörren upp och de två kollegorna kastade sig in. Mbaluku fick sikte på en man som höjde sitt automatvapen, han tryckte av avtryckaren och mannen föll ihop. Mikael sköt upprepade gånger mot två män som satt i soffan. Kollegorna sköt mot två andra jihadister som stod i varsitt hörn. Mitt i allt tumult hade mannen som hade läst meddelandet fått upp yxan och började sitt hugg mot Jörgens hals. Mikael upptäckte honom för sent, kollegorna likaså. Mbaluku riktade pistolen mot mannen men missade skottet. Lisa däremot stod bredbent och siktade rakt mot mannen, "det är bara en älg", tänkte hon och kramade avtryckaren. Kulan gick in i huden framför vänster nyckelben, splittrade först huden, sedan nyckelbenet, kapade därefter nerverna i vänster nervplexus vilket slog ut alla nerver som styrde över vänster arms alla muskler, sedan gick kulan igenom trapeziusmuskeln på vägen ut ur kroppen. Den tappade muskelfunktionen i vänster arm gjorde att yxan istället för att träffa Jörgens hals träffade hans huvud. Före yxan föll till golvet hade både Mikael och hans två kollegor skjutit mannen från varsitt håll. Kollegorna sprang runt och sparkade bort alla vapen. Mikael kastade sig in genom den sönderskjutna rutan. Han gick fram mot Jörgen. Blodet rann från huvudet, pölen växte snabbt. Det låg hjärnsubstans på golvet bredvid Jörgen. Mikael tog Jörgens huvud i sina händer.

–	Det är ingen fara jag är här, det kommer att gå bra, sa Mikael även om han inte trodde själv på sina ord.

Cecilia kom in springandes och satte sig bredvid Jörgen.

–	Jag är läkare och måste få undersöka honom, sa hon och knuffade undan Mikael.

Hon undersökte huvudskadan.

–	Ge mig något att sätta tryckförband med, har ni med er det?
–	Tyvärr inte.

Cecilia tog av sig sin tröja och virade den runt huvudet, sedan gjorde hon en rejäl knut.

–	Det är ingen fara med honom, han kommer att överleva.
–	Men det ligger ju hjärnsubstans här på golvet.
–	Det är inte Jörgens. Han har bara fått ett rejält sår i skalpen, yxan skalade av huden på toppen av huvudet. Sådana här sår kan blöda ymnigt, men han är ung och frisk, han klarar en blödning på ett par liter utan problem. Hur mår ni andra, är det några mer skador jag ska se om på er före jag går vidare till jihadisterna?

Mikael och hans två kollegor skakade på huvudet, Lisa och Mbaluku sa att de mådde bra. Cecilia gick runt till alla som hade blivit skjutna. Det gick snabbt att konstatera sex dödsfall, men den sjunde mannen levde.

–	Kom hit och hjälp mig, den här mannen lever, han verkar vara vid medvetande.

När Cecilia vände sig om så tog mannen upp en kniv. Mikael skrek "nej" och tog upp sin pistol. Mannen högg sig själv i magen och vred om, sedan skrek han samtidigt som blodet började pumpa ut ur kroppen. Cecilia kastade sig fram mot mannen.

–	Han träffade kroppspulsådern, han har inte någon chans att överleva.

Jörgen vaknade till, Mikael berättade kortfattat vad som hade hänt.

–	Tack Lisa.

–   Vi var flera som hjälptes åt. Jag är bara så himla glad att vi kunnat rädda dig, sa Lisa och gav Jörgen en kram.

Cecilia undersökte hela Jörgen från topp till tå.

–   Du kommer att klara det här bra, se bara till att hålla rejält tryck på såret tills du kommer till sjukhuset. Jag måste dock få tillbaka min tröja så ni måste använda något annat som tryckförband.

–   Ska inte ni följa med?

–   Tror inte att det är så lämpligt. Officiellt har vi nog inte varit här.

–   Det har ni inte, och jag har officiellt aldrig lånat ut två tjänstepistoler till er, sa Mikael.

En av polismännen som stod vid ytterdörren såg en bil komma körandes mot stugan.

–   Det kommer någon.

Lisa gick dit.

–   Det är där Ronnes bil. Han är en högerextrem med kopplingar till vita maktrörelser och diverse rasistiska organisationer. Vi är ganska säkra på att han kommer för att hämta bandet som han tror att jihadisterna spelat in.

–   Då griper vi honom när han kommer hit.

En av polismännen frågade.

–   Du sa att han var rasist eller hur.

–   Det stämmer.

–   Då kanske han inte ser någon skillnad på mig och de här andra männen. Jag är invandrad från Iran och jag misstänker att Ronne tycker att alla vi ser likadana ut. Jag tror att jag går ut och tar emot honom själv först.

–   Tänk bara på att du inte får provocera fram något brott.

Polismannen slängde på sig en lång vit tunika över sina vanliga kläder och gick ut.

Ronne kom ut ur bilen och gick fram mot honom.

–   Hej, sa Ronne.

–   Vem är du? frågade polismannen.

–   Känner du inte igen mig?

–   Nej.

380

– Jag har kommit för att hämta filmen på avrättningen.

Då klev Mikael och den andra polismannen ut ur stugan.

– Polis, stå still.

Ronne vände sig om började springa mot bilen men insåg efter några meter att han var chanslös så han sträckte upp händerna. Mikael och hans två kollegor satte handbojor på Ronne och satte honom sedan mot husväggen som vette mot vägen. Mikael gick in i stugan, mimade mot Lisa, Cecilia, Muhammed och Mbaluku, "tack" och sedan "gå nu".

Epilog

Rättegången mot Ronne och Mats utvecklades snabbt till vad som kvällstidningarna kallade århundradets rättegång. Nyhetsteam från hela världen följde rättegången. Det var en säljande historia, en högerextrem personen som skaffat vapen och utrustning till jihadister som tagit en vit svensk polis som gisslan. Dessutom hade en anställd på en PR-byrå skrivit alla gruppens uttalanden. Utöver den osannolika grundhistorien var det många saker som gav extra krydda. Första dagarna anordnade Fritt Sverige stora demonstrationer utanför domstolsbyggnaden vilket gjorde att tungt beväpnad polis fick vakta domstolen, det blev bilder på när rakade unga män stod och skrek åt polismän med piketutrustning. Under rättegången klarade inte Ronne av att tygla sitt humör så han skällde två gångar ut en av nämndemännen, som hade föräldrar från mellanöstern, för att han var jävla en terrorist. Att den utskällda mannen var en välrenommerad läkare gjorde händelsen ännu mer intressant. I takt med att bevisen mot Ronne presenterades så avtog demonstrationerna från Fritt Sverige. Efter en vecka var det uppenbart att Ronne var skyldig till allt han var anklagades för, de enda som fortsatte protestera efter det var de hårdnackade högerextrema som ansåg att alla beskyllningar mot Ronne var en kulturmarxistisk konspiration för att störta en rasfrände. Eftersom alla jihadisterna var döda så gick varken åklagare eller försvarsadvokat in djupare på händelseförloppet i stugan. Ingen upptäckte därför att kulorna från de olika vapnen hade skjutits från fler positioner än vad det fanns polismän, så ingen insåg Lisas och Mbalukus inblandning. Ronne verkade bli mer och mer uppjagad för varje dag som rättegången pågick. När den fällande domen lästes upp så ställde sig Ronne bredvid sin bänk och sträckte ut sin arm snett upp åt höger, kamerorna smattrade på honom när han stod där och heilade framför domaren. Ronne och Mats dömdes båda för medhjälp till mord samt medhjälp till kidnappning, dessutom dömdes Ronne för vapenbrott och häleri. Ronne dömdes till tolv totalt års fängelse och Mats till totalt nio år.

Att Stefan var den första som rapporterade om fritagningen av Jörgen samt gripandet av Ronne gjorde att intresset för hans reportageserie ökade betydligt. Konflikten i Kongo, som före Stefans reportageserie varit en perifer nyhet som det sällan skrevs om, blev en allmännyhet där många tv-kanaler gjorde långa reportage från landet. Av de tjugotvå personerna som Stefan publicerat bilder på ställdes fem inför rätta, sex försvann och elva tog sina liv före rättvisan hann ikapp dem. Pressen på politiker ökade vilket ledde till att det utfärdades internationella förbud mot att använda konfliktmineraler, straffen för att bryta mot förbuden var hårda och företag tvingades ursprungsmärka alla mineraler som kunde komma från konfliktområden. Det startades en bojkottkampanj mot det tyska företaget Bremen som hade handlat med konfliktmineralerna. I ett försök att rädda sin verksamhet gick företaget ut med ett pressmeddelande där de lovade att aldrig mer använda konfliktmineraler samt att de skänkte fem miljoner euro till en hjälporganisation som gav barn skolgång i Östra Kongo. Ingen beskyllde längre Stefan för att komma med grundlösa anklagelser utan han hyllades unisont av alla för sina avslöjanden. Han hyllades även i de tidningar som nyligen skrivit ledartexter som starkt argumenterat för att Stefan saknade den kompetens som krävdes för att var journalist. Stefan och alla andra följde sin plan att inte publicera något om Darwin, Andersson och Svensson, coltantransporten till Indien eller något annat där det saknades bevis.

När alla artiklar var publicerade så samlades hela gänget i Mbalukus lägenhet i Barcelona tre dagar. De åt god mat till långt in på nätterna, pratade om livet och lät bullriga skratt fylla lägenheten. Mbaluku tackade dem alla gång på gång för att de hjälpt Kongo, äntligen var den långa vägen mot verklig demokrati påbörjad, den demokrati som bara kunde uppstå om omvärlden slutade ge krigsherrarna pengar för olagliga mineralköp. Den sista kvällen före alla skulle åka hem till sitt var de i Mbalukus vardagsrum. Musiken pumpade och de dansade. Cecilia satte sig i soffan bredvid Olivia, de kysste varandra. Cecilia kände Olivias kropp bredvid sig, såg hur Lisa och Mbaluku studsade upp och ner i otakt till musiken, såg Muhammeds och Stefans försök till att bugga ihop. Hon lutade sig bakåt i soffan och bara njöt av hur fint livet kunde vara. Samtidigt som hon lutade sig bakåt så plingade det till i Muhammeds mobil, han hade fått ett MMS från sin vän i Indien. Containrarna med coltan i Indien hade börjat röra på sig.

Eriks Tack

Maria, du är klok och rolig, omtänksam och självsäker, snygg och
ljuvlig. Du inspirerar mig och får mig att vilja bli en bättre människa.
Ibland är du så underbar att jag måste nypa mig i armen. Om du står
ut med mig så hoppas jag att vi får många många år tillsammans. Alva
och Edde, jag kan inte förstå att vi hade sådan tur att vi fick just er.
Ni skänker mig ren glädje. Det verkar som att ni båda har ärvt
mammas klokskap och pappas envishet, det är en kombination som
kan ta er långt i livet. Vart ni än väljer att vandra så vill jag alltid stå
vid er sida. Jag hoppas att ni vet hur mycket jag älskar er.